D1479019

Si te vieras con mis ojos

Carlos Franz

Si te vieras con mis ojos

MIXTO
Papel procedente de
fuentes responsables
FSC® C117695

Primera edición: abril de 2016

ISBN: 978-84-204-1365-5
Depósito legal: B-3607-2016

Impreso en EGEDSA, Sabadell (Barcelona)

AL13655

Para Jeanette

Si yo pudiera darte una cosa en la vida,
me gustaría darte la capacidad de verte a ti
mismo a través de mis ojos.

FRIDA KAHLO

Primera parte

Perspectiva

¿Se da cuenta de que se acabó el là-bas?
Ya no hay un «allá lejos».

ANDRÉ BRETON,
moribundo, a Luis Buñuel

I. 1834

La radiante mañana de junio en que conociste a Carmen brilló tras una semana de tormentas sobre el Pacífico. Tu barco había estado a punto de hundirse frente a las costas de Chile. Varias veces te preparaste para morir. Pero ahora, por fin, con las velas desgarradas, andrajoso, el velero entraba lentamente en la bahía luminosa de Valparaíso. Lo hacía con el ansia y la suavidad de un hombre enamorado entrando en la mujer amada.

Cada vez que llegabas a un puerto volvías a sentir eso, Moro. ¡Aun habiendo conocido tantos! Al penetrar en la nueva tierra que te acogía, te enamorabas de ella. Pero algo en ese amanecer despejado, luego de tantos temporales, te decía que, quizás, este amor no iba a ser como los anteriores.

La bóveda del invierno austral relucía azul, límpida y fría como una ventana recién lavada. El aire estaba tan cargado de éter que dolía respirarlo. La dura belleza del país era sobrecogedora. Tú lo dibujabas afanosamente desde la cubierta del velero. Te bebías el paisaje con los ojos.

Unas horas antes, aún lejos de la costa y tras abrirse las nubes de la tormenta, habías avistado la distante muralla de los Andes, totalmente nevada. El sol naciente subrayaba con un hilo de cobre la sierra de sus cumbres. Sobre todas ellas descollaba la ancha espalda del Aconcagua. Su cabeza piramidal, torcida sobre un hombro, parecía mirarte y retarte desde su inconcebible altura. Como si te preguntara: ¿qué se te ha perdido acá, en este fin del mundo, pintor viajero?

Pintor viajero. Pintor navegante. Pintor jinete. Hijo de Lorenz, el pintor de caballos, biznieto de Georg Philipp, el gran pintor de batallas que anduvo por media Europa siguiendo ejércitos. Tus antepasados eran cátaros ocultos —contabas, alardeabas— que en el siglo XVII emigraron desde Cataluña

15

para establecerse en Augsburgo, al servicio de los Fugger. Pero ahora tú, Johann Moritz Rugendas, eras el último pintor viajero de tu estirpe. Y, sí, llegabas hasta el fin del mundo buscando algo que habías perdido antes de tenerlo.

Mírate, a ver si te reconoces *(si te ves en esta memoria mía).* Eras alto. Llevabas el pelo rubio, largo y ensortijado, recogido en una coleta mediante una cinta negra. Tenías treinta y tres años, las facciones rectas y largas, la piel mate de tus antepasados catalanes y los ojos de un azul profundo, ultramarino. Como si se te hubiera pegado en ellos el mar de tanto viajar por él, o de tanto pintarlo. Llevabas botas de media caña, muy gastadas; un capote gris con esclavina, abierto; y el sombrero colgando a la espalda, a la mexicana. Venías de pie, mirando a babor, en el castillo de popa del barco que te traía desde el puerto de El Callao, en el Perú, hasta Valparaíso. Y tan pintor eras, en cada minuto de tu vida, que ya estabas bosquejando en tu gran cuaderno, apoyado sobre el antebrazo izquierdo, el animado espectáculo de la bahía.

Habías dibujado de esa forma, para pintarlos después, todos los puertos principales del Pacífico hispanoamericano. Desde Acapulco —cuando tuviste que huir precipitadamente de México— a Panamá, Buenaventura, Guayaquil... Desembarcabas y te internabas en esas regiones, por semanas o meses, para pintar sus paisajes y a su gente. Luego esperabas otro barco y seguías viaje. El que abordaste en El Callao había surcado el océano trazando un largo rodeo, apartándose de la costa sudamericana, internándose cien leguas en el Pacífico. Después el buque enfiló al sur hasta avistar las islas Desventuradas y enseguida el archipiélago de Juan Fernández, en cuya isla de Más a Tierra —la de Robinson Crusoe— recalaron para aprovisionarse de agua. Seguían la vieja ruta de los pilotos coloniales para evitar la poderosa corriente de Humboldt que fluía en contra, hacia el norte. Pero tú pensaste que el Barón —cuyo nombre llevaba esa corriente— reclutaba incluso a aquella fuerza de la naturaleza para alejarte de las tierras que él, intransigente, te había prohibido: «Apártese de las regiones temperadas de Chile y de Argentina. ¡Allí no hay nada que ver!».

Por fin, desde el archipiélago de Juan Fernández cruzaron a lo ancho ese río marino, cabeceando sobre sus ondas, en una travesía tan mala que hasta tú, que jamás te mareabas, casi echaste el hígado por la borda. Encima, una larga tormenta los sorprendió ya cerca de la costa. Durante una semana el temporal arrastró a la nave hacia el norte, intentando devolverte, impedirte conocer esas tierras y lo que te esperaba en ellas...

La corriente de Humboldt —y el sabio mismo— oponiéndose a tu venida; la tormenta de una semana que los había alejado de esa costa; y luego la silueta torva de esa montaña, la más alta conocida, parecían ser todos signos ominosos. No vengas a esta tierra, te decían...

Eras tan supersticioso, Moro. Nunca lograbas evitarlo. Y en los últimos años te habías agravado: comenzabas a creer que eras la encarnación de aquel personaje de Durero, en el grabado que tanto estudiaste y copiaste en el taller de tu padre: *El caballero, la muerte y el diablo.*

Un jinete con armadura que cabalga lentamente, lanza al hombro. Quizás viene de regreso de la guerra o de las guerras de la vida. No se sabe. Lo probable es que ahora vaya en pos del castillo que se divisa en lo alto de una montaña, a lo lejos. Atrás del caballero, un diablo deforme y burlón lo sigue a pie. Mientras la muerte viene montada al lado del jinete, mostrándole un reloj de arena: el tiempo que le queda.

Fantaseabas con que ese caballero errante eras tú: pintor viajero en territorios remotos. El diablo, confiésalo, era el diablo de tus deberes y ambiciones, contrariando siempre tus inclinaciones y placeres. Habías llegado al extremo de identificar a ese demonio tiránico con el Barón von Humboldt, que desde Europa te enviaba cartas con órdenes e instrucciones de que pintaras sólo lo que a él le interesaba. El Barón que había querido —aparte de otras cosas peores— convertirte en un pintor naturalista, un artista científico. Un pintor de la realidad, ¡cuando tú habías nacido para ser un pintor de la sensibilidad!

¿Y esa muerte coronada que en el grabado acompaña al caballero? Ah, eso era más complicado de explicar. No le temías demasiado a la muerte. Como tantos jóvenes, te creías punto menos que inmortal. Excepto por un detalle: todos tus amores, mucho más temprano que tarde, se morían. Sí, morían en tu corazón. Dejabas de sentirlos. Apenas empezabas a enamorarte de una mujer, cuando ya tu implacable ojo de retratista descubría unos tobillos gruesos que la falda había tapado, unos dientes menos blancos de lo que deberían ser, una mirada un poco boba acompañando unas palabras huecas. Las manchas de la piel y del alma, las irregularidades del cuerpo y del espíritu que te mataban la ilusión y te desengañaban.

Primero tu cuerpo se apartaba de la mujer, y enseguida lo hacía tu corazón. Y, por último, tú entero tenías que fugarte de su lado. ¿Era un acto reflejo y defensivo? ¿Sospechabas que apenas alguien ama, le concede al otro el poder de dañarlo?

Desdeñabas esas hipótesis razonables. Según tú, Moro supersticioso, era la muerte quien se había enamorado de tus amores. Y los asesinaba en la cuna. Tanto le temías que ni siquiera la llamabas «la muerte»: no te atrevías. La denominabas «la otra» o «la desengañadora».

Te enamorabas mucho, Moro. Pero «la otra» te desengañaba sin piedad. Apenas un romance empezaba a gestarse, ya comenzabas a perderlo. Primero veías los defectos, luego desaparecía hasta el deseo. Poco tiempo te bastaba para que el amor se te escurriera entre los dedos. Como quien se sueña rico una noche y amanece pobre.

Lo intentaste varias veces. En México incluso te comprometiste con Octavia, esa jalisciense jovencita y desprejuiciada de la que te creíste más enamorado que de ninguna mujer anterior. Fijaron fecha para el matrimonio y hasta se pegaron los carteles en las esquinas de Tlaquepaque. Todo por ver si le doblabas la mano a tu «otra». Fue inútil. Tuviste que escapar de noche, acarreando tus pinturas y poco más. Te atacó un ahogo que no te dejaba respirar, una inminencia de aplastamiento, como si fuera a caerte encima una avalancha que te sepultaría.

En esa fuga del amor —o de la muerte enamorada de tus amores, que era lo mismo—, planeaste ir lo más lejos posible. Desoír las instrucciones del Barón y abandonar las regiones tropicales de América, para bajar mucho más al sur del ecuador. Venir hasta el remoto Chile. Incapaz de admitir tus terrores —porque también eras orgulloso, Moro—, te dijiste que lo hacías para desafiar los autoritarios consejos de Humboldt. Así romperías con él de una vez y podrías convertirte en un pintor de la sensibilidad (y no de la realidad). Aunque sabías bien que a ese diablo le temías mucho menos que a «la otra». Del diablo de tus deberes podrías huir, acaso. Pero de esa «desengañadora», ¿quién podría salvarte?

(¿Conseguiste salvarte de aquella «otra», Moro? Te lo pregunto porque en esta última y larga carta tuya que acabo de recibir —o que recibí hace unos cincuenta años, ahora me confundo—, me cuentas que estás mal del corazón; desahuciado, me das a entender. Y enseguida bromeas con eso de que te vas a casar. A punto de morir y piensas casarte. ¿Quién te entiende? Y encima con una muchacha de veinte: más de treinta años menor que tú. ¡Ay, Moritz, mi Moro! ¿Vuelves a las andadas, pintor viajero? ¿Vuelves a pintar mujeres típicas? ¿Y a coleccionarlas? Pero, si yo estoy vieja, tú debes ser un matusalén... A menos que te hayas muerto hace medio siglo, después de escribirme esa última carta.)

Moro supersticioso, lo único que calmaba la angustia de tus fugas era pintar. Por eso, al llegar a Chile, para no pensar en los signos ominosos de la corriente adversa, la tormenta atroz y la montaña monstruosa, entrabas dibujando al puerto de Valparaíso.

La dentadura blanca de los Andes, el anfiteatro de cerros que rodeaba la bahía, las casas de colores trepadas por las laderas peladas o verdes, las fortalezas ruinosas en ambas puntas de la rada, el muelle de troncos renegridos. Avanzabas dentro de ese paisaje al tiempo que lo bosquejabas. Siempre te gustó viajar por el interior de una perspectiva, sentir en carne propia cómo las cosas pequeñas del fondo, al acercarse, aumentan su tamaño. Tan similares a la muerte que se agranda cuando la tenemos próxima. Tan idénticas al amor que desde la nada puede crecer hasta convertirse en pasión, hasta bloquearnos la vista de todo lo demás (antes de desvanecerse en un punto de fuga). Aquí ésas y otras perspectivas tuyas iban a cambiar y trastocarse, como lo hacía ahora el paisaje; pero esto aún no lo sabías.

El barco medio desarbolado echó sus anclas en el centro de la bahía. Se descolgaron coderas de cuero y una barcaza de transbordo, impulsada por dos remeros, se apoyó contra ellas. La tripulación empezó a bajar con sogas las encomiendas delicadas, el correo y el equipaje de los pasajeros. La marejadilla, residuo del temporal, dificultaba la maniobra. Tú no quisiste esperar a que desenrollaran las escalas de gato y te descolgaste también por una cuerda. Ansiabas dejar pronto ese barco andrajoso, astillado por el temporal. Pero también querías asegurarte de ser tú mismo quien recibiera tus cosas en la proa de la barcaza. El baúl y los atriles; las cajas conteniendo pinceles, óleos y pigmentos para prepararlos; las carpetas de papeles finos; los numerosos y largos tubos de cuero donde traías enrolladas aquellas pinturas de las que no te separabas jamás.

Por fin el transbordador, bamboleándose, sobrecargado de gente y equipajes, se apartó del barco. Los remeros, un par de chilotes de piernas cortas y torsos enormes, del color oxidado de los leones marinos, hicieron un esfuerzo titánico para enfilar la barcaza hacia el muelle. Éste era una larga estructura de palos festoneados de algas negruzcas y marrones que se internaba en la bahía desde la playa. Un único espigón con forma de brazo flectado, desbordante de la febril actividad típica de esos puertos sudamericanos, recién abiertos al comercio mundial.

Tu barcaza se vio obligada a detenerse a unos veinte metros del malecón. No había lugar. El muelle estaba atiborrado de cajas y sacos. Todos los sitios de atraque se veían ocupados por botes que descargaban lentamente, usando las pocas grúas pluma disponibles. La tormenta había demorado también a muchos otros barcos y ahora el muelle no daba abasto para atenderlos a todos.

Te pusiste de pie en la proa de la barcaza, Moro. No querías perderte nada de ese espectáculo. Estibadores indígenas y chinos, comerciantes navales peleándose por aprovisionar los barcos, gritos proferidos en veinte lenguas. Marineros enflaquecidos trepaban al muelle con sus bolsos al hombro, dirigiéndose hacia el tumulto de prostitutas chillonas que ondeaban sus pañuelos desde la orilla para atraerlos a sus posadas. El olor a mariscos, a guano, a tierra húmeda, te embriagaba.

Y entre todos esos colores y olores, en medio de ese tumulto y griterío, la viste por primera vez.

Una mujer joven, alta, pálida, con el pelo negro y liso suelto sobre los hombros, menos una parte sujeta tras la cabeza con un peinetón. Vestía un traje de seda verde que relumbraba bajo el sol aumentando el brillo de sus ojos, del mismo color. Ojos atentos, curiosos, impacientes. La acompañaba un cochero negro, enorme y canoso, con un látigo de vara en la mano. Su coche debía ser ese pequeño cabriolé tirado por un solo caballo que esperaba al comienzo del muelle. Todo eso lo registraste con una sola mirada, Moro. Tenías una vista de halcón peregrino —o de pintor peregrino—, agudísima. Especialmente para las mujeres, ¿verdad?

¿Pero qué diablos hacía allí esa joven hermosa y altiva, mezclada con el maremágnum masculino de este espigón que ni siquiera las putas del puerto se atrevían a pisar?

Los gritos del capitán de puerto, amplificados por una gran bocina de latón, te distrajeron. Que se apartaran, les gritaba. Les ordenaba alejarse y fondear cerca de la playa. Allí los alcanzarían hombres y mulas, con el agua hasta el pecho, para descargarlos. Era, obviamente, la forma más peligrosa de desembarcar. Con ese mar picado los remeros tendrían que acercarse a la rompiente, con riesgo de que ésta arrastrara la barcaza y la encallara en la arena, volcándola luego. O bien, un mal movimiento sobre ese oleaje, al desestibar, y tanto carga como pasajeros caerían al agua.

De pie en la proa de la barcaza, viste reaccionar a la joven de verde antes de que ninguno de ustedes protestara. Desde unos diez pasos, extendiendo hacia el capitán de puerto su brazo enguantado hasta el codo, le exigió:

—¡Hágale sitio a ese bote!

Fue una orden contundente. Impartida en el tono inapelable de quien está acostumbrado a mandar y ser obedecido. La actividad en ese sector del muelle se detuvo: todos aquellos hombretones pendientes de esta hembra. ¿Adónde habías llegado, Moro? ¿Al país de las amazonas, donde mandaban y peleaban las mujeres?

La joven volvió a gritarle su orden al capitán, esta vez casi colérica. Éste, barbudo y fornido, se sacó la gorra mugrienta por respeto o perplejidad ante semejante furia. Meneaba la cabeza al tiempo que abría los brazos, con la bocina en una mano y la gorra en la otra.

En cualquier lado del tiempo que estés, Moro, nunca olvidarás lo que viste enseguida. La joven arrancó el látigo de manos de su cochero y, abriéndose paso a codazos entre los estibadores chinos e indígenas, se asomó sobre el bote que le quedaba más a mano. Le ordenó al marinero que dirigía la descarga de unos fardos de lana que soltara amarras y se apartara. El hombre protestó en francés con acento italiano, decidido a no moverse. Parecía ser un corso, con la cara dura y bulbosa como un puño cerrado.

Sin titubear, ella descargó desde arriba dos latigazos que restallaron en el aire cristalino. El marinero esquivó los azotes, agachándose aparatosamente. Aunque era obvio que el látigo no pretendía tocarlo; esta mujer lo sabía manejar.

—¿Se va a mover o no? —insistió la joven.

Y levantó otra vez el látigo, que ondulaba como una serpiente.

El tiempo pareció suspenderse. Sólo los graznidos de las gaviotas rompían el silencio. Hasta esa marejadilla que dejó el temporal parecía haberse calmado un tanto, esperando...

—*Femme de merde! Chilienne folle!* —exclamó por fin el corso, furioso.

Volviéndose hacia sus marineros, les ordenó desamarrar el bote y ponerse a los remos. En un par de minutos habían retrocedido lo suficiente para que los remeros de tu barcaza pudieran atracar.

La maniobra había sido digna de un contramaestre o de un cómitre de galeras. Si este muelle se manejara así, pensaste, y no al cansino ritmo del capitán de puerto, la naciente república chilena multiplicaría su comercio en corto tiempo. Hasta te dieron ganas de aplaudirla, Moro.

En lugar de eso, mientras la barcaza se acoderaba y amarraba, te sentaste y abriendo tu cuaderno de croquis dibujaste con un carboncillo la escena que acababas de ver. A pesar de la marejadilla, ayudado incluso por ese vaivén, diste forma con tres o cuatro líneas a esa mujer enarbolando el látigo. Su silueta espigándose al levantar el azote, el pelo alborotado, los ojos fulgurantes, el rostro afilado y decidido. Tenías un talento natural para esas instantáneas, Moro. Cuanto más inmediatas y veloces, más vivas te resultaban. Sabías arrancarle pedazos al tiempo, aliviándolo de lo superfluo, deteniendo sus líneas de fuga.

Cuando subiste al muelle la viste de espaldas, alejándose. Tuviste que correr un poco, esquivando a los estibadores, para poder alcanzarla. En ese ímpetu, estorbado por los arreos de pintor que llevabas, no hallaste mejor forma de detenerla que tomarla por uno de sus hombros.

La mujer se encogió como si la hubieras marcado con un hierro candente. Y se volvió. Sus ojos —de un verde esmeralda acentuado por el brillo del vestido— te recorrieron de alto a bajo, con impertinencia. Se veía tan sorprendida que no atinaba a decir palabra. Sospechaste que si aún hubiera llevado el látigo, que ahora portaba su cochero, te habría azotado con él.

Te echaste hacia atrás, divertido por tanta altivez. Le dijiste, jadeando pero con la máxima urbanidad posible:

—Señora, le quedo eternamente agradecido.

Pestañeó sin entender, frunciendo el ceño:

—¿Agradecido? ¿Por qué, caballero?

—Por hacernos un espacio en el muelle. Podría haber caído al agua con todas mis pinturas. Acepte este dibujo, por favor, como reconocimiento.

Ella recibió el boceto maquinalmente. Mientras lo examinaba, se ruborizó desde el largo cuello hasta la frente. Una ola de sangre volvía a encenderla. Habías captado la rabiosa belleza de la que era capaz, esa mujer del látigo enarbolado. Y verse retratada así la turbaba. Te sentiste orgulloso. Llevabas en este país sólo unos minutos y ya estabas causando impresión. Pero ella te desalentó:

—Ésta no soy yo —dijo con frialdad, rasgando la hoja en cuatro pedazos y tirándola al agua.

(¡Por supuesto que ésa no era yo, Moro! No era ni tan bella ni tan fiera como me dibujaste esa primera vez. Después lo discutimos mucho, recordándolo. Tú insistías en que sí usé ese látigo contra el marinero. Yo lo negaba. Aseguraba que te lo inventaste, que agregaste ese detalle como una «veladura» más, similar a esas otras que te gustaba usar cuando pintabas: delgadas capas de óleo con las cuales añadías profundidad y misterio a tus temas. Del mismo modo, tu fantasía de artista superponía capas de imaginación a la realidad sin ningún escrúpulo. Lo hacías para darle más espesor a la experiencia, decías. Pero ahora esas veladuras tuyas trastornan mi memoria y me confunden. Tantas décadas después de nuestro primer encuentro mis recuerdos se barajan con tus fantasías de artista. Tus pinturas y relatos exaltados parecen tan reales como la vida que vivimos. ¿O son más reales? Tal vez recuerdo mejor lo que tú sentiste, que aquello que vieron mis ojos...)

Te quedaste mirando los pedazos de tu boceto que flotaban en el agua sucia junto al muelle. Protestaste:

—Señora, la dibujé tal como la vi. Aunque fue un retrato apresurado...

Pero ella no te escuchaba:

—Y sepa que no hice apartarse ese bote por sus dichosas pinturas. ¿Quién se cree? Quería cuidar mis libros, que venían en el mismo barco.

Su larga mano pálida indicaba la pesada saca que su cochero llevaba sobre un hombro.

Qué vergüenza, Moro. Y tú habías pensado que esta amazona austral casi azotó a un marinero sólo por salvarte a ti, al artista extranjero que llegaba y a sus inapreciables obras. Eras incorregible.

Fue tu turno de enrojecer:

—Entendí mal...

—¡Muy mal! Además, aquí no se le habla a una dama sin haber sido presentado. ¿De qué país salvaje viene usted?

—De muchos, señora —reconociste, apesadumbrado—. Pero nací en Baviera.

La viste esbozar una sonrisa. Sus labios carnosos se rizaron apenas, en las esquinas de su boca ancha. Alcanzaste a confundir con simpatía la ironía que enseguida te azotó:

—*Wir sind nicht am Weltende, mein Herr.*

No estamos en el fin del mundo, mi señor. Lo había dicho en alemán, para terminar de confundirte. ¡Y de maravillarte!

Volviéndote la espalda, la mujer salió del muelle. Dos oficiales de aduana le hicieron una venia, sin mirar siquiera el paquete que cargaba el gigantesco cochero. Éste le abría camino a su ama con la vara del látigo. Un corredor de hombres se apartaba a su paso, con cuidadoso respeto.

II. 1854

Un mediodía de verano —veinte años después de aquella llegada a Chile— hiciste sonar una campana en la puerta de la casa de Charles Darwin. Un carruaje de pago te había llevado a Downe desde la pequeña estación de trenes de Sydenham. Ocho millas subiendo y bajando los suaves lomajes verdes del condado de Kent, parcelados por muretes de pedernal. Rebaños de ovejas balaban en algunos potreros, alternados con huertos de avellanos, lúpulos y cerezos. La hierba oscura brillaba, saturada de agua, pese a que estaban a mediados de julio. A lo lejos una columna de humo, recortándose contra un bosquecito de nogales, señalaba una granja, antes de confundirse con el cielo encapotado donde se desplazaban grandes nubes plomizas.

En otra época habrías sacado tu libreta y dibujado sin vacilar ese paisaje. Pero ya no sentías el deseo de fijar las apariencias fugitivas del mundo, Moro. Ya no eras un pintor. Lo habías sido. Ahora, inevitablemente, comparaste esas suaves lomas inglesas, ese campo que rezumaba humedad, con los Andes y sus nieves eternas refulgiendo contra el cielo austral: los veranos secos y luminosos del valle central de Chile. Recordándolo, no te parecía que todo eso estuviese al otro lado del mundo, sino en otro mundo. Como tu vocación o el amor.

La casa blanca, de tres pisos abrazados por la hiedra, se veía espaciosa y recatada al mismo tiempo. Parecía el hogar de un granjero próspero. O, más bien, el de ese vicario rural que el joven Darwin soñaba ser cuando lo conociste allá, veinte años antes.

Un mayordomo enjuto, de mofletes caídos, te abrió la puerta. Recibió tu abrigo y tu sombrero con cálidas expresiones de bienvenida que, sin embargo, te resultaron casi incomprensibles. Apenas entendiste que su nombre era Parslow y que «the Master» estaba trabajando. Había pedido que te llevaran a su estudio apenas llegaras.

Mientras Parslow colgaba tus cosas de una percha, frente a la escalera, viste bajar por ésta a un par de niños montados en una tabla que se deslizaba rauda como un trineo. Los mocosos, con el pelo rubio arremolinado, aullaban de gusto, y la alfombra, deshilachada en el borde de los peldaños, revelaba que no era la primera vez que lo hacían. Apenas habías salvado tus tobillos del ataque cuando ya el par de chicos desaparecía, sin siquiera mirarte, corriendo hacia el jardín.

El mayordomo los regañó, pero con tanta discreción que igual podría estar felicitándolos. Si esto era la disciplina victoriana... Tras guiarte por un corto pasillo, Parslow golpeó a una puerta y, sin esperar respuesta, te dejó en el estudio del naturalista. Era un cuarto amplio, sencillo, que mostraba en cada objeto las huellas del intenso trabajo de su dueño. Los muebles archivadores, las estanterías cargadas de libros y el escritorio lleno de cuadernos abiertos convivían con una mesa redonda que hacía las veces de laboratorio, puesta cerca del ventanal. Un hombre de espaldas, demasiado grande para el taburete con ruedas donde se había sentado, se encorvaba sobre un microscopio. Tardó en reaccionar, pero cuando lo hizo vino rápido hacia ti, limpiándose los dedos con un pañuelo. Vestía un delantal bastante manchado. Te extendió la mano a la manera inglesa, medio de lado y con el brazo muy recto, para mantener las distancias.

—Rugendas —te dijo, jadeando un poco—. Al fin. Bienvenido.

En eso, al menos, no había cambiado. Los modales envarados reprimiendo su natural amabilidad seguían siendo los mismos. En todo lo demás, Darwin parecía una persona distinta del joven de veinticinco años que habías conocido en Valparaíso. La espalda encorvada había disminuido un poco su gran estatura. Su calvicie casi completa delataba el eczema que le despellejaba el cráneo. La frente arrugada se apoyaba en las cejas peludas, que hundían aún más sus ojitos celestes, cándidos, en la caverna de los prominentes arcos superciliares. Las gruesas patillas marrones eran lo único enérgico en su rostro.

Pero aun ellas semejaban manojos de hierba seca que las mejillas, sin sangre, sustentaban mal.

Te reprochaste la pequeña alegría de compararlo contigo y encontrar que habías envejecido mucho mejor. Cualquiera lo habría tomado por tu padre. Y en realidad tenía cuarenta y cinco años, siete menos que tú.

—Ya era tiempo de reencontrarnos, niño prodigio —dijiste, palmeándole un hombro y retornando al apodo que antaño le dabas.

Ambas cosas, el palmoteo y el apodo, le molestaban, según recordabas. Pero no hallaste nada mejor para disimular el espanto que te causaba su vejez.

Lo que no pudiste evitar fue arrugar la nariz ante el olor pútrido que flotaba, casi visible, en el aire encerrado de aquel estudio y laboratorio. Temiste que proviniera de tu amigo, antes de reparar en los especímenes que el naturalista diseccionaba cuando entraste. Sobre la mesa redonda, junto a la ventana, varios frascos contenían unas conchas blancuzcas, tubulares, parecidas a volcanes en miniatura por cuyos cráteres hexagonales asomaba una uña doble. Algunos habitantes de esas conchas habían sido extraídos de su guarida y seccionados; ahora se descomponían rápidamente sobre las plaquetas del microscopio.

—No me diga que sigue estudiando a ese bicho...

—El *Austromegabalanus psittacus* —te corrigió él, encantado, y se lanzó a hablar—. Sí, llevo ocho años estudiando el percebe gigante de Chile. Toda su clase, los géneros extintos y los vivos. Mire este otro —señaló un minúsculo crustáceo sobre una plaqueta—. Éstos los encontré en Chiloé. Son hembras que llevan un diminuto macho adosado. Un macho complementario que es sólo un saquito de semen con un ojo. Pero, igual que el *Austromegabalanus,* este macho tiene un enorme pene enrollado...

Y tampoco en esto había cambiado: su erudición fanática seguía pareciéndose a la de un pervertido que exhibe el objeto de su obsesión. Buscaste en tu memoria el nombre chileno de aquel volcancito calcáreo que allá tenían por un marisco delicioso... Picorocos, sí. ¡Ocho años estudiando picorocos! O quizás veinte. Porque el día que Carmen y tú conocieron a Darwin, a bordo del *Beagle* anclado en Valparaíso, un joven rubio y fuerte les había mostrado unas masas blancas muy similares a éstas. Entonces Darwin había tenido la ingenuidad —o el mal gusto— de explicarle a ella que este percebe gigante tenía el pene más largo del reino animal, proporcionalmente. ¡Y qué uso malvado le daría Carmen, después, a ese dato!

(¡Mentiras, Moro! Que hasta muerto —si es que estás muerto— tengas que hacerme rabiar... Escribiste esa invención en la última carta que recibí de ti, desde Alemania. Esa misiva tan larga donde, aparte de narrarme tu vida en los últimos años, me contabas tu reencuentro con Darwin. Pero no es verdad. Yo no le di ningún «uso» al pene del picoroco. Bueno, pensándolo bien, tal vez lo mencioné alguna vez e hice comparaciones... para molestarlos. Simplemente, usé el arma que ustedes me dieron. Y no vas a culparme por eso.)

Dos décadas más tarde, aquel «niño prodigio» seguía habitando en este hombre prematuramente envejecido que te hablaba de ese mismo bicho chileno. Muy contento, hasta que leyó en tu rostro escéptico el tiempo transcurrido. Su sonrisa se esfumó, aplastada por las mejillas blandas o por los años. ¿Lo habías ofendido con tu indiferencia ante su trabajo?

Se produjo un silencio que no supiste llenar. Ni él. Parecían lo que eran: dos amigos que alguna vez, breve pero intensamente, compartieron un lapso de su juventud. Y que luego no se han visto por mucho tiempo. Tanto, que ya es imposible resumirlo y resulta preferible callar.

En ese silencio resonaron las carreras de otros niños bajando por la misma escalera. Salían en tropel, para unirse a los dos anteriores en el jardín delantero.

—Es su hora del recreo. Estudian en casa —te explicó Darwin, sonriendo de nuevo.

De pronto lo viste encogerse, estirar la boca en trompa, alargar el cuello, la nuez tironeada por bruscos espasmos. Recordaste sus ataques de pavor allá, en lo alto de los Andes. Y temiste haber venido tan sólo para presenciar uno más.

El naturalista te calmó agitando una mano frente a ti, mientras con la otra se tapaba la boca. Sorteó su escritorio y desapareció tras una cortina de felpa roja que colgaba en un rincón. Escuchaste unas arcadas, el líquido cayendo sobre un recipiente metálico, un largo suspiro de alivio.

Un minuto después reaparecía, secándose los labios con una toalla.

—Discúlpeme. Y no se preocupe. Vomito dos o tres veces al día, desde hace años. Ningún médico ha encontrado la causa ni el remedio.

Era tal su naturalidad que parecía fingida para evitar más preguntas. Y no las hiciste.

Darwin abrió una ventana para ventilar el cuarto. Por ella se colaron los chillidos de los niños que jugaban afuera. Y la voz aguda de una mujer que gritaba con esa autoridad de-sesperada de las madres de familias numerosas. Luego el naturalista te cedió su sillón de lectura. Te hundiste en el cuero raído. Sobre el atril había una libreta garabateada con esas patas de mosca de su escritura cuasi taquigráfica, que recordabas bien. Él se sentó en su taburete giratorio. Indicó hacia el jardín delantero, que podía vigilar desde allí, mediante un insólito espejo puesto fuera de la ventana y estratégicamente inclinado:

—No sólo disecciono cirrípedos. He tenido nueve hijos y he publicado varios libros... —arguyó, volviendo al viejo hábito de justificarse contigo.

—Leí el diario de su viaje con el *Beagle* —aseveraste, deseando saldar de inmediato esa cuenta pendiente—. Y me gustó.

Él te miró por lo bajo. Hasta creíste que el rubor malsano de su cráneo descamado por el eczema palidecía, como si hubiera temido que dijeras precisamente eso. Se había hecho mundialmente famoso con ese libro, no sólo entre los hombres de ciencia, sino incluso entre los lectores comunes, ávidos de relatos exóticos, pero aun así se avergonzaba de que tú lo hubieras leído. Y era demasiado honesto para negarlo:

—¿Le gustó, a pesar de lo que omití?

Era una ocasión cantada para mortificarlo y reconociste —con sorpresa— que no ibas a dejarla pasar. Aunque habías hecho todo el camino desde Augsburgo, diciéndote que venías

30

a reencontrarte con un buen amigo, un rescoldo de la vieja rivalidad se encendía. Le contestaste, con ironía:

—Bueno, sólo omitió unos pocos detalles: adulterios, drogadicción, canibalismo...

III. El latido saltado

Veinte años antes, recién llegado a Chile, amaneciste enamorado. Así fue, Moro. Entreabriste los ojos después del mediodía en ese cuarto manchado de humedad, en el segundo piso de la Fonda Inglesa de Valparaíso. Sentías mareo de tierra, el cuerpo aún atrapado en el sueño de doce horas con el que habías reparado esa semana que pasaste navegando en un mar tormentoso, noches durante las cuales no pudiste dormir casi nada imaginando que te ibas a ahogar. Y lo primero que te dijiste, antes incluso que darte a ti mismo tu usual buenos días de solitario, fue eso: estoy enamorado.

Te revolviste en la cama. ¡La habías cagado! Tanto poner tierra por medio, y apenas pisabas este puerto remoto, al que arribabas en fuga de tus amores muertos, ya le estabas dando a «la otra» la ocasión de alcanzarte.

Quizás fue porque —efectivamente— no habías llegado al «fin del mundo», como te lo había dicho esa desconocida, recién desembarcado en el muelle y en tu propio idioma. Ella no podía sospechar de quién huías; pero había intuido correctamente otro de tus propósitos. También venías buscando ese lugar imposible: un final de la tierra... Ningún sitio es el fin o el comienzo del orbe si el planeta es una esfera, lo sabías. Pero esto no te impedía buscar el lugar más distante de tu origen al que pudieras llegar. Porque sólo allí podrías ser tú mismo. Ya lo habías experimentado en Brasil, en México y en otros lugares remotos: cuanto más te alejabas, cuanto más extranjero eras, más te liberabas de las convenciones y más se desplegaban tus talentos. En Europa te encontrabas atado por las cadenas de tu linaje de pintores, apresado por los vínculos de tu nacionalidad y tu educación. Pero en América tu libertad crecía al mismo paso con el que te distanciabas: cuanto más lejano, más artista. Y esa desconocida había sospechado todo esto, resumiéndolo en una sola frase, apenas te vio. Como si pudiera asomarse a tu corazón...

No: no podía, ni debía ser, Moro. Te tapaste la cabeza con la almohada, para evitar la hiriente luz del mediodía que se colaba por unas sucias cortinas de percal. Y decidiste hacer la prueba del latido saltado.

Era un infalible detector de amores, inventado por ti. Si acaso, al ver de nuevo a una mujer que te había gustado mucho tu corazón se saltaba un latido, si daba un brinco, querría decir que ya estabas frito. En tu experiencia como pintor y amante viajero, habías comprobado muchas veces la eficacia de este método. (Ya está dicho que eras supersticioso. Y nada científico.) Cuando en presencia de ELLA tu músculo cardíaco se detenía durante un milésimo de segundo, esa palpitación perdida te indicaba que allí tendrías que quedarte. Por un tiempo al menos. Para ir tras ella e intentar seducirla y hacerla tuya. Te lo decía tu corazón, que había querido detenerse al verla.

Te pusiste la mano sobre el pecho, bajo la tetilla izquierda. Apretaste los párpados y evocaste a la desconocida en el muelle, el día anterior. Esa antorcha verde con el látigo enarbolado... Tu memoria visual era tan exacta que sería como verla efectivamente de nuevo. Mirándola así, con los ojos cerrados, te hiciste la prueba.

Y no perdiste un latido, Moro. ¡Qué va! ¡Perdiste varios!

Saltaste de la cama. A pesar de «la otra», a pesar de tus desengaños anteriores, tendrías que buscar a esta furia chilena. No eras de esos hombres que esperan a ver si se les pasa la enfermedad del amor.

Sin lavarte demasiado en la jofaina, bajaste al comedor de la fonda. Estaba vacío, a excepción de la patrona que aseaba las mesas. Te ofreció una. Era una criolla grandota, con estampa de andaluza, que trabajaba cantando: «Se me ha volao un pajarito / no importa porque era chiquito». Y te miraba de reojo, sonriendo, dejándote admirar los grandes pechos, o la popa que se bamboleaba al compás cuando se tendía sobre las mesas para fregarlas. Afuera, en la calle, el marido inglés dormitaba sobre una silla puesta al sol.

—¿Qué le ofrezco, mijito? —te preguntó, brazos en jarra; y en la oferta era notorio que se incluía ella misma.

Tenías un hambre canina, así es que devoraste los porotos viejos y el pan de rescoldo que eran la única opción. El vino era bueno: denso, casi negro, oloroso a tierra.

La patrona se había sentado en la mesa contigua a mirarte comer, o a comerte con los ojos. Era tu oportunidad y la aprovechaste. Ella no se hizo de rogar; seguramente, ese marido dormilón no le hablaría mucho, tampoco. Claro que conocía a la mujer de verde. Quién no la conocía en Valparaíso, si era una de las señoras más principales. Carmen Lisperguer de Gutiérrez. Hija única de un gran hacendado patriota. Casada con un militar, un héroe de la independencia, «mucho mayor que ella».

—Tendrá unos veintisiete años, digo yo. Bonita, ¿no? —te tanteó la patrona, entrecerrando con malicia sus ojazos negros.

Pero no te dejó responder. Inclinándose hacia ti, de modo que pudieras apreciar el escote profundo sobre sus grandes pechos y oler el perfume a perejil que emanaba de allí, te susurró que sí, era bonita, pero también «rara». Teniendo marido, pasaba mucho sola. Era caprichosa. Medio impía. No iba nunca a la iglesia. Les hablaba en su lengua a los comerciantes alemanes, franceses e ingleses del puerto.

—Hasta a mi marido le habla en su idioma, le diré.

Y algo peor, insistió la patrona: se comentaba que también leía en todas esas lenguas. No sólo novelas. Leía «libros de hombre»: filosofías y esas cosas. Casi cada barco traía para ella encomiendas misteriosas; además de vestidos de París, coloridos y descotados, que se ponía para escándalo del obispo. ¿Querías saber tú lo último grande que le había llegado unos meses atrás...? ¡Un catalejo enorme! ¿No lo creías? Pues cualquiera de estas noches podrías verlo asomando por una ventana de su casa, como un cañón... La patrona miró hacia la puerta, para asegurarse de que nadie la oyera ni la viera, y se te acercó aún más para hacerte una confidencia: decían que era bruja. Que con ese catalejo gigante observaba al diablo y éste le hacía señas desde la luna.

34

—No lo digo yo —aseguró la patrona, echándose para atrás—. Lo dice la gente ignorante.

Pero qué querías tú que fueran a pensar, si los que sabían afirmaban que Carmen era tataranieta o chozna de la Quintrala, la cacica despótica, la bruja de La Ligua... ¿Habías oído hablar de ella?

Apenas te fue posible intercalaste una pregunta, de apariencia inocente, en esa catarata de chismes. ¿En Chile la gente anunciaba sus visitas? ¿O había horas de recibir? La patrona te miró con indulgencia. ¿A cuántos forasteros como tú había desasnado o algo más? En Chile las visitas no se anunciaban. Iban y golpeaban la puerta a cualquier hora del día. Si el dueño de casa no quería recibir, se escondía y mandaba decir que estaba «en la chacra».

—Entiendo —dijiste, y te pusiste de pie, limpiándote la boca.

La patrona era astuta. Meneó la cabeza, socarrona. Su sonrisa decía: no sabe en lo que se está metiendo, mijito.

Subiste corriendo a tu cuarto. Si la prueba del latido saltado no te hubiera convencido antes, lo que acababas de oír habría terminado de hacerlo. Tenías que ver de nuevo a esa mujer, Moro. Era urgente.

*

La puerta daba sobre un estrecho sendero de arena que se confundía con la playa. Forrada en latón pintado de azul oscuro, corroída por el salitre marino, no parecía el ingreso apropiado a la casa de una gran dama. Pero no podías haberte equivocado. La patrona había dicho que era la casa más rara en esa ciudad de construcciones alocadas. Y, sin duda, ésta era la más extraña de cuantas habías visto en el laberinto de callejuelas que seguía la complicada orografía del puerto, trepando y bajando sus quebradas emboscadas de arrayanes.

Esta casa, encaramada en un promontorio rocoso que partía la playa en dos, se adelantaba hacia el mar. Pronto sabrías que ya era un edificio peculiar antes de que la comprara Carmen. La había construido un catalán avaro, sólo con materiales recuperados de naufragios. Pero ella terminó de convertirla en ese galeón varado en lo alto del roquerío, agregándole el castillo de proa que pudiste ver desde abajo. Las olas en días de tormenta debían saltar hasta las ventanas. Ahora, con la bajamar, pudiste rodearla por el lado de la playa, buscando una pequeña puerta que por fin encontraste en un costado.

Tiraste del aro de una cadena y escuchaste la remota campanilla repicando. Muy arriba se estremecieron los visillos en un ojo de buey, sin que el encaje te dejara adivinar quién te miraba desde lo alto. Pasó un rato largo antes de que el enorme cochero negro, canoso, que acompañaba a Carmen en el muelle el día anterior, te abriera la puerta. Se acomodaba todavía la chaqueta de librea, que le quedaba estrecha en los hombros. Le preguntaste si podías ver a la señora y le pasaste tu tarjeta. El hombre, un antiguo esclavo, analfabeto seguramente, observó la cartulina sobre su palma amarillenta sin dar señales de entenderte.

—Psst, Ambrosio. Ambrosio, puh, hazlo subir —siseó una voz desde arriba.

El criado te dejó pasar. Trepaste una empinada y crujiente escalera que corría tras una fachada falsa, destinada únicamente a cubrirla y a tapar la pared de rocas al otro lado. La iluminaba un ventanuco polvoriento y enrejado. ¿Dónde mierda te estabas metiendo?

Además, temías ensuciar tu mejor traje; tu único traje formal. Llevabas botas de cabritilla, guantes grises y un frac de terciopelo azul, con su sombrero de copa, que te habías mandado a hacer en Roma, esa única vez en tu vida —tras el viaje a Brasil y la publicación de tu libro de estampas en Francia— que te sobró el dinero. ¡Un atavío que delataba, desde muy lejos, tus propósitos de seductor! Con razón te sentías ridículo. Con razón huías del amor, si al primer atisbo de su presencia te volvías su bufón y su esclavo.

(Tu frac era de un celeste desvaído, Moro. Quizás cuando lo compraste haya sido azul. Ahora estaba tan descolorido y arrugado que frustraba la elegancia que pretendías demostrar. Pero, en fin, dejémoslo en azul y elegante. Que ésta sea otra de tus «vela-

duras». Además, ya que tú solías definirte como un pintor de la sensibilidad —no de la realidad—, este relato también debe serlo, para serte fiel. No cuento lo que viviste, trato de imaginar lo que sentiste.)

La escalera desembocaba en una trampilla de buque abierta directamente en el techo, por la cual se accedía al piso superior. Terminaste de subir. Ambrosio emergió trabajosamente detrás de ti y bajó la trampa. Una india joven y bonita, la pesada trenza sobre el hombro atada con una cinta blanca, te miró con descaro, como conteniendo la risa, antes de introducirte en una sala y cerrar la puerta.

Por esto la llamaban bruja, pensaste, al recorrer la amplia estancia. Junto a los escasos y consabidos muebles de estilo colonial, los mismos que habías visto en tantos salones criollos de México, Ecuador o el Perú —un bargueño, una mesa frailera, butacas de cuero repujado, un brasero encendido—, el resto era un gabinete de curiosidades que no desmerecía ante otros que habías conocido en Europa. En repisas y tarimas, o directamente sobre el suelo, había una asombrosa docena de animales embalsamados, incluyendo un puma rugiente (que desde otros ángulos parecía carcajearse) y un cóndor con las alas desplegadas. Un armario vidriado contenía una modesta pero interesante colección de muestras geológicas y fósiles: trilobites enrollados, el caparazón de un cefalópodo incrustado en piedra sedimentaria. Pinchados con alfileres sobre un tablero de corcho, viste una tarántula, un escarabajo gigante, un alacrán...

Empezaste a temer que aquella mujer fuese, en efecto, una bruja. ¿Verdad que lo temiste, Moro supersticioso? ¡Circe! Habías caído en la mansión de la ninfa y diosa Circe, la hechicera de las magias poderosas, la que retuvo a Ulises durante todo un año. ¿Te daría ella a beber aquellos filtros que hacían olvidar el deseo de volver a la patria?

Ya estabas fantaseando. No, la explicación tenía que ser más sencilla. Éste debía ser el estudio de su marido. Seguramente, un ilustrado americano admirador de los enciclopedistas franceses; te habías topado con más de uno. Tal vez ella usaba ocasionalmente el telescopio. Por eso la gente murmuraba: eran ocupaciones extrañas para una dama.

Sin embargo, la amplia biblioteca, compuesta de unos cien volúmenes, debía pertenecerle seguramente a ella. Lo delataba la forma en que había reclamado sus libros ayer en el muelle. La saca de yute que los traía reposaba encima de un gran escritorio, abierta. Ibas a entrometerte en su contenido cuando viste sobre el secante una cuartilla de papel a medio escribir. La letra era muy regular, indudablemente femenina, y la tinta relucía aún fresca, como si tu llegada hubiese interrumpido a la escritora en medio de una frase. Leíste:

... Los grandes amores —como los héroes— deben morir jóvenes. De lo contrario se vuelven impotentes. El mejor modo de volver eterno un romance es matarlo. O quizás dejarlo incompleto. Suspendido...

¿Qué era aquello? ¿Un ensayo, una novela, parte de una carta...? En todo caso, eran ideas melancólicas que te costaba conciliar con aquella mujer iracunda. Suponiendo que ella las hubiera escrito. Estuviste tentado de voltear las otras cuartillas que reposaban junto al tintero, boca abajo. Pero un raro pudor te detuvo. Y enseguida otra cosa te distrajo.

Te acercaste a la ventana buscando lo que había llamado tu atención. Pensaste que era, tan sólo, la hermosa vista de la bahía. El sol de invierno bajaba muy al norte. Eran las cinco y ya estaba a una cuarta y media del horizonte. Bajo esa luz diagonal la herradura de la ensenada refulgía, intensamente contrastada. Contemplaste los veleros anclados sobre un mar azul que tiraba al plomo; los roquedales negros de la costa, encanecidos por el guano y las barbas de espuma que los ceñían; los cerros verdes y ocres donde destellaban los vidrios de algunas ventanas; un estero fluyendo desde una quebrada frondosa que desaguaba sobre la playa; el castillo de San Antonio, batido por las olas y en ruinas...

No, no era nada de eso lo que había llamado tu atención. Entonces reparaste en el robusto telescopio cromado, emplazado sobre su trípode, frente a la ventana del estudio. El tubo dorado no apuntaba hacia arriba, al cielo que esa gran ventana de guillotina, con poleas para alzarla sobre el tejado, le permitía explorar. Apuntaba hacia abajo y a la izquierda, hacia el puerto. Tirando de la roldana abriste una franja en el ventanal y te agachaste tras el catalejo. Ajustaste un poco el lente...

Y viste tu barco enmarcado en la redondela del tubo. El andrajoso buque medio desarbolado en el que habías llegado el día anterior. La tripulación remendaba las velas destrozadas por el temporal. Los carpinteros reponían crucetas quebradas y cinchaban los mástiles con aros de hierro. Incluso distinguías perfectamente al macizo capitán peruano, fumando su pipa y dirigiéndolo todo, desde la popa.

Sonreíste, triunfante. O sea que ella pudo verte dibujando en cubierta mientras entrabas lentamente al puerto (con la suavidad de un hombre enamorado entrando en la mujer amada). Tal vez, incluso, te había enfocado, examinándote. Y cuando después, en el muelle, ignoró tu existencia, tan sólo fingía.

—Sí, lo vi llegar.

Te volteaste, sobresaltado. Tu corazón dio un brinco, aunque por razones distintas a las de tu detector de amores. No la habías oído entrar ni aproximarse. Pero ahí estaba, a un metro escaso de ti. Carmen, luciendo la misma sonrisa desafiante del día anterior.

Hoy llevaba un sencillo vestido de lana gris claro con puños de encaje. El escote que escandalizaba al obispo de Valparaíso, a ti te pareció amplio pero discreto. El sol, que empezaba a caer por el vértice superior derecho de la gran ventana, teñía su perfil con una pátina dorada. Lucía el pelo negro recogido en un moño, lo que realzaba su cuello largo donde las carótidas azules se distinguían vagamente. Te habría gustado tocarlas.

Carmen agregó, desafiante:

—Lo busqué en el horizonte desde temprano, porque lo esperaba.

—¿Me esperaba? ¿A mí? —le preguntaste, antes de poder contenerte y pronunciando mal.

Aunque tu español era excelente, cuando te ponías nervioso podía trabarse, lo mezclabas con el francés, o trituras aún más las erres, que incluso después de tres años en México no conseguías dominar. Y ahora estabas de verdad nervioso. Tu vanidad inicial era sustituida rápidamente por la angustia ante una posible conspiración. Tu fantasía de artista se desbocaba fácilmente. Para aguardarte ella tenía que haber sabido que venías... ¿Pero cómo? Tú viajabas casi al azar, con el mero propósito de alejarte. Eras el caballero errante huyendo del diablo y, sobre todo, de esa «otra» a la que ni osabas mencionar.

A menos que la desengañadora se te hubiera adelantado. Que hubiese llegado antes a Chile para prepararte otra de sus emboscadas. Y ya estuviera urdiéndola con esta mujer, ante la que ahora te sentías tan atraído como asustado.

IV. Cámara obscura

¿Cómo supo Carmen que llegabas en ese velero? ¿Era de verdad una bruja? ¿Alguien le avisó? ¿Quién? Tus reflejos supersticiosos y tus manías persecutorias te dominaron, Moro.

Ella te dejó unos instantes en esa confusión, mientras se acercaba a su escritorio y ponía boca abajo la hoja del manuscrito que habías alcanzado a leer. Luego te corrigió con desdén:

—Lo esperaba. Pero no a usted, señor pintor, sino ese barco que traía mis libros. Y bajé a buscarlos para que no me los manosearan en la Aduana.

—Ah, claro, por supuesto... —respiraste, aliviado—. Señora, vine a disculparme.

—Pudo mandarme una nota, Herr... Rugendas —dijo, leyendo tu nombre en la tarjeta.

—Quería presentarme formalmente.

—¿Formal, usted? Ayer me dibujó sin pedirme permiso y haciéndome parecer otra.

Su insolencia te desconcertaba. Pero al mismo tiempo te acicateaba. Y, además, si estuviera tan indignada no te habría recibido, ¿verdad?

Corroborando eso, Carmen te invitó a sentarte en las butacas de cuero repujado, junto al brasero que despedía un agradable calorcillo y frente a la ventana donde la tarde se degradaba del índigo al ocre.

Probaste a cambiar de tema. Pasaste a elogiarle su casa. Eso siempre funcionaba con las mujeres:

—Qué buen gusto el suyo. Qué hermosa vista. Y estas colecciones excelentes. Me recuerda el estudio del Barón von Humboldt en París. Permítame adivinar: ¿su marido es naturalista?

Formulaste esas alabanzas y esa pregunta con tu mejor sonrisa de hombre de mundo. Aunque detestabas mencionar al «gran sabio» y recordar ese cuarto piso en el número 3 del

Quai Malaquais, desde donde se dominaba el Sena —y donde dejaste que dominaran tu destino—, el apellido del Barón y París siempre producían un buen efecto.

Carmen te contestó con la paciencia de una maestra ante un alumno torpe:

—Herr Rugendas, este estudio es mío. La naturalista, si pudiera darme ese título, soy yo. Me gustan las ciencias. Como también me interesan la filosofía y la literatura. Las estudio y practico, junto con otras cosas que usted también juzgará poco femeninas, supongo.

Habías metido la pata, una vez más. Pero, ahora, creíste que en lugar de enojarla la habías apenado. Había algo airado en esa mujer, pero también herido. Tu pupila de retratista, acostumbrada a bosquejar y simplificar los rasgos esenciales de las personas, no lo tendría tan fácil esta vez.

Intentaste arreglarlo, sincerándote un poco:

—Le deseo suerte, como naturalista. A mí, como artista, la naturaleza americana me ha derrotado. Es demasiado...

—¿Grande? ¿Usted comparte esa idea manida?

—Iba a decir sublime. Es una belleza que causa dolor.

Carmen te miró a los ojos, su ironía pareció dar un paso hacia la simpatía, casi a su pesar.

—Sin embargo, usted persiste: viaja y pinta... —te dijo. Y en su voz se traslucía una venilla de envidia, como esas carótidas azules en su largo cuello pálido.

—Sí. Viajo y pinto. Pero no llego nunca. Y lo más hermoso no soy capaz de pintarlo.

Lo habías formulado bien. Y en palabras sencillas. Con más claridad que otras veces. Como si esta mujer te ayudara a enunciar lo incomprensible de tus límites. Habías visto lo sublime, más de una vez. Buscarlo era otro motivo de tus viajes. Pero cuando lo hallabas y sentías, a fondo, ya no eras capaz de pintarlo. El dolor de esa enorme belleza amenazante consistía, también, en tu incapacidad de expresarla.

Se produjo un silencio. No habías planeado decir tanto. Y, por primera vez en años, te encontrabas sin palabras ante una mujer a la que deseabas. Te sentías incómodo. Y expuesto, desnudo. Intentando cubrirte, decidiste volver a tu plan e ir al grano:

—Le ofrezco hacerle un retrato de verdad y con su permiso. No como el que le robé ayer.

Carmen se parapetó de nuevo tras su sonrisa irónica:

—No pierde tiempo en buscarse empleos, Herr Rugendas.

—Usted tampoco en malinterpretarme: lo haría gratis.

—¿Tan poco valgo? Por lo menos es franco.

—Francamente, lo que admiro es su belleza.

Te gustaba hacer esas embestidas súbitas. Poner distancia y cruzarla de un salto. Solías marearlas con esas retiradas seguidas por bruscos halagos a sus vanidades. Pero en este caso no estaba nada claro, Moro, que tú supieras dónde tenía Carmen la vanidad.

—Detesto las galanterías, Herr Rugendas —te instruyó ella—. Los hombres suelen ofrecerlas a cambio de nuestra inteligencia.

—Su inteligencia es parte de su belleza.

—¿Más piropos? Soy una mujer casada.

—Pediré permiso a su marido para retratarla. ¿Se encuentra en casa?

—Está en una de mis haciendas, en el sur. Pero, aunque estuviera, yo me mando sola. Y así como soy dueña de mi estudio, lo soy de mi imagen. Y no la regalo.

Era terca. Y su respuesta, frustrante. Pero no del todo. Para tu atento oído de seductor lo más interesante era que te dejara saber que su marido no estaba en la ciudad. Aun así, te había recibido y lo había hecho a solas. Por insólitos que fueran este país y sus costumbres, eso debía valer más que diez negativas.

Carmen te sacó de tus cálculos:

—Déjeme que adivine, Herr Rugendas. Usted es un pintor viajero. Para financiar sus viajes y poder pintar lo que realmente le importa, que es nuestra naturaleza, gana dinero haciendo retratos. Conseguir un primer encargo en una ciudad desconocida debe ser difícil. Así que usted ofrece alguno gratis a personas locales, nada más llegar, para darse a conocer. Suele comenzar por las damas. Estará acostumbrado a seducirlas con su aureola de artista extranjero. Y ante la promesa de retratarlas bonitas, pocas se le resisten, ¿verdad?

Era verdad. Una manera cruda, casi despiadada, de describir la cara más prosaica de tu arte. Carmen había calado en las miserias de tu vida real como si también las hubiera observado a través del telescopio, mientras te miraba llegar al puerto.

Pensaste en rendirte y partir. Quizás ésta fuese una señal que sí debías atender. Si ella era capaz de adivinarte tan fácilmente, cuando apenas venían conociéndose...

Pero no estabas acostumbrado a declararte vencido en las primeras escaramuzas, ¿verdad que no, Moro? Luego sí, tras la conquista y tu inevitable desengaño, huías sin remordimientos. Pero ahora aún te quedaban recursos, cartas bajo la manga, trucos bien probados. Por lo visto, esta mujer te obligaría a emplearte a fondo.

Girando en tu silla le indicaste el muro blanco que tenían a la espalda, adornado sólo con un par de grabados de escenas idílicas (una ninfa y un fauno en una pradera, junto a un lago), y le pediste:

—Si no me permite retratarla, por lo menos déjeme pintarle un paisaje, en esa pared.

—¿Un fresco? —preguntó ella, acentuando el doble sentido—. O sea, ahora quiere vivir en mi casa. ¿Cuánto tardaría eso?

Su pregunta más bien toleraba esa supuesta frescura tuya. Y la sonrisa irónica se había ampliado, un poco. Por ahí te colaste:

—Tardaré poco. Se lo puedo pintar así —chasqueaste el dedo medio con el pulgar—. Ahora mismo, y ni siquiera le voy a manchar la pared.

Carmen te observó ladeando la cabeza, intrigada. La altivez luchando contra su curiosidad. ¿Cómo sería eso de pintar sin manchar? Ah, la curiosidad femenina, Moro. Ese deseo de «enterarse». Cuántas veces lo habías vuelto a tu favor. Te bastaba con poner de tu parte el misterio. Le diste un último empujón:

—Se asombrará —agregaste, provocándola.

Ella hizo un gesto parecido a un puchero, frunciendo la boca y mordiéndose la mitad izquierda del carnoso labio inferior. Sus incisivos superiores intentando dominar a su sensualidad. Un gesto que después aprenderías a reconocer y del que te aprovecharías mil veces. Allí estaba su lado flaco. A ese carácter indómito lo vencía la tentación de conocer, de ver, de vivir.

—Está bien, Herr Rugendas. Veamos si puede sorprenderme.

*

—Necesito un puñado de alfileres.

Carmen tocó una campanilla y la india joven y bonita apareció tan rápido que fue evidente que había estado siempre tras la puerta. Su ama le ordenó:

—Rosa, tráeme el alfiletero de mi canasto de costura.

Mientras la esperaban, descolgaste los grabados de escenas idílicas, despejando la pared. Volteaste las butacas, enfrentándola. Pusiste el telescopio a un lado y contaste con pasos la distancia desde la ventana al muro despejado: casi treinta pies. Tendría que ser suficiente; y ojalá no fuera demasiado. Tu suerte con Carmen dependía de este albur.

Rosa regresó trayéndote el cojín erizado de alfileres. Le pediste que encendiera un candelabro y que los dejara solos de nuevo. Carmen asintió y la criada hizo lo que le ordenaban, antes de retirarse meneando la cabeza y sacudiendo su pesada trenza con reprobación.

Luego corriste las gruesas cortinas de felpa parda. Encaramándote en una silla fuiste cerrando bien la juntura del cortinaje, prendiéndola con los alfileres. Con los mismos claveteaste la tela a los muros laterales, de madera estucada con yeso, hasta conseguir una oscuridad casi completa. Sólo disipada por el candelabro de tres velas encendido sobre el escritorio.

—Le voy a rogar que se siente y cierre los ojos —le pediste a Carmen.

—¿Es espiritista además de pintor?

—Son casi lo mismo. Tendrá que confiar en mí.

Carmen te observó desde la penumbra. A pesar de sus dudas, sus pupilas brillaban y la sonrisa, ahora, era franca y distendida. La estabas divirtiendo. La viste sentarse sobre una butaca, de espaldas a ti y a la ventana cegada, y taparse los ojos con una mano.

Entonces desenroscaste el lente menor del telescopio y lo insertaste en la divisoria de las cortinas, asegurándolo con más alfileres. Lo acomodaste hasta nivelarlo a la altura que deseabas. Soplaste las velas del candelabro y fuiste a sentarte junto a Carmen.

—Ya puede abrir los ojos.

Carmen retiró la mano, pestañeó varias veces, acostumbrando su vista a la penumbra. La luz exterior pasaba a través del lente en la cortina y rebotaba sobre la pared opuesta tiñéndola de colores. Ella ladeaba la cabeza intentando descifrar lo que veía. Cuando lo consiguió, dejó caer el mentón y abrió mucho los ojos, deleitada.

Todo el atardecer sobre el puerto aparecía proyectado, al revés y boca abajo, sobre la pared del fondo. Arriba se veía el mar, la bahía, los veleros anclados con los mástiles invertidos, colgando. Un barco con las velas desplegadas, que pendían de la nave, salía del puerto. Navegaba por la pared, bajando hacia la línea del horizonte que partía la imagen en dos. Por debajo de ella se veía el cielo volteado, un abismo azul tendiendo al violeta, donde nadaban lentamente las nubes teñidas por el sol poniente, como ballenas rojas. Esas nubes enrojecidas convergían hacia el punto de fuga del sol, que flotaba varios centímetros más abajo del horizonte.

En la franja superior de la imagen, combada pero aún inteligible, la proyección mostraba más movimiento: la actividad vespertina del puerto. Pasaban, patas arriba pero nítidos, los caballos y carromatos que se retiraban; las blandas olas rompían invertidas, oscuras en el abdomen, sanguinolentas sus colgantes melenas de espuma; en los barcos anclados los faroles de popa iban encendiéndose boca abajo.

—Todo se ve invertido pero más claro y nítido. ¿Cómo puede ser? —murmuró Carmen, fascinada.

—La reflexión sintetiza los colores —le respondiste—. Ésa es la explicación científica.

No pudiste menos que sentirte orgulloso de la cámara obscura que habías improvisado. Conocías su funcionamiento desde niño. Uno de los libros de texto, en el taller de tu padre, era el *Ars magna lucis et umbrae,* de Athanasius Kircher, que explicaba su óptica y su mecánica. Tú mismo habías construido la pequeña cámara que llevabas en tu equipaje, con la cual cuadriculabas las perspectivas más difíciles cuando todavía eras un pintor naturalista, esclavo de la exactitud. Pero rara vez te había resultado tan bien el experimento al ampliarla al tamaño de una habitación. Y mira que habías montado más de una vez este espectáculo, para conquistar audiencias criollas. Esta luz del ocaso, casi paralela, filtrándose por el lente, era perfecta.

—Siento un poco de vértigo... —dijo Carmen.

—Porque usted nunca había visto el mundo al revés. Y su cerebro se rebela. Como cuando nos enamoramos.

Carmen giró el cuerpo ligeramente hacia ti, sorprendida por esa comparación audaz, pero no dejó de mirar la imagen ni te interrumpió.

Acercaste tu silla, te inclinaste hacia ella. Con la voz lenta y suave de un hipnotizador, como no queriendo despertarla, le explicaste tu metáfora. (*La misma que siempre empleabas con todas tus alumnas, Moro. Después me enteré. ¡No tenías remedio!*) Para entender mejor no sólo la óptica, sino el efecto cautivador de lo que ella veía, era preferible recordar lo que sentimos cuando nos enamoramos. Entonces, el mundo entero pasa por ese agujerito estrecho que es nuestro amor hacia la otra persona. Y se proyecta invertido en nuestra mente. Durante un tiempo, todo lo vemos al revés: bueno, sencillo, comprensible. Y también más nítido y neto, más verdadero. En ese mundo invertido todo nos parece posible, incluso vivir nosotros mismos al revés.

—El corazón es esa cámara obscura que, usando el lente del amor, pone cabeza abajo el dolor y el mal del mundo —le susurraste a Carmen casi ritualmente, cerca de su oído.

Durante un tiempo el corazón logra incluso engañar a su duro enemigo, el cerebro, ese órgano panorámico y pesimista. Luego, poco a poco, la razón consigue «enderezar» la imagen volteada. Nos dice que lo veíamos todo distorsionado, que estuvimos en una cámara obscura —el amor— sin saberlo. Pero que ésa no es la realidad. Porque también existen, y al final ganan, el dolor y la desilusión; sobre todo, la desilusión del amor. El cerebro nos explica que lo mismo ocurre con nuestros ojos. La luz —ese amor radiante— que entra por nuestras pupilas y se refleja invertida en el fondo de nuestras retinas, no es la verdad. La verdad la produce el cerebro al enderezar esa luz. La razón es la gran correctora de las imágenes, la que las vuelve al derecho, la que nos dice la verdad sobre la vida. Pero el corazón no dejará de sentir que aquello que vio invertido, mientras estábamos enamorados, era la verdad. Una verdad más nítida y más neta. La visión de un mundo mejor (aunque estuviera boca abajo).

Carmen había escuchado tus palabras con la cabeza un poco ladeada por el esfuerzo de descifrar la imagen móvil que iba apagándose con el crepúsculo. Y también intentando oírte mejor, ya que deliberadamente hablabas cada vez más bajo. De pronto, suspiró con fuerza y reposó la cabeza sobre el respaldo de su butaca. Casi desmayada, traspuesta.

Conocías ese mareo y por eso no habías mirado muy fijamente la imagen invertida. Tras varios minutos intentando enderezar las imágenes, el esfuerzo agota el cerebro. Rendido éste, el espectador llega a sentir que es él quien está boca abajo y el vértigo lo vence.

¿Cuántas veces y con cuántas mujeres, Moro, realizaste antes ese truco? Dejarlas a oscuras, murmurarles al oído, darles vuelta el mundo y quedar tú como su único punto de referencia. Ahora sólo tendrías que inclinarte, tomarla de la mano, sacarla tiernamente de ese vértigo, salvarla de su confusión.

No habías planeado ir más lejos que eso. No obstante, su actitud de entrega, sus labios entreabiertos donde asomaban los incisivos muy blancos, la proximidad de su suave aliento agitado... Todo eso te incitó de un modo irresistible.

Te acercaste más a ella, rodeaste su talle y la besaste en la boca. Con la máxima suavidad posible acariciaste sus labios con los tuyos. Los sentiste calientes, un poco secos, anhelantes. Ella se dejó besar largamente, temblando, sin responder a tu abrazo pero sin rechazarte. Cuando te separaste un poco para contemplarla, viste sus ojos cerrados y la oíste exhalar un gemido.

En el valle de su escote —coloreado por el reflejo de la pared— se adivinaban sus pechos albos, dilatados. Su boca seguía entreabierta, como pidiendo más. Volviste a besarla, ahora con fuerza. Humedeciste sus labios con tu lengua y la introdujiste entre ellos, buscando la suya. Posaste tu mano sobre uno de sus pechos. La sentiste temblar de nuevo, pero con más violencia. La estrechaste. Ella agitó la cabeza...

Y en ese instante, antes de que pudieras separarte, esos finos dientes tan regulares y blancos que antes habías admirado se cerraron sobre la punta de tu lengua, mordiéndola con fuerza.

—*Scheiße* —«¡mierda!», gritaste, sintiendo el sabor metálico de tu propia sangre.

Tu grito terminó de reanimar a Carmen. Ambos se pusieron de pie. En la penumbra notaste que ella vacilaba, confundida, tanto que creíste que te pediría perdón. En cambio, te abofeteó de revés con la mano derecha, tan rápido y de forma tan certera que sentiste su grueso anillo de camafeo rasgándote el pómulo.

—¡Rosa! —gritó.

La criada apareció con la misma celeridad anterior. La luz del corredor alumbró el estudio.

—Acompaña al señor a la puerta —le ordenó. Y a ti, que intentabas decir algo, te advirtió—: ¡Y usted, ni una sola palabra!

Apenas recuerdas lo que vino después. Tan humillado, adolorido y furioso te ibas. Te ardía la lengua y te sangraba el pómulo derecho. Saliste como una tromba. Avanzaste por el corredor, subiste una escalerilla, entreviste paredes enteladas, candelabros proyectados por espejos, ojos de buey. En un recibidor, al fondo de otro pasillo, la criada te devolvió tus guantes y el sombrero de copa, al tiempo que abría una batiente de la gran puerta doble que daba a una calle empedrada y oscura.

—¡Pedo yo no endré pod acá! —exclamaste confundido, tu lengua hinchada deformando las palabras.

Rosa te respondió, con divertido desprecio:

—No, poh. Porque entró por la puerta de servicio, iñor.

Sólo eso te faltaba. Te alejaste a grandes zancadas, perdiéndote en la calle tenebrosa. La única luz, amarillenta, la proporcionaban algunos peatones emponchados que sostenían, por delante, unas pértigas de donde colgaban faroles. En ellos ardían y humeaban los fétidos cuernos de unos velones de sebo.

V. Ojo de retratista

Abriste un ojo, sin ganas de despertar en esa fonda. Las mismas cortinas de percal sucio agrisando aún más el día nublado. Las manchas amarillas de humedad en las paredes, simulando esos mapas de territorios ignotos donde los cartógrafos dibujan un leviatán. El cielorraso de cañabrava escondiendo apenas las tejas donde anidaban los murciélagos. Era innecesario mirar más: te habías equivocado al venir a esta tierra.

Habrías deseado volver a dormir. Un desaliento amargo te abrumaba. Lo conocías bien: era una melancolía secreta que a veces lograba, incluso, hacerte renegar de tu vocación. Desde niño sólo quisiste ser pintor y así continuar el linaje de artistas de tu familia que ya se remontaba a dos siglos. Creciste pensando que pintar era un don y hasta un deber. Si ustedes no retrataban el mundo ¿quién más lo haría? Sin embargo, en instantes de agria lucidez como éstos creías vislumbrar que tu arte se encaminaba a la extinción. Y entonces tu especie de artistas desaparecería con él. En París ya se hablaba de una máquina que pronto sería capaz de retratar. ¿Adónde conduciría ese invento?

Sentías que algo se venía abajo. Y bien sabías qué había gatillado este ataque de desaliento. Pasaste toda la noche reviviendo tu ultraje del día anterior. Lo cerca que habías estado de cazar a tu presa, y el quite de venada arisca mediante el cual Carmen te había dejado con las zarpas rasguñando el aire.

En cambio, los mordiscos y arañazos los habías recibido tú. En la punta de tu lengua hinchada, que aún latía. Y en tu pómulo derecho cortado por el camafeo.

Haber venido tan lejos para sufrir esta ignominia, Moro. Al menos podías consolarte recordando que «la otra», tu perseguidora, había salido tan burlada como tú. Ya no podría matarte este amor, ¡porque tú lo habías arruinado antes de empezarlo!

No obstante, hasta ese consuelo era relativo, pues igual te sentías perseguido. Te acosaban las sospechas. Tu recelo del día anterior, al notar el telescopio enfocado hacia tu buque, se había reforzado. Por supuesto que Carmen te había visto desde lejos. Te había visto llegar, con tus atriles y tus óleos. Entonces era perfectamente posible que se hubiese anticipado en todo lo demás, también.

¿Qué diablos hacía una gran señora como ella en ese espigón inmundo, recogiendo paquetes? ¿Acaso no tenía sirvientes que se los subieran a su casa? Impedir que le manosearan sus libros en la Aduana no era suficiente excusa. Quizás había bajado sólo por ti, para impresionar al pintor que llegaba. Al fin y al cabo, ¿cuántos artistas habría en esta provincia remota? ¿Habría uno siquiera? Ella era una mujer culta, conocía la importancia de la pintura; esa importancia de la cual tú dudabas a veces. En su biblioteca había libros de arte: un Winckelmann, un Vasari, cuyos lomos divisaste mientras intruseabas en el estudio. Hasta esos latigazos en el muelle pudieron ser un espectáculo dedicado a ti, para causarte una primera impresión imborrable. Pero si así fue, ahora esto no te envanecía. Te sentías un estúpido: la mosca en la tela de una araña.

Ese catalejo enfocado en tu barco debió ponerte en guardia durante tu visita, Moro. Pero desechaste esa advertencia, fascinado con sus ojos verdes y su cuello de carótidas azules. Y así caíste en su segunda trampa. Que era tu segunda sospecha: Carmen se prestó para tu juego de la cámara obscura. Sonriendo, fingió que no sabía de ese artilugio. Pero si le gustaban las ciencias y tenía un telescopio, ¿no era lo más probable que conociera perfectamente ese viejo aparato óptico y sus efectos? Claro que los conocía. Por eso, cuando cayó como desmayada, fingía. ¡Estaba haciéndose la dormida!

La cámara obscura producía una torcedura mental, pero no era para tanto. Tú conocías ese estado, lo habías experimentado, era un leve desfallecimiento, un mareo que no comprometía la conciencia. Más bien la torcía, a consecuencia de haber mirado el mundo de otra manera. No, Carmen se fingió dormida para tentarte. Y disfrutó mientras tú la besabas, largamente. Sus gemidos y suspiros fueron de placer. Esa boca carnosa entreabriéndose pedía más... Luego, cuando tú avanzaste y la besaste con lengua, gozó un poco antes de simular que despertaba para indignarse. Así se quedaba con lo mejor de ambos mundos: el placer y la honra.

Te sentaste bruscamente en la cama. Tironeabas tus largos pelos rubios de pura cólera. Estas chilenas... Con razón te habían advertido en el Perú que eran todas fáciles o imposibles; putas sin freno o calientavergas sin escrúpulos.

Cuando pensabas en el gran favor que le habías hecho a Carmen, y en su ingratitud... Le habías transformado su telescopio en una linterna. Ese aparato nostálgico, con el cual esta mujer frustrada escrutaba el cielo inalcanzable, o avistaba barcos de países lejanos a los que nunca viajaría, lo habías usado para trastocar el paisaje monótono de su vida. Conseguiste proyectar una luz que animara ese triste observatorio lleno de animales embalsamados. Le pusiste cabeza abajo su país, le cambiaste los puntos cardinales, la sacaste de su rutina y sus hábitos. ¿Y así te pagaba, mordiéndote la lengua?

Te ibas a desquitar, lo jurabas. Por de pronto, su prohibición de retratarla no podría evitar que la pintaras... y entera. En el lienzo de tu mente podrías verla como se te antojara y en sus peores facetas. Tu implacable ojo de retratista había detectado los defectos de muchas mujeres, salvándote de ellas: un lunar donde apuntaban tres pelos cortados al ras, pero pelos al fin; cierta piel de naranja en los muslos; unos tobillos gruesos... ¡Los tobillos gruesos eran fatales! Y los pies. Las mujeres altas podían tenerlos demasiado largos y nervudos, como raíces. Mientras que los pies pequeños solían pertenecer a mujeres bajas, de piernas cortas y torso largo, donde caben más de tres cabezas y la proporción áurea se rompe... Cierta vez dibujaste una «mujer de Vitruvio» con las medidas ideales de tu arte. Ahora compararías a Carmen con ese modelo y aplicarías tu demoníaco ojo de pintor para destacar todos sus defectos físicos. Así destruirías la imagen que te subyugaba. Para empezar, no estabas seguro de que las piernas de Carmen midieran las cuatro cabezas de largo que para ti eran canónicas.

Te pusiste a imaginarla de ese modo, vestida y desnuda, con un placer vengativo... ¡Pero el único resultado fue una erección dolorosa y una seguidilla de latidos perdidos, una verdadera taquicardia!

No, por ese camino no ibas a ninguna parte. Mejor sería buscar los defectos espirituales de Carmen, las manchas en su carácter. También te creías capaz de hacerlo. A la capacidad visual propia de tu oficio se sumaba la obsesiva reflexión sobre el objeto de tu deseo, algo que caracterizaba tus intuiciones cuando te enamorabas. Pensabas en ellas el día entero. Un hombre enamorado —solías decirles a tus conquistas— es el mejor espejo de una mujer.

Recapitulaste lo que sabías o sospechabas de Carmen, hasta entonces. ¿Quién era esta desconocida? Una mujer apasionada, lo probaba su látigo. Inteligente, lo demostraba el modo en que te había manipulado. Cultivada, era obvio por su biblioteca y sus intereses inusuales. Políglota, lo que sugería una sed de conocer otros países, otras culturas, otras formas de mencionar la realidad. La imaginaste asomada cada noche en su observatorio, consultando con el telescopio las estrellas, intentando abreviar esas distancias ilimitadas. Y, cada mañana, reorientando el catalejo para otear los paquebotes que a veces le traerían libros, grabados, partituras, instrumentos que ella se esmeraría en descifrar casi sin ayuda. O sin esperanza de tenerla.

Y enseguida —cebándote en la revancha— la imaginaste con toda esa hambre de saber y de vivir, pero prisionera. Reclusa en una tierra inculta. El embrión de un país emergiendo de un paisaje. Paisaje de hombres violentos y apenas apaciguados, de anarquía reciente, de dictadura con otros nombres. Un paisaje de montoneras, de epidemias, de forasteros sedientos de riquezas. La imaginaste en las haciendas de su propiedad. Los feudos que ahora regía su marido. Evocaste a los campesinos sin tierra, casi esclavos, amarrados por el hambre, sometidos por la ignorancia que ya habías visto en otros países americanos. Y la viste a ella misma, a Carmen, no menos amarrada que sus siervos a esos campos remotos. Aplastada por su linaje, por tradiciones que la ahogaban. Y sobre todo, supusiste, amarrada a ese marido héroe de la independencia, mucho mayor que ella, con el cual seguramente se había casado siendo casi una niña. Un hombre severo, amargado, cojo (así lo describió la patrona). Baldado por una honrosa herida de guerra que lo hacía aún más inapelable.

Así entendías mejor ese párrafo enigmático en el manuscrito que habías leído sobre su escritorio: «... Los grandes amores —como los héroes— deben morir jóvenes». Esta declaración melancólica debía emanar de las frustraciones que le suponías a esa mujer. Era una expresión de su insatisfecho deseo de amar, abortado por ella misma aun antes de sentirlo.

Le hiciste ese «retrato moral» imaginario a Carmen y te sorprendiste conmovido por él. Inesperadamente lamentabas su suerte, te apretaba el corazón y deseabas ayudarla. No, este método tampoco te servía para devaluarla. En lugar de desilusionarte, inducía en ti un deseo de protegerla y, tal vez, salvarla de ese marido héroe, posiblemente violento.

¿Un marido violento? Esa posibilidad te arrancó de tus especulaciones, Moro. Tú soñándola a ella cuando lo peor podía estar todavía al caer. ¿Qué sabías tú de cómo reaccionaría ahora esta mujer impredecible? Quizás ya le estaría contando a ese cónyuge militarote —que acaso ni siquiera estaba en el sur— sobre tus besos robados. En unos minutos más, éste enviaría por ti a los alguaciles. O a sus padrinos. O se presentaría él mismo con una turba de sus peones para descuartizarte. No habías pensado en eso... Tenías que ver sin demora cómo largarte de este país de locos. O de locas.

Mientras hacías tu equipaje, planeaste la fuga. Lo primero era comprar un buen caballo y una mula. Casi no tenías dinero. Pero podías vender unos cuantos dibujos. Y tu frac: total, para lo que te había servido acá. Luego, en una última travesía, cruzarías la cordillera de los Andes y después las pampas. Irías a Buenos Aires y allá te embarcarías de vuelta a Europa. El Barón estaba en lo cierto: nunca debiste bajar del trópico de Capricornio, Moro. Le dirías adiós a América de una buena vez. Ya habías tenido suficiente de sus extremos. De sus calores locos y sus fríos bárbaros. Esta mujer había sido el acabose: guardaba todas las temperaturas en un solo cuerpo.

Estabas en eso cuando tocaron a la puerta. Diste un salto. Ahí venían: los alguaciles o el marido héroe con sus peones.

Pero no te entregarías así como así. Eras muchas cosas pero no un cobarde. Sacaste de una alforja tu cachorrillo. La pistolita corta, de dos cañones, que ya te había servido bien en alguna ocasión anterior. Preguntaste, con voz resuelta, quién era.

—Su patrona, mijito.

Escondiendo el cachorrillo tras la espalda, entreabriste la puerta. La mujerona, coqueta y maliciosa, sostenía en su mano una carta sellada con lacre. Quisiste tomarla, pero ella la retiró con picardía.

—¿Qué me va a dar a cambio? —te preguntó, haciendo un mohín.

Pasó por tu cabeza darle, a cambio, nada menos que todo. Desfogarte con esa hermosa gorda, que sabría ser contigo tan generosa como sus grandes pechugas prometían. Pero recordaste a tiempo tu temor a las chilenas, tan tempranamente refrendado. Apenas le concediste un roce fugaz de tus labios en su trompa extendida.

Era una esquela lacónica, casi comercial, dirigida a «J. M. Rugendas, artista pintor»:

De acuerdo a lo convenido ayer, confirmo a usted mi interés en posar para un retrato. Va un anticipo de sus honorarios. Le ruego visitarme, cuanto antes, para acordar los preparativos de esta pintura. Suya cordialmente,
Carmen Lisperguer de Gutiérrez

El insólito mensaje venía acompañado de una letra de cambio contra el Banco Inglés de Valparaíso, por la suma de diez pesos fuertes de plata.

Leíste varias veces la carta, sentado en tu cama, confundido. ¿Qué significaba esto? ¿Cuándo habían «convenido» hacerle ese retrato? Si ella se había negado en redondo...

Conforme a tu experiencia con las mujeres, este mensaje equivalía a una súbita y completa rendición. Se ponía en tus manos, se entregaba a tus ojos. Y, sin embargo, a esa sensación de victoria se unía una cuota de miedo que te enervaba. Esta carta te pasaba del hielo al fuego de nuevo. Del abismo al cielo, tal como tú le habías volteado a ella el paisaje de su ventana.

Circe, Circe, te dijiste. La bruja que detuvo a Ulises en su isla, haciéndole perder el camino de su patria. ¿Cuánto tiempo lo retuvo? ¿No había convertido a sus hombres en cerdos? Pero no a Ulises, a él no. El marinero errante se había quedado con ella por causa de un deseo invencible, mayor que su proverbial prudencia.

Si Ulises había sido incapaz de negarse, ¿de dónde sacarías fuerzas tú, Moro, que jamás habías sabido resistirte a una tentación?

VI. El cortejo

A la mañana siguiente de recibida su carta, te presentaste en la casa barco —por la puerta principal— con atril, caja de óleos y un lienzo mediano. Habías decidido, por cierto, mostrar una elegante generosidad en tu triunfo. No ibas a cobrar tu presa de inmediato. Irías con más tiento. También tenías experiencia en ese método (aunque no demasiada paciencia, ¿verdad, caballero errante?). La retratarías con calma y en las largas conversaciones, mientras ella posaba, la irías ablandando con astucia. Tendrías licencia para tocarla: acomodarías su perfil, modelarías la postura de sus hombros y sus brazos con tus manos. Si algo sabías de mujeres, y a juzgar por esa insólita carta, en una semana la tendrías comiendo de tu mano. Y entonces tú la devorarías a ella, ¡entera!

(Meneo mi débil cabeza y sonrío. Tantos y tantos años después aún me irritas a la vez que me enterneces, Moro. ¡Qué arrogante eras! Ibas a cambiar, claro que sí, pero no antes de bajar hasta el corazón de una montaña; una como esa que —en el grabado de Durero— el caballero errante imagina que pronto va a alcanzar..., ignorando que, en verdad, deberá hundirse en sus profundidades.)

Rosa estuvo presente durante toda esta nueva reunión, vigilándote como si fueras un criminal peligroso puesto en libertad bajo palabra de reformarse. Apelando a tu mejor labia, te largaste a pronunciar una elaborada disculpa por el «malentendido» de dos noches atrás. Carmen te interrumpió:

—No sé de qué malentendido me habla, Rugendas. En cuanto al retrato...

En cuanto al retrato, dijo, de ningún modo podías empezarlo todavía. Era necesario que la conocieras un poco más.

Y que ella te conociera también, para poder sentirse cómoda ante el pintor y sincerar así su postura. No estaba acostumbrada a que la observaran. En este país, el pueblo jamás miraba a la cara a sus patrones. Y en los círculos sociales de Carmen se consideraba una ofensa que un hombre observara insistentemente a una mujer. Ni siquiera su marido la miraba mucho, te dijo (con un pestañeo tímido que, inevitablemente, tomaste por un recado). De manera que sólo la habían visto bien otras mujeres: sus primas y sus amigas. Y sus padres. Pero ellos no contaban.

En vano argumentaste que estabas muy acostumbrado a retratar a personas recién conocidas. Tu oficio era pintar lo que hubiera bajo las apariencias y las máscaras sociales, pero sin quitar esas máscaras. Por el contrario, las volvías reveladoras, alegaste, haciéndote el interesante. Carmen te escuchó pero no dejó que la retrataras, todavía.

—Le pagaré más, incluyendo el tiempo que le tome prepararse mejor para pintarme.

—No se trata de eso. Y sepa que estoy bien preparado. Pinto desde los diez años...

Pero ella no se dio por enterada de tu protesta:

—Además, estará muy ocupado. Tenemos mucho por hacer...

—¿Hacer qué?

—Usted tiene que conocer esta ciudad. Y a algunas de mis amistades, también. En fin, el ambiente que me rodea. Yo se lo mostraré.

—Nunca he precisado nada de eso para hacer un retrato —objetaste, ya exasperado.

—Conmigo sí va a hacerle falta. Y, mientras tanto, le buscaré un buen estudio.

—No lo necesito. Mis paisajes los pinto al aire libre. Y el retrato puedo hacérselo aquí.

—La moralidad chilena no lo permite, Rugendas —se rio ella—. ¿Un hombre soltero viniendo a diario a mi casa? Ni hablar. Distinto será que yo vaya a la suya, tal como visito a mi médico y a mi modisto.

—¿Que irá a mi casa? ¿Cuál casa?

—La que pienso buscarle para que ponga su estudio.

—Tampoco la necesito. Siempre vivo en posadas.

—Imposible. La hospitalidad chilena no toleraría algo así.

Ah, la hospitalidad chilena. Pronto la conocerías mejor, Moro. Esa institución generosa y demandante, maternal y tiránica. Esa manía de suponer que el mayor deseo de un visitante es convertirse —y cuanto antes— en un chileno más.

*

Carmen te puso bajo su ala. (¡A ti, que viajabas solo para tener alas propias!) Te llevó a recorrer los cerros que rodeaban el puerto. Los acompañaba Rosa, su taimada sirviente y amiga india, que oficiaba de chaperona. Caminaba siempre cuatro pasos atrás, riéndose de tus equivocaciones de extranjero y de tu acento rugoso, mientras fingía una vigilancia que previniese las habladurías. Buscaban ese alojamiento y estudio que tú no necesitabas ni querías. Y que, por el contrario, te angustiaba, como si en vez de una casita te buscaran una jaula. Cuánto odiabas echar raíces, Moro.

Conociste así toda la ciudad. Un revoltijo de callejuelas, escaleras, callejones cegados por barrancos frondosos de arrayanes y miradores abiertos sobre la grandiosa vista del Pacífico. Comparado con México o Lima, este pequeño puerto, aunque tuviera casi trescientos años, parecía recién fundado, asolado por obras nuevas que arrasaban incluso con los cimientos de lo antiguo. Lo que los terremotos no tiraban, lo demolía el comercio intensivo. Las cuchillas de los cerros que se internaban hacia el mar eran voladas con barrenos de pólvora. Y los escombros se echaban a la bahía para ensanchar las pocas calles planas que bordeaban la costa.

Finalmente, Carmen encontró una pequeña cabaña de troncos, con un techo de coirones entrelazados. Era apenas una habitación, encaramada en la ladera norte del Cerro Alegre, al final de una larga escalinata zigzagueante y empinada. Pertenecía a un ingeniero naval, un francés excéntrico que estaría fuera, en su país, a lo menos por dos años. Este francés, venido de la Provenza, había hecho abrir buenas ventanas que recibían la mejor luz. Al tiempo que se había protegido de los vientos del sur dándoles la espalda y colgando su cabaña en el repecho norte de la ladera. La cabaña había permanecido sin alquilarse, pese a la altísima demanda y la escasa oferta de alojamientos en el puerto, precisamente por la incómoda altura donde fue construida. Su escalera de acceso tenía ciento un peldaños —los contaste—, algunos de madera fijados con cuñas al suelo, otros labrados en la roca, zigzagueando por tramos de veinte. El francés excéntrico había levantado su casita donde ningún criollo sensato soñaría hacerlo. Pero Carmen la consideró perfecta. Esa vista, esa luz, ese aislamiento; tendrías inspiración y calma para pintar.

—¿Verdad que es perfecta, Rugendas?

—Puede que sí —reconociste a tu pesar.

Por lo demás, ya sabías que no habrías adelantado mucho negándolo. Y, en realidad, la vista cortaba el aliento, era casi sublime (esa belleza dolorosa que buscabas tanto, Moro). En un día claro, mirando hacia el norte por sobre la bahía de Valparaíso, se divisaban las largas playas amarillas, las caletas y ensenadas hasta la desembocadura del río Aconcagua.

Carmen dio por hecho que te encantaba y la alquiló para ti. Todo a cuenta de tus honorarios por el retrato que le harías. Enseguida inició una campaña de decoración de interiores. Hizo entelar la casita por dentro con lona de velas, para atajar los chiflones. Te prestó muebles de un gusto que ella juzgaba «masculino». Te proveyó de una salamandra, donde también podrías calentar agua para el mate —al que empezabas a aficionarte— y una comida sencilla. Y hasta te prestó un gran orinal de loza floreada. Además, creó dos ambientes, dividiendo el único espacio mediante una soga atirantada de la cual hizo colgar una cortina de cañamazo teñida de azul. En la parte de atrás emplazó un diván que sería tu cama. La parte delantera sería tu recibidor y tu estudio.

—Va a ser muy feliz aquí, Rugendas. Estoy segura.

Y te quedó mirando con esa suave sonrisa irónica, tan suya, que parecía decirte: me imagino perfectamente que la idea de ser feliz así, atado a un solo lugar, le resultará agobiadora, querido pintor viajero.

Tenía razón, ¿verdad, Moro? Claro que sí. Pero en todo caso —protestabas tú, mentalmente también—, aunque decidieras detener aquí tus exploraciones, que asimismo eran una fuga, ¿cómo diablos ibas a ser feliz con ella atormentándote diariamente?

Porque la destreza desplegada por Carmen, durante esas dos semanas, para evitar quedarse a solas contigo, era algo que te torturaba. Te invitaba a su casa y la encontrabas invariablemente acompañada por alguna amiga o amigo. Te sugería hacer un paseo juntos un domingo, hasta Limache, para mostrarte el paisaje del interior, que tú debías dibujar, agregando que el placer de la soledad en esos campos era impagable... Y ese domingo, al pasar a buscarla para ese paseo, te encontrabas al pie de su casa barco con una comitiva de damas y caballeretes, niños y chaperonas, sin faltar incluso un capellán, montados en dos carretas techadas con mimbres y tiradas por bueyes, provistos de canastos para la merienda y guitarrones.

Mantenía las distancias contigo, pero no dejaba que te alejaras, ni por un solo día, de su lado... Te había convertido en su *chevalier servant,* pero sin los privilegios de que gozan esos amantes italianos.

Carmen te citaba a todas horas, mediante billetitos y esquelas que ahora la patrona, despechada, te lanzaba con desprecio cuando no habías estado allí para recibirlos. Quería que visitaran juntos un buque mercante estadounidense que vendía a bordo toda clase de muebles, «muy apropiados para su casa, Rugendas». Quería que la acompañaras caminando hasta el castillo de San Antonio, medio en ruinas, puesto que Rosa no podría ir con ella. Y cuando empezabas a fantasear que por fin estarían solos, impajaritablemente aparecía uno de sus amigos: un comerciante inglés o el cónsul de Francia. A menudo eran señores, porque Carmen tenía pocas amigas, según fuiste descubriendo. En su país escaseaban las mujeres como ella, te decía. ¡Afortunadamente!, sentías ganas de exclamar tú.

Pero lo peor de esta tortura, Moro, no fue la distancia regulada que Carmen mantenía contigo, sino su endemoniada habilidad para, aun desde esa distancia, mantenerte tan ansioso como a un novio virgen en vísperas de su boda.

En una tienda, o en el mercado de abastos, o en el salón de una prima, siempre te alteraba con un roce de sus manos o sus piernas, que podía ser casual, aunque tal vez no lo fuese. Comiendo en su casa, con diversos invitados a los que deseaba presentarte —porque también se había declarado promotora de tu talento artístico—, te sentó a su lado, cosa rara. Luego, en medio de la cena, te pidió discretamente que por favor le calzaras un zapato que se le había caído. Anonadado, pretextando haber perdido algo, te pusiste en cuatro patas mientras los demás seguían comiendo y gateando bajo la mesa calzaste el zapato en su pie, que aleteaba, mientras ella se arremangaba la falda hasta las rodillas para «facilitarte» la tarea.

Pero si luego aludías a este descaro o a uno de esos roces, se hacía la desentendida, por completo. ¡Como antes se había hecho la dormida! Todo era natural y casual, según ella, sin dobles intenciones. Ese beso de despedida en la mejilla, que vino a caer cerca de tu boca, correspondía a la inocente costumbre de las chilenas de besar a medio mundo. Entonces, ¿cómo explicarte que hubieras percibido su lengua húmeda, asomándose? ¿Fue tu deseo el que te hizo soñarlo?

(¡Claro que fue tu deseo, Moro! Me suponías otras intenciones impulsado por tus ganas insatisfechas y por tu fantasía arrebatada de pintor romántico. Si te toqué o rocé, si dejé que vieras algo impropio, fue... fue por casualidad, o a pesar de mí misma, que es casi igual. No estuve consciente del todo... Pero basta. Cuando lo pienso, empiezo a darte la razón. Y me enrabio. Mejor no protesto más. Imaginémoslo como tú quieras, o como tú quisiste verlo.)

Te dabas permiso para creerlo, Moro. Creer que ese cuasi beso con la boca abierta, muy cerca de tus labios, había sido voluntario y que así Carmen te daba un aliciente para que siguieras esperándola. Mantenías esa ilusión hasta que, a la noche siguiente, cenando donde Constanza Nordenflycht —su mejor amiga y, también, amante y perseguidora, desde los quince años, del temible hombre fuerte, el exministro Portales—, ésta te comentó que entre las locuras de Carmen se contaba la de sorprender a sus amigos y amigas, cuando estaba muy contenta, con unos besos chupados que dejaban un pequeño moretón en la mejilla. Por eso la apodaban, desde muchacha, la Vinchuca, aludiendo a esa chinche gigante que plagaba los ranchos de Chile y que chupaba la sangre sin hacer doler, como si besara.

Te examinaste ante el espejo apenas regresaste a la fonda. Ni una huella, ni un miserable cardenal. A los otros, a cualquiera, los marcaba con un hematoma duradero. Pero a ti sólo te había dejado la costra del arañazo de su camafeo en el pómulo derecho.

Sin embargo, a la tarde siguiente, durante el acostumbrado paseo por la playa, contemplando la puesta del sol, Carmen, argumentando que tenía frío y había olvidado sus guantes, metía su mano por la abertura en el costado de tu capote gris que daba acceso a los bolsillos del pantalón. Para después, sin dejar de hablar de menudencias o de preguntarte por Delacroix —cómo y cuánto lo habías conocido—, palpar deliberadamente tu muslo. ¿O lo habrías soñado?

Llegaste a sentirte como la víctima de una espantosa tortura medieval sobre la que alguna vez habías leído. El condenado era colgado por los pies y así lo sumergían cabeza abajo, rápida y brevemente, en un caldero con agua hirviendo, cuidando de no ahogarlo. Sólo lo justo para sacarlo enseguida y sumergirlo con igual rapidez en un barril de agua helada. Y así muchas veces, hasta que la piel ampollada del infeliz se desprendía como el pellejo de una serpiente cuando lo muda.

Llevabas así dos semanas. Ni retratabas, ni besabas, ni hacías el amor... ¡Y ni siquiera tenías calma para pintar otras cosas! Un naufragio en el puerto, a consecuencias de una nueva tempestad, lo dibujaste mal y sin ganas. Tampoco tuviste paciencia para pintar la espléndida cordillera de la Costa, nevada luego de ese temporal. Refulgía, encarnada por el sol poniente, como si se tratase de una gigantesca procesión de monjes capuchinos rosáceos, de enormes espaldas. Y tú apenas pintaste un amasijo de rocas cremosas. ¿Estabas perdiendo hasta tu talento?

No podías seguir así. Te sentías a punto de estallar y entregarte a la gula robusta de la patrona en la fonda. O de hacer una locura. Y, en efecto, la hiciste, Moro.

Carmen te organizó un sarao de bienvenida, con música y veinte invitados. Según ella, era esencial presentarte a otros potenciales clientes.

Se bebieron mistelas y un ponche de mate azucarado con vino blanco. Su amiga Isidora tocó el piano y entonó unas arias de ópera compuestas por el doctor Aquinas Ried, que estaba presente. Otra amiga tañó el arpa. Un letraherido local declamó el poema de Andrés Bello titulado *A la nave:*

«¿Qué nuevas esperanzas / al mar te llevan? Torna, / torna, atrevida nave, / a la nativa costa»...

Carmen hizo tu panegírico, presentándote como el gran pintor alemán que Humboldt había enviado a registrar las bellezas de América. Y enseguida te llamó su «artista protegido». Agradeciste en voz alta su cariñosa hospitalidad. Pero en tu fuero interno detestabas esa institución cortesana. Todo tu carácter de pintor romántico rechazaba ser un protegido. Te distanciaste del Barón cuando quiso imponerte sus proyectos y su mecenazgo (luego de intentar imponerte mucho más). Desde que rechazaste sus encargos y su dinero, ibas a donde se te antojaba y te financiabas solo. ¡Tú eras un pintor libre!

Y, sin embargo, esa noche te prestaste al juego. No supiste negarte. Tan profunda era la desmoralización que este cortejo frustrado te causaba, Moro, que caíste aún más bajo: hiciste gentiles bocetos a pedido de la concurrencia. Estabas a punto de largarte, asqueado de ti mismo, cuando un mercader inglés hinchado y vociferante insistió en observar las estrellas a través del telescopio.

La fiesta se trasladó a esa habitación. Carmen levantó y estiró el catalejo, proyectándolo fuera de la ventana hasta lograr el ajuste perfecto para observar el cielo de esa noche. Cambió lentes, puso filtros. Luego apagó los quinqués. Y en esa oscuridad guio al inglés, acomodándolo para que mirara el firmamento. Los demás, bulliciosos y achispados, se aglomeraron en torno al aparato esperando su turno.

Tú te quedaste atrás, en un rincón, amparado por la penumbra. Viste a Carmen recortada contra la gran ventana, buscándote. Estabas borracho y tan molesto por tu repugnante papel de artista cortesano, que decidiste mandarlo todo a la mierda, esa misma noche.

Cuando estuvo a tu alcance la atrapaste por una muñeca y la atrajiste hacia ti. Ella se debatió y alcanzó a darte la espalda. Pero entonces la abrazaste por detrás, apretándote contra sus caderas. Carmen se estremeció. Pero no intentó apartarse. Pese a que debía sentir, claramente, el bulto erecto que la rozaba en la parte superior de las nalgas. En cambio, levantó y giró la cabeza levemente hacia ti para susurrarte al oído:

—Corre peligro.

—Me da igual que me abofetee o me denuncie. No aguanto más.

—Si sigue me voy a desmayar, de verdad —te dijo, y la sentiste temblar—. Gutiérrez no me toca, nadie me ha tocado desde hace nueve años.

¡Nueve años! Entre la niebla de tu borrachera, de tus tormentos, de tu rabia, se abrió paso la enormidad de esa idea. El dolor de su soledad, la tristeza de esa belleza baldía, inútilmente preservada. Se abrió paso, en tu corazón, otra Carmen: la incompleta, la despojada, la herida. Una mujer que quizás también huía del miedo a fracasar de nuevo, como tú. Te preguntaste, a medias consciente, si estarías a la altura de ese deseo.

Pero no supiste responderte. Sólo la besaste en la cabeza y la dejaste ir.

VII. Mujeres típicas

Por fin, una mañana de fines de junio, velada por una tenue nubosidad de altura, Carmen subió hasta tu cabaña dispuesta a posar, por primera vez, para su retrato.

Te habías trasladado de la Fonda Inglesa a tu casita, en el Cerro Alegre, tres días antes. Te sonaba extraño llamarla «mi casa», después de todos esos años vagabundeando; quince ya, desde que a los dieciocho dejaste el domicilio de tu padre en Augsburgo. Sin embargo, después de instalar tus útiles de pintor, y de colgar tus sombreros y tu escasa ropa en las perchas, descubriste que tener un lugar «propio» te oprimía —era verdad—, pero no tanto como habías creído. Y hasta te preguntaste si podrías detenerte, aquí, por más tiempo que esas breves semanas que le concedías a cada sitio, antes de gastarlo con tu mirada y partir.

No era la única emoción que te sorprendía. Desde la noche aquella del sarao, cuando abrazaste a Carmen por la fuerza y luego la dejaste ir («hace nueve años que nadie me toca»), algo había cambiado entre ustedes. Siguieron encontrándose con tanta frecuencia como antes, pero a menudo la descubrías observándote con una seriedad nueva, sin esa sonrisa irónica con la que solía examinarte. Por tu lado, experimentabas una relativa calma, una paciencia desconocida que te sorprendía y refrenaba tus cínicos avances y los piropos que antes le prodigabas. La ironía de ella, el cinismo tuyo, eran las primeras bajas en esa batalla amorosa. ¿Qué o quién caería después? Preguntándotelo entendías mejor esa seriedad inusitada en el rostro de Carmen.

Oíste ruido de voces y saliste a la terracita que coronaba la escalera de ciento un peldaños, hasta tu cabaña. Carmen subía al trote, con los zapatos en la mano, mientras Rosa la seguía, resoplando y protestando, sacudiendo su pesada trenza, muchos escalones más abajo.

—No se asombre tanto —te dijo cuando llegó arriba, colorada por el esfuerzo pero con aliento—. Todavía subo cerros altos, todos los veranos, en mi campo. Y también por eso me llaman loca.

—Ya no me asombro de casi nada con usted.

Carmen esperó a que Rosa llegara a la terracita y le pidió que la esperara allí, sentada en una silla de cordel, bajo el alero de coirones. Luego entró a tu estudio como si lo visitara por primera vez. Contempló la mesa grande donde cortabas tus telas con una gran tijera de sastre y armabas los bastidores; los potes en los que mezclabas pigmentos para tus óleos —la piedra de lapislázuli que estabas moliendo para el azul—; tu atril de interior, el de caballete, manchado de colores, y el lienzo en blanco que sostenía.

—Precioso. Ahora sí que esto parece un estudio de pintor.

Sintió en sus pies desnudos la alfombra que habías tendido sobre el suelo de tierra apisonada y te preguntó, admirada y sonriente:

—¿Para que no se me enfríen los pies?

Sí, habías notado la costumbre de Carmen de descalzarse, cuando estaba sobre la tarima en el salón de su casa, para «sentir las alfombras», según decía. En el mercado de El Almendral, un indígena te vendió varios ponchos araucanos gruesos, de lana cruda y distintos colores. Mandaste zurcir los tajos y coser entre sí los ponchos, hasta formar un gran tapete de parches bermellones, azules, verde musgo. Alfombraste con ellos la pequeña cabaña, de pared a pared. Fue tu aporte a esa decoración que ella había dirigido, consultándote a veces por mero compromiso, segura de que «los hombres no saben de estas cosas». Y lo habías hecho, a tu vez, sin consultarla, quizás como un resabio de mínima independencia.

Carmen caminó por la estancia, probando la improvisada alfombra con deleite. Pero cuando levantó la vista su rostro se demudó. Observó el muro sobre tu cama y el otro junto a la puerta y luego te miró a ti, perpleja, seria de nuevo, como en los últimos días.

La alfombra no había sido tu único gesto de independencia, querido Moro. Aunque este otro no lo contabas como decoración. Esto era tu arte. En las paredes, tapizadas por Carmen con lonas marineras, habías colgado los cuadros de la serie de «mujeres típicas» que siempre viajaban contigo, enrollados en grandes tubos de cuero. Estiraste los lienzos, los clavaste con tachuelas sobre bastidores armados por ti, y colgaste a tus mujeres a media altura, de modo que miraran al espectador a los ojos.

La mulata bailarina de Río, las putas negras y mellizas de Salvador de Bahía, la cestera de Maracaibo, las criollas de Santiago de Cuba y de Veracruz, la dulcera de Puebla, la robusta aguatera mestiza de Acapulco, la novicia de Cartagena de Indias, la india arpista de Guayaquil con los pechos al aire, la limeña con el rostro tapado por su pañoleta dejando a la vista un ojo de cíclope que miraba muy fijo. Hasta una jineta charra de Jalisco retratada junto a su caballo. Todas con sus trajes típicos y en las posturas más diversas: de pie, sentadas, recostadas. En cada pose te las habías arreglado para mostrarlas sugerentes, provocadoras, irradiando su personal atractivo a través del «tipo» que representaban.

Le explicaste a Carmen los trajes y los orígenes de esas mujeres y la idea de tu colección. Ella las consideró, una por una. De pronto se volvió hacia ti:

—Así que éste es su harén, señor Moro.

Desde el incidente en su fiesta insistía en llamarte así: «Moro». Jugando con tu segundo nombre: «Moritz». Pero también sugiriendo que eras celoso y lascivo, como un moro. Algo que, según ella, no podía provenir de tu herencia bávara sino de la parte mediterránea de tu carácter, de tus antepasados catalanes. Bromeaba diciéndote que parecías un sultán en el exilio, nostálgico de tu harén.

—Nada de eso —te defendiste—. Son mujeres típicas. Representan tipos regionales. Son idealizaciones.

—¿Ah, sí? ¿Y cuántas mujeres reales tuvo usted que conocer para llegar a pintar estas «mujeres ideales»?

—Varias. Pero muy de pasada.

—No parecen estar de paso. Se diría que han posado mucho.

—Trucos del oficio. Las hago entrar en confianza, antes...

—¿Mucha confianza? —te preguntó Carmen, mirándote a los ojos; su sonrisa irónica, esa que había escaseado últimamente, bien dibujada en los rosados labios gruesos.

Luego meneó la cabeza, despacio, como quien comprueba un caso perdido.

No te arrepentiste de haber colgado esos cuadros. Tus mujeres típicas habían obligado a Carmen a transparentar algo de sus sentimientos. Si eran celos, te reconfortaban. Si era inseguridad, te enternecía. Le dijiste:

—Su retrato será distinto. Voy a pintarla por usted misma, no por lo que representa.

—¿Tampoco pintará lo que represento para usted?

—Ni aun eso. Intentaré ser fiel al original.

—Sospecho que para usted eso será toda una novedad.

No intentaste discutirle. Era mejor que tú con las palabras. No sólo porque se comunicaban en su lengua materna; también porque poseía un certero instinto para formular lo que tú sólo intuías. Además, para qué discutir si ahora sería el turno de tu propio lenguaje. Ahora ibas a mirarla a fondo, a destajo. La harías entrar por tus ojos y verías lo que ella no veía de sí misma. El camino hacia su corazón, acaso.

Acomodaste una silla de cuero, con brazos, cerca de la ventana más despejada. Invitaste a Carmen a sentarse en ella. Le indicaste hacia dónde debía mirar (la arpista del Guayas). Levantaste un poco su mentón, sin necesidad, sólo por el placer de tocarla. Desplegaste mejor el velo que pendía tras su peinetón de carey y abullonaste los hombros de su vestido. Un traje de seda negro, muy formal, abotonado por el frente desde el cuello hasta el ruedo, semejante a una sotana. Nada de escotes provocativos. Estaba claro que había decidido hacerse retratar como la dama patricia que era. Te alejaste para contemplarla. Esos pliegues de seda negra te darían trabajo. No menos que los labios carnosos y la garganta pálida donde se transparentaban esas carótidas azuladas que te habían fascinado. Los ojos, sin embargo, no serían tan difíciles; aunque los echaras a perder seguirían siendo imposiblemente bellos.

Solías pedir a tus retratados que hablaran, para tranquilizarlos y ayudarles a pasar las horas.

—Cuénteme algo que le guste. De su infancia, por ejemplo.

—Tuve una infancia violenta. Hubo guerra.

—Si eso la entristece, piense en otra cosa.

—Me entristece y enorgullece. Así aprendí a ser independiente. Mi padre estuvo en el exilio; mi madre enfermó de los nervios. Pero yo...

Mientras ella hablaba moviste tu caballete, subiendo su travesaño, hasta conseguir la altura y la distancia correctas. El lienzo donde ibas a pintarla te escondía de ella, parcialmente. Introdujiste tu pulgar izquierdo en la gruesa paleta de palo de rosa, untaste uno de los pinceles de marta siberiana —regalo de tu padre cuando saliste a pintar el mundo—, diste el primer brochazo...

... Y, como te ocurría siempre que dibujabas o pintabas, te abstrajiste, sumergiéndote: migraste hacia el alma de tu modelo. Te transformaste en lo que pintabas.

Tanto te impregnabas de tu modelo con cada pincelada que, al asomarte por una orilla del lienzo para mirarla, te parecía ver también lo que Carmen te relataba. Como si al pintarla fueras hundiéndote en su memoria. Entrando ahí donde ella acudía a esconderse cuando la vida se le hacía insoportable.

Había pasado su niñez en la Hacienda Cachapoal. Su padre luchaba en las guerras de independencia. Formó su propio batallón. Combatió durante años. Ella temió que lo mataran, muchas veces. Durante la reconquista lo desterraron a la remota isla de Juan Fernández, junto a otros patriotas. En la Hacienda Cachapoal su madre cayó en una melancolía profunda: vivía encerrada en su habitación, oscurecida para atenuarle las jaquecas. Buscando proteger a su hermana —mucho mayor que Carmen—, la enviaron al convento de clarisas, donde pronto hizo los votos y murió civilmente (siempre se le había dedicado a Dios un hijo al menos, en cada generación de su familia). Pese a esa soledad, pese a la guerra y al destierro de su adorado padre, Carmen se sentía libre. La rodeaba media docena de niñas, la prole femenina de la servidumbre; entre ellas estaba su criada actual, quizás su única amiga verdadera:

Rosa. En verano se bañaban en el tranque, desnudas como peces, y luego trepaban a los árboles, cazaban culebras, cantaban canciones en lengua mapuche. Esa libertad, que a veces parecía una forma de felicidad, no duró mucho. La madre murió, el padre volvió con el ánimo amargo y el cuerpo quebrado por la prisión. Previendo que también fallecería pronto, la instruyó en sus deberes como castellana de sus haciendas, los mismos que la separaron de sus inquilinos. Esmerándose, el padre contrató a un preceptor inglés para que le enseñara a su adorada y consentida hija menor matemáticas, geometría, ciencias. Y a un aya francesa, de Alsacia, a quien Carmen le «succionó» el francés en menos de un año, y enseguida le exigió enseñarle alemán. Se le había abierto un apetito voraz por aprender y descubrió que tenía la capacidad de hacerlo rápido y disfrutando. Pero ya nunca más fue libre. Ni siquiera cuando se encaprichó con Gutiérrez, ese otro héroe de la independencia, y el padre, aunque lo vio baldado y tanto mayor que ella, autorizó su locura. Hasta la animó a casarse pronto, para no dejarla sola en medio de esa anarquía, después de su propia muerte. Nunca volvió a ser libre. Tampoco en estos años en que había jugado desesperadamente a serlo...

Mientras Carmen hablaba, tú te asomabas de vez en cuando, de atrás de la tela, para echar otro vistazo a tu modelo. Tenías la capacidad de enfocar tu vista de un modo tan preciso que sólo la fijabas en el óvalo del rostro que ahora estabas trazando. Sin embargo, a la segunda o tercera asomada notaste que, entre mirada y mirada tuya, algo iba cambiando en ella. Algo que quedaba en la periferia de tu visión, perturbándote.

Asomaste de nuevo y descubriste qué era. Cada vez que retornabas a la tela para hacer otro trazo, ella desabrochaba uno de los botones que cerraban por la mitad su vestido negro. Para cuando lo advertiste, ya lo había abierto hasta la mitad del pecho. Era como si, para mejor confesarte su pasado, Carmen también tuviera que desvestirse.

Tenías experiencia, Moro. Más de la que te convenía admitir. Habías corrido mundo y conocido mujeres. No obstante, te escondiste. Diste un respingo, ocultándote de nuevo tras el lienzo. Te quedaste allí como un muchachito avergonzado, la paleta y el pincel repentinamente inútiles, colgando de tus manos. Perplejo, reflexionabas. Quizás llevase un corsé y, como éste le apretaba demasiado, se lo estaba soltando... Tras unos segundos, tragaste saliva y volviste a asomar la cabeza un poquito, sólo un ojo.

Carmen se había desabrochado otra media docena de botones y ahora el tajo de su vestido abierto le llegaba hasta el ombligo. Debajo no llevaba enaguas, ni corpiño ni corsé; nada, excepto la piel.

Volviste a esconderte detrás de tu caballete, protegido por tu arte. Suspiraste. Descubrías que, en el fondo, habías perdido la esperanza de que algo así ocurriera. De golpe recordaste a Rosa, que desde la terracita podría verlo todo. Giraste y encontraste la puerta de la cabaña cerrada. No había sido una corriente de aire. No habías oído el portazo. Sólo podía haberla cerrado la misma sirvienta, suavemente, mientras tú estabas absorto pintando a su patrona. Cerró para que ésta se desvistiera tranquila.

Te asomaste una vez más. Carmen se había desabotonado completamente el vestido y se ponía de pie.

VIII. Jeroglíficos de sangre

Extasiado, casi en trance, saliste de atrás del caballete, Moro. Abandonaste el refugio de tu arte. Aunque preferías no avanzar más. No perturbar esa nueva pose de tu modelo. Si de ti hubiese dependido la habrías hecho durar indefinidamente.

Al ponerse Carmen de pie, el vestido negro, abierto por delante, mostró el valle entre sus pechos y la mitad de sus pezones. Más abajo entreveías el vientre albo, levemente combado, el huequito del ombligo, el vello púbico negro como una enredadera nocturna, señalando el vértice del sexo, la cara interna de sus largas piernas juntas.

La viste desenganchar el velo del peinetón, sacarse ambos, deshacer su moño, dejar que su largo pelo descendiera en libertad. Luego llevó ambas manos sobre sus hombros y tomando las alas de su vestido lo abrió y lo dejó caer. La seda resbaló lentamente, siguiendo la curva de sus caderas, hasta derramarse en torno a sus pies, sobre la alfombra.

Aquella «mujer de Vitruvio», que alguna vez habías dibujado con las medidas que juzgabas ideales, estaba frente a ti. O no. Mirándola bien, las medidas de esta mujer real no correspondían a ese ideal. Su cuello era más largo, sus hombros un poco más anchos. Pero esas mismas imperfecciones superaban a tu modelo.

Habías imaginado que Carmen desnuda sería muy hermosa. Tu ojo entrenado, de buen mujeriego, había previsto una belleza armónica, carnal y aérea a un tiempo. Pero lo que no pudiste prever, porque nunca lo habías visto antes en tus vagabundeos de pintor y amante viajero, era la gravedad de su hermosura. El aplomo que sus ojos bajos daban al conjunto de su cuerpo, la responsabilidad que pedían, sin imponerla, a quien quisiera tomarlo.

Algo te advirtió que, si demorabas más, la seriedad de su belleza te impediría acercarte a Carmen. Quedarías paralizado. Te sentirías abrumado como ante esos paisajes sublimes que no eras capaz de pintar, precisamente por su avasalladora magnificencia.

Fuiste hacia ella. Te detuviste a un brazo de distancia de su cuerpo. Con la punta del dedo medio de tu mano derecha tocaste su hombro izquierdo, recorriste el arco de su clavícula hasta la base del cuello, subiste por él levantándole el mentón. En sus ojos francos y ahora tímidos creíste ver una pregunta, una interrogación.

Aunque no tenías idea de cuál podía ser, y menos aún sabías la respuesta, creíste que debías decir algo. Pero no encontrabas nada en tu experiencia que te ayudara. Tus mujeres típicas, colgadas en las paredes, no salían en tu auxilio. Entreabriste tus labios, secos por la ansiedad, esperando que alguna palabra viniera, por sí sola, a moverlos.

Carmen lo impidió. Atrapó tu rostro entre sus manos, acercó tus labios a los suyos y te besó. Sentiste su lengua fresca aletear en la punta de la tuya, acariciándola. Después separó su boca, apenas, para susurrarte:

—A ver si me perdonas.

—¿Yo? ¿Por qué? —le preguntaste, trémulo.

—Por aquel mordisco.

Y sin darte tiempo para reír o excusarla, empezó a desabotonarte la camisa.

Por lo visto, en esas tres semanas ella te había estudiado con tanta minuciosidad como tu ojo de pintor creía haberla estudiado a ella. Sus manos parecían saberse de memoria la posición de tus botones, el obstáculo del cinturón, los broches de tus pantalones. Cada prenda de tu ropa que caía sobre la alfombra era una cadena de la que te liberabas. Nunca se siente lo que pesa la ropa hasta que nos alivia de ella la mano de una persona amada, ¿verdad, Moro? Tú lo descubriste entonces.

Por fin Carmen te quitó los botines y quedó de rodillas frente a ti, ante tu sexo erguido que palpitaba. Un pudor que jamás antes experimentaste te llevó a cubrirlo con las manos. Ella las apartó, delicadamente, y lo acunó entre las suyas. Observaba con atención tu miembro, que afloraba entre sus dedos, con una ternura graciosa y sorprendida. Luego se mordió la mitad izquierda del labio inferior —la tentación, lo único que la vencía—, antes de llevarse el falo a la boca...

(Pero, ¿cómo se dice? ¿Cómo se recuerda esto, Moro? Intento verlo con tus ojos, como me pedías. Pero entonces topo con un problema similar al que te angustiaba a ti: ¿cómo se pinta la pasión? Relatar la pasión parece tan imposible como pintarla... sin traicionarla. Siempre me dijiste eso. La pasión florece en los confines del arte, allá donde éste colinda con lo sublime y lo ridículo. Sin embargo, muchas veces intentaste dibujar el encuentro de los cuerpos, el tumulto del deseo. En tus libretas más ocultas conservaste los croquis de muchos coitos. Cuando al fin las descubrí y te lo enrostré, me explicaste, exaltado, que no te importaba arriesgarte cien veces a lo grotesco si, a cambio, lograbas fijar por una sola vez lo maravilloso. Preferías el calor del ridículo al hielo de la hipocresía. Ese riesgo valdría la pena si alguna vez pudieras dibujar lo esencial: ese momento cuando el cuerpo se trasmuta en alma...)

Después te arrodillaste a su lado y juntos resbalaron hasta caer sobre la alfombra. Carmen entreabrió las piernas. Tú exploraste su sexo con tu mano, sintiéndolo húmedo, preparado. Te montaste sobre ella. Sosteniéndote sobre los codos y las puntas de los pies, para no aplastarla, posaste la punta de tu sexo sobre el suyo. Tu falo besaba su vulva suavemente, refrenándose para no herirla. Fue una precaución innecesaria. O que ella, al menos, no quiso tomar. Te agarró por las caderas, impaciente, atrayéndote hacia su interior.

Al penetrarla perdiste la sensación de tus límites. Creíste que Carmen envolvía no sólo tu miembro, sino a ti mismo, entero. O que tú no la penetrabas sino que *eras* ella.

Carmen emitió un largo gemido, feroz y tierno. Tú la acompañaste con un grito que te sonó anterior al lenguaje, previo a todas las torpes palabras con las cuales la especie ha pretendido nombrar el amor.

*

Poco a poco volviste en ti. Te pareció que había pasado mucho más tiempo que esos minutos. Cuando abriste los ojos no sabías, al comienzo, dónde te hallabas.

Confundido, acabaste por descubrir que yacían casi en el otro extremo de la cabaña, junto a tu cama. Sin notarlo, la habías montado con tanta fuerza, y ella te había correspondido con tanta energía, que se habían arrastrado un par de metros sobre la alfombra. Tú sobre ella, y ella llevándote encima, con cada embate se habían deslizado sobre las rugosas mantas araucanas. Como si ambos cuerpos, sin advertírselo a ustedes, hubiesen deseado partir en un viaje sin retorno.

Cuando despertó, la ayudaste a levantarse. Sólo por no desprenderte de ella, la tomaste en brazos y la depositaste delicadamente en la cama. Te tendiste a su lado. Carmen te abrazó con todo su cuerpo y reposó la cabeza sobre tu pecho.

—Suena como el galope de un potro —te dijo.

Y tú pensaste que, por una vez, se equivocaba contigo. En realidad, tu corazón se había detenido unos momentos atrás —había perdido mucho más de un latido—, mientras el resto de tu cuerpo galopaba. Nunca antes, en tu largo peregrinar de quince años, habías parado realmente. Desde que a los dieciocho te fuiste caminando a Italia y a los veinte partiste a Brasil, y tres años después volviste a Alemania y enseguida viajaste a Francia, España e Inglaterra, y luego retornaste a América por Haití y durante treinta y seis meses deambulaste por todo México, y a continuación descendiste hasta esta otra punta del mundo... Nunca te habías detenido de verdad, sino hasta ahora. Junto a esta mujer incomprensible a la que te habías esforzado por desentrañar y a quien, de pronto, empezabas a intuir mejor que a ninguna antes. La sospechaste tan extranjera como tú, pero en su patria. Viviendo en su propio país como en un destierro. Mirando por ese telescopio a través del cual nunca distinguía aquello que esperaba. Si tú eras un forastero, ella era una expatriada interior. Y al empezar a entenderla comprendías que tú también lo habías sido, con tus fugas del amor.

Más tarde, luego de copular otra vez, Carmen se levantó de la cama para irse. Al hacerlo, ambos descubrieron, asombrados, unas circunferencias de color rojo sobre la sábana nueva. Eran cuatro manchas circulares en hilera, a distancias equidistantes unas de las otras. Cada una parecía contener un ícono o un anagrama indescifrable. Como si fueran jeroglíficos de una lengua desconocida, que alguien había impreso sobre tu cama.

Carmen se agachó para observarlas fascinada, sin entender. Y entonces tú viste sobre su espalda los cuatro cuños de esos jeroglíficos, en carne viva, marcando las vértebras más salientes en su larga columna.

Tomando tu espejo de afeitar lo sostuviste tras ella, en el ángulo apropiado para que pudiera ver las llagas que la pasión había dejado en su cuerpo. Al arrastrarla sobre la alfombra áspera, empujada por tus acometidas, la delicada piel de esos huesos prominentes se había desollado hasta la carne. Pero ella no había sentido ningún dolor.

O sólo ahora lo sentía. Porque al levantar su rostro hacia ti encontraste sus ojos llorosos y extasiados a un tiempo. Le pediste perdón:

—Te herí sin darme cuenta...

Carmen negó con la cabeza, sonriendo:

—Nuestro amor me hirió.

Luego quitó la sábana y la desgarró, hasta cortar la tira de tela con esos cuatro jeroglíficos de sangre.

—¿Para qué haces eso? —le preguntaste.

—Lo voy a guardar, toda mi vida.

—Qué locura.

—Nunca he estado más cuerda, Moro. Hoy volví a perder mi virginidad, contigo.

IX. 1854

«Adulterios, drogadicción, canibalismo...» Con esas palabras le habías recordado a Darwin algunas de las cosas que omitió en su libro sobre el viaje del *Beagle*, a su paso por Chile. Pero veinte años después, en su casa de Downe, él no quería recordarlas, ni oír hablar siquiera de esas aventuras de juventud.

—Shhht —silbó tu amigo, girando en su taburete para controlar, a través del espejo puesto en la ventana, el jardín donde jugaba su familia—. Cállese. Mi mujer, mis hijos... ¡Podrían oírlo!

—Estamos hablando en español, niño prodigio. ¿Lo hablan ellos?

Habías olvidado cuánto te gustaba molestar al «niño prodigio». Y pensaste que quizás también por eso —además de la carta, con la cual te conminó a venir— habías hecho este esforzado viaje cruzando Baviera, bajando por el Rin y el Mosa hasta Róterdam, transbordando allí para navegar hasta Londres. Habías venido deseando tener con él una de aquellas viejas y estimulantes peleas.

—Y tampoco mencionó en su diario lo peor de todo —insististe.

—¿Qué? —te consultó asustado, abriendo lo más posible sus ojitos cándidos, incrustados en las cuencas profundas bajo las cejas.

—Que en Chile usted se hizo amigo de un pintor.

El naturalista sonrió, aliviado:

—Sí. Lo he extrañado, Rugendas. Hasta sus ironías me han hecho falta.

Quizás sintió que esa confesión excedía los límites que su formalidad inglesa marcaba en sus afectos, porque giró sin motivo en su taburete, confuso. Controló el alegre jardín delantero a través del espejo. Luego bajó la cabeza. Hurtándote la mirada, formuló la pregunta que, seguramente, quería hacerte desde que te vio entrar:

—Carmen... —musitó—. ¿Ha sabido de ella?

Temiste que Darwin te hubiera invitado a venir desde tan lejos sólo para eso. Que en su envejecimiento prematuro ya hubiese alcanzado esa edad en que los hombres, incluso los más prácticos y devotos del presente, empiezan a añorar el pasado, se ponen sentimentales y buscan con quien compartir un recuerdo que, de pronto, se les ha vuelto precioso. Preferiste negarte en redondo:

—No he sabido nada.

Pero tu viejo amigo era demasiado inteligente, y te había conocido bien, aunque hubiese sido en otro mundo, para tragarse esa mentira. Te dijo:

—Lo siento, le traigo recuerdos que son dolorosos para usted...

—Y para usted son morbosos.

—Maravillosos —te desmintió Darwin, tajante, elevando por primera vez la voz—. No admitiré que niegue lo que sintió por Carmen. Y mucho menos lo que sentí yo.

—¡¿Lo que sintió usted?! ¡Un amorcito de laboratorio! ¡De conejillo de Indias! ¿Cómo se atreve a compararlo con mi pasión?

Protestaste con rabia, a un tiempo enardecido y asombrado al sentir que revivían en ti esos celos tan antiguos por los cuales, cierta vez, hasta quisiste matarlo.

(Lo que son las cosas, Moro. A mí, en cambio, me enternece saber que, después de dos décadas sin haberse visto, ustedes estuvieron a punto de volver a pelearse por mí. Por ese pequeño tributo a mi vanidad, quizás te perdone las malas noticias que me dabas en esa última carta: que te ibas a casar, que estabas desahuciado...)

Darwin sonrió, los ojos achinados por su travesura. Había conseguido desnudar tus celos, arrastrarte a discutir y así reconocer esa nostalgia que antes habías negado. Seguía siendo, a pesar de su decrepitud, peligrosamente astuto. Ya estaban teniendo una de esas estimulantes peleas.

Sonreíste también, desarmado. Mientras, el naturalista suspiraba:

—Nunca he olvidado a Carmen, ¿sabe usted?

—¿Casado y criando a nueve niños?

—Sí, sólo a usted puedo confesárselo. Quiero mucho a Mammy, pero...

—¿Mammy?

Lo preguntaste y recordaste la respuesta enseguida, incrédulo. Hasta en eso cumplía su maniático proyecto de vida. Veinte años atrás aquel cachorro de sabio te había expuesto su minuciosa planificación del futuro. Incluso ya había decidido qué apodo le daría a su entonces desconocida y futura mujer: «Mammy».

—Sí —continuó Darwin—. Emma, mi esposa, es también mi prima hermana.

—Lo más cercano que pudo encontrar a casarse con su mamá...

Enseguida te arrepentiste de tu maldad al recordar que tu amigo, huérfano de madre, había sido criado por sus hermanas. Pero el naturalista no hizo caso de tu invectiva:

—Tengo una esposa perfecta. Una familia y una casa hermosa, ya lo ve. Aunque a menudo me siento pegado a las faldas de una mujer inmensa, tal como ese diminuto macho del percebe.

—¿Y compara también sus penes?

Darwin se animó como si lo hubieras invitado a jugar. Sus ojos se convirtieron en dos puntitos traviesos:

—¿Recuerda aquella isla flotante donde Carmen y yo...?

—No entremos en detalles —lo atajaste.

—¿Y con quién voy a compartirlos?

—Hasta esa laguna de las islas flotantes desapareció, fue desecada. Cambiemos de tema.

Preferías charlar de cualquier cosa, Moro, que no fuera ella. Si ahora permitías que el naturalista te indujera a hablar de Carmen, quizás nada pudiese detenerte después. Ese ayer que habías pintado para fijarlo, para que no pudiera salirse del marco de tus cuadros, fluiría hacia el presente y te verías obligado a compararlo con tu vida actual. Como le estaba ocurriendo a Darwin. Pero, a diferencia de él, tú sabías que ni aun compartiéndolo podrías soportarlo:

—Mejor, dígame de una vez para qué me pidió venir.

Él te observó, decepcionado, rascándose las costras del eczema en la frente, midiendo tu tenacidad. Y por fin se rindió. Acercó el taburete, las ruedecillas chirriando sobre el parqué, para hablarte confidencialmente:

—Necesito su ayuda.

—Eso decía su carta. Pero no para qué. ¿Qué es eso tan secreto que ni siquiera podía escribírmelo?

Darwin respiró hondo. Se llevó la mano derecha al interior de su delantal y extrajo una pequeña probeta tapada con un corcho. Vigilando el jardín a través del espejo para cerciorarse de que nadie atisbara, la puso delante de tus ojos. En su interior había unos diez centilitros, más o menos, de un polvo blancuzco con reflejos nacarados.

—¿Qué mierda...? —pronunciaste entre dientes, negándote a admitirlo.

—Vilca —confirmó Darwin—. Potente. La preparé yo mismo.

Lo miraste alarmado por una sospecha: los vómitos diarios, la precoz decrepitud, el aislamiento, el espejo en su ventana, la obsesiva disección de picorocos... Pese a su genialidad, o precisamente a causa de ella, ¿se había vuelto loco? Decidiste echarlo a la broma:

—O sea, Darwin, que no sólo le vino la nostalgia del amor. También de la droga.

—No sea imbécil. Esto es muy serio.

Se acercó más para susurrarte. El aliento ácido del último vómito te turbaba menos que el taladro de esos ojitos hundidos pero intensos. Seguía atascado en su teoría. Sí, que no te asombrara. Sabías que era un hombre obstinado, inflexible en su persecución de la verdad. En efecto, era la misma hipótesis cuyo embrión empezó a gestarse dos décadas antes, allá en Chile (así como los picorocos eran los mismos). Esa teoría que el joven naturalista había alcanzado a intuir, completa, durante unos segundos —como se percibe un paisaje bajo el fogonazo de un relámpago—, en aquellos días cuando estuvieron a punto de morir en las alturas del Aconcagua. Había avanzado mucho en esa hipótesis extraordinaria, tenía cientos o miles de notas, pero lo central se le resistía. La visión de conjunto se le escapaba. Tenía las ramas, pero no veía el árbol.

—¿Entiende usted mi desesperación?

Temía morir bajo el peso de ese enigma; aunque también temía morir si lo resolvía. A ti podía confesártelo. ¿Cómo sentir pudor ante el hombre con quien se ha compartido una mujer y también, casi, la muerte? Por eso te había escrito, rogándote que vinieras a verlo. Tú eras el último recurso que se le había ocurrido para salir del atolladero donde estaba atrapado. Había estudiado la fórmula de la vilca, había conseguido uno por uno los ingredientes, y por fin la había preparado. Debían aspirarla juntos, exactamente como aquella vez. Tenía que retornar contigo al fondo de la montaña. Necesitaba experimentar de nuevo esa visión de la unidad, ese momento en que todas las cosas confluían.

—Si inhala eso, Darwin, podría perder la razón.

«La que aún pueda quedarle», estuviste a punto de agregar.

—No. Al contrario. Voy a encontrar la razón que me falta.

Y continuó explicándotelo, atrincherado en esa peculiar sordera de los fanáticos. Lo tenía todo pensado: irían a la casa de su padre, en Shrewsbury. El viejo doctor había muerto, de modo que allí estarían solos. Reproducirían del mejor modo posible las condiciones de aquella vez anterior. Se encerrarían, inhalarían la droga... Lo interrumpiste:

—¿Y por qué tiene que hacerlo conmigo?

—Solo no me atrevo. ¿Y si vuelve a aparecerse el...?

El ermitaño. El Sacrificador. Habías evitado pensar en el viejo de la montaña durante estos últimos largos años, mientras te defendías con tenacidad del pasado. Tal como intentabas no pensar en Carmen. Pero habías fracasado en ambos propósitos. En cuanto a ella, tus propios esfuerzos por olvidarla delataban que jamás lo conseguirías. Y ahora te había bastado volver a encontrarte con el naturalista para que todo ese pasado aflorara. Emergiera como, al retirarse la marea, emergía aquella barra de arenas negras donde la perdiste.

Obviamente, Darwin no había evitado pensar en todas esas cosas. Por el contrario, las había meditado a fondo. Quizás no había pensado en nada más. La larga mano temblorosa del naturalista insistía en ofrecerte la probeta con el polvo nacarado.

—Y bien, Rugendas: ¿me acompañará en este nuevo viaje?

Segunda parte

Triangulación

A favor: compañía constante y amistad en
la vejez (mejor que un perro, en cualquier caso).

CHARLES DARWIN,
pesando pros y contras
antes de casarse

X. Un ataúd

Tú y Carmen flotaban, sentados en un bote que se apartaba del muelle de Valparaíso, internándose en la bahía. Cualquiera habría pensado que se fugaban. Que buscaban abordar uno de los buques anclados en la rada para huir. Escapar de Chile, de América, de sus vidas pasadas, hacia un porvenir distinto.

Al distanciarse, la costa parecía achicarse. Los cerros que rodeaban el puerto, casi abrumándolo, se reducían a proporciones más amables. Si siguieran navegando hacia alta mar aparecería detrás la cordillera de la Costa y luego la de los Andes, nevada. Ambas irían disminuyendo su altura, en apariencia, a medida que Carmen y tú se alejaran. Ustedes se convertirían en el vértice de un triángulo de base cada vez más larga y remota. La distancia encogería aquellos obstáculos que en tierra les parecían insalvables; éstos no tardarían en achicarse tanto que cabrían entre el pulgar y el índice de una mano. Todo se reduciría a una cuestión de perspectivas, si siguieran navegando...

Observabas a Carmen mientras cavilabas en esas cosas. Iba sentada a tu lado en la popa de ese pequeño bote impulsado por un remero bigotudo, sujetándose con una mano enguantada el mantón con que se protegía del viento recio de esa mañana nublada. Con la otra mano se enganchaba de tu brazo, apretándolo. Porque la colérica amazona le temía al mar, al oleaje del Pacífico, encrespado por un potente viento del sur. Como muchos en su patria, y pese al océano que tenía delante, Carmen nunca había navegado, excepto en lagos y ríos anchos como el Maule. Ahora iba fascinada por esta pequeña aventura que había insistido en emprender.

El viejo que remaba en el banco del medio, de frente a ustedes, con su piel tostada y reluciente y el ancho tórax sobre el que basculaba una cabeza puntiaguda, con los mostachos tiesos y disparados, parecía un lobo marino. Y tenía su misma habilidad. A pesar del oleaje, maniobró a la perfección para aproximar el bote al costado de un barco negro, de tamaño mediano, con una enseña británica colgando del palo de mesana. Bajo el bauprés, un mascarón en forma de cabeza de perro sabueso indicaba a quienes no supieran leer el nombre de la nave: *Beagle.*

—¡Permiso para visitar el barco! —gritaste desde el bote.

—¿Quién lo pide? —respondieron desde arriba.

—Mi nombre es Rugendas.

El torso de un hombre muy joven, rubio, vestido de civil, asomó por la borda de estribor:

—Rugendas... ¿El pintor?

—El mismo —replicaste, asombrado de que te reconocieran—. Y conmigo viene la señora Carmen Lisperguer.

Desde que una semana antes, la noche del 23 de julio de 1834, el bergantín *Beagle* entrara con todas las velas desplegadas en la bahía de Valparaíso, una romería de visitantes en botes y chalupas había llegado hasta él y su pequeña compañera, la goleta *Adventure,* para verlos de cerca. Los principales del puerto pedían visitarlo. Los atraía la fama de ese barco de la marina inglesa que llevaba un año cartografiando las costas australes de Chile, desde el cabo de Hornos a los archipiélagos de Aysén. No sólo eso: también los seducía el nombre de su capitán, FitzRoy, de quien se decía que estaba emparentado con la familia real británica. Y no pocos afirmaban, por eso mismo, que se trataba de un barco espía preparando la inevitable invasión inglesa.

Una escalerilla se descolgó por un costado del *Beagle.* Tú y Carmen subieron por ella hasta la cubierta.

A bordo, el mismo joven les dio una bienvenida entusiasta mientras se abotonaba una chaqueta negra, muy formal. Hablaba un español gracioso, gramaticalmente correcto, pero con un pesado acento inglés en el que se colaban inflexiones argentinas y chilenas, tonadillas que sin duda había pescado en sus expediciones por las pampas y costas sudamericanas. Tendría unos veinticinco años. Era alto, con facciones redondeadas y pronunciados arcos superciliares. Bajo ellos todo el entusiasmo de su juventud centelleaba en la mirada celeste e ingenua, encendida de curiosidad.

—Lo conozco —dijo, al estrecharte la mano con el brazo muy estirado, a la inglesa, mientras sacudía el tuyo con verdadero entusiasmo, en una mezcla de envaramiento y simpatía—. Quiero decir que conozco sus obras, señor Rugendas. Es un honor.

—¿Ha visto mis obras? ¿Dónde? —exclamaste, traicionado por una placentera vanidad.

—Reproducidas en la última edición inglesa del libro del Barón von Humboldt sobre su viaje a América.

Tú y Carmen se miraron. El libro de Humboldt, claro. Ella esbozó una sonrisa conciliadora, intentando aplacarte de antemano. Sabía que no te gustaba oír mencionar a Humboldt. El nombre del Barón te recordaba servidumbres, transacciones y deudas que preferías olvidar.

—Entonces, usted debe ser el naturalista de la expedición.

—Charles Darwin —se presentó el joven, enrojeciendo hasta las raíces de su pelo fino y rubio, que ya tan pronto empezaba a ralearle.

Estabas ante un «naturalista». Un hombre de ciencia, Moro. Uno de esos seres que habías llegado a detestar. Ingenuos o fatuos que iban por el mundo creyendo develar sus misterios, y que sólo conseguían aguar la belleza del universo con sus explicaciones pedestres. Ya estabas arrepentido de haber cedido a la insistencia de Carmen en visitar el barco inglés. Debiste imaginarlo: tenía que haber un naturalista a bordo, y muy posiblemente éste habría leído a Humboldt. Era lo que hacían todos los viajeros europeos que se aventuraban hasta América con alguna pretensión científica, desde hacía ya un cuarto de siglo. Tal como ellos, este Darwin pudo ver tus láminas con aspectos de la naturaleza tropical del Brasil. Humboldt te las compró para ilustrar pasajes de su *Fisonomía de las plantas* y del relato de su viaje, aun cuando no correspondieran precisamente a las regiones que visitó. Para la teoría general del Barón sobre las líneas isotérmicas poco importaba ese detalle.

De pronto, Moro supersticioso, supiste lo que la figura oblonga del pequeño barco negro te había sugerido, cuando esa mañana lo avistaste desde el observatorio en la casa de Carmen: un ataúd. Un barco ataúd que iba por el mundo desencantándolo, privándolo de sus misterios, explicando sus bellezas hasta matarlas.

Mientras tanto, Darwin daba rienda suelta a su entusiasmo:

—¿Qué lo ha traído a Chile, señor Rugendas?

—La belleza del paisaje. ¿Y a usted?

—La geología del paisaje —retrucó el joven.

Era veloz e ingenioso. Debía serlo para que lo hubieran nombrado, tan joven, naturalista en una expedición importante. Un niño prodigio, sin duda: pura inteligencia y nada de experiencia.

—¿No le basta con sentir esa inmensidad? —le preguntaste, indicando hacia el noreste, donde la cordillera de la Costa represaba un gigantesco manto de nubes.

—La percibo como una gran pregunta.

—Pues yo la siento como una gran respuesta.

Carmen te apretó suavemente el antebrazo. Te conocía por menos de dos meses, eran amantes desde hacía sólo tres semanas, y ya sabía tanto de ti. Sospechaba que te estabas irritando con el joven naturalista inglés, quien relataba muy excitado sus recientes aventuras: había visto el volcán Osorno estallar de noche, desde la isla de Chiloé; había encontrado restos de megaterios en la Patagonia; había alternado con hombres de la edad de piedra en Tierra del Fuego. Y el día anterior, sin ir más lejos, había medido desde mar adentro la mole del Aconcagua. Aprovechando una calma perfecta realizó triangulaciones verticales con un teodolito, hasta calcular que ese monstruo se elevaba por encima de los veintitrés mil pies, confirmando que era la montaña más alta conocida.

Todas esas visiones asombrosas hacían que su mente hirviera con nuevas ideas. Por ejemplo...

Pero se calló de improviso. El joven cordial y atento llamaba al orden al erudito que, obsesivo y encandilado, se lanzaba a esas disquisiciones. Fue un cambio súbito, un gesto que llegaría a serte familiar.

Para compensar su extravío, el niño prodigio pasó a elogiar tus pinturas «científicas»:

—Humboldt con su relato y usted con sus dibujos, señor Rugendas, encendieron mi imaginación. Son los responsables, en parte, de que yo esté aquí.

—Sabrá perdonarme, espero.

—No hay nada que perdonar —replicó Darwin, desconcertado pero sonriente.

—Lo habría si mis pinturas embellecieron demasiado la naturaleza americana y usted, al verla, sufrió una decepción.

—Al contrario, son exactas, minuciosas. Usted no inventó nada, se lo aseguro. Pude comprobarlo al pasar por Brasil.

Era mucho peor de lo que temías, Moro. ¡Osaba decirte que no inventaste nada! Lucía esa mente práctica y racional que prefiere la realidad tal como supuestamente es y menosprecia las ilusiones del arte. Este cachorro de sabio estaba resultando aún más ciego que su admirado Humboldt. Le respondiste:

—Pues fíjese usted que mi intención fue no sólo inventar, sino inventarlo todo, hasta la última hoja de arbusto. Mis pinturas son obras de arte, no registros científicos. Intenté captar el espíritu de esas selvas, no catalogarlas.

Estaban en cubierta, junto al palo mayor, y habías alzado la voz. Un oficial también muy joven te observó con altanería desde la proa. Darwin miró a Carmen como en busca de ayuda. Evidentemente, no entendía qué lugar podían ocupar esas palabras —arte, espíritu— en una conversación sobre la naturaleza.

—Interesante manera de presentarse la de ustedes —zanjó ella, con la voz inapelable que en ocasiones podía utilizar—. Pero no hemos venido a hablar de Humboldt, ni de arte o naturaleza, sino a visitar el barco. ¿Sería posible, Mister Darwin?

—Por supuesto —sonrió él, aliviado—. Estoy casi solo a bordo. El capitán FitzRoy se halla... indispuesto.

Sí, ya sabían ustedes que el capitán había sufrido una crisis nerviosa, un colapso anímico producto de las durísimas e interminables jornadas cartografiando las costas más tormentosas del mundo. O quizás el detonante fue simplemente la rabia, tras una pelea epistolar con el Almirantazgo por sus gastos excesivos. FitzRoy había cedido el mando a su segundo, Wickham (el oficialito altanero de la proa), y se había encerrado en su camarote sin atender a nadie, delirando a puertas cerradas, protestando contra sus mapas imperfectos. La noticia se había esparcido. Era difícil mantener un secreto en un puerto como éste, una vez que la tripulación bajaba a tierra.

—Pero yo estaré encantado de servirles de cicerone —dijo Darwin.

Haciendo una pequeña venia, llena de juvenil orgullo, los invitó a seguirlo.

—Me temo que nuestra nave les parecerá espartana. El *Beagle* es un *survey ship* —buscó las palabras para traducirlo—, un barco de exploración y cartografía. Mientras el capitán FitzRoy sondea las costas para mejorar nuestras cartas náuticas, yo exploro la geología y estudio la flora y la fauna de estos lugares.

—Parece fascinante —declaró Carmen—. ¿Qué ha encontrado?

—Desde que zarpamos de Plymouth hace dos años y medio, ya he enviado a Londres doce cajones de especímenes y muestras... Incluyendo fósiles de animales extinguidos del tamaño de este bote.

Darwin les indicaba el bote salvavidas y de desembarco —invertido y apoyado entre dos mástiles sobre la cubierta— bajo el cual pasaban en ese momento.

—¿Así de grandes? ¿Hubo elefantes en América? —preguntó Carmen, cada vez más interesada.

—Más bien parecen armadillos gigantes. Pero eso tendrá que determinarlo el profesor Henslow, en Londres.

El niño prodigio hablaba con modestia, pero tras ella ardía el arrebato de tempranas convicciones. Cree saber mucho más de lo que confiesa, pensaste. No te sorprendía. Era la misma soberbia de Humboldt que pretendía iluminar el «Kosmos» con el fósforo de su inteligencia. La misma locura que viste en los naturalistas de la expedición de Langsdorff al Brasil. Hombres empeñados en desentrañar el secreto de la naturaleza, arrebatarle su misterio, descomponer el arcoíris volviéndolo a la luz blanca, aséptica —sin belleza—, de la que proviene. Esos hombres a los que también tú habías admirado,

Moro, en los comienzos de tu carrera. Prueba de ello era que anhelaste contribuir a sus ilusiones científicas con tu pintura, sometiéndola al rigor de las descripciones sinópticas que te exigía el Barón. Él decía valorar la sensibilidad artística como una herramienta más para conocer la naturaleza. Pero en la práctica limitaba la invención del pintor a la síntesis de los datos relevantes y a la eliminación de las peculiaridades. La libertad del artista quedaba constreñida a agregar una figura humana para dar la medida de un paisaje o quitar de en medio algún árbol que tapara una vista. Realismo pedestre, reproducciones del mundo, eso era lo que te pedían, no expresiones de vida.

Y Carmen, para colmo, con su nostalgia de mujer ilustrada en un país donde los ilustrados habían terminado de fracasar hacía muy poco, parecía francamente seducida por este inesperado emisario del Barón.

«Emisario», lo habías llamado, para tus adentros. Y la idea te dejó helado. El Barón tenía unas redes muy largas. Se escribía con sabios y eruditos de medio mundo. Respondía y enviaba unas veinte cartas diarias. No era improbable que se hubiera escrito con este joven inglés, mencionándole la presencia de un pintor viajero descarriado en esta zona del planeta. Un desertor que le desobedeciera bajando al sur del trópico de Capricornio, y del cual no había vuelto a saber. No era demasiado improbable que el tal Darwin fuese no sólo el naturalista de la expedición, sino también un espía de Humboldt. Un delator encargado de informar al Barón sobre la oveja negra que escapó de su rebaño: sobre ti, Moro.

—Éstos son los instrumentos más preciados del capitán, sus cronómetros —declaró Darwin, abriendo un compartimento contiguo a la escalerilla que descendía bajo la cubierta de popa. En el interior relucía el bronce de veintidós relojes suspendidos en pivotes.

—Yo habría pensado que sus instrumentos favoritos serían esos otros —objetaste, indicando los pequeños cañones, tres por borda, que recordaban el carácter también militar de la expedición. Y el poder del Imperio británico, soberano indiscutido de los mares.

—Ésos son para imponer respeto —ratificó un grumete ingenuo y sonriente, que se había detenido a oír la conversación y luego desapareció.

—¿Al capitán no le basta con un solo reloj? —preguntó Carmen volviendo a los cronómetros y fingiendo una coqueta ignorancia que rechinó en tus oídos.

—Unos se controlan a otros —le respondió gentilmente Darwin.

«Control», la palabra adecuada para un perfecto caballero inglés, pensaste. Mejor dicho, un detestable niño prodigio inglés, todo modales y ninguna pasión visible; puro control de sí mismo, como si tuviera diez relojes internos para cronometrar sus impulsos, domarlos y así dedicar todo su tiempo a la inteligencia. Un temperamento perfecto, por otra parte, para la tarea de desvestir a la naturaleza y robarle al cosmos su misterio. Además de espiarte a ti, quizás.

XI. El alma visible

Tu pincel más suave, el de pelo de nutria, recorrió la ingle izquierda de Carmen. La brochita bajó por el tallo de la Y formada por el pubis y la línea donde se juntaban los muslos. Y volvió a subir despacio, con amorosa lentitud, ahora por la ingle derecha. Rozaste deliberadamente el costado violáceo del sexo. Carmen suspiró, se movió inquieta. Tú continuaste, entre el vello negro, hasta lograr que el pincel se posara con exactitud en la cumbre de la vulva. Entreabriste la hendidura rosada que apenas afloraba entre el ramaje oscuro. Sostenido por tus dedos medio, índice y pulgar, el pincel se movió de arriba abajo abriendo con suaves toques expertos, sutilmente, ese surco de carne antes casi invisible. Carmen volvió a quejarse. Tú la regañaste:

—Quieta, quieta.

Cambiaste la brochita por otra igual de fina, pero más áspera, de pelo de oreja de buey. Te agachaste acercando la nariz a centímetros del sexo, pero no tanto como para nublarte la mirada y no ver lo que hacías. Moviste esa brocha varias veces más, abriendo la cúspide de la vulva, acariciando el clítoris. Una leve humedad, apenas un rocío, abrillantó las partes más tiernas de los labios mayores. El pincel penetró ahora otro poco y, entre el follaje del vello y los labios mayores entreabiertos, lubricados por aquella humedad, un botón de carne apenas visible, más que asomar, se dejó adivinar.

—Ven acá, Moro. No puedo más —te llamó Carmen, desde la cama donde posaba desnuda.

—Vas a tener que esperar. Acabo de conseguir que asome tu clítoris. Ahora intento velarlo, pero sin que desaparezca —le contestaste, inclinado sobre el lienzo donde pintabas su sexo.

Pintabas su sexo con el amor de un... ¿De un amante o de un artista? De ambos. Hacía mucho tiempo ya que sabías eso: la creación es un acto de amor. Sólo crea quien ama.

—Ah, si te vieras con mis ojos... —agregaste.

(Me temo que también eras un artista en esas trampas de la seducción, Moro. «Si te vieras con mis ojos, sabrías cuánto te amo», repetías. Y yo ardía en deseos de mirarme con tu mirada. Hasta hoy, en mis noches sin horas ni amaneceres, postrada en esta cama, sola o rodeada por desconocidos, sigo preguntándome qué o a quién encontraste en mí. Cuando todos han muerto, cuando el mundo de ayer se ha despoblado, yo persisto intentando ver lo que viste.)

Carmen reposaba sobre las sábanas blancas en desorden, inclinada sobre su costado izquierdo, enderezada la espalda por dos anchos cojines festoneados de encajes que ella misma había traído para estos efectos. Mantenía los brazos levantados, las manos cruzadas tras la cabeza, enredadas en su cabellera negra, brillante y lacia, de la que estaba tan orgullosa. En esa postura los pechos redondos y grandes quedaban muy separados. El derecho, alzado por el esfuerzo del brazo, parecía que se apartara o escapara del cuerpo hacia arriba. El pezón nítidamente recortado, de perfil, apuntaba hacia afuera, como señalándole al pintor la puerta, la salida. ¿Con qué derecho la retratabas así desnuda? Ese pecho te expulsaba del Paraíso: ¡fuera de aquí, intruso, mirón! ¡Fuera!

El pecho izquierdo de Carmen, en cambio, caía hacia la cama para quedar de frente, plenamente ofrecido. El pezón duro, en el centro, te devolvía la mirada como una pupila. Ese pezón más oscuro, aureolado de rosa, era un tercer ojo que reforzaba la mirada pensativa de los ojos verdaderos de Carmen, intensamente verdes. Una mirada que no cedía, ni en fuerza ni en curiosidad, a la del pintor que la examinaba.

Se conocían desde hacía algo más de dos meses, se hacían el amor desde apenas tres semanas. Y, sin embargo, ya lo intuías: toda la ambivalencia de Carmen, su fuego y su hielo, cabía entre esos pechos que apuntaban en distintas direcciones.

Esos senos ambivalentes parecían decirte, ahora: «¿Qué pretendes, Moro? ¿Por qué me pintas tanto y tan largo y tan lento?

98

¿De verdad crees poder atraparme en ese cuadro? Ven mejor a mi lado, artista tonto. La vida es un instante. No retendrás la belleza por mucho que la pintes. Será otra cosa. No la verdad, no mi cuerpo vivo, no mi sangre pulsando, no el deseo que sentimos. Para qué pierdes el tiempo tan escaso, las horas robadas que tenemos, en esta melancolía prematura. Me pintas porque sabes, sabemos, que vas a perderme. Y yo a ti».

—Me estás matando, Moro. Ven ya... ¿Para esto me dejé conquistar?

Ibas a responder, pero la misma interrogante de otras veces te detuvo: ¿habías sido realmente tú quien la sedujo, Moro? ¿O fue ella a ti? Como para contestar tus dudas, oíste a Rosa en la terracita de afuera: silbaba una tonada para entretener las horas muertas, esperando. ¡Con qué astucia Carmen había escogido para ti esta cabaña encumbrada! Con cuánta planificación sentaba a Rosa allí afuera, desde la primera vez que subió a posarte (y qué pose te traía preparada, entonces). Ella había encontrado este refugio y provisto la centinela. En una ciudad donde nadie anunciaba sus visitas, Rosa avisaría la llegada de cualquier inoportuno y los ciento un peldaños de escaleras zigzagueantes les darían tiempo para adecentarse. Entonces, ¿quién había seducido a quién?

Carmen seguía reclamando (y tú pintando):

—¿Para esto haces que me desnude? ¿Para torturarme?

En realidad, la inmovilidad forzada de su pose debía resultar una tortura para una mujer tan activa como ella. Apenas le consentías hablar. No le permitías leer, ni escribir esos apuntes misteriosos que nunca te mostraba. La querías entregada por completo a tus ojos. Y ahora casi podías ver la presión volcánica del deseo acumulándose dentro de su cuerpo. La erupción que se preparaba.

Pero no irías a abrazarla, todavía. Acababas de descubrir, en su torso, algo que antes pintaste sin darte cuenta. Entre las puntas de esos pechos separados y la hendidura del ombligo apenas elevado por la comba del vientre, se formaba un triángulo más blanco, levemente jaspeado de azul por los vasos capilares transparentados bajo la piel. Era la zona más luminosa del retrato, un espejo de carne marmórea. O quizás no un espejo: una fuente de luz que destellaba con fuerza propia, como si emanara desde dentro del cuerpo.

«¿Será el alma misma de Carmen lo que he pintado?», te preguntabas. Todavía guardabas, Moro, esa fe ingenua en los poderes de tu arte, colindante con el engreimiento. «¿Habré conseguido por fin ver un alma? ¿Hacerla manifestarse en uno de mis cuadros?»

Carmen se impacientó:

—No voy a posar nunca más si no vienes y me haces el amor. Después me sigues pintando.

—Si voy, ya no podré pintarte.

—O sea, después de hacer el amor ya no te voy a interesar.

—Es que después voy a estar en el Paraíso y no querré moverme de tu lado. Ni trabajar. Nadie trabaja en el Paraíso.

—Me haces desnudarme sólo para demostrar que puedes controlarte. Mientras yo me muero por tenerte.

—Y me vas a tener. Déjame agregar un par de pinceladas, estoy logrando algo único.

—Eres cruel, egoísta. ¡Como todos los hombres!

—Si no me dejas dar este retoque, tu sexo quedará abierto... El óleo va a secarse y te quedarás así.

—Moro, me estoy enojando. ¡Tráeme a mi morito ahora mismo, o si no...!

Te detuviste con el pincel en el aire. La paleta embetunada de colores en tu mano izquierda. La observaste sonriendo y preocupado. Sabías que su amenaza no era en vano. Ya habías experimentado en carne propia sus iras, tenías como prueba una cicatriz en el pómulo. Si no te metías pronto a la cama, corrías un peligro verdadero. Pero te gustaba jugar con fuego.

—Creo que te estoy viendo el alma, Carmen.

—No me vengas con lirismos cuando estoy ardiendo.

—Si el amor es mucho amor, vemos el alma en la carne. Lo mismo pasa con el arte.

Hablabas muy en serio. Y medio en broma. Solías desdoblarte de ese modo. El escéptico curtido por mil decepciones amorosas (y artísticas) se burlaba del romántico que también eras.

Carmen te miraba con una expresión perpleja que también oscilaba pero, en su caso, entre la credulidad y la furia. Luego, dio una voltereta en la cama revuelta, quedó de espaldas y te gritó:

—¡Me vuelves loca!

Ahora la luz líquida, reflejada desde la bahía, bañaba su dorso. Apreciaste el embrión de ala de su omóplato izquierdo, la sinuosa línea de la columna —con las costras de esos jeroglíficos de una lengua desconocida—, hundiéndose en la hendidura que separaba las nalgas firmes, la cintura curvada y la cadera izquierda alzándose, tironeada por la pierna recogida. En el flanco derecho de la espalda viste esa difusa mancha morada, hereditaria, la cayena, prueba de sus ancestros indígenas.

Carmen te había hablado de la vergüenza de sus padres cuando descubrieron esa mancha sobre el sacro de la recién nacida. Vergüenza inútil. La mancha llevaba ya dos siglos reapareciendo en la base de las espaldas de su familia. Como para burlarse de que esos orgullosos criollos pretendieran olvidar que, desde que los primeros conquistadores se casaron con princesas indígenas para dotarse con sus tierras, en la raíz de sus árboles genealógicos yacían los mismos indios que ahora despreciaban.

Carmen no tenía vergüenza. Le contaba a medio mundo, también a ti, que había nacido con la cayena y que esperaba que sus hijos la heredaran también:

«No es mancha sino marca de princesa. Soy del linaje de la Quintrala. Ella, con su pelo rojo de nórdica y todo, heredó esta marca de su abuela Elvira, cacica de Talagante. Ah, y por si acaso alguien lo murmura, yo lo digo muy alto: la cacica se casó con Bartolomé Blumen, judío alemán converso que tradujo su apellido a Flores. ¡Así es que provengo de españoles, alemanes, judíos, mapuches y muchos más!»

(También nuestro hijo habría llevado esa marca de mi linaje, Moro, si es que... Pero de eso prefiero no hablar, ni pensar.)

No pudiste resistir esa nueva tentación. Abriendo tu cuaderno de croquis bosquejaste rápidamente su espalda, decorada por los «jeroglíficos» y por la sombra de aquella mancha hereditaria. A pesar del riesgo que corrías si seguías tardando en ir a acompañarla, no fuiste capaz de resistirte. Pero, ¿a qué? ¿Al arte o al amor? Deberías haber ido en ese instante, Moro, abrazarla desde atrás, acoplarte a su postura, aplacarla antes de sufrir las consecuencias de su frustración. Pero esa vista de su espalda te retenía. Un retrato de frente es un fracaso si no nos permite adivinar la espalda. Lorenz, tu padre, y Adam, tu maestro en Múnich, siempre lo repetían. El pintor debe conocer lo que hay detrás de lo que pinta. Lo escondido sostiene lo visible.

Carmen se volvió a medias en la cama. No rabiosa sino extrañada, alertada por una duda:

—¿Por qué me dijiste antes que mi sexo debía quedar bien pintado? Me prometiste que no se vería —dijo, tapándose el pubis con una mano.

—Y es verdad. Lo veremos sólo nosotros dos, por un tiempo. Cada vez que vengas. Hasta que decidamos vestirte.

—No me irás a dejar desnuda en esa tela, ¿verdad? No vayas a traicionarme, Moro.

Se lo habías prometido. Le juraste que, después de disfrutar ambos un tiempo con su imagen desnuda, la vestirías pintando sobre su cuerpo un bello traje, el que más le gustara de los suyos. O uno que siempre hubiera querido tener.

—Tengo que esmerarme en tu desnudo, Carmen. Acuérdate: bajo el vestido que te pinte no llevarás ropa interior. No se verá el cuerpo, pero se te notará todo.

Carmen se rio. Meneó la cabeza.

—¿De quién me vine a enamorar? No eres un romántico sino un libertino. ¿Me vas a dejar sin nada bajo la falda, para siempre?

Siempre te daba resultado, con ella y con otras: hacerlas reír disipaba las tormentas. Siguió reprochándote, ahora con una sonrisa pícara:

—Cada vez que mire el cuadro me voy a morir de vergüenza.

—¿Por qué? En los cuadros, todas las mujeres vestidas van sin ropa interior. Como tú, cuando viniste la primera vez.

La oíste reír de nuevo mientras seguías pintándola. Reíste también. Ya habían jugado este juego antes. Las travesuras de los amantes son como las de los niños. Más placer dan cuanto más se repiten.

XII. El pene más largo del mundo

—¿Nos mostraría sus instrumentos, señor Darwin? —le pidió Carmen al naturalista, a bordo del *Beagle*.

Durante toda aquella visita había mantenido ese tonito de curiosidad coqueta, tan ajeno a la mujer que conocías. Y tan irritante para ti. Ya habían recorrido las partes autorizadas del barco inglés —otras no se podían mostrar a extraños, por ser un buque de guerra— cuando el naturalista recibió esa petición.

—Mi cabina está en desorden... —intentó excusarse, dividido entre el pudor y la vanidad de que una mujer joven, casi de su edad, se interesara por esas cosas.

Obviamente, no conocía a Carmen, pensaste. Sin hacer caso de sus excusas, ella misma abrió la puerta donde relucía una plaquita, «Mr. Ch. Darwin, Esq.», y entró.

Era una diminuta cabina bajo la cubierta de popa, iluminada por una claraboya cenital. Un joven con el cuello y la sien marcados por pústulas de acné dormía en el suelo, enrollado como un perro. Cuando casi tropezaron con él, se levantó de un salto. Darwin lo presentó como su ordenanza. Covington, dijo que se llamaba y le ordenó salir.

Este ordenanza no podía tener más de quince años. Ese grumete sonriente que antes alabó los cañones del *Beagle* debía andar en los dieciocho. Darwin no tendría más de veinticinco. Según se comentaba en el puerto, FitzRoy aún no cumplía los treinta. ¡Estos ingleses tripulan sus barcos con niños!, pensaste.

El naturalista, multiplicando sus disculpas por la falta de espacio, los invitó a sentarse en las dos únicas sillas atornilladas al piso. Él permaneció de pie, incómodamente obligado a agacharse por la escasa altura del techo. Una nutrida biblioteca cubría la pared trasera. Casi sin buscarlos, tus ojos detectaron los tres tomos de la traducción inglesa del viaje de Humboldt: *Personal Narrative of Travels to the Equinoctial Regions of America.*

De una viga colgaba una hamaca, recogida para no quitarle luz a la mesa de trabajo. Todo revelaba, en realidad, el orden riguroso de un barco de exploración bien organizado.

Excepto por la mesa, donde el vaivén del buque hacía temblar una docena de masas blancas e informes, coronadas por horrendas cabezas cónicas armadas de una uña aguda y bifurcada. Junto a ellas apreciaste varias conchas con la forma de pequeños volcanes, de cuyos cráteres acababan de ser arrancados esos animales picudos. En medio de esa carnicería gelatinosa brillaba un microscopio dorado.

—Disculpen el olor. Estaba trabajando.

—Más bien parece que se aprestaba a comer —le respondiste, reconociendo esos feísimos mariscos que los pescadores de Valparaíso solían hervir dentro de negras ollas comunes, en plena playa, junto a sus botes.

—Estoy muy entusiasmado —te explicó él, sin hacer caso de tu ironía y olvidando tus malos modos anteriores—. Creo que acabo de hacer un descubrimiento.

—Y supongo que va a revelárnoslo.

—Estos percebes. Si no me equivoco, es la especie más grande del mundo.

—Su descubrimiento es muy conocido y muy comido en Chile. Los llaman picorocos —lo interrumpiste, mirando a Carmen; recuperabas el control que casi habías perdido luego de abordar.

—Ya lo sé. Los clasificó Molina, en 1782: *Austromegabalanus psittacus*. Son hermafroditas simultáneos. Macho y hembra al mismo tiempo, dentro de una concha calcárea que es su casa.

—Como un matrimonio —comentaste, empeñado en arruinarle su exposición al naturalista—. Pero, ¿qué hacen cuando se pelean? ¿Cómo se separan?

Él te observó, confundido por tus ironías.

—No son como un matrimonio. Escuche: creo que estos cirrípedos no se autofecundan. Buscan pareja en conchas vecinas.

—¿Sus picorocos cometen adulterio, Darwin?

—Sí. Digo, no —se corrigió—. Tras un par de semanas diseccionándolos, y créanme que no es fácil con el bamboleo del barco, lo que he logrado es comprender cómo copulan. El macho desenrolla un...

Darwin empezó un gesto, intentando describir aquello que se desenrollaba. Pero se detuvo, volviéndose hacia Carmen. Lo viste turbado, arrebolado, tragando saliva:

—Señora, discúlpeme usted. Llevamos tanto tiempo en el mar, sólo entre hombres...

—Me parece fascinante el tema. Siga, por favor —lo animó ella.

El niño prodigio parecía a cada minuto más avergonzado. Te observaba con expresión implorante —¡a ti!—, como pidiéndote permiso.

—A mí no me mire, usted empezó con el tema. Le aseguro que mi amiga no lo dejará en paz hasta que termine.

—Es que ahora no sabría cómo mencionarlo sin faltarle al respeto a la señora —dijo Darwin.

Y luego se inclinó más hacia ti, para que Carmen no lo oyera susurrarte:

—Es el pene...

—Es el pene, Carmen —repetiste tú de inmediato, en voz alta, complacido—. El señor Darwin parece haber descubierto que este bicho tiene un pene.

El naturalista te miró abrumado, como si lo hubiera traicionado un viejo amigo. Intentó enderezarse, pero su cabeza golpeó con una viga de la cabina. Agachándose otra vez, declaró con firmeza:

—Descubrí que el macho de este hermafrodita tiene lo que puede ser el pene más largo del reino animal. Proporcionalmente, claro. Unas cuatro veces el tamaño de su cuerpo.

—¡Cuatro veces! —exclamó Carmen, sin poder contener una diáfana carcajada—. Sin duda eso es un descubrimiento *colosal*, Mister Darwin.

—No lo he confirmado bien... —respondió él, modestamente.

—¿Dónde está esa maravilla? ¿Puedo verla?

El naturalista puso cara de espanto. Tú protestaste algo. Una mera fórmula, pues —reconócelo, Moro— disfrutabas la desenvoltura de Carmen y el azoramiento de Darwin. Ella insistió, cruzándose de brazos:

—No me voy si no me lo muestra.

Darwin se rindió. Poniendo cara de estreñimiento sacó de una gaveta un frasquito que les mostró. Dentro flotaba lo que parecía una lombriz solitaria, rosada, enroscada en sí misma.

Carmen lo observó largamente, inclinando su cabeza a uno y otro lado. Luego se enderezó y de cara a ambos, con regocijada lentitud, declaró:

—Ustedes los hombres siempre exageran sobre el largo de esto.

El niño prodigio, anonadado por tanto descaro, escabulló la mirada, fingiendo no haber escuchado bien. Sólo se recompuso al oír la nueva carcajada cristalina con que Carmen celebraba su propia broma. Entonces él intentó defender su descubrimiento:

—Pero es fascinante. Imaginen un organismo hermafrodita, ciego, desenrollando este... «tubo» fuera de su concha, para buscar a tientas otro ejemplar en el océano.

—¿Y eso por qué lo fascina tanto, señor Darwin? —preguntaste capciosamente, sospechando la raíz de ese deslumbramiento.

El naturalista titubeó un momento. Carraspeó. Al fin, se inclinó por la sinceridad:

—Ese enorme esfuerzo sugiere que estos cirrípedos viven sólo para la reproducción.

Sonreíste, Moro. Tus ojos se achinaron de satisfacción. El cachorro de naturalista acababa de delatarse.

—Y si aceptamos eso para los animales, por qué no pensar lo mismo de los humanos... ¿Verdad, Darwin? Apostaría a que usted ya sospecha que los hombres y las mujeres también vivimos sólo para la reproducción.

Te miró, auténticamente sorprendido. Y a ti te agradó sorprenderlo. Era como si le hubieras leído el pensamiento. Un pensamiento sucio —para él— que le avergonzaba siquiera considerar. Así, casi doblado en dos por la baja altura de su cabina, parecía que esa idea le hiciera doler el estómago. Pero antes que nada era un caballero inglés y un adjunto civil en un barco de guerra británico: su obligación era la honradez.

—Lo admito —dijo—. El *Austromegabalanus psittacus* es un caso extremo, pero es posible que el ser humano no sea tan diferente.

—¿Y el amor? —objetaste triunfalmente—. Ustedes los naturalistas siempre lo olvidan. ¿Siente amor un picoroco?

—Si el picoroco pudiera responderle, probablemente diría que sí lo siente. Cuando desenrolla su larguísimo pene para alcanzar una concha vecina, experimenta lo que los humanos llamaríamos un «deseo» y una «ilusión» intensos, tan fuertes como para justificar ese enorme gasto de energía. Sospecho que eso es lo que llamamos amor.

Ya habías escuchado estos argumentos, Moro. Tu mentor, el Barón, intentó convencerte, discretamente, de cosas parecidas. Él justificaba su propia renuncia al amor y a la reproducción, sacrificados en el altar de la ciencia, basándose en pretextos similares. Y en una voluntad de negar la animalidad que convivía con su humanidad. Durante algún tiempo te habían desconcertado esas ideas.

Tuviste que venir a América, Moro, para que esta naturaleza, unida a la tuya propia que acá se desataba, te curaran de semejante falacia corruptora. Tu largo viaje, tu entrega a sus paisajes y a sus mujeres —aunque a ellas nunca te entregaras del todo—, te habían librado de aquella doctrina esterilizadora. Ahora pensabas que tu vagabundeo había sido, también, una búsqueda de argumentos vitales contra esa violencia de la razón que, al pretender explicar la vida, terminaba secándola. Y marchitando con ella las dos cosas por las que más te importaba vivir: el arte y el amor.

Te aprestabas a responderle todo eso al niño prodigio, cuando Carmen puso su mano enguantada delante de tu boca:

—Caballeros, ¿están sosteniendo una discusión filosófica? —preguntó y no necesitó una respuesta para exclamar con entusiasmo—: ¡Genial! ¡Me encanta! Pero les prohíbo continuarla acá. Seguiremos en mi casa.

Antes de que ninguno de ustedes pudiera decir nada, abandonó la cabina y te arrastró del brazo hasta la cubierta. El joven Darwin los seguía mansamente. Tampoco se atrevía a negarse. Estaba tan confundido y fascinado por la energía de Carmen como tú cuando la viste por primera vez, en el muelle.

Junto a la escalerilla de abordaje, ella les informó:

—Voy a organizar un salón filosófico, dentro de una semana. Así tendrán ustedes tiempo de preparar sus argumentos. Y yo de invitar a la sociedad de Valparaíso. ¿O les asusta confrontar sus ideas en público?

Sonreíste, Moro, admirándola. No era una verdadera pregunta. Esa hembra de la especie chilena estaba usando un argumento que estos machos de las especies alemana e inglesa no podrían rechazar. Ninguno iba a reconocer que tal cosa lo asustaba.

—Acordado, entonces —proclamó—. Vamos a titular ese debate: «La naturaleza del amor».

*

Durante todo ese retorno en el bote, hasta el muelle, Carmen te habló de Darwin. Y del gran privilegio que era tener a un científico como él en Chile. Entusiasmada, iba enumerando en voz alta a quienes invitaría a su «salón filosófico». Convocaría a todo el mundo de mente abierta en Valparaíso. A los liberales humillados por sus derrotas recientes, a los extranjeros de distintos credos, e incluso a algún conservador que lo fuera sólo en las cuestiones públicas, no en su vida privada. Iba a ser una ocasión inolvidable... ¿Verdad que lo sería?

Sólo cuando ya subían al cabriolé de Carmen, que habían dejado amarrado junto al muelle, reparó ella en tu sostenido silencio.

—¿Qué pasa, mi Moro? —te preguntó.

—Nada.

—¿No te gusta la idea de una discusión pública con el señor Darwin?

—No me molesta. Sabrá mucho de moluscos apareándose, pero no tiene idea de amores humanos.

—¿Entonces?

Te resolviste a hablar. Contra toda tu experiencia sobre la mente femenina, decidiste confesarle lo que te ocurría. Empezabas a creer que, si la amabas —y si, por primera vez, este amor te iba a durar—, debías ser sincero con ella. Pronunciaste, en voz baja:

—El pene.

—¿Qué?

—¿Por qué tenías que mostrarte tan entusiasta con el pene del picoroco frente a un desconocido?

Carmen esbozó una sonrisa incrédula que la hacía verse aún más bella, si eso fuera posible.

—No seas absurdo. El único picoroco que me interesa es tu morito.

—Coqueteaste con Darwin, desvergonzada.

—Le estaba tomando el pelo, tonto.

—Te brillaban los ojos después de mirar el frasquito ese. Como si admiraras su descubrimiento.

Carmen se puso más seria:

—Me gusta la ciencia, eso tú lo sabes.

—¿O te gustó el hombre de ciencia?

Ella se apartó un poco de ti. Aumentó el espacio entre ambos, sobre el asiento de cuero abotonado del cabriolé. La capota levantada los albergaba como una concha.

—Me gustó, sí —respondió Carmen con deliberada frialdad—. Me atraen los hombres obsesionados con el conocimiento. Adoro esa voluntad de penetrar la naturaleza con la inteligencia.

—Por lo visto, prefieres ser una ilustrada. Pero yo soy un romántico. No puede haber paz entre nosotros.

Soltaste ese ridículo dictamen sin pensarlo. Pero te salió tan redondo que, sin duda, lo habías estado pensando —y temiendo— desde que la conociste. Ella no hizo caso:

—Eres un artista celoso. Quieres ser el único extranjero interesante entre nosotros.

—El único interesante para ti.

Carmen se volvió y te enfrentó:

—Estabas furioso con él desde que lo viste. Como si el propio Humboldt hubiera venido a preguntarte por qué dejaste la pintura científica, por qué lo desobedeciste y viniste hasta acá. ¿O me equivoco?

Eso era algo que no podías soportar, Moro. Que Carmen te adivinara ya era bastante malo. Pero que te recordara tus deudas con el Barón era insoportable. Detuviste el cabriolé, le pasaste las riendas y saltaste del pescante. Quedaste en medio de la calle del Cabo, la más transitada del puerto. Ella te miraba erguida, muy derecha, con las riendas tirantes sofrenando al caballo. Las lágrimas empozadas en sus párpados inferiores aumentaban el tamaño de sus pupilas.

Allí, parado en medio de esa calle entablada, entre cuyas junturas supuraba el barro, supiste que no serías capaz de dejarla. Ni ahora ni —tal vez— nunca. Y entendiste que eso era la fuente de tu mal humor reciente, de ese desasosiego que convivía con tu pasión exaltada por ella. El caballero errante sentía que, quizás, ya no volvería a cabalgar por el mundo.

Montaste otra vez en el carruaje. Luchando con tus deseos de abrazarla allí mismo, en público, retomaste las riendas y fustigaste al caballo, que partió al galope.

XIII. De cuerpo entero

No tuviste que argumentar mucho para convencerla de posar desnuda. Al principio opuso las resistencias previsibles: el
ultraje que la sola proposición conllevaba, el posible escándalo
si alguien llegara a ver el cuadro. Argumentos que tú esperabas
y sabías cómo vencer. La habías escuchado con paciencia:

—¿Te crees que yo soy de esas modistillas que ustedes con-
tratan en el Barrio Latino de París para que les posen, les laven
las camisas y los sigan a la cama?

Ibas a replicar empleando tus argumentos habituales, de
probada eficacia, casi infalibles: la pureza del arte. Un desnudo femenino era la belleza encarnada, no la carne. Trámites
verbales, porque desde el principio supiste que ella acabaría ce-
diendo. Al fin y al cabo, en las mujeres esta reticencia a ser vistas
era siempre inferior al deseo de ser miradas. ¿No era ése uno de
tus lemas de seductor, Moro?

Pero no tuviste necesidad de emplear aquellos viejos argumentos. Carmen se calló de repente. El pudor dio paso, en su
rostro, a una perplejidad evidente. Un silencio dolido sustituyó
a la dignidad. Sus ojos brillaron, acuosos. Un pensamiento triste había entrado por la puerta trasera de su mente.

La abrazaste y la besaste en ambas mejillas, conmovido.

—No quería ofenderte.

Le juraste que no fue tu intención ofenderla, que sólo tu
amor justificaba este deseo de pintarla desnuda.

Era verdad. Pero no era *toda* la verdad. En el amor jamás
había que decir toda la verdad, ésa era otra de tus filosofías de
amante viajero. Por eso no le dijiste a Carmen que querías pintarla desnuda para conservar una prueba indudable de tu pasión
por ella —en el caso, que ahora te parecía imposible, de que
llegaras a perderla—. Así tendrías un testimonio que te acom-
pañaría a través de las cordilleras y las pampas, si tenías que

volver a ser el caballero errante. Una prueba de que esta felicidad existió —aunque no fuera tuya—, para cuando partieras de nuevo, solitario, en busca de la siguiente decepción.

Quizás fue ésa la mejor oportunidad que tuviste, Moro, para desnudarte de tu armadura frente a ella. Pudiste hablarle a Carmen de ese miedo y presentarle a tu enemiga.

Pero eras demasiado supersticioso, ya está dicho. Mencionar esos temores se parecía demasiado a invocarlos, era como llamar a la «desengañadora», invitarla a manifestarse. Callaste demasiado y, cuando al fin quisiste hablar, Carmen puso su índice sobre tus labios:

—Nunca me he visto completamente desnuda, Moro.

Acababa de darse cuenta. Sólo había visto su cuerpo por partes y casi a hurtadillas. Cuando se bañaba en la tina de piedra rosada de Pelequén que mandó poner en su Hacienda Cachapoal. Cuando se sentaba frente al tocador de su habitación y dejaba caer las enaguas o el camisón de dormir para verse los senos y acariciárselos (desde que Gutiérrez ya no pudo y —acaso— hasta olvidó cómo hacerlo).

Pero de cuerpo entero y con la distancia necesaria para apreciarse, para verse como si fuera otra, así no se había visto. No había espejos tan grandes en los dormitorios de su casa en Valparaíso. Ni en la hacienda, ni en el fundo El Membrillar, en Linares, ni en las casas de sus primas, ni donde su amiga Constanza. Carmen descubría sólo ahora que jamás había encontrado un espejo de cuerpo entero en ningún dormitorio, baño o tocador de damas, en ningún recinto privado de esa antigua Capitanía General de Chile, perpetuamente en guerra, última frontera del imperio y hoy nueva república, apenas arrancada a la anarquía. En la sala de su modisto en Valparaíso, sí. Y en los salones o recibidores de las casas más encopetadas también podía encontrarse algún gran espejo inclinado, suspendido de la pared por una cadena forrada en terciopelo o seda, con el marco barroco dorado y el estaño casi siempre comido por la humedad. Pero jamás en las alcobas, donde ella pudiera verse desnuda sin escándalo.

Había nacido en un país y en una época —se daba cuenta, Carmen— donde hasta el reflejo de su cuerpo ante sus propios ojos era pecado.

—Tengo veintisiete años y tuvo que venir un pintor alemán, un fresco y un vividor, para que me enterara. Debería odiarte, Moro, por mostrarme todo lo que me falta, lo que nunca tendré.

—Ahora lo vas a tener y sin necesidad de espejos.

Carmen se decidió:

—Píntame desnuda, Moro. Sí, quiero saber cómo me veo. Mírame cuanto necesites. Y después voy a mirarme yo, hasta que me canse.

*

Aquello de aceptar que la pintaras sin ropa fue una cosa, claro. Y muy otra esto de tener que esperarte, posando desnuda, sin poder leer ni escribir, ni distraerse, mientras se derretía por dentro.

—Moro, sigue pintándome después, primero hagamos el amor.

—¡No! Te cambiarían los tonos de la piel y eso se nota. Además, el deseo inflamado es más bello que el deseo saciado.

La pintabas así, ansiosa, porque preferías el rubor que encendía su piel nacarada. Preferías los pechos duros, los pezones erguidos, la discreta humedad que abrillantaba la ranura del pubis. Pero, por sobre todo, lo que deseabas plasmar era esa aureola indefinible de deseo que luego nimbaría su retrato.

Volviste a aplicarte sobre el largo lienzo apaisado. La línea entre los muslos de Carmen, esa Y cuyo centro estaba en su sexo, no era perfecta. Mejor aún. La retocaste para acentuar esa imperfección. La línea se escondía, desaparecía en la cara interna de los muslos que no estaban exactamente juntos, sino más bien traslapados. Como si hubieras atrapado a Carmen en el acto de cruzar y descruzar sus largas piernas. Esa leve disparidad de los muslos ponía en tensión toda la imagen. A pesar de su inmovilidad, ella parecía a punto de saltar fuera del lecho, salirse del cuadro, tal como estaba, para abalanzarse sobre el pintor —o el espectador— y abrazarlo.

Otros pintores, Moro, dirían tal vez que ese resultado era imperfecto, que carecía de equilibrio. Pero tú amabas ese desequilibrio. Esa asimetría hacía vibrar a la imagen. Esa imperfección le daba vida.

Distraído en los retoques y en esas consideraciones estéticas de tan alto vuelo, no advertiste el peligro. Hasta que fue demasiado tarde. Cuando volviste a mirarla, Carmen había saltado realmente fuera del lecho y corría hacia ti. Antes de que pudieras evitarlo, te arrancó de la mano los pinceles, te arrebató la paleta y la arrojó a un rincón. Y, agarrándote por la bufanda, se colgó de tu cuello con todo su peso, ahorcándote, y obligándote así a caer sobre ella.

—Se acabó el arte, Moro. Ahora le toca a la vida. ¡A mí!

—El arte es vida —bromeaste, medio estrangulado.

—Llevo horas desnuda, esperándote.

Te había montado, tumbándote sobre la alfombra de ponchos araucanos, y ahora te desvestía a tirones.

—Déjame dar una pinceladita que falta, sólo una —le rogaste, aunque lo decías ya por jugar: te sabías derrotado.

—La única brocha que vas a usar ahora es tu morito.

Carmen te desabotonó la bragueta. Cuando encontró al «morito» se dobló sobre él, como para chuparlo. Pero de pronto cambió de idea. En lugar de eso avanzó y se puso, de un salto, a horcajadas sobre tu cabeza. Su vulva, que antes habías pintado tan delicada y minuciosamente, quedó a centímetros de tu boca. Pese a todos tus esfuerzos pictóricos, Moro, su realidad superaba a tu arte. Tu nariz percibía el perfume almizclado que emanaba del sexo. Los labios se dilataban mostrando el botón del clítoris. Abriste la boca y estiraste la lengua. Lo lamiste apenas, rozándolo.

Pero Carmen no estaba para delicadezas. Aferrándote la cabeza con ambas manos y tirándote del pelo, te dijo:

—Ahora me las vas a pagar, Moro.

*

—¡Carmencita!

Rosa golpeaba la puerta de la cabaña. Tú la oías desde muy lejos. No querías dejar de soñar lo que soñabas. Estabas en la academia de tu padre, en Augsburgo. Él te enseñaba a dibujar un caballo. Un alazán macizo, color canela, con los cascos negros y la mirada colérica. Tú lo esbozabas, imaginando la batalla que luego trazarías alrededor de ese caballo, cuando tu padre te dejara copiar los dibujos bélicos del bisabuelo Georg Philipp. Pero de pronto la escena del sueño cambiaba. El caballo ya no estaba. O, más bien, el caballo eras tú mismo, Moro, tumbado en tierra, boca arriba. Y sobre tus caderas cabalgaba una mujer desnuda. No era Carmen, sino otra. Una mujer tan pálida que parecía de yeso. Su rostro lo cubría una frondosa melena roja que caía hacia delante. La mujer apoyaba sus manos sobre tu pecho, arañándote, escarbándote el tórax. Sangrabas. ¿Quién era? De pronto, en el sueño, lo sabías. Era «la otra», esa muerte que mataba tus amores. Te había alcanzado y ahora te montaba, haciéndote definitivamente suyo.

—¡Carmencita! ¡Viene don Eduardo!

Esta vez despertaste y te pusiste en pie de un salto. Fuiste hasta la ventana y entreabriste la cortina. Abajo en la ladera, sobre el segundo tramo de la larga escalera en zigzag que ascendía hasta la casa, viste a un hombre alto, calvo, con frondosas patillas blancas, lanudas. Vestía un uniforme militar azul y acababa de quitarse el bicornio para secarse el sudor de la pelada, que relucía en la tarde todavía luminosa. Luego, reponiéndolo, se aferró al pasamanos de madera para ayudar a su pierna izquierda con el peso rígido de la derecha, y continuó su difícil ascensión. Su caballo debía ser el palomino que divisaste atado junto al cabriolé de Carmen.

No podía ser otro que el coronel en retiro Eduardo Gutiérrez, el marido de Carmen. Ella te había contado que un tiro de fusil le partió la cadera mientras dirigía una carga de caballería en la batalla de Ayacucho. A pesar del dolor espantoso y la pérdida de sangre, llevó a sus hombres —un batallón de húsares de Junín— hasta las líneas enemigas y arrolló a la infantería española por un flanco. El general San Martín lo condecoró en Lima, ante el Estado Mayor de los ejércitos libertadores, con la Orden del Sol. Fue licenciado con una pensión vitalicia, que luego los gobiernos del Perú y de Chile se esmeraron en no pagarle. Debido a eso, siempre que venía a la ciudad, Gutiérrez vestía su uniforme de parada, constelado de medallas, con bicornio emplumado y todo, para enrostrarle al país el olvido en que lo tenían.

Calculaste que disponían del tiempo justo. Unos tres o cuatro minutos antes de que el héroe de guerra baldado pudiera terminar su penosa ascensión. La previsora crueldad de una mujer enamorada te maravilló de nuevo.

Ella se estaba vistiendo, a toda prisa, con la ayuda de Rosa. Tú te pusiste el pantalón, sin abrochar el complicado marrueco. Sobre la camisa te ataste el delantal de pintar. Estiraste la cortina que dividía tu estudio en dos espacios, ocultando la cama. Desmontaste del caballete la tela apaisada, con el desnudo de Carmen, la pusiste contra la pared y en su lugar montaste su retrato oficial de medio cuerpo, apenas empezado.

Carmen se sentó muy derecha en la silla de cuero. Con dos movimientos se armó un moño. Faltaban el velo, el gran peinetón de carey, el vestido no era el mismo que en el retrato. Pero qué hacerle...

Tocaron a la puerta. Carmen te miró, te sonrió, te lanzó un beso. Tú respiraste hondo para recuperar el aplomo. Fuiste hasta la entrada y empuñaste el tirador ensayando, mentalmente, la solemnidad conveniente para recibir al héroe y marido. «Encantado de conocerlo, coronel Gutiérrez. Su señora me ha hablado mucho de usted», ibas a decirle.

Sólo en ese instante, Moro, al mirarte los pies, notaste que ibas descalzo.

XIV. Sólo la fantasía

Después de su sorpresiva aparición, Gutiérrez se quedó apenas tres días en Valparaíso. No solía venir y no proporcionó ningún pretexto para esa visita relámpago. Carmen prefirió suponerla una casualidad; pero tú sabías más que ella de estas cosas y entendiste que había sido una inspección de advertencia. ¿Habría llegado algún rumor a oídos del héroe en retiro? ¿O sería más intuitivo que un militar corriente?

Mientras el coronel estuvo en Valparaíso ustedes no se vieron ni una sola vez. Esa corta pero brusca suspensión de sus rutinas amorosas, añadida a las coqueterías de Carmen con Darwin a bordo del *Beagle,* bastaron para ensombrecerte. Llevabas varios días de mal humor...

(De mal humor, no. ¡Celoso! Confiésalo, Moro. Casi por primera vez en tu vida sentías celos. Los habías provocado a otras y otros muchas veces, pero ésta era la primera vez que experimentabas en carne propia esa rabia sorda y angustiosa. ¿Verdad?)

En apenas unas semanas, Carmen te había subyugado como ninguna mujer anterior. Esta certeza te enardecía más aún. La sentías como unos grilletes invisibles que entorpecieran tu marcha. Gutiérrez se había ido. Pero tú seguías —secretamente— irritado e irritable.

—Pude buscarme un amante antes —te decía Carmen, estirando tu ceño arrugado con su dedo índice.

Acababan de hacer el amor por primera vez tras la partida del coronel, y tú pensabas precisamente en eso. ¿Por qué no se había buscado un «amigo» antes? ¿Un *chevalier servant,* como hacían las venecianas en *Beppo,* ese poema de Byron que tanto le gustaba? ¿O sí lo había tenido y jamás te lo iba a confesar? Podría haberse conseguido un Beppo, claro que sí. Las costumbres de Chile, después de las guerras de independencia, las contiendas civiles, y durante la anarquía reciente, eran desordenadas, mucho más libres en el fondo de lo que un extranjero prejuiciado como tú (convencido de haber llegado al fin del mundo) podía suponer. La hipocresía era mucho más abundante que la rectitud.

Pero, según ella, no había tenido un amante antes que tú. No tuvo relaciones sexuales con nadie durante nueve años, desde la última vez que lo hizo, a medias, con su marido. Oportunidades no le faltaron, pues no dormían juntos y pasaban largos meses separados. El coronel en retiro viajaba mucho administrando los varios fundos conyugales (de mal en peor). Luego se había enrolado en el ejército, de nuevo, con las fuerzas liberales esta vez. Y hasta la derrota de Lircay, cuatro años atrás, casi no estuvo en casa.

Durante esas soledades —en Valparaíso, en Santiago, en sus campos del sur— Carmen pudo haber tomado un amante. No habría sido la primera dama chilena casada que lo hiciera, especialmente en esos tiempos revueltos. Te confesó que llegó a fantasear con un huaso enriquecido. Un hombre moreno, fuerte, de cejas espesas, con el que tenía siembras a medias en la Hacienda Cachapoal. Se conocían desde niños. Y él siempre estuvo enamorado de ella. Era su «lacho»: un pretendiente de ojos largos que la seguía pero bajaba la vista cuando ella se acercaba. Alguna vez, en las noches ardientes del verano, Carmen dejó abiertas las ventanas de su habitación que daban a la huerta, con las cortinas ondeando hacia afuera como una señal. Pero él jamás se aproximó. Nunca se atrevió. Y en el fondo Carmen contaba con eso. Ella tendría que haber sido explícita: animarlo, ordenárselo. Sólo el patrón o la patrona podía saltarse la barrera de las castas. Pero no lo hizo.

—Te lo cuento para quitarte esos celos, Moro. Para que sepas cuánto me costó esperarte. Pero te esperé.

Le había sido fiel al héroe en retiro, hasta que tú llegaste. Aunque a la postre resultó que te había sido fiel a ti, a quien no conocía pero ya esperaba. Lo fue al no entregarse físicamente a otros. Pero se había permitido muchas fantasías. Si la realidad le negaba el placer compartido, la imaginación libre de

Carmen no se mezquinaba nada. Desde que ella y su marido separaron dormitorios, decidió que no iba a privarse del placer que pudiera darse a sí misma.

Cuando se sumergía en su bañera de piedra rosada y pulida solía hacerlo acompañada por una vela de cera de abejas que, al calentarse bajo el agua, se ablandaba y podía moldearse hasta tener la consistencia justa.

—¿Te escandalizo? ¿Quieres saber por qué te confieso estos detalles?

—No hace falta. Lo sé.

—¿Por qué?

—Porque llegaste a creer que estabas loca. Y quieres que yo te diga si lo estás.

Te quedó mirando, maravillada y asustada:

—¿Y bien? ¿Lo estoy?

—No, amor. El mundo está loco. No tú.

Carmen te besó y luego exhaló un largo suspiro. Comprendiste que realmente había esperado ese veredicto. ¿Con quién más iba a poder hablar de esas cosas?

—No me declares cuerda todavía. Te falta oír lo peor.

No sólo le había dado permiso a su cuerpo para sentir ese placer solitario. También le había consentido a su imaginación desbocarse. Animó su fantasía para que la llevara a cualquier sitio donde quisiera transportarla.

Pensaste que esto se ponía cada vez más interesante, ¿verdad, Moro? Deseabas saberlo y al mismo tiempo lo temías. ¿Podrías tú acompañarla a esos sitios?

—No tienes que contármelo si no quieres —le dijiste, sin convicción.

—Ahora ya no te libras de oírme.

Carmen se encontraba completamente desnuda, sola, en medio de una llanura profunda, de altos pastizales. Era de noche pero no tenía frío. Quizás era porque, desde el horizonte oscuro y eléctrico, un viento caliente empujaba la tormenta de verano que se acercaba. (¿Llanura, viento, verano? No podía estar segura; aunque seguía despierta, era como estar en un sueño. No podía controlar esa fantasía.) Un extremo de la bóveda espesa del cielo se partía con los rayos. Se oían truenos.

¿O eran voces acercándose? Estaba sola en medio de esa inmensa planicie. Y se sentía sola. ¿Debía temer esas voces o más bien debía ansiarlas? No lo sabía. La tormenta venía al galope; se transformaba en un galope. Eran indios, ahora podía oírlos. Indios, sí, como los del malón de Pincheira que unos años atrás habían raptado a sus primas Barrera, cerca de Talca. Éstos venían arreando una tropilla de caballos robados. Tan fuerte era el galope de los caballos que la tierra bajo los pies de Carmen se estremecía. Ella se dejaba caer de rodillas, luego se tendía entre la alta hierba húmeda, encogiéndose para esconderse. Allí esperaba con el corazón cada vez más agitado, latiendo al ritmo de esa tormenta de indios y caballos que venía hacia ella. Porque, de algún modo, ahora sabía que la rastreaban. Sabía que, con su finísima vista de cazadores, la habían descubierto en la oscuridad; quizás los había alertado el resplandor de su piel blanca iluminada por un relámpago. Los indios batían el terreno, aplastando los pastizales con sus caballos, buscándola. No gritaban: susurraban y luego se hacían callar, rastreándola también con el oído. Las pulidas puntas de sus lanzas reflejaban los relámpagos. Avanzaban en un amplio semicírculo. Ya estaban casi encima, casi pisándola. Carmen podía ver los vientres combos y los genitales de los potros. ¿Cómo no advertían todavía su cuerpo desnudo, brillante de rocío? Aunque ya fuera muy tarde para eso, Carmen sentía deseos de huir, de abrirse paso entre las patas de los caballos y correr a campo traviesa. Pero, ¿cuánto duraría esa carrera desigual? La alcanzarían en un santiamén. O peor que eso: cualquiera de ellos le arrojaría su lanza y clavaría su cuerpo contra el suelo. Ya no valía huir, sólo tenía sentido entregarse. Y al murmurarlo —«voy a entregarme»—, Carmen experimentaba una violenta excitación que —tú no debías preguntarle cómo, Moro— también era una dulce paz. Ya no temía, ya no ansiaba. Ya no se sentía en peligro. Entonces ella se ponía de pie, emergiendo lentamente entre los pastos.

Los indios a caballo la rodeaban de inmediato. Giraban acercándose, apretando el cerco. Sus ojos relumbraban entre sus melenas, desde lo alto de sus cabalgaduras. Ahora bajaban sus lanzas apuntándola, formando un círculo de puntas que la pinchaban en los omóplatos y los pechos. Carmen sabía —aunque no entendiera de dónde había sacado esta sabiduría— que debía escoger a uno de ellos. Era su única oportunidad para evitar que todos la violasen: debía entregarse a uno de ellos. Al más alto, al más fuerte, al de torso y muslos cubiertos de cicatrices que brillaban con el sudor. El de las greñas sujetas con una vincha roja. Decidiéndose, Carmen agarraba la lanza de ese hombre y se aferraba de ella. Se ponía la punta de fierro contra su cuello. Le ofrecía al hombre morir antes que ser tomada por los otros. Los demás jinetes reaccionaban airados, gritaban de furia, la picaneaban rasguñándole la espalda y los brazos. Ella sentía brotar su sangre, pero no experimentaba dolor. Sólo era capaz de aferrar la lanza del dueño que había escogido, la pica que ella misma presionaba contra su cuello. Por fin el hombre de las cicatrices y la vincha roja la aceptaba. Tiraba de la lanza hacia él, atrayéndola. Separando de la montura una de sus gruesas piernas la apresaba con ella contra el costado del caballo. Y apuntaba su pica contra los demás, que retrocedían. Carmen sentía la crin húmeda del animal restregándose contra sus pechos, la pantorrilla musculosa que le oprimía la espalda, el sexo del indio, duro bajo el taparrabos, a la altura de su boca.

Un rato después, cabalgaba al anca detrás de su nuevo dueño, desnuda, atravesando esa llanura tormentosa. Una yegua más, en esa tropilla que se alejaba, la cola negra de su melena al viento. Raptada.

Mientras Carmen hacía ese relato pudiste sentir cómo se iba excitando. Le faltaba la voz, sacaba la lengua para humedecerse los labios secos. Al final no pudo más. Llevó tu mano hasta su clítoris y te obligó a palparlo. Con ese mero contacto estalló en un orgasmo que la hizo temblar y gemir, por largos segundos, aferrada a ti.

—¿Ves cómo me pongo? —te dijo cuando al fin recobró el habla.

Tú habrías deseado hacerle el amor de nuevo, de inmediato, espoleado por los celos y un ansia de poseerla que en ese instante eran lo mismo. Ella te lo impidió:

—Te conté mi fantasía más secreta, Moro. Ahora haz lo mismo. Confiésame algo que nadie más sepa.

Tuviste que rebuscar un poco en tu memoria. No por carencia de fantasías o recuerdos, sino por lo contrario. Por fin, apoyaste la cabeza sobre una mano y, mientras con la otra acariciabas los pezones de Carmen, que se erguían imantados por la mera estática de tu palma, se lo contaste:

Estabas en Río de Janeiro, en Santa Teresa, una de las colinas que rodean la bahía de Guanabara, durante tu primer viaje a América, con la expedición de Langsdorff. Era 1823, tenías veintidós años y un ardor a toda prueba. Habías subido hasta un mirador desde donde podía contemplarse el amplio abrazo de la bahía. Tu guía fue una muchacha a la vez mulata y mestiza, mezcla de blanco, negro e indio, a la que conociste haciendo los retratos étnicos que la misión científica de Langsdorff, al servicio del zar de Rusia, requería. Se llamaba Rossane. Era alta, tenía pechos pequeños y un culo duro que cimbraba con gracia al andar. Su piel oscura contrastaba con las facciones europeas, con la nariz pequeña y respingada. La dibujaste mucho, desde todos los ángulos. Pero con Rossane —por única vez, aseguraste— no te habías limitado al retrato étnico. Ese anochecer subieron hasta el mirador para ver la bahía bajo la luna llena. Y allí mismo le subiste las faldas. Hicieron el amor mientras contemplaban el morro del Pan de Azúcar. Lo hicieron con tanto ímpetu, con tanta feliz inconsciencia, que en medio de un empujón perdieron el equilibrio y rodaron ladera abajo. Las ramas desgarraban sus ropas y se las arrancaban. Un ceibo piadoso amortiguó la caída, salvándoles la vida. Acabaron medio aturdidos, semidesnudos y ensangrentados en el fondo de una quebrada. Sobrevivieron de milagro. Te reíste ahora, recordándolo. Había sido magnífico, había sido el orgasmo más intenso que sentiste en tu vida. ¡Casi te habías muerto haciendo el amor!

Mientras hablabas, Carmen se fue sentando en la cama. Te observaba con la boca un poco abierta, admirada o incrédula. Al fin te dijo:

—¿Y te atreves a contarme eso?

—Tú me pediste que te contara un secreto erótico —protestaste.

Carmen se puso de pie y recolectó furiosamente su ropa interior, su vestido, su paraguas. Sin mirarte.

—Rodando por los cerros de Río con una negra.

—Mulata. Y no fueron todos los cerros, sólo esa colina...

—Así que el orgasmo más fuerte de tu vida...

—Hasta que te conocí.

Carmen levantó su paraguas y antes de que pudieras protegerte te asestó un golpe con la punta de fierro en la cabeza.

—¡Mentiroso!

—Pero si dije la verdad.

—¡Peor aún!

Meneaste la cabeza, sin entender qué diablos habías hecho mal. Ella seguía vistiéndose, a gran velocidad.

Intentaste levantarte, alcanzarla. Carmen, con el vestido a medio poner, reaccionó con la celeridad de una espadachina y levantando otra vez su paraguas te lo clavó en medio del pecho desnudo, inmovilizándote contra la cama. La punta metálica de ese florete improvisado se había aguzado raspándose contra las piedras, en las pocas calles adoquinadas del puerto. Si presionaba un poco más sería realmente peligroso. Ya te dolía.

—¿Qué edad tenía, la puta negra esa?

—¿Rossane? No sé. Unos dieciocho.

Carmen intentó asestarte otro golpe. Ahora de través, un sablazo. Lo esquivaste por poco, mientras la oías gritarte:

—¡Ni siquiera eres capaz de inventar que era vieja, por lo menos!

—Bueno, quizás lo era. Ella misma no sabía su edad —balbuceaste, empezando a entender su enojo.

Pero era tarde. Carmen, retrocediendo sin darte la espalda, manteniéndote a raya con su paraguas, ya había alcanzado la puerta del estudio:

—Te pedí una fantasía, bruto.

Ay, en qué aprietos se ponen los amantes, Moro. Esos torneos del amor, esos juegos de desnudez absoluta, de franqueza total. La sinceridad sin frenos, tan peligrosa como un malón de indios. ¿Cómo diablos fuiste a olvidar tu regla de oro: jamás hablarle de tus mujeres anteriores a tu actual mujer? ¿O la olvidaste a propósito, para vengarte?

Sin embargo, Carmen no se iba, titubeaba. Podías ver cómo esa fuerza demoníaca que le prestaban los celos cedía.

Finalmente, soltando el paraguas se dejó resbalar contra la pared hasta caer sentada, sobre el lío de su vestido mal puesto, en el suelo. Te miró y lanzó una carcajada, sin alegría. Meneando la cabeza, repitió:

—Te pedí una fantasía, bruto. No la verdad.

Saltaste de la cama y, desnudo como estabas, fuiste corriendo a acompañarla. Sentándote sobre la alfombra, a su lado, la abrazaste y ambos se acunaron, el uno al otro.

Por supuesto, ¿qué otra cosa podían pedirse u ofrecerse los amantes? Sólo la fantasía, Moro. Carmen lo había visto muy claro, iluminado por el relámpago de su furia. Ni siquiera podían ofrecerse la verdad. Excepto ésta: la fantasía es la única verdad de los amantes.

XV. La naturaleza del amor

El estudio y observatorio estaba lleno. La gente ilustrada del puerto se había arriesgado a concurrir al debate sobre el amor organizado por Carmen. A pesar de que ésos no eran tiempos, en Chile, para discusiones filosóficas atrevidas. Por sí solas, olían a retoños de la Revolución francesa, a enciclopedia, a liberalismo. Veinte años atrás esas ideas habían ayudado a la colonia a independizarse. Pero ya no eran bien vistas. Desde que los liberales fueron derrotados en la batalla de Lircay, cuatro años antes, Chile vivía su propia Restauración. Los conservadores mandaban con mano de hierro. Diego Portales, el hombre fuerte del régimen, había prohibido por decreto —cuando aún era pluriministro— las reuniones políticas, las fiestas callejeras y hasta las licenciosas chinganas de extramuros que tanto le gustaban a él mismo. También había sometido a censura libros y periódicos. Y era el inventor de esas cárceles móviles que te dejaron sin habla la primera vez que viste una. En la jaula con ruedas, arrastrada por bueyes, los delincuentes rapados eran paseados a diario por la calle del Cabo, en pleno centro de Valparaíso, para escarnio de ellos y disuasión de todos. Convocar a un «salón filosófico» en ese ambiente era toda una audacia.

Pero Carmen había realizado una jugada astuta, maestra. Invitó a su íntima amiga, la jovencísima Constanza Nordenflycht, amante desde los quince años de ese mismo hombre fuerte y madre de sus dos hijos bastardos. Constanza, a quien las buenas conciencias habían exiliado de todos los salones decentes, y que sólo podía recibir en su casa a unos pocos allegados, aceptó encantada. Mandó al cuerno a Portales cuando éste intentó prohibírselo. Al saberse que la amante de aquel temido poder en la sombra del régimen conservador asistiría también, los asustados liberales se decidieron a venir.

Con ella presente no podría ocurrirles nada malo. Y de pasada molestarían a Portales. Además de satisfacer su curiosidad sobre ese inédito salón filosófico que la incorregible Carmen organizaba.

Aunque ella te habló de esas maquinaciones políticas, no lograbas comprenderlas del todo. Lo que sí entendiste muy bien fue el gozo patente en su rostro cuando recibió a Constanza, que flotaba en un vestido de gasas color malva, y la hizo pasar a su estudio, que ya estaba lleno de gente. Ambas refulgían. Eran dos amantes, una abierta, la otra encubierta, asistiendo a un debate sobre el amor. Admiraste la voluntad de provocación que movía a Carmen.

Unas veinticinco personas repletaban la amplia sala del observatorio. Tres largas banquetas de madera, especialmente hechas para la ocasión, suplementaban a las sillas de la casa. A los ilustrados se habían sumado algunos acaudalados comerciantes y profesionales extranjeros del puerto, que hacían caso omiso de las diferencias ideológicas locales, como el doctor Van Buren o el ingeniero Gildemeister. Unos pocos trajeron a sus señoras. El resto no: serían liberales, pero no tanto.

Tú y el joven Darwin estaban al frente de la sala, de pie sobre la tarima alfombrada que fue traída del salón. La manera de vestir ya los distinguía como adversarios. Tú lucías ese frac de terciopelo azul, arrugado más allá de cualquier planchado por los meses que había permanecido dentro de las alforjas, durante tus largas cabalgatas americanas. Con él, y con una amplia bufanda de seda color sangre, eras la encarnación del artista romántico que fuiste antes de que el Barón te reclutara para la ciencia. Y que ahora intentabas volver a ser.

Tu adversario, en cambio, vestía una rigurosa levita negra —impoluta— y un cuello de camisa blanco, alto y duro. Se notaba que su sirviente, el muchacho del barco, había trabajado con la plancha y el cepillo para acicalarlo adecuadamente. Con ese atuendo, más que un naturalista y explorador, Darwin tenía la apariencia afable y reprimida de un alumno de teología, candidato a clérigo; lo que, de hecho, estudiaba en Cambridge antes de iniciar este viaje. A pesar de tanta formalidad, ¿sería tu imaginación o él olía un poquito a pescado?

Carmen los acompañaba sobre la tarima, sentada en una butaca. Llevaba un amplio vestido de brocado granate. Y, para subrayar su desafío a la sobriedad local, había puesto a su vera uno de sus animales embalsamados. Un puma rugiente (o muerto de la risa) cuya cabeza acariciaba.

Podrías haber pintado un hermoso cuadro con esa escena, Moro. Los tres eran jóvenes. Veinticinco años, Darwin; veintisiete, Carmen; treinta y tres, tú. Estaban en esa edad ingenua en que la muerte parece todavía imposible.

No todos los días —empezó ella— coincidían en estas latitudes hombres como éstos: un gran pintor viajero, reconocido en Europa, y un joven naturalista, designado por su majestad británica para dar la vuelta al mundo, explorándolo.

Así los había presentado, nada menos.

Como una *salonnière* experta, Carmen fijó las reglas del juego. Los adversarios mantendrían su diálogo en español. Pero al no ser la lengua materna de ninguno de ellos y, sobre todo, al haberla aprendido el señor Darwin sólo en los últimos dos años, viajando por Sudamérica, ambos podrían usar expresiones de sus propios idiomas. En este caso ella traduciría del inglés o del alemán. Por las mismas razones, y para permitir que luego la discusión se abriera a los asistentes, el diálogo entre los conferencistas sería breve. No más de dos o tres argumentos y contraargumentos por cada parte. Ella oficiaría de moderadora; o más bien de «provocadora», añadió, con una mirada verde y traviesa.

El sol se ponía tras la alta ventana del observatorio. Ambrosio encendió los candelabros, descolgándolos del techo mediante sus roldanas y despabilándolos con unas tijeritas. Los invitados se acomodaban en sus bancas y sillones; las pocas mujeres, más cerca del par de cálidos braseros. A espaldas de los asistentes, o entre sus piernas, asomaban algunos de los animales embalsamados: el cóndor, el pingüino, el zorro culpeo.

Se lanzó un peso al aire, salió cara y te tocó empezar a ti. No estabas nervioso. Hablar en público no era tu oficio, pero te sentías seguro. ¿No era el amor, acaso, tu segunda especialidad luego de la pintura? (¿O era en realidad la primera?)

—¿Existe el amor o sólo existe el deseo? —le preguntaste, retóricamente, a la audiencia.

La palabra «deseo» resonó como un fustazo en la sala. Viste a una dama con cara de lechuza, sentada en primera fila, palidecer visiblemente. Pero habías decidido tomar este toro por las astas. Si ibas a defender al amor no podías irte por las ramas.

—Yo soy un pintor, un artista —continuaste—. Desconfío de las teorías elaboradas por la razón. Mejor que una tesis, prefiero relatarles la historia de una pintura, que es también una historia de amor: la de Velázquez en Roma.

Sí, así fue: empezaste con don Diego de Velázquez. Desde que conociste a Carmen, el ejemplo del gran pintor sevillano, al que considerabas tu insuperable maestro, te rondaba. Velázquez, que a los cincuenta años, en su segundo viaje a Italia, desafió a los máximos poderes de este mundo y del otro, y lo hizo por amor.

El pintor oficial de la corte española había llegado a Italia en 1649, relataste, como embajador especial de su soberano, el rey Felipe IV. La misión del artista debía durar pocos meses. Su pretexto era comprar arte para la corona y copiar antigüedades romanas; el objetivo secreto, en cambio, eran ciertas intrigas políticas que debía conducir con el mayor sigilo. Pero, en lugar de cumplir su misión y volver de inmediato para informar a su soberano, Velázquez demoró tres años en regresar a Madrid. El rey tuvo que ordenarle varias veces que retornara; el mismo papa, Inocencio X, le hizo notar que su presencia cerca de la Cátedra de San Pedro ya no era requerida.

—¿Qué retuvo a Velázquez en Roma? —te preguntaste—. ¿Qué lo indujo a desafiar a los dos hombres más poderosos de su tiempo?

Hiciste una pausa oratoria y respondiste:

—Fue el amor por una mujer. Flaminia, de veinte años, también pintora.

Velázquez, que tenía cincuenta años y era casado, se enamoró perdidamente de Flaminia. Por ella se demoró en Roma todo lo que pudo, contrariando peligrosamente a Felipe IV, uno de los monarcas más poderosos del orbe, y también al vicario de Cristo en la tierra. Es decir, Velázquez amó en contra de los mayores poderes de este mundo y del otro. No lo motivaba sólo un tardío amor platónico; la suya fue también una pasión sexual, de la que nació además un hijo.

Otro murmullo corrió por la sala.

—Pero era una pasión que trascendía la carne, amigos míos, porque la transformaba en alma.

La mejor prueba de ello se encontraba en la propia obra de Velázquez. Cuando éste comprendió que esos enormes poderes jamás le consentirían quedarse en Italia, ni menos llevarse con él a su amada, resolvió el problema como un artista. Decidió pintar un retrato de Flaminia, una imagen que inmortalizara su amor. La pintó desnuda; o sea, pura carnalidad. Pero de tal modo que cualquiera que la viese no podría sino reconocer que aquella carne era divina.

Miraste fugazmente a Carmen. Buscaste sus ojos. Los encontraste alarmados por la secreta alusión al desnudo que estabas haciendo de ella. Pero también excitados por tu arrojo.

—Velázquez retrató a su amante como una diosa del amor. A quienes no crean que el amor puede desafiar al poder y divinizar a la humanidad, les digo tan sólo que no han visto la *Venus del espejo*.

Diste entonces el golpe de efecto que habías planeado. Sobre la mesa redonda que te separaba de Darwin habías dejado un pesado volumen infolio, una edición alemana titulada *Die großen Kunstwerke der Menschheit* —«Las grandes obras de arte de la humanidad»— e ilustrada con decenas de grabados al aguafuerte. La habías encontrado en la biblioteca de Carmen unos días antes. Ahora abriste el libro en la sección dedicada a la obra de Velázquez y exhibiste esa grandiosa *Venus del espejo*.

Una joven recostada de espaldas al espectador, desnuda, longilínea, bellísima incluso en la reproducción en blanco y negro. El rostro de esa Venus se entrevé en el espejo que sostiene un Cupido, donde ella se mira —o nos mira— con lo que podría llamarse candor, si todo lo demás —la cintura quebrada, las nalgas perfectas en primer plano— no nos hablara de provocación.

El público invitado se revolvió en sus lugares y una voz en la última fila de bancas protestó: «¡Qué desfachatez!». No te sorprendiste, Moro. Ya habías aprendido en tus viajes americanos que el espectáculo de un desnudo pintado o grabado era de las vistas más raras en esas tierras. Era, de hecho, dudoso que en todo Chile existiera un solo desnudo femenino. Incluso reproducciones como ésa serían muy raras, hasta en casas de liberales. Y, lo que te convenía más aún, el niño prodigio parecía tan incómodo, tras la exhibición del aguafuerte, como la mayoría de los presentes.

La propia Carmen se veía ahora más emocionada que asustada por tu audacia. Exhibías una de las fuentes de su retrato desnuda, aunque sólo ustedes dos conocieran ese secreto. Una expresión indecisa entre la angustia y el placer flotaba en su rostro. Una expresión no tan diferente a la de esa Venus que se mira o nos mira en el espejo.

Sonreíste, Moro. Su admiración era tu principal objetivo. El resto de tus razonamientos te importaba menos. Poco te dolería perder la discusión si, a cambio, podías acrecentar su cariño.

Redondeaste tu idea:

—Si la fuerza del amor es capaz de divinizar a otro ser humano, creando a partir de él una obra de arte eterna, ¿no estamos ante una prueba de que el amor es independiente y superior al sexo?

Se produjo un largo silencio. La pregunta flotaba en él, casi visible, como si la meditación del público la materializara y la sostuviera en la espesa luz amarilla de los candelabros.

(Nosotros no necesitamos responder, Moro. Nosotros, cándidos, lo creíamos sin lugar a dudas. Creíamos que el amor puede divinizar a otra persona. Éramos jóvenes y hermosos y capaces de admitir esas grandes verdades que sólo una pasión permite ver. Por vieja, derrumbada y escéptica que esté, no voy a caer en el cinismo de negar, ahora, lo que nuestro amor me permitió saber entonces.)

Por fin Carmen, recordando su papel de moderadora, se enderezó en su butaca:

131

—El pintor Rugendas nos ha dado la opinión del artista. Y lo ha hecho muy gráficamente —agregó con malicia—. Pero ahora ardemos de curiosidad por conocer la visión del científico sobre el amor.

Moviendo su largo abanico azul a modo de batuta, señaló a Darwin, indicándole su turno.

Éste parecía aún más incómodo que al comienzo, enfundado en su levita negra y con ese cuello duro que le apretaba visiblemente la garganta. Era obvio que llevaba muchos meses, quizás desde que el *Beagle* zarpara dos años antes, sin someterse a la tortura de esas ropas rígidas. Y ahora la inesperada exhibición de esa mujer desnuda, en el gran libro que permanecía abierto sobre la mesa, lo hacía sudar con un calor que no podía atribuirse a los braseros. Tenía las mejillas rojas, como si hubiera bebido. E intentaba aflojarse el collarín, introduciendo un dedo entre el cuello duro y la garganta.

Sobre la mesa reposaba un gran plato de loza medio cubierto por una servilleta, que Darwin había depositado allí cuando llegó. Bajo el paño se adivinaban unos bultos raros. De golpe los reconociste y entendiste de dónde provenía ese olorcillo desagradable que el abanico de Carmen intentaba disipar: ¡picorocos! Por lo visto, el niño prodigio había entendido literalmente la invitación de su anfitriona y se proponía dictarles una clase de historia natural, ilustrándola con esos percebes gigantes. Sentiste lástima por él.

No sería ésa la única vez que subestimaras a tu contrincante. El naturalista carraspeó, titubeó mirando su plato. Estiró la mano para descubrirlo. Pero se arrepintió bruscamente, volviéndose hacia la concurrencia:

—Señora Carmen, amigos, quería mostrarles mis investigaciones sobre la vida sexual de un percebe de estas costas al que ustedes llaman picoroco. Pero, ¿cómo podría competir un feo y hediondo percebe contra la diosa Venus?

La audiencia rio, celebrando la broma. Era patente que el muchacho había sido bien entrenado en las escuelas de debates de Cambridge. Y, aunque su español era inferior al tuyo, Moro, sus vocales ahuecadas («hediioondou») resultaban más agradables al oído hispanoamericano que tus ásperas erres germánicas. Eso, y su mayor juventud, suscitaban la usual simpatía del público hacia el que parecía más débil. Te llevaba esas ventajas. No te iba a resultar tan fácil.

—Prefiero responder sin rodeos la pregunta del señor Rugendas —continuó Darwin—. La mujer desnuda que él nos mostró provocó inquietud. ¿Le viene ese poder de ser una diosa del amor, o bien del propio cuerpo hermoso que representa?

Darwin levantó el libro y —venciendo su pudor— se esforzó en observar otra vez a esa Venus ante el espejo:

—Esta espalda tan bella nos oculta algo. Rugendas nos informaba que Velázquez embarazó a esta mujer. Entonces... Supongamos que eso es lo que hay al otro lado de este cuerpo. Supongamos que posó de espaldas porque, probablemente, ya le abultaba el vientre ese embarazo ilegítimo.

Las veintitantas personas en la sala reaccionaron con murmullos aún más notorios que los exhalados cuando exhibías a la Venus. Una cosa era ver esa desnudez y otra adivinar la preñez adúltera que quizás escondiera.

Dos señoras, de mantón oscuro, se pusieron de pie y arrastraron a sus maridos fuera del observatorio, sin despedirse.

Carmen no se inmutó. Hasta parecía más divertida. Palmeaba con cariño la cabeza embalsamada del puma, sentado a su vera.

Tú no te sentías tan alegre. El contragolpe de Darwin había sido efectivo. Jamás, en tus muchos años de admirar, estudiar y copiar esa portentosa pintura, imaginaste semejante interpretación. ¿Sería posible que Flaminia posara de espaldas para que no se le notara el embarazo? Sospechaste de inmediato adónde quería llegar el naturalista: ¿qué pasaría si Venus fuera poderosa no por el amor que inspira su belleza sino por su fecundidad?

—Examinemos mejor esta escena —continuó Darwin cuando la puerta se cerró tras los que partían—. Quien sostiene el espejo ante Venus es otro dios del amor: su hijo Cupido. Aunque yo sé poco de pintura, entiendo que en el arte todo es símbolo. Ese espejo colocado entre ambas deidades del amor nos está diciendo, muy claramente, que éste es sólo un reflejo.

Darwin se volvió hacia ti, desafiándote a confirmarlo o negarlo. Molesto al ver que tu hábil contrincante invertía tu argumento, y se esforzaba en mirar por el reverso una imagen que siempre habías examinado literalmente, de frente, alzaste la voz:

—¿Sugiere usted que el amor es sólo un espejismo producido por el deseo carnal?

Darwin no se dejó amilanar, aunque se lo veía arrebolado y tenso:

—Esta Venus parece ser un reflejo de ese instinto que nos ordena reproducirnos. No lo digo yo, lo sugiere el cuadro que usted nos exhibió.

Era hábil, muy hábil. Quizás era, realmente, un niño prodigio. Pero le faltaba experiencia en la vida y ni siquiera parecía dispuesto a adquirirla.

Decidiste jugarte a fondo:

—Basta de evasivas —le exigiste—. Díganos de una vez si usted cree, como tantos filósofos hoy en día, que el amor es un engaño.

—No me atemoriza decirlo, Rugendas —balbuceó Darwin, frunciendo el entrecejo como si le doliera el estómago; o le doliera lo que creía saber—. Sí, es un engaño muy hermoso que la naturaleza nos ofrece para incitarnos a perpetuar la especie.

Casi lamentaste atrapar tan fácilmente a tu presa. Te diste vuelta hacia el público, lentamente:

—Quiero creer que este novicio de Cambridge no entiende las consecuencias de su doctrina. Por ejemplo, si el amor fuese un engaño, mentir y engañar en el amor sería legítimo. Y entonces el adulterio estaría justificado.

Qué triunfante te sentiste, Moro, al formular una respuesta de tan perversa belleza. Era un truco retórico, un sofisma, naturalmente. Pero efectivo. Y no pensabas ahorrarte ningún recurso efectivo en esa lucha con tu oponente.

Carmen se ruborizó. Lo disimuló agitando más el abanico. Darwin se quedó sin palabras, masculló algo como «*I wouldn't say that...*», olvidando que la discusión era en español. Pero no alcanzó a traducirse o recomponerse. Al instante un clérigo, perteneciente al ala más liberal de la nueva Iglesia chilena, opuesta a las oscuridades de la Iglesia colonial, se levantó rojo de ira y clamó:

—¡Creced y multiplicaos! Ése es un mandato de Dios para el cual existe el santo matrimonio. Nada justifica el adulterio. No sé cuál de los dos es más blasfemo, si el científico o el artista.

El cura empezaba a abrirse paso entre el público para abandonar el estudio, cuando el ruido de un alboroto en el pasillo lo paralizó, distrayendo a toda la concurrencia. Afuera se oían voces alteradas exigiendo algo. Y, sobre ellas, la de Ambrosio, honda y gutural: «¡No se puede!». Un momento después veías las anchas espaldas del criado, comprimidas en su estrecha librea, entrar en la sala. Las puntas de varias bayonetas caladas en sus fusiles lo hacían retroceder. Tras ellos asomó un pelotón de alguaciles, al mando del prefecto de policía.

Semejaba una escena de opereta. Y después sabrían ustedes que así había sido planeada, minuciosamente, para añadir ridiculez a la humillación.

El prefecto Benítez era un cuarentón rechoncho, con gafitas de marco metálico que relumbraban. Parecía más un notario que un policía. Lo habías visto alguna vez, abusando de su autoridad cerca de la Aduana, cobrando coimas o clavando edictos en el portón de su prefectura, en el arruinado castillo de San Antonio. Ahora tartamudeaba, nervioso, y se notaba de lejos que aborrecía llevar a cabo su cometido.

—Señora Carmen Lisperguer —recitó—. Dese usted... Dese usted por presa por celebrar una reunión política. Y los demás tam-también.

El espadín tembloroso de Benítez hizo un barrido abarcando a Darwin, a ti y al resto de la concurrencia.

XVI. Apostemos quién será más feliz

Ya habías estado antes en la cárcel, Moro. En México, acusado de conspirar contra el general Santa Anna, casi te fusilaron. Pero esta prisión fue más extraña. ¡Presos por debatir sobre el amor! El prefecto Benítez no admitió quejas de ningún tipo y, atrincherado en un mutismo furioso, se llevó a todos los contertulios. Tres alguaciles por lado, con sus fusiles en ristre, escoltaban a la veintena de prisioneros. Para atenuar el escándalo, posiblemente, el prefecto evitó las calles del centro y, hendiendo una noche cerrada, brumosa, los condujo en procesión por la playa hacia el castillo de San Antonio. La noticia corrió igual. Vecinos curiosos salieron con faroles a las puertas y ventanas para verlos pasar. Algunos los seguían por la arena húmeda, con antorchas encendidas, haciendo mil preguntas.

Los veinte prisioneros saludaban a sus conocidos, pero apenas protestaban. No te sorprendió. Ya habías visto en la América hispana otras repúblicas nacientes donde la libertad era sólo una palabra en los flamantes escudos nacionales. Si en algo se diferenciaba esta nación, por ahora, era en practicar una tiranía más ordenada y más solapada.

Carmen iba tomada de tu brazo, saludando con voz firme a quienes les daban aliento.

—Quizás nos destierren a la isla de Juan Fernández, como a mi papá —te comentó, en algún momento de la caminata—. Allá tendríamos que vivir en una cueva.

Sonaba francamente feliz con la idea. La rebeldía del progenitor patriota, amigo de O'Higgins y San Martín, sublevado desde la primera hora, la encendía.

Darwin escoltaba a Carmen por el otro lado. La escasa luz de los hachones alcanzaba para percibir su angustia. Sobre su mano izquierda llevaba el gran plato de loza con sus picorocos tapados por una servilleta. Parecía un camarero enloquecido. Miraba insistentemente hacia la bahía, donde el farol de popa del *Beagle* titilaba, entre varios otros. Tal vez juntaba valor para correr, lanzarse al agua y alcanzarlo a nado.

—Ni se le ocurra —le aconsejaste—. Una noche en la cárcel es mejor que un tiro en la espalda.

—Pero es que... ¿Estalló entonces una revolución? —les preguntó el naturalista a Carmen y a ti.

Las carcajadas de ambos lo tranquilizaron un poco.

Una vez en el castillo, el prefecto encontró otro problema. La mayor parte del fuerte estaba en ruinas desde que los españoles realistas, al retirarse, minaran y volaran lo que no habían destruido los terremotos. (Desde tu llegada habías dibujado un par de veces esa hermosa ruina, que hacía un espléndido contraste con los roqueríos y el mar.) Tenían allí un único calabozo común, rebosante de borrachos y malhechores. Era impensable apretujar ahí a veinte presos políticos. Y Benítez no quería tenerlos en su prefectura. Furioso, no tuvo más remedio que encerrarlos en la sala del tribunal. Que por lo demás no se ocupaba nunca, ya que el puesto de juez estaba vacante.

La sala era un corralón de piedra con altas ventanas enrejadas y bóveda de cañón. En lo alto aleteaban invisibles murciélagos. Por fuera las olas batían directamente contra la muralla. La humedad rezumaba entre las piedras. Pero al menos el estrado era de madera, había varias bancas de iglesia, una mesa amplia, y Benítez accedió a dejarles dos faroles. Apenas los guardias cerraron las puertas, las lenguas se desataron, calentando con palabras incendiarias el frío reinante. ¡Era obvio quién había dictado esta orden inicua! ¡El prefecto era un lacayo! ¡Y el mismo gobernador era un pelele manipulado por el poder del «retirado» ministro Portales!

Al gritarse ese nombre, Constanza estalló en llanto, dejándose caer sobre una de las bancas.

—Señores, señores... —intervino Carmen, con espléndida tranquilidad—. Aquí las paredes tienen orejas. Si hablamos de política, les daremos las pruebas que necesitan para una acusación.

Se hizo un silencio casi total, cruzado de susurros y bis-
biseos.

—Sin embargo, tampoco debemos callarnos —continuó
ella—. Nuestra mejor respuesta a los tiranos que pretenden
enmudecernos será seguir con el debate sobre el amor que
celebrábamos. Señor Darwin...

El naturalista, sorprendido, se enderezó como si lo llama-
ra su capitán. Y, en efecto, las palabras de Carmen no diferían
demasiado de una orden:

—Ahora que tenemos mucho tiempo, y antes de que em-
piecen a oler más, haga el favor de mostrarnos sus picorocos.

Darwin no supo negarse. Había depositado el gran plato de
loza y su contenido sobre la polvorienta mesa del juez, junto a uno
de los faroles. Cuando destapó a sus cirrípedos comprendiste por
qué no los había dejado en la casa de Carmen. El plato llevaba el
escudo británico grabado sobre las palabras *HMS Beagle:* no iba
a abandonar él en manos extrañas una pertenencia de su majestad británica. Pero sobre todo no iba a abandonar tanto trabajo:
en las conchas tubulares y verticales de los picorocos el naturalista había calado y acristalado, con trozos de probeta, unas cuida-
dosas ventanitas. A través de ellas se podía observar el interior
pulposo de los bichos sin que éstos se derramaran.

—Al principio yo entendí mal —empezó, excusándose—.
Creí que la señora Carmen me invitaba a mostrarles este descubrimiento. Aunque es un poco crudo... Pero como ustedes son
chilenos y este percebe también...

Las risas de los detenidos, congregados en torno a la amplia mesa del juez, le revelaron al niño prodigio que se estaba haciendo un lío horroroso. Exasperado, se puso manos a la
obra. Sacó del bolsillo de su levita una larga pinza dorada e
indicó uno de esos volcancitos calcáreos.

—Este cirrípedo es hermafrodita —explicó.

Enseguida, introdujo la pinza en el cono y, a través de la
ventanilla, mostró una protuberancia rosácea, en espiral, adosa-
da al cuerpo blanco del bicho. Con gran cuidado fue desenrollando ese tubito —que les había mostrado a ustedes dos en el
Beagle— y lo extrajo del cono.

—El pene —declaró con solemnidad.

Las risas fueron más estentóreas que antes. Incluso el cura liberal, que parecía completamente abatido por su detención, sonrió un poco.

Moviendo su pinza, el naturalista estiró ese delgado caño para introducirlo dentro de la concha vecina. Ahora el pene extendido conectaba las cumbres de esos dos volcancitos, como la cuerda de un equilibrista. Luego, a través de la segunda ventanilla, todos pudieron ver cómo Darwin frotaba la punta del tubito contra el cuerpo blanco:

—La cópula —exclamó, triunfalmente.

Un aplauso cerrado coronó su experimento. El niño prodigio lucía atónito y radiante. Disfrutaba de esta súbita popularidad, barruntando que su ciencia también podía ser graciosa. Asimismo lo celebraba Carmen. Esas risas eran su triunfo. Todo un reto a esos poderes que los habían encerrado y que, ahora mismo, estarían rabiando ante esta alegría.

Sólo tú, Moro, quedaste descontento. Poniéndose en ridículo, ese condenado cachorro de naturalista había borrado tu triunfo en el estudio de Carmen, casi dos horas atrás. Y tenía cierta belleza su experimento... Demostraba que incluso dos seres tan aislados dentro de sus caparazones, como eran ésos, podían arreglárselas para amarse. Pero no ibas a reconocerlo:

—Los seres humanos no somos picorocos, Darwin. El largo del pene no es tan importante entre nosotros.

Algunas voces celebraron tu objeción. Constanza, apoyada en Carmen, dejó de suspirar y sonrió un poco.

Empero, el naturalista no se arredró. Un resplandor un poco fanático, un anuncio del predicador que deseaba ser, agrandaba sus ojos. Sin duda, había estudiado y pensado mucho durante la semana transcurrida desde que iniciaran esta discusión a bordo del *Beagle*. Y no iba a permitir que esa nueva erudición fuera burlada:

—Se equivoca, Rugendas. El cirrípedo que lo tenga más largo podrá alcanzar más conchas. Y procreará más. En los humanos el principio es similar. Tanto en mujeres como en hombres, pequeñas ventajas de tamaño o forma, de inteligencia o sensibilidad, aumentan las posibilidades de copular y procrear. E influyen al seleccionar pareja.

—Los humanos normales no seleccionamos. ¡Amamos! En esas variaciones vemos bellezas que suscitan nuestro amor.

—Error. Vemos posibles ventajas reproductivas. La naturaleza experimenta constantemente con nosotros para mejorar la especie.

—¿Y dónde cabe el amor en su helada teoría?

—Otra vez usted y su maldita obsesión con el amor —exclamó Darwin, perdiendo la compostura—. ¡El amor es una ilusión con la cual los humanos tapamos la suciedad del sexo!

Había gritado y te apuntaba con un índice tembloroso. Carmen tomó su antebrazo alzado, obligándolo con suavidad a bajarlo, al tiempo que lo miraba intensamente. Un aleteo de murciélago se oyó en las alturas de la bóveda. Darwin se relajó y el predicador se esfumó de sus ojos. Pidió que lo disculparan:

—Nunca he estado en una cárcel. Y en los últimos meses la tensión en nuestro barco ha sido excesiva... Disculpen mis gritos.

Pero tú no ibas a excusarlo tan fácilmente:

—Con esas ideas, usted y los que son como usted podrían matar lo mejor de nuestra vida: la pasión romántica.

—La seguirá sintiendo, Rugendas, aunque ahora sabrá que no es real.

—No se puede sentir pasión creyendo que es sólo un instinto de apareamiento.

—Yo prefiero no engañarme —afirmó Darwin—. Somos un puñado de vísceras desesperadas por perpetuarse. Y a esa desesperación la llamamos pasión.

—Si su idea del amor llegara a imponerse, preveo un futuro espantoso. En un par de siglos vamos a padecer una frialdad como la de esta prisión. La gente hablará de amor y lo cantará y lo celebrará. Pero será apenas una pobre réplica, desencantada, de nuestro amor romántico.

Esa desilusión general que habías invocado pareció materializarse antes de lo que preveías. Al mirar alrededor descubriste que ambos llevaban un buen rato hablándoles a las sombras espesas de la prisión. Tras el experimento y aquellas primeras carcajadas, el resto de los detenidos se había alejado de la mesa para sentarse sobre las bancas, desperdigados en la oscuridad. Sólo ustedes tres seguían de pie junto al único farol que continuaba encendido. El vestido granate de Carmen se había vuelto morado al terminar de apagarse el otro fanal.

Ajeno a esa desbandada, Darwin continuaba discutiendo, incansable. Durante algunos minutos perdiste el hilo de su argumentación. Le respondías con monosílabos, casi sin saber lo que decías. Era como si la seguridad metálica con la que él hablaba horadara tus convicciones. Si seguías oyéndolo terminarías dudando, quizás, de tus propios sentimientos. Por fortuna para ti, lograste reaccionar cuando la propia convicción del naturalista lo llevó demasiado lejos:

—La elección de pareja debe ser racional. El aspecto físico del cónyuge es importante: que sea sano y capaz de procrear. Pero también debe existir una simpatía mutua que ayude a sobrellevar la larga crianza de los hijos.

—Tonterías —negaste tú—. Con mera simpatía los cónyuges ni siquiera lograrán soportarse el uno al otro. ¡Se necesita pasión!

—Patrañas. La pasión confunde el buen juicio. Hay que elegir pareja con la cabeza. Haciendo un balance de pros y contras.

Soltaste un bufido de exasperación, Moro. La brillante mente de ese joven científico era incapaz de percibir los absurdos adonde la precipitaba su lógica. Al fin dejaste de morderte la lengua y lanzaste lo que desde hacía rato sospechabas:

—La única explicación para tanta racionalidad sobre el amor y el sexo, Darwin, es que usted sea virgen.

Asimiló mal tu golpe bajo. Incluso la parca luz del farol que aún brillaba sobre la mesa alcanzaba para notar sus mejillas enrojecidas.

—Mi vida íntima no es asunto suyo —te advirtió Darwin, entre dientes.

—Virgen —remachaste tú—. Y no sólo sexualmente, también emocionalmente. Usted no ha amado nunca.

El naturalista extendió y empuñó sus grandes manos. Por un instante pareció que se te iba a echar encima. Pero esta vez consiguió no perder los estribos. Con un gesto altivo, confesó:

—Sí, soy virgen. Y qué.

—Que por eso no sabe nada real sobre este tema —remachaste—. Sólo sabe de teorías. Sin embargo, «las teorías son grises pero verde es la rama en el dorado árbol de la vida».

Curiosamente, tras citarle a Goethe, una inesperada simpatía hacia ese niño prodigio te impidió celebrar tu triunfo retórico. Él tenía veinticinco años y era, de corazón y sexo, virgen. No podía ser más diferente a ti, que entregaste tu virginidad espiritual y física a los quince. Nada más distinto a ti, que te habías afanado persiguiendo el amor y la cópula —no siempre en ese orden— por media Europa, y luego desde México a Chile. Sin embargo, en esa cárcel lóbrega, batida por las olas, sentías de pronto una insospechada solidaridad con este embrión de sabio que, hasta ahora, nunca había amado. Le resultaría difícil enamorarse si creía que el amor era un simple truco para perpetuar la especie. Pero a ti, Moro, hasta hacía poco se te morían los amores apenas los sentías... ¿Quién de ustedes era el mejor?

Como adivinando tus pensamientos, Darwin musitó:

—No he encontrado una mujer apropiada. Pero la hallaré —y enseguida, con calculada deliberación, te desafió—: Apostemos quién va a ser más feliz. Usted con sus pasiones o yo con mis razones.

Al principio no entendiste lo que te proponía. Luego creíste que era un recurso del naturalista para no reconocer su derrota, aplazando casi indefinidamente la solución de esa querella. Pero hablaba en serio. Y te presionaba. Extendía su mano, ofreciéndotela:

—Acepte, si se atreve. Lo reto, bajo palabra de honor, a reunirnos en veinte años más y comparar nuestras vidas. Apostemos: ¿quién va a ser más feliz?

Titubeaste. Tragaste saliva. En la húmeda penumbra de ese corralón de piedra el desafío de Darwin reverberaba con un aura extraña. Había algo solemne y a la vez siniestro en la apuesta que el joven filósofo natural te proponía. Si aceptabas, tanto tú como él quedarían comprometidos por un pacto cuyas consecuencias no podías calcular, pero que te atemorizaban. Apostar tu felicidad era claramente de mal augurio. Lo sabías,

Moro supersticioso. Era ese tipo de apuesta que sólo puede dirimir el diablo.

Pero tu orgullo, sobre todo delante de Carmen, resultó superior a tus supersticiones. Extendiste el brazo y estrechaste la mano sudada del niño prodigio.

XVII. La chinche besucona

A la mañana siguiente, cerca de las siete, se descorrieron los cerrojos de la improvisada prisión. Carmen, que dormía sentada y apoyada sobre tu hombro derecho, se sobresaltó. Tú no habías pegado un ojo en toda la noche. Recortado en la luz del umbral vieron ambos al exministro Portales, que regañaba —audiblemente— al prefecto Benítez. En voz alta, para que nadie pudiese ignorar su magnanimidad, el «hombre fuerte» invitó a la veintena de prisioneros a salir.

La mañana recién nacida, fragante de algas y yodo, los recibió en el patio de la fortaleza. Allí Portales, con su sonrisa más cínica, declaró haber intercedido personalmente ante las autoridades para que los liberasen sin cargos («aunque ahora carezco de todo poder, ya lo saben»). Según él, un exceso de celo había confundido ese debate sobre el amor con un motín político.

—Pero es que también hay política y motines en el amor, ¿verdad, Carmen? —le preguntó, ofreciéndole la mano.

Ella lo desairó. Sin mirarlo siquiera, se dirigió hacia las carcomidas puertas del castillo, seguida por los agotados contertulios. Todos..., excepto Constanza, que se lanzó al cuello de Portales, llorando de nuevo, gimoteando y reconviniéndolo, besándolo y protestando.

En la nebulosa de tu agotamiento, barruntaste que el principal objetivo de aquel apresamiento no había sido amedrentar a estos liberales y sus amigos extranjeros. No, eso era secundario. ¡Habían sido víctimas colaterales de una pelea de amantes! Una disputa pasional entre Portales y su querida, quien lo había desobedecido asistiendo al debate. ¿Qué clase de país era éste?

Caminaron hasta la plaza de la Matriz. Además del templo, la flanqueaban edificios de adobe blanqueados a la cal y el viejo e inicuo corralón de los esclavos recién importados, ahora en ruinas. Frente a la iglesia el grupo se desbandó, no sin intercambiar enérgicos abrazos. Todos felicitaban a Carmen. Por lo visto, los liberales consideraban esa noche en la cárcel como un triunfo. Darwin seguía sosteniendo su plato con los picorocos tapados. Y tenía cara de estreñimiento, como si sufriera un cólico. Cuando se acercó a Carmen para despedirse, ésta agravó sus pesares: colgándose de su cuello, lo atrajo y lo besó largamente en ambas mejillas, muy cerca de la boca. El naturalista dio un paso atrás, atónito. Su intenso rubor no disimulaba los pequeños hematomas que los chupetones le habían causado. Con razón la llamaban Vinchuca, recordaste, como esa chinche besucona que chupaba sangre sin que doliera. Tú también tenías ahora varios moretones como aquéllos; mayores y en lugares menos visibles, eso sí. Por fin, el niño prodigio se rehízo y balbuceó:

—Señora... En Inglaterra no nos besamos ni las manos.

—Se merece estos besazos y muchos otros, señor Darwin. Estuvo brillante —le contestó Carmen; y agregó, encantada de mortificarlo—: ¿Tal vez quiere otro?

—Sólo mis hermanas me han besado, señora. Y eso fue cuando murió mamá y yo era un niño.

Tú meneaste la cabeza, Moro. El naturalista no sólo era virgen; ni siquiera había besado a una mujer en sus veinticinco años de vida. A su edad tú ya te habías roto el corazón varias veces. Y habías seguido apostándolo.

Sin hacerle caso, Carmen lo enlazó por el brazo y también a ti, mientras decía, cariñosa y traviesa:

—Los declaro a los dos muy brillantes y muy tontos. Uno afirma que la clave es la naturaleza, el otro afirma que es el amor. Yo digo que lo importante es la naturaleza del amor.

*

Subiste a tu cabaña y dormiste de un tirón, hasta media tarde. Un sueño intranquilo, plagado de voces, réplicas inescrutables, preguntas. «¿Será una mentira eso que llamamos amor?», oías que te demandaba alguien, quizás esa mujer desnuda, la fantasma del pelo rojo que solía asediarte en tus pesadillas. Y tú, en el sueño, no sabías qué responder.

Al despertar, para despejarte, tomaste tus utensilios y saliste a pintar. Pintar era para ti, Moro, una forma de meditación. Trepaste la quebrada hasta el viejo polvorín, en la loma de Elías, donde se dominaba el paisaje en ciento ochenta grados. Montaste tu atril, desplegaste tu asiento de trípode y te sentaste a colorear el asombroso panorama. El sol se ponía más arriba del horizonte marino, tras una larga formación de nubes macizas y resplandecientes. Parecía una flota de témpanos amenazantes. O más bien, semejaba el perfil de una ciudad de hielo, lejana y fabulosa. Veías templos, cúpulas, minaretes, torres enrojecidas por el crepúsculo. Todo un continente nuevo y helado que hubiese emergido durante la noche de esos mares australes. Una tierra nueva de la que aún nadie podía saber el nombre.

¿Sería ése el mundo venidero que Darwin les había casi anunciado la noche anterior en aquella cárcel? No quisiste, en el ardor de la discusión, admitir que ese futuro fuera posible. Pero tal vez te equivocabas. Quizás la respuesta a aquella pregunta de tu sueño fuera: sí, el amor es mentira. Entonces reflexionabas: ¿por qué la naturaleza crea seres inteligentes, si dicha inteligencia sólo sirve para descubrir el engaño del amor? Habría sido menos cruel —y más eficiente— crearnos bien brutos e insensibles, antes que diseñar un artificio tan complejo sólo para permitir que nos desilusionemos al descifrarlo. Pero te rebelabas. Quizás el amor sea una invención humana, como la cultura, como el arte... Cosas inventadas por las cuales vale la pena vivir. El resto es simple supervivencia. El amor no será divino, pero tampoco es animal. ¡El amor no es Venus, pero tampoco puede ser ese picoroco hediondo!

Sí, te reafirmabas, el amor es verdad. Cuando estamos enamorados lo vemos claramente. Cuando no lo sentimos, dejamos de verlo. Pero no por eso el amor ha dejado de ser cierto. Sólo ocurre que ya no es *nuestra* verdad.

Afirmabas lo anterior y enseguida volvían a dominarte las dudas. Esas que el naturalista había infiltrado en tus convicciones mientras en el improvisado calabozo el último farol parpadeaba y por algunos minutos te ensimismaste y casi dejaste de escucharlo. ¿Sería el amor sólo un asunto de perspectiva? Tal como en un cuadro vemos que un árbol o una persona colocados en primer plano se ven engañosamente más grandes que una montaña situada al fondo, el amor parece enorme cuando lo tenemos muy cerca.

Pero incluso si sólo fuera un asunto de perspectivas —protestabas para tus adentros—, el amor sería real. Tan real como el «punto de fuga», ese lugar del horizonte donde convergen las líneas paralelas. Quizás un científico diría que ese punto es sólo una apariencia. Sin embargo, aunque se lo juzgue imposible, las paralelas se encuentran constantemente delante de nuestros ojos.

También esa engañosa diferencia de tamaños entre lo cercano y lo lejano que vemos en un cuadro es pura apariencia. Pero no es irreal, porque expresa la distancia y el tiempo que media entre ellos. De manera semejante, el amor y el arte, al engañarnos con sus perspectivas, nos ofrecen una percepción de la profundidad del mundo. ¡Nada menos!

¡Eso debiste haberle enrostrado a Darwin! Si se te hubiera ocurrido ayer en lugar de hoy...

En cambio, anoche te ensimismaste y mansamente creíste entreoír brutalidades como ésta: «Toda la naturaleza está en guerra. Los machos se pelean por las hembras y éstas seleccionan a los machos. Sólo los más fuertes se quedarán con las mejores, asegurando su descendencia». ¿Lo había dicho Darwin con esas palabras? ¿O era ésta la voz en tus pesadillas de hacía un rato? (¿O era ya la voz de ese ermitaño burlón y dolorido, el Sacrificador, a quien no conocías —no aún— pero llegarías a conocer?)

La inmensa urbe de hielo se había teñido de escarlata en el horizonte (y en tu óleo), cuando te asaltó otro temor menos filosófico, mucho más urgente. Esa competencia de los machos por las hembras... ¿Sería posible que Carmen te hubiera hecho competir con el niño prodigio para así decidir a quién escoger? Durante la discusión volviste a comprobar que ella admiraba la innegable inteligencia del naturalista. Esos besos de vinchuca que le dio al despedirse, ¿significaban que el elegido era Darwin?

Tu manía persecutoria —tan arraigada en ti como tus supersticiones, Moro— se puso en marcha. Detuviste tu trabajo (otro cuadro que dejabas a medias, últimamente). Desmontaste tu atril, guardaste los óleos en la caja y partiste cerro abajo, corriendo.

Un leñero con su burro cargado de ramas que se había detenido a observarte pintar te gritó: «¡Vaya con Dios!».

Mientras descendías, el sol desapareció tras el horizonte de la ciudad de hielo con un último destello color de aguamarina.

*

Carmen te recibió recostada sobre los cojines en la tarima alfombrada que aún no habían retirado de su estudio. Llegaste agitado, sudoroso, dispuesto a acribillarla con tus nuevas dudas. Su belleza te contuvo. Así tendida tenía algo de *La maja vestida*, de Goya. Aunque ésta era una maja escritora que hacía bailar su pluma, muy concentrada, sobre una pequeña escribanía portátil. El puma rugiente la escoltaba, como si leyera sobre su hombro. Te habría gustado hacer lo mismo, pero Carmen jamás te permitía leer sus manuscritos. Un misterio más de los suyos... Cuando advirtió tu presencia, soltó la pluma, cerró la escribanía y palmeó alegremente el cojín a su lado para que te sentaras allí:

—¿No fue maravilloso?

Acababa de pasar una noche en la cárcel y parecía más libre que antes, a pesar de todas sus ataduras. Más resplandeciente, incluso —lo pensaste con angustia—, que después de una tarde de amor contigo.

—Eres maravillosa, sí...

—No yo, tonto. El debate, digo. Fue maravilloso.

—Todavía no sé quién lo ganó.

—Típico de un hombre. ¿Qué importa quién ganó?

—Creo que perdí —afirmaste tú, buscando desvergonzadamente su consuelo—. Tenía acorralado al niño prodigio... Pero al aceptar su apuesta, admití un empate.

148

—Entonces, digamos que gané yo —repuso Carmen—. Porque no me interesaba que ninguno de los dos perdiera.

—¿Ese mocoso inglés y yo te interesamos por igual?

—Me interesaba otra cosa. Y la logré.

—Desafiar a los pelucones conservadores...

—Algo mejor: mostrar que esta supuesta república es un fraude. Vivimos una tiranía donde nos encierran hasta por hablar del amor.

—Fuimos tu instrumento, entonces.

—Los adoro a los dos por haberme ayudado a vengarme de esos hipócritas. Aunque ustedes no lo supieran.

Esa frase —«los adoro a los dos»— confirmaba tus peores sospechas. Carmen te emparejaba a tu contrincante; te destituía del sitial preferente de su amor. Esa maldita apuesta, además de empatarte con Darwin, te había igualado a él en los sentimientos de tu amante. O algo peor: él te había superado. El macho más joven había derrotado al viejo semental desilusionado que en ese momento creías ser. Y el puma rugiente (o muerto de la risa), sentado junto a Carmen, parecía burlarse de ti: la habías perdido.

Ella notó tu angustia y tiró de tu mano, obligándote a poner la cabeza en su regazo:

—Tú vas a ganar esa apuesta. No en veinte años más, sino ahora —dijo, acariciándote.

—Creo que ya empecé a perderla —te lamentaste.

Aunque, en verdad, no te importaba perder una apuesta estúpida sobre esa abstracción llamada felicidad. Lo que temías era perderla a ella.

Se inclinó sobre ti, besó tu oreja izquierda y te preguntó:

—¿No estarás un poquito celoso?

—¿Yo? Jamás.

—Claro. Don Johann nunca siente celos. Él sólo sabe provocarlos.

A veces te llamaba así, «don Johann», cuando quería burlarse del don Juan que ella suponía en tu pasado.

—Siento celos —admitiste—. Pero son justificados. Explícame por qué chupeteaste a ese mocoso beato a la vista de todo el puerto.

149

—Es una costumbre mía, ya lo sabes. Soy muy cariñosa.

—A mí no me besaste así la segunda vez que nos vimos. Tuve que esperar semanas para que me lo hicieras.

—No irás a comparar esos besitos que le di a Darwin con los chupones de verdad que te hago a ti. ¿Quieres uno ahora?

No estabas de ánimo para bromas. Saltaste sobre Carmen, la tendiste a la fuerza en la tarima, te sentaste a horcajadas sobre su vientre, aferrando sus brazos para inmovilizarla. Y le gritaste:

—¡No puedes chupetear a nadie más! ¡Eres mía!

Ella te contestó con una suerte de resignada angustia:

—No soy tuya. Ésa es tu desesperación, Moro. Y la mía.

Carmen luchaba por desasirse. Otra vez te sorprendió lo fuerte que era. Su niñez en el campo, cabalgando, nadando, trepando árboles, la había dotado de ese cuerpo flexible y resistente. Con todo, no consiguió que la soltaras. Entonces recurrió al más fuerte de sus músculos, la lengua. Te dijo, con algo muy parecido al desprecio:

—Si tanto me amas, ¡ráptame, cobarde!

Te desafiaba con una mirada de ansiedad y de furia. Intuiste, de golpe, que no te hablaba sólo a ti. A través de ti se dirigía al cacique indio de sus fantasías. A ese que la encontraba desnuda, perdida en una pampa, y que la raptaba a caballo. A él le hablaba, como si lo estuviera viendo: lo animaba a sustituirte, porque tú eras un...

—Cobarde —repitió Carmen.

Te enceguecíste. Esa maldita apuesta, esos besos de vinchuca, la voz siniestra de tus sueños... Sin pensar en lo que hacías, levantaste la mano derecha y estuviste a un tris de abofetearla. No lo hiciste; pero tu mano alzada bastó. Los dos quedaron inmóviles por unos segundos, jadeantes, impedidos de seguir luchando. El puma rugiente parecía, también él, helado de asombro.

Luego, el rostro sorprendido de Carmen fue cambiando. Un rubor encendido trepó por su cuello y sus mejillas hasta la frente. Sus ojos, llenos de lágrimas, te enfocaron. Esbozó una sonrisa desdibujada por la rabia, en la que no se podía discernir qué era más fuerte, el desprecio o el desafío.

—¡Pégame! —te ordenó—. ¡Decídete! Pégame hasta matarme. Ya que no te atreves a llevarme viva, llévame muerta. Aflojaste. Desmontaste de ella. Quedaste tendido a su lado, entre los cojines. Ambos estuvieron largo rato en silencio, respirando fuerte, contemplando sin verlo el alto entramado de vigas que sostenía el techo del observatorio.

Luego, poco a poco, se volvieron de costado y quedaron mirándose. Levantaste la mano y acariciaste con un dedo la mejilla que casi habías abofeteado. La besaste muchas veces. Murmuraste en su oído:

—Perdóname.

—Ya lo hice, Moro. Además, yo sí te pegué, con mi lengua.

—¿Por qué peleamos así? No me acuerdo.

—¿Será que no hay pasión sin sufrimiento? —te preguntó ella.

—Quizás Darwin tenga razón, entonces. Tal vez hay que escoger a la pareja fríamente, sin pasión. Para sufrir menos.

Carmen se revolvió en la tarima:

—¡Ni se te ocurra!

Ahora fue ella la que se montó sobre ti, a horcajadas sobre tus caderas, sus pechos desbordando del escote que se había desabotonado en la pelea. Su moño se deshizo y flotó el pelo negro, enmarañado, como si en verdad fuera cabalgándote. Agregó:

—Prefiero mil peleas como ésta a la frialdad.

—Lo que yo prefiero —le dijiste tú, sintiendo que tu miembro se erguía bajo la presión de su pelvis— son las reconciliaciones.

—Son maravillosas —asintió Carmen, sonriendo.

—¿Valdrá la pena pelear sólo para reconciliarse?

—Sí —afirmó ella, quitándose a toda prisa la blusa; y agregó, juguetona—: ¿Peleamos un poco más?

XVIII. Todas están desnudas, debajo

La estabas penetrando tal como a ella le gustaba, no sólo con tu miembro, también con tu voz. Le hablabas al oído y podías sentir cómo tus palabras abrían su vagina, al mismo ritmo con el que ibas entrando en ella.

—Cuéntame, Moro, cuéntame una fantasía —gimió ella.

Se había vuelto una costumbre entre ustedes. Un secreto más que compartían. Cada vez que se acostaban tú debías inventarle un cuento erótico. Eras como una Sherezade al revés: fantaseabas no para salvar tu vida sino para revivir su cuerpo.

Pero esa mañana, dos o tres días después de la última pelea (peleaban mucho más que un poco, Carmen y tú)... ¿Qué bicho te habrá picado, Moro? Quizás seguías celoso de esos chupones de vinchuca que Carmen le propinara a Darwin en las mejillas. Lo cierto es que, aun a sabiendas de que ella te pedía «fantasías y no la realidad», acudiste a una historia verdadera. Aunque, escarmentado, la adornaste para que la creyera inventada.

Elegiste a la muchacha de uno de los cuadros de mujeres típicas que adornaban las paredes de tu cabaña. La rejoneadora que iba vestida de charra jalisciense con una gran falda de montar plisada al medio, chaquetilla corta con botones de plata, sombrero andaluz y una espada de torero en la mano. Era Octavia, con la que estuviste a punto de casarte en México, pero de quien huiste, tal como de las otras. Aunque esto no se lo habías contado a Carmen (todavía).

En cambio, le inventaste que ella era una fantasía tuya. Que te gustaba imaginar que hacías el amor con una matadora. Soñabas —dijiste— que acudías a verla torear a caballo, en su hacienda cerca del lago de Chapala. Que la veías clavando, al galope, rejones y banderillas en la testuz de un toro bravo. Y tras la suerte de matar la mirabas deseándola, mientras ella

152

daba la vuelta al ruedo con la sangre del animal chorreando de sus estribos. En tu supuesta fantasía lograbas que se fijara finalmente en ti, al regalarle un dibujo. Y por fin hacían el amor, en los establos, en el interior de un landó de desfile, pintado de un insólito color calipso, perteneciente al viejo hacendado.

—¿Qué más te invento, Carmen? Ah, sí... —jadeaste en su oído.

Contaste cómo la muchacha coceaba, idéntica a una yegua mal domada. Y cómo tú la dominaste, poco a poco. La volteaste y lamiste su espalda sudada con tu lengua, recorriste su columna desde el cuello hasta el coxis y la juntura de las nalgas, que abriste delicadamente, sintiendo que el vello oscuro se erizaba imantado por la proximidad de tus labios, mientras ella se arqueaba entera y temblaba y gemía...

—¡Otra vez! —el grito de Carmen te interrumpió.

Indignada, te apartó de su cuerpo y, poniéndose de pie junto a la cama, te increpó:

—¡Eso no es una fantasía! ¡Eso lo hiciste de verdad, cerdo! Te lo había advertido...

Cómo diablos lo adivinó, no sabrías decirlo. Pero sus pechos agitados, con los pezones duros, te apuntaban, acusándote. Revolviéndose, buscó algo con la mirada. Pensaste que era su ropa. Pero finalmente se precipitó sobre la mesa donde preparabas tus lienzos y cogió la gran tijera de sastre que usabas para cortar las telas.

Se volvió hacia ti, mostrándote las tijeras:

—¡Te voy a sacar los ojos, Moro! —amenazó.

Un oriente de locura en sus pupilas verdes te dijo que Carmen no hablaba del todo en broma. Parecía realmente una sultana, y tú eras la Sherezade que había fallado al contarle el cuento equivocado, y que ahora iba a ser decapitada. Se lanzó hacia la cama.

Saltaste del lecho justo a tiempo. Te persiguió, blandiendo las tijeras. Jugaba, seguramente. Pero en tu imaginación de caballero errante ella era, por momentos, «la otra» que venía tras de ti. Por esquivarla, abriste la puerta y saliste a la terracita. Error fatal. Sin titubear, Carmen se precipitó sobre el tirador y la cerró. Cuando quisiste abrirla de un empujón, ella estaba pasando la tranca que usabas para asegurarla.

Sólo entonces notaste que estabas desnudo. Desvestido, a la intemperie en la mañana gris del invierno costero, al tope de una escalera de ciento un peldaños. Parecías la escultura de algún héroe griego, en lo alto de su pedestal. Pero aquí no había nada heroico. Hacía frío y tenías la piel de gallina.

Te tapaste los genitales y te pusiste en cuclillas, intentando ocultarte de posibles miradas curiosas. Aunque por su altura tu cabaña estaba bastante aislada, no eran raros los recolectores de leña que remontaban la quebrada con sus burros. Y estaba Rosa, sentada más abajo, haciendo de centinela en el segundo zigzag de la escalera. Afortunadamente, dormía.

No te portaste como un héroe griego, Moro. Le suplicaste. Le pediste humildemente que te abriera. Harto de su silencio, cediste a la furia y golpeaste histéricamente la puerta, en vano. El amargo viento invernal, reforzado por la helada corriente de Humboldt, parecía soplar —más que nunca— directamente desde la remota Antártida. Era como si el propio Barón se burlara de ti, poniéndote la piel de gallina con su aliento helado: «¡Esto le pasa por desobedecer mis órdenes, Rugendas! ¡Por abandonar los trópicos, por pintar sentimientos y por amar mujeres!».

Tu sexo se había recogido buscando el calor de tu abdomen. Y tú te ovillaste, imitando con todo tu cuerpo ese reflejo defensivo.

Probaste a reír. Pero el humor te duró poco. Sólo un rato, mientras intentabas ablandar a Carmen echándolo todo a broma.

—Ábreme... Si no, voy a bajar como Adán hasta el puerto, sólo con una hoja tapándome. Y les diré a todos que te pregunten a ti el porqué.

Pero ella había dejado de responder a tus ruegos o zalamerías. Ni siquiera te mandaba a la mierda. Un largo silencio respondía a tus pedidos. Así pasó otra hora, o quizás más.

Era inútil intentar rodear la cabaña para entrar por una ventana. Por el otro lado la casita colgaba sobre la quebrada. Sólo te quedaba tratar de romper la puerta. Pero estaba bien atrancada y no conseguías ni siquiera moverla. Empero, al presionar con todo tu cuerpo contra ella, empezaste a oler un aroma extraño que se filtraba por las junturas. Las fragancias silvestres del boldo y los quillayes de la ladera del cerro te hicieron difícil identificarlo, al comienzo. Luego supiste lo que era: aguarrás.

¡Aguarrás! El corazón te dio un vuelco. Te pusiste en pie de nuevo, sin importarte, ahora, que alguien pudiera divisarte desnudo. La imaginaste bebiéndose el frasco de disolvente que tenías junto a los óleos. La supusiste yaciendo sobre la alfombra de ponchos araucanos, la misma que le había desollado las vértebras aquella primera vez que se amaron, marcándola con esos jeroglíficos de alguna lengua desconocida. Ahora estaría echando espumarajos entre contorsiones atroces, mordiéndose los labios para no aullar. Golpeaste la puerta, desesperado. Te maldijiste.

Una gaviota planeando en esa altura te respondió con su graznido, semejante a una carcajada. Te dejaste resbalar al suelo otra vez:

—Carmen... —gemiste.

Escuchaste descorrerse la tranca. La aldaba saltó de su pestillo. La puerta se abrió sola, lentamente, sin que tú la presionaras ni pugnaras por entrar de inmediato. No sabías qué sentir con más fuerza: si alivio por saberla viva, o miedo a la gran tijera con la cual Carmen podía estar esperándote, todavía.

La encontraste completamente vestida y de pie en el centro de la cabaña. Llevaba en las manos un trapo con el que se limpiaba meticulosamente los dedos. La gran tijera yacía abandonada, para tu alivio, en un rincón.

Te acercaste abriendo los brazos:

—Mi amor, casi me muero de miedo, creí...

Pero ella rechazó tu contacto con altivez, extendiendo el brazo para apartarte, como si le repugnara tu cuerpo desnudo que sólo un par de horas antes besaba desenfrenadamente. Observaste la mano delicada que había quedado a la altura de tu pecho. Lucía un arcoíris en las yemas de los dedos. Tal vez los había untado en los colores de tu paleta. O quizás...

Sólo entonces prestaste atención a lo que en el rabillo de tus ojos batallaba por asomarse y llegar al centro de tu conciencia. Te volviste a mirar las paredes de tu estudio donde colgaban los doce retratos de mujeres, con sus atuendos típicos, que habías pintado en tus viajes por América.

Todas y cada una de ellas parecían haber sido desnudadas a tirones, desgarrados sus vestidos. La mulata bailarina de Río, las negras mellizas de Salvador de Bahía, la cestera de Maracaibo, las criollas de Santiago de Cuba y de Veracruz, la dulcera de Puebla, la robusta aguatera mestiza de Acapulco, la novicia de Cartagena de Indias, la india arpista de Guayaquil, la limeña tapada mostrando un solo ojo. Hasta la rejoneadora charra de Guadalajara se veía totalmente desnuda, junto a su caballo.

Las acuarelas que usaste para pintarles encima, cuidadosamente, sus ropas regionales, chorreaban de los lienzos y caían manchando las paredes y el suelo. Mientras iban apareciendo, debajo, los hermosos cuerpos desnudos que habías trazado al óleo con indeleble precisión.

Carmen había derramado tu cántaro de agua sobre cada uno de esos cuadros. Acto seguido, había lavado la capa de acuarela —ligada con glicerina y miel— con la que habías ocultado los cuerpos, hasta dejar a la vista la verdadera pintura: el óleo con el que habías retratado desnudas a esas mujeres.

Por un momento quedaste más fascinado que horrorizado. A medida que la acuarela se diluía, las mujeres iban desvistiéndose. Era como si todas esas hermosas muchachas, que alguna vez habían sido tuyas, hubiesen vuelto a la vida y se estuvieran despojando de sus ropas. Para ti. Todas danzaban dejando caer sus faldas, polleras, delantales o taparrabos, arrojaban las blusas o los petos, meneando las caderas, irguiendo los pechos, llamando tu atención para que volvieras a mirarlas, a desearlas, a tomarlas. Sentiste el comienzo de una erección.

Y te supiste descubierto, Moro. Cazado. No te atrevías a voltearte y enfrentar a Carmen. Intuías que con esto la habías perdido sin remedio.

Pero también, reconócelo, te sentiste inoportunamente orgulloso. Hacía mucho que no mirabas esos desnudos, y ahora tu irreprimible vanidad de artista te hacía pensar que no estaban nada de mal. Esos retratos, vistos en conjunto, probaban fuera de toda duda que eras un gran pintor romántico. Tú no habías nacido para la «pintura científica» a la que deseaba condenarte el Barón. *Habías nacido para pintar la belleza con amor.* Sí, en medio del desastre de tu vida pensaste que estaban muy bien esos cuadros. ¡Reconócelo, Moro!

Incluso el baldazo de agua y el furioso fregado que Carmen les había propinado, más que destruir tus obras las exaltaban. Ese derrame de acuarelas, del cual ahora brotaban los cuerpos desnudos, les añadía una fuerza perturbadora. Tan artista irremediable eras, que hasta te diste tiempo para reflexionar si acaso podrías desarrollar una técnica nueva, a partir de esa mezcla entre manchas y cuerpos...

A tus espaldas, Carmen interrumpió esas cavilaciones:

—Ahora entiendo mejor en qué consistían tus famosas «veladuras» —ironizó; y agregó, como un juez certificando los hechos—: Todas están desnudas debajo.

Aunque tu erección había cedido, distraída por las reflexiones estéticas, un nuevo pudor te dominó. Alargaste el brazo, cogiste una de las sábanas y te envolviste en ella como en una toga romana. Así arropado te atreviste por fin a voltear y mirarla. Se estaba calzando sus largos guantes verdes de cabritilla, abotonándolos hasta el codo, sin prisa.

—¿Cómo lo descubriste? —preguntaste.

—Porque tienen cara de ir desnudas. Las vestiste pero no les cambiaste la expresión. Hombre tenías que ser.

—Pero, Carmen, no es lo que piensas. Son estudios, prácticas...

—¡Practicaste con todas esas putas!

Basculaste hacia atrás, intentando esquivar la verdad de esa exclamación. Era difícil. Aun así, trataste de mantener tu coartada:

—Un desnudo perfecto se hace con las mejores partes de muchos cuerpos. Busqué por toda América esas partes, para ir uniéndolas. Pero luego te encontré a ti: el cuerpo perfecto.

—¡Basta! Cínico. A todas les habrás dicho lo mismo: que luego ibas a pintarlas encima y nadie lo veía. Lo que no nos aclaraste es que lo ibas a hacer con acuarela, para poder desvestirnos cuando quisieras.

—A ti pensé pintarte el vestido con óleos. Tú eres distinta.

—¿Distinta? ¿Entonces por qué me uniste a este harén imaginario, al museo de un pervertido? Ésta no es más que la colección de mujeres que te has tirado.

Admiraste la agudeza de Carmen. Sólo había conocido a dos hombres íntimamente en su vida, o quizás a uno solo si era cierto que tú fuiste quien realmente la desvirgó. Y, sin embargo, parecía saber más del sexo masculino que tú. No habías pensado eso, no habías pensado tan mal de ti mismo. Pero al pronunciarlo ella, supiste que podía ser cierto. También por eso las habías pintado desnudas. No sólo para aprender, para dominar las formas del cuerpo humano, por amor al arte. También lo hiciste por instinto de conquistador, de cazador y de coleccionista. Para conservarlas, para llevar a donde tú fueras el glorioso recuerdo de sus bellezas; para no perderlas, aunque ya las hubieras perdido.

Arropado con esa sábana ya no parecías un héroe griego, como antes en la terracita. Ahora te percibías, más bien, como un decrépito y corrupto emperador romano. Un Tiberio, un Calígula.

—Seguramente, en Europa se venden más caros estos cuadros de mujeres exóticas sin ropa, ¿verdad?

—Carmen, ¿cómo puedes pensar eso de mí?

—¿También a mí me ibas a vender desnuda?

Eso sí que no podías admitírselo. Tu amor por ella no se parecía a nada que hubieras sentido antes. Era una pasión verdadera. Era como si toda tu vida te hubieras preparado para pintarla, sí. Pero también para amarla. Todas esas mujeres y esos retratos habían sido una larga búsqueda, a veces desesperada, de una perfección que sólo ella encarnaba.

Ibas a decirle todo eso cuando una sospecha te interrumpió. Quedaste en mitad de la frase y de la idea. Volteaste hacia el gran baúl donde mantenías encerrado el retrato de Carmen desnuda, cuando no estabas trabajando en él. Te aproximaste al cofre observándola a ella de reojo. Había terminado de abotonarse los guantes y ahora te miraba hacer, con las manos cruzadas sobre el vientre, muy tranquila en apariencia. Levantaste la tapa.

Un tufo de aguarrás te hizo dar un respingo. Recordaste que ése era el olor que te había alcanzado a través de las junturas de la puerta, cuando estabas a la intemperie, y que atribuiste a un intento de suicidio.

Ahora veías que sí, en cierto modo lo había sido. Levantaste el lienzo y lo miraste, incrédulo. Un amasijo de colores mezclados que giraba sobre sí mismo formando una nube de tormenta, arremolinada entre el gris y el púrpura. La figura había sido borrada casi por completo. Sólo sobrevivía un pie, un pie blanco y rosado en una esquina. Carmen había derramado la trementina sobre su propio retrato. Y luego se había ensañado con los óleos húmedos, borrando la mejor pintura de un cuerpo humano que jamás hubieras hecho, esa donde habías llegado a entrever el alma trascendiendo la carne.

Nada quedaba de aquella obra donde te habías creído capaz de pintar el amor.

Sólo el otro retrato, de medio cuerpo y vestida, su imagen «oficial», se había salvado de la saña de Carmen. Ese retrato superficial, infiel, mentiroso, donde tanto ella como el artista habían disimulado lo que sentían. Te volviste hacia ella, derrotado y rabioso:

—Está bien. Ya lo destruiste. Te vengaste. Ahora perdóname.

Pero entretanto la expresión de Carmen había cambiado. Ya no era desafiante o altiva. Había un profundo desaliento en su voz cuando te dijo:

—Recién entendí que si me pintabas era para llevarte un recuerdo.

—No sólo por eso...

—Nunca pensaste en quedarte.

—Contigo sí, quizás...

—No, tú sólo sabes partir. Pero antes de que lo hagas prefiero irme yo.

Era tan difícil desmentir ese resumen de tu vida que, cuando lo intentaste, Carmen ya se había ido.

XIX. Desvestir a las musas

Fuiste dos veces al día, durante una semana, a golpear la puerta de la casa barco de Carmen. En cada ocasión, el viejo y corpulento criado, Ambrosio, te rechazó arguyendo que su ama no estaba. O que tenía otras visitas. O que se encontraba enferma. Como a la décima vez, en lugar de volver a tu cabaña con la cola entre las piernas o irte a una de las fondas del puerto a beber a la salud de tu desgracia, decidiste tomar por asalto ese buque varado que querían hacerte inexpugnable.

Pasando por los roqueríos de la playa, rodeaste por abajo el promontorio donde se encaramaba la casa y fuiste hasta la puerta de servicio. Aquella por donde entraste la primera vez. Lograste forzar la puerta de un empujón y ya ibas subiendo por detrás de la fachada falsa cuando fuiste sorprendido y, en un santiamén, sacado en volandas por Ambrosio. Rosa te gritó desde un ojo de buey del segundo piso, con voz entre iracunda y compasiva:

—La señora Carmencita dice que no quiere verlo más, iñor. ¡Entienda, poh!

Y, para dejártelo más claro, te lanzó el líquido de un gran orinal de loza, como si ahuyentara a un gato en celo.

El baldazo te empapó. Al menos un litro de orina chorreaba desde tu cabellera larga y en desorden sobre la chaqueta. Te volviste a la cabaña en el Cerro Alegre, por las calles del centro, desafiando con tu mirada a los transeúntes que osaban mirarte en ese estado lamentable. Ibas estrujándote el largo pelo empapado, sintiendo cómo la orina te bajaba por el cogote hasta los calzoncillos, rumiando las excusas que habías pensado darle a Carmen.

Les habías pintado trajes encima a tus mujeres típicas, con acuarela, pero no para engañarlas, o no sólo para eso. También para poder viajar por la pacata América hispánica y lusitana, que en muchos sitios todavía estaba en las garras de la Inquisición. No querías que te requisaran esos cuadros como ya habían hecho con algunos de tus cuadernos de bocetos. O sea, lo hiciste por razones prácticas, de sobrevivencia. Por supuesto, a Carmen pensabas pintarle un traje definitivo, con óleo. Tú no eras un...

¿Un gato en celo tú, Moro?

Sí, quizás la astuta araucana, criada y amiga de Carmen desde niñas, te había entendido bien al lanzarte esos orines. En tus largas andanzas americanas más de una vez te habías comportado como un gato en celo. Habías trepado a los balcones y a los tejados para alcanzar ventanas inaccesibles (pero que dejaban abiertas para ti). Habías saltado murallas para entrar a huertos de convento. Y hasta habías maullado —¡con tu mala voz y tu acento alemán!— serenatas a la luz de la luna, acompañado de músicos a sueldo, que también te protegían de padres o hermanos airados, en caso de ser necesario.

No sólo retrataste a tus conquistas desnudas, cada vez que pudiste. También te plasmaste a ti mismo, ocupado en arriesgados cortejos. Por ejemplo, en el acto verdaderamente «gatuno» de trepar a un balcón donde una hermosa carioca te esperaba. Pintaste al aya en segundo plano, llevándose un índice a los labios para acallar el saludo gozoso de los amantes; pintaste una mandolina en el suelo, sobre el cojín donde la amada se entretuvo tarareando fados nostálgicos mientras te esperaba; te pintaste a ti mismo, apenas disimulado bajo un alto sombrero de paja...

¿Qué fue de ese cuadro? De pronto lo recordaste. Incluiste esa lámina entre las ilustraciones de tu *Voyage pittoresque au Brésil* que publicaste en París al regresar del primer viaje americano. Libro gracias al cual el Barón te conoció, te invitó a visitarlo y, enseguida, te enredó en su maldito proyecto de pintura científica, ¡por el cual estuviste a punto de perder tu vocación y arruinar tu talento!

Te paraste en seco, en medio del sendero de cabras, entre espinos, por el que solías acortar hacia tu cabaña. ¿O sea que vendiste un recuerdo tan íntimo? ¿O sea que publicaste un álbum con esa y otras imágenes de tu vida erótica, apenas disimuladas, y lo pusiste a la venta? Era la primera vez que lo pensabas de ese modo. Sin duda, eso confirmaba los temores de Carmen de que pudieras ser un pervertido que iba a «venderla desnuda en Europa».

Para qué engañarte a ti mismo: eso era lo que ibas a hacer con todas aquellas «mujeres típicas», a las que lograste retratar sin ropa luego de seducirlas y amarlas. Ibas a desvestirlas de sus trajes de acuarela, ibas a mostrarlas en una galería de París, en lo posible, e ibas a vender esos cuerpos que una vez fueron tuyos.

¡Claro que sí! Como un tratante de esclavas ibas a venderlas. Y no te avergonzabas de ello. Eras un artista. Creabas para vivir y para sobrevivir. ¿Te convertía eso, también, en un corrupto? Quizás sí. Quizás todo artista sea un corrupto, pensaste febrilmente. Desde el momento en que vive para crear algo a partir de su experiencia y luego divulgarlo, no hay artista inocente. También tú, Moro, habías amado con segundas intenciones: para pintar lo amado.

Carmen te lo había revelado del modo más drástico: desvistiendo a tus musas. Si tú la habías desvirgado, por «segunda vez», ella te había quitado para siempre la inocencia de tu oficio. Muy bien. Ahora estaban a mano.

Ya subías los últimos peldaños hasta tu cabaña, que nunca te parecieron más largos, cuando el nuboso firmamento del invierno austral se sumó al escarnio del que te había hecho víctima Rosa. Un aguacero helado se dejó caer sobre el anfiteatro de colinas que rodeaba el puerto, calándote por completo. Te reíste, lanzaste una carcajada, Moro: ¡hasta el cielo te consideraba un gato en celo y te lanzaba agua para ahuyentarte!

Pero, por otra parte, ese chaparrón te limpiaba de los meados con los que te habían castigado. Toda humillación contenía también una enseñanza. Abriendo los brazos te entregaste a esa lluvia helada, purificadora, clarificadora. De acuerdo, de acuerdo, lo reconocías. Habías enamorado a tus musas no por el amor mismo sino para retratarlas desnudas.

Sin embargo, tras esa primera revelación subsistía la pregunta que Carmen te había empujado a formularte, al descubrir esos engaños. ¿Qué buscabas en tantos cuerpos? ¿Buscabas la búsqueda misma, Moro?

De golpe, en esa pregunta intuiste una posible respuesta al enigma de tu corazón de caballero errante. Sí, quizás era eso: las mujeres querían encontrar el amor; los hombres amaban buscarlo.

En todas esas mujeres típicas, a cada una de las cuales recordabas con ternura, buscaste la aventura, la exploración, lo desconocido. Al igual que en tus viajes y en tu arte. El amor era, para ti, el arte por otros medios. Y el arte, a su vez, era el amor por otros caminos. Siempre la vista más hermosa, el verdadero deslumbramiento con la naturaleza, se encontraba más adelante, detrás de aquel cerro y luego del siguiente y el siguiente... Asimismo, para ti cada mujer preludiaba a la próxima, que sería aún más hermosa.

Otros podrían permanecer en un solo país, en un solo valle, en un solo amor, en una sola pareja, hasta conocerlos a fondo de un modo que ningún viajero, por aplicado que fuera, podría hacerlo jamás. Pero tú no eras de ese tipo. Así nunca habrías sabido cómo eran aquellos otros valles, aquellas otras faldas donde te recostaste. Alguien que no sabía que te esperaba se habría quedado esperándote para siempre. Tú mismo te habrías quedado esperando al que pudiste ser, a todos esos otros Rugendas que viajando, amando y pintando llegaste a conocer.

Bajo esa lluvia violenta y benéfica a un tiempo, intuiste que tu temida enemiga, la que seguía al caballero errante matándole sus amores, no podría haber actuado sin el consentimiento de éste, sin su callada aquiescencia. Ella te desengañaba de tus ilusiones porque tú querías ser desengañado. Y para eso tu implacable ojo de retratista no sólo detectaba las manchas e imperfecciones en la piel y el alma de tus amadas; también aumentaba esas manchas fuera de toda proporción. Con ese instrumento óptico cortabas la cadena del amor y continuabas tu búsqueda sin fin.

Te quedaste inmóvil, en un rellano de la escalera, chorreando bajo el aguacero, abrumado por esa revelación: si la desengañadora alcanzaba siempre al caballero, era porque éste se dejaba alcanzar. El caballero y su enemiga eran uno solo.

Las mujeres quieren encontrar el amor; los hombres aman buscarlo, repetiste.

*

Sin saber cómo, empapado por fuera y ardiendo por dentro, ya estabas de vuelta en tu estudio. Arrojaste la chaqueta y la bufanda a un rincón. Arrancaste la manta con la que habías cubierto el atril al salir y te paraste a observar el óleo que estabas pintando. Sobre la nube de tormenta arremolinada que dejó Carmen al borronear su desnudo flotaba tu segunda versión del mismo.

Comprobaste que, presa de la desesperación, pintabas todavía mejor. Este segundo retrato, que estabas rehaciendo de memoria, carecía de la exactitud primorosa, del detalle obsesivo con el que lograste igualar los tonos de su piel en la primera tela. A cambio, esta nueva imagen, aún incompleta, tenía toda la potencia tumultuosa de la breve pero apasionada relación que los había unido.

Ese nuevo retrato tenía el doble de intensidad que el primero porque, en realidad, éste lo pintaron entre ambos, Moro. Carmen borroneó con aguarrás tu pintura anterior. Al hacerlo, aportó ese fondo de tormenta furiosa, preñada de rayos, que avanzaba hacia el espectador llevando en su seno el cuerpo desnudo de la mujer que, ahora, abría los brazos y las piernas como para alcanzar —o quizás atrapar— a alguien más acá de la tela, en este lado de la realidad.

Este nuevo desnudo, aún inconcluso, menos perfecto, era más verdadero. En el primero habías logrado un rarísimo equilibrio entre deseo y paciencia. Sin embargo, el hombre que lo pintó sólo conocía a su amada por fuera, todavía. Ese pintor que eras sólo unas semanas atrás había intuido la sed de amor de Carmen, y la había plasmado en esa zona radiante que encontraste entre sus pechos. Habías intuido su alma, pero no habías entrado en ella. Ahora, este hombre desesperado podía hacer algo más y lo estaba consiguiendo: en este segundo óleo estabas pintando la pasión de Carmen y entrelazándola con la tuya. Pasión que emanaba del ojo y la mano —temblorosos y a un tiempo enfurecidos— del artista que rehacía su obra.

La diferencia saltaba a la vista. En el primero había deseo y paciencia; en éste había goce y dolor.

El amor que predominaba en el primer cuadro había pasado, ahora, a su estado superior y más perfecto: la pasión. La pasión que es amor más desesperación. Sólo la pasión, en su sentido doloroso, hace perfecto al amor, te decías. Y ese amor perfecto había vuelto temible y deleitable tu arte. Estabas logrando lo sublime, por primera vez.

Tus ojos se llenaron de lágrimas, Moro. Lágrimas debidas al sufrimiento de tu pérdida, pero también, asombrosamente, a la expectativa de un triunfo. Llorabas, frente a ese cuadro incompleto, no sólo por la mujer que te abandonaba, sino anticipando la obra maestra que podrías crear con esa congoja. Ahora pintabas mejor, pues el arte con dolor es más arte, así como el amor con pasión es más amor, y la vida con la vecindad de la muerte es más vida.

Si lograbas terminarlo, te dijiste, este cuadro sería una de esas obras maestras que duele mirar.

Ese posible triunfo te distraía y consolaba ante la pérdida de tu amor verdadero. Llorabas a la vez de pena y alegría.

(¡Ah, qué artista incorregible y absurdo eras, Moro mío!)

Desde las paredes, tu colección de musas desnudadas por el agua parecían acompañarte en ese dolor gozoso, la acuarela de sus vestidos goteando hasta el piso. Era justo que también lloraran: con cada una de ellas tu corazón había latido, pero sólo con Carmen se había detenido.

Te sentías afiebrado. En la habitación fría un vapor espeso emanaba de la camisa húmeda que el calor de tu cuerpo iba secando. Amarraste tus cabellos con la cinta de terciopelo negro que usabas para recogerlos, formando una coleta. Te arremangaste. Agarraste los pinceles. Introdujiste el pulgar en el hueco de tu embadurnada paleta.

Así, envuelto en la nube de vapor que despedía tu cuerpo, como un demonio, volviste a pintar a la amada ausente. Contra el olvido. Contra el fin del amor. Contra la muerte. Tenías que pintar.

XX. El héroe apenado

Toc. Toc, toc. Toc. Clink, clink.

Una semana después, más o menos, te distrajo de aquel empecinado y furioso trance creativo un raro golpeteo, seguido de un tintineo curioso. Como si alguien golpeara un cráneo con un palo y enseguida contara monedas; ésa fue la imagen que rozó tu conciencia.

Concentrado en el segundo retrato de Carmen desnuda, en todo ese tiempo no habías asomado la nariz fuera de tu cabaña. Afuera llovía y escampaba con la volubilidad del invierno junto al océano. Adentro tú pintabas, pintabas, frenéticamente. Empastabas la tela y enseguida la modelabas, incluso con los dedos. Incapaz de detenerte, a veces escupías sobre el óleo para ayudarte a esparcirlo. Las formas iban surgiendo casi por sí mismas de esa pasta.

A veces creías que tu obra se vengaba de tanta violencia creativa. Su belleza emanaba de ella como un miasma que amenazaba envenenarte. Pero tú sólo podías continuar. Debías provocarte ese envenenamiento. Esa intoxicación es el arte verdadero, pensabas. Lo demás es decoración. Nunca más —excepto frente al Aconcagua— volverías a sentir algo similar.

Descansabas y comías (y bebías un aguardiente recio que te quemaba el gaznate) sólo al anochecer, cuando se iba la luz natural. La luminiscencia del aceite de ballena que se consumía en tu único quinqué era muy débil para alumbrar el ímpetu de tus pinceladas.

Toc. Toc, toc. Toc. Clink, clink.

Otra vez ese golpeteo y repiqueteo en la periferia de tus sentidos. Soltaste la paleta y los pinceles y fuiste a abrir tu puerta, bruscamente. No había nadie. Apenas la mañana fresca, como recién lavada, de un día luminoso en el Cerro Alegre. Empezabas a creer que el cansancio te hacía padecer ilusiones auditivas, cuando te asomaste a la terracilla y lo viste.

Treinta escalones más abajo, el coronel en retiro Eduardo Gutiérrez, el héroe baldado, subía trabajosamente el último tramo de las escaleras. Su cadera maltrecha lo obligaba a poner los dos pies en un escalón —toc, toc— antes de montar al próximo. Sobre la pechera de su casaca tintineaban, una contra otra, sus medallas al valor —clink, clink—.

Tal como la vez anterior, cuando casi los sorprendió en la cama, el antiguo húsar vestía uniforme de parada: botas negras relucientes, pantalones blancos con huincha plateada, casaca azul bordada de alamares, y hasta un bicornio emplumado. Carmen te lo había contado: siempre que venía a la ciudad, el héroe de Ayacucho lucía su uniforme completo de coronel de los ejércitos libertadores, con todas sus condecoraciones. Así protestaba públicamente contra el no pago de sus pensiones y la degradación de que había sido objeto, a manos del régimen conservador, después de la derrota de Lircay.

Por tu parte, ese atavío y el bicornio no te llamaban al respeto; más bien al escarnio. Con su sombrero de dos cuernos, Gutiérrez parecía lo que era: ¡un coronel cornúpeto! (Qué cruel podías ser todavía, Moro. Después, tú también ibas a perder batallas amorosas y lucirías algún «bicornio».)

Dejando la puerta abierta volviste sobre tus pasos sin apresurarte, casi con desgana. Ya conocías el traqueteo lento del húsar. Lento para caminar y lento en darse cuenta. Metiste en el baúl el óleo de Carmen desnuda. Y sacaste de ahí mismo tu cachorrillo, la pistolita de dos cañones que te acompañaba en todos tus viajes. La cargaste y la pusiste sobre la mesa revuelta donde mantenías los tubos de los óleos, la trementina, los frascos con manojos de pinceles. Hasta tuviste tiempo de correr la cortina para ocultar tu cama desordenada.

Gutiérrez asomó en el umbral de la casita, resoplando como un caballo. A consecuencias del disparo en la cadera recibido en Ayacucho, se movía como un autómata. El tronco por un lado y las piernas por otro.

—Rugendas —te dijo, quitándose el bicornio emplumado—. ¿Puedo pasar?

167

—Qué sorpresa, coronel. Bienvenido.

Lo invitaste a sentarse en tu taburete plegable, de trípode, con el que salías a pintar al aire libre. Tú ocupaste el sitial donde posaba Carmen y cruzaste las piernas. Desde esa posición, ligeramente más elevada y con la pistola al alcance, esperaste a que recobrara el aliento y se secara el sudor de la calva moteada de pecas. Nada mejor que la dignidad para enfrentar a un marido colérico.

—Por segunda vez, vengo sin anunciarme —te dijo al fin—. Disculpe el atrevimiento.

Había en su voz una indescifrable mezcla de altanería y timidez. Quizás fuesen para él una misma cosa. Pero tanto protocolo te desorientaba. ¿Era un modo de ganar tiempo mientras se reponía para atacarte? Los ojos de Gutiérrez, de un color castaño oscuro, recorrían el desorden de tu estudio como tomando precauciones. Aprovechaste para escrutarlo a él. Aquella primera vez, nervioso, no te habías fijado bien. Tenía un rostro interesante, el coronel. La cicatriz de un sablazo lo atravesaba en diagonal, de la frente al pómulo derecho, cruzándole el ceño. Esto le daba una expresión a un tiempo feroz y apenada. Sí, tenía la cara de un héroe apenado.

Gutiérrez reparó en las mujeres desnudas y manchadas que adornaban las paredes y, tras unos segundos, las señaló con el bicornio plegado que sostenía en una mano. Su expresión tristona parecía un reproche, como si le debieras una explicación. Decidiste que al menos eso podías concedérselo:

—Son mujeres americanas. Típicas.

—Sí, ya me las mostró la vez anterior. Pero ese día —carraspeó— estaban vestidas.

—Ya sabrá usted cómo son las mujeres de estos países. Primero, no hay quien las desvista. Hasta que, de repente, se arrancan la ropa sin pensarlo.

—¿Se la arrancan? —preguntó, confundido. Luego meneó la cabeza con una sonrisa resignada, como si lamentara su propia ingenuidad—. Ah, me toma el pelo. Ustedes los artistas...

La sonrisa se torcía en sus labios, escoltada por sus lanudas patillas canosas. Sobre el pecho de la guerrera subían y bajaban, con su respiración agitada, las medallas ganadas en las campañas contra Napoleón en España, junto a Bolívar en Colombia, con Sucre en el Alto Perú. Pensaste en Carmen: cuán árido debía ser para ella vivir al lado de este gran héroe carente de humor.

—Creí que usted pasaba los inviernos en el campo, coronel.

—Vengo a la ciudad... de vez en cuando.

—Ya ha venido dos veces desde que estoy acá —observaste.

—En invierno no hay mucho que hacer en las haciendas, y yo...

El antiguo militar tendía a dejar las frases incompletas. Y tu impaciencia las completaba.

—... Y se aburre, claro.

—Tanto tiempo para pensar no le hace bien a un soldado —confirmó él.

Empezabas a comprender a este héroe apenado. Ese acuerdo con Carmen, según el cual pasaban la mitad del año separados, debía ser una dura prueba para él. Los largos inviernos en el campo, sin siembras ni cosechas que vigilar, sin siquiera ser un campesino verdadero, imaginando a su mujer, sola y hermosa, en este puerto donde pululaban hombres desconocidos y ansiosos. Demasiado tiempo para pensar. Y sus ojeras violáceas mostraban que lo hacía.

—O sea que ha venido a distraerse un poco, coronel.

—Sí, a distraerme. No, no. Es decir...

Era como si también cojeara de la lengua. Su lentitud te exasperaba. Qué difícil era imaginarlo comandando un regimiento de lanceros peruanos, con esa voz quebrada.

Sentías la tentación diabólica de adelantarte a su probable reclamo y lanzarle toda la verdad a la cara. Revelarle que ese bicornio, que él lucía con tanto orgullo como inocencia, también lo ponía en ridículo, por otros motivos. Y acabar de una vez con el juego. En lugar de eso, te serviste un vaso de aguardiente y le ofreciste otro a él.

—Jamás bebo en las mañanas —te respondió.

Pero enseguida, contradictoriamente, tomó el vasito que le alargabas y lo vació de un trago.

169

El alcohol pareció darle ánimos. Depositó el bicornio sobre la alfombra, echó para atrás los faldones puntiagudos de su casaca, se sentó más recto en el taburete, abrió las piernas y puso las manos sobre las rodillas. Hasta donde podías ver no iba armado. Pero lo que te dijo sonó como un disparo:

—¿Dónde está Carmen?

Lo miraste sin entender. La mandíbula del coronel cornúpeto temblaba ligeramente, el mentón se contraía como si fuera a hacer un puchero. Por primera vez intuiste que este hombre podría hacer algo peor que intentar matarte o retarte a un duelo; quizás iba a llorar, a rogarte que le devolvieras a su esposa. La perspectiva te enardeció aún más.

—¿Y cómo voy a saberlo yo, coronel Gutiérrez? ¿No está en su casa?

—No. Se fue hace tres días. Apenas yo llegué del campo.

—¿Y no le dijo adónde iba?

—Ni una palabra, ni un mensaje, nada.

El temblor casi imperceptible de su mentón se trasmitía a su voz. Sin embargo, su espalda continuaba muy recta, la cabeza en alto, forzada por el alzacuellos festoneado de la guerrera. Parecía que el militar retirado estuviera declarando ante una corte marcial. Y frente a él, Moro, tú casi te avergonzabas al sentir el soplo de una sorpresiva esperanza.

—Pregúnteles a sus amigas —sugeriste.

—He hablado con todas. Ninguna sabe nada, o no quieren decirme nada.

Poco a poco, Gutiérrez te comunicaba su angustia.

—Habrá viajado a Santiago —aventuraste.

—Ya pensé en eso. Despaché correos, y hoy volvieron diciendo que nadie la ha visto allá tampoco.

—Supongo que no pensará que la estoy escondiendo.

El antiguo militar se palmeó las rodillas como si la idea lo ofendiera.

—¡Por favor, Rugendas! Sólo quiero saber si tiene alguna idea de su paradero. Al fin y al cabo, estaba muy entusiasmada con...

—Aún no he terminado su retrato —te excusaste, sin que viniera a cuento.

Y en eso diste con la palabra que faltaba en este diálogo, la que ninguno de los dos usaba: abandono. Ambos habían sido abandonados por Carmen. Sentiste una incómoda afinidad con el marido engañado.

—¿Puedo hacerle una confidencia? —te preguntó.

—Preferiría que no...

Pero Gutiérrez no se dio por enterado. Empezabas a conocerlo, era de aquellos hombres que prefieren no enterarse de lo que podría herirlos. Te dijo:

—Carmen tiene un carácter demasiado impetuoso.

—Lo he notado.

—La encontré muy nerviosa cuando llegué del campo. A veces creo, incluso, que podría hacerse daño...

Sin querer miraste hacia la garrafa de aguarrás, en la mesa de los óleos. El cachorrillo se reflejaba en el vidrio verde y combado. Tú también habías creído que Carmen podría...

—¿Piensa que ella podría quitarse la vida? —pronunciaste con cierta dificultad.

—¡No, Dios mío!

Su invocación sonó, esta vez sí, como una orden. Pero esa negativa la desmentía su nerviosismo. Se había puesto de pie. Se llevó las palmas a las huinchas plateadas en los costados de sus pantalones blancos y las frotó allí. El coronel Gutiérrez debió ser imponente en otros tiempos. Tenía el porte de un mariscal de campo, aunque derrotado. Separó los brazos del cuerpo, mostrándote las manos abiertas. Esas grandes manos que en España y Sudamérica habían guiado su caballo al galope, blandiendo un sable y alentando a sus hombres a matar o morir en la batalla, esas manos temblaban un poco, vacías y abiertas, exponiendo la perplejidad y el desamparo de su dueño. Por lo visto, de verdad confiaba en ti. Quizás porque no podía hacerlo en nadie más. Al fin y al cabo, si no quería exhibirle al mundo su desgracia, ¿quién mejor que tú podía —y debía— guardarle este secreto?

—Está bien, coronel. Siéntese, por favor. Vamos a pensar un poco. ¿Qué sucedió antes de que Carmen se fuera?

—Nunca antes la vi tan alterada. Se notaba que no había dormido en varios días. Y que había..., bueno, había llorado mu-

171

cho —en sus labios el verbo llorar sonaba como la confesión de un pecado—. Intenté distraerla. Le conté cosas del campo. Le dije que sus caballos y los otros animales la echan de menos.

—Quizás ella busque afectos más humanos —ironizaste.

Gutiérrez enmudeció. Te quedó mirando unos segundos: tu sarcasmo pareció dolerle. Pero un hombre que había sufrido esa herida brutal en la cadera, pensaste, estaría acostumbrado al dolor. Así es que siguió:

—Carmen ama a los animales, ¿sabe? Tiene muchos en la hacienda. Hasta un puma. Pero no embalsamado como el de acá, sino enjaulado.

—Claro.

—Como le decía: intenté distraerla, le conté que tuvimos algunas visitas en la hacienda. Un joven naturalista inglés, por ejemplo, un tipo simpático...

Ahora Gutiérrez hablaba más de corrido. Y te pusiste alerta:

—Sería el señor Darwin, supongo.

—Lo invité a cenar y a alojar en mi casa, naturalmente. Hospitalidad chilena, usted sabe.

—La conozco bien.

—Durante la cena me habló de su estadía en Valparaíso y de una especie de debate..., un extraño debate en el que, imprudentemente, había aceptado participar. Parecía muy contrariado por la experiencia.

—¿Acaso creía haber perdido ese debate? —preguntaste tú, cauteloso.

—No, no es eso. El señor Darwin me dijo que sospechaba que habían jugado con él... para otros fines. Eso dijo.

—Curioso —murmuraste.

—También me comentó que, al despedirse, la dueña de casa lo había besado dejándole unas marcas. Como una vinchuca, dijo.

—Y entonces usted entendió quién había sido la anfitriona de ese debate.

—Lo entendí así —respondió Gutiérrez, chasqueando los dedos.

Luego se quedó esperando tu reacción. La cicatriz que le cruzaba el ceño apenándole aún más la mirada.

—Para qué tantos rodeos, coronel. Ese debate lo organizó su mujer y yo también participé. No se celebró en secreto.

—Un debate sobre la naturaleza del amor —carraspeó el héroe y suspiró.

Parecía extrañarle profundamente que en su casa se hubiera filosofado —o simplemente hablado— sobre el amor.

—Y entonces usted decidió venirse al puerto —concluiste, para acelerar el relato.

—En Chile pasan tan pocas cosas que todo se sabe enseguida —comentó él.

—Fue un debate, Gutiérrez. No una orgía.

—¡Un debate que acabó en la cárcel!

—Sí. Y su mujer disfrutó con el escándalo de los conservadores.

—A Carmen le encanta provocar, es cierto.

—Incluso se propuso espantar a Darwin con esos besos —especulaste.

—No crea —te contradijo Gutiérrez—. Al hablarle yo de ese joven naturalista, Carmen pareció aliviarse de toda su pena. Se le pasó el mal humor.

—¿Se alivió?

—Y diría, también, que se alegró mucho al saber que ese joven está explorando en nuestras tierras.

—¿Darwin sigue allá?

—Sí. Me pidió permiso para herborizar y tomar muestras geológicas. Cuando se lo conté a Carmen, se largó a reír. Y hasta me dio un beso, acá en la pelada.

Gutiérrez se tocó un costado de la ancha calvicie, allí donde el bicornio emplumado le había dejado una marca rosada semejante, precisamente, al nacimiento de un cuerno.

—Y esa noche... —sugeriste, alarmado. Ahora eras tú quien dejaba las frases a medias.

—Viéndola tan feliz, ¿cómo iba a pensar yo que esa misma noche se iba a fugar?

¿Cómo iba a pensarlo él? Fue capaz de arrollar todo un flanco de la infantería española en Ayacucho, cabalgando

173

con una cadera destrozada, pero no podía imaginarse el origen de ese brusco cambio de humor en su mujer. Esa alegría repentina que tú, Moro, supiste interpretar de inmediato.

De pronto lo veías todo claro. Hundiste la cabeza entre las manos y desde allí tú también te reíste. Aunque en tu carcajada no hubo ni un átomo de alegría.

—Coronel —le dijiste, poniéndote de pie—, ella está en su hacienda.

El héroe apenado te observaba, indeciso, como preguntándose si era otra ironía tuya.

—¿En el campo? Es imposible, Carmen odia ir en invierno. ¿Qué podría hacer allá? Y si quería ir, se habría vuelto conmigo...

Tú no esperaste a que terminara de arrastrar la pierna coja de sus ideas. Habías entrado en una febril actividad. Te calzaste unas botas de montar. Metiste unas cuantas cosas en tus alforjas. Finalmente, tomaste la pistola y la acomodaste entre el pantalón y la cintura, mientras ibas hacia la puerta. Desde el umbral tuviste que gritarle al héroe, que continuaba sentado, sin entender:

—¡Carmen está en su hacienda, hombre! ¡Con Darwin!

Y una inesperada piedad te privó de agregar: «Nos abandonó a los dos».

XXI. La bruja

De todas las cabalgatas que hiciste por América, Moro, ésa fue la más insólita.

Si algún campesino los vio pasar a galope tendido, habrá pensado en un par de espías. O en los fantasmas de esos soldados a la deriva tras las guerras de la independencia y que luego contribuyeron a la anarquía. Pero Gutiérrez y tú eran algo aún más exótico. El marido y el amante cabalgando juntos en pos de la mujer que había huido de ambos.

Mientras galopabas a su lado admiraste la gallardía del húsar. A pesar de su cadera destrozada montaba sin quejarse y muy derecho. Repasaste lo que sabías —lo que Carmen te había contado— del coronel en retiro Eduardo Gutiérrez. Hijo único y huérfano de una familia noble, pero empobrecida, en 1786 —a sus diez años— lo habían enviado a estudiar la carrera militar en España. Combatió casi desde niño. En Orán y en Melilla, contra los moros. En las batallas de La Albuera y en la gran victoria de Bailén, contra los franceses. Luego, en Londres, Gutiérrez conoció a Bolívar, quien lo convenció de que su deber era luchar por la independencia de América. Estuvo en Pichincha y se batió en Junín. En Ayacucho, gravemente herido, guio a los lanceros peruanos a la victoria. San Martín lo condecoró con la Orden del Sol. Cojeando, con el pecho cubierto de medallas, Gutiérrez se retiró y volvió a Chile al cabo de treinta años de combatir en medio mundo. Volvía inválido, sin fortuna ni parientes vivos, desconociendo cualquier oficio que no fuese el de guerrear, cuando ya las guerras habían terminado. Carmen lo vio en un desfile o en un baile, y se encaprichó con él. Lo acosó hasta llevarlo al altar. Ella tenía dieciocho años; él, cuarenta y ocho. «Me conmovió su derrota», te contó alguna vez, descansando del amor.

Y a ti también te conmovía un poco, Moro, confiésalo. En tus viajes por América habías visto otros soldados tan malheridos como Gutiérrez. Soldados tullidos, en el cuerpo o en el alma. Soldados que tras haber derrotado a los españoles siguieron de largo luchando en las mil escaramuzas sangrientas de la anarquía. Cambiando de banderas hasta morir de una vez a orillas de un río lejano, sableados por una tropa ebria, que se mataba ya sin razón, sólo por costumbre. Apostabas a que Gutiérrez se estaría preguntando si no habría sido mejor ese destino que el suyo: marido impotente de una mujer huida.

El coronel y tú decidieron ir hasta Rancagua utilizando caballos de posta para así cabalgar casi sin detenerse. Remontaron la cordillera de la Costa por la cuesta Zapata, cruzaron el valle de Casablanca y el de Curacaví. Bordearon bosques de palmas empenachadas, cargadas de cocos diminutos. Se desviaron hacia la derecha, acortando a campo traviesa hacia Melipilla. Desde allí, evitando entrar en Santiago, se dirigieron a Paine: cruzaron un campo cubierto de pensamientos multicolores, tan mullido que el ojo creía estar viendo una llanura de espuma. Ni esas prisas de angustia ni la velocidad del caballo te impidieron fijar en la retina los paisajes que atravesaban.

Estaban a fines de septiembre. La primavera llegaba al valle central de Chile. En un momento descansaron bajo la enorme cúpula dorada de un aromo en flor; enseguida cabalgaron a lo largo de un túnel de álamos grises comidos por quintrales colorados; más allá descendieron a un valle alfombrado de fucsias, azulillos, salvias, nomeolvides. Remontaron serranías entre arrayanes y boldos, la cara sur de los troncos afelpada por los musgos verdecidos tras las lluvias de invierno. Vadearon con riesgo el río Maipo, crecido por los primeros deshielos. Abrevaron las cabalgaduras en un estero celeste donde las nubes flotaban como témpanos. Una mujer lavaba ropa arrodillada en el borde de una poza. A su lado un huaso a caballo, ocioso, conversaba con la lavandera mientras observaba con malicia el escote del vestido mojado que se pegaba a sus senos generosos.

Luego Gutiérrez y tú galoparon directamente hacia el sur. Ahora la cordillera de los Andes, cubierta de nieve hasta la mitad de sus faldas, los escoltaba por la mano izquierda. Al caer el sol, las laderas nevadas se tiñeron de un rosado casi sanguíneo. Cuando anocheció una luna menguante, embozada apenas por un velo de nubes, les permitió cabalgar bajo ese fulgor espectral. Hasta que pasada la medianoche los rindió el cansancio.

Se detuvieron para dormir unas horas, bajo las greñas de un sauce, a la altura de Mostazal. No podías dejar de admirar a Gutiérrez. Había montado a tu ritmo a pesar de su cadera rota, que debía dolerle mucho, sin quejarse nunca. Y lo más valeroso: durante todo el trayecto jamás te pidió detalles acerca de tus sospechas. No te preguntó por qué calculabas que Carmen estaba en su hacienda y en compañía de Darwin. Sin duda, consideraba indecoroso para él —y ofensivo para su mujer— sentir o expresar celos. Ésa debía ser su forma de amarla.

Sólo al tenderse por fin en el suelo, sobre las mantas de viaje, el héroe apenado se permitió romper su mutismo:

—Es usted un buen amigo —murmuró.

Lo miraste a través de las llamas del fuego chisporroteante, alimentado con ramas de espinos, preguntándote si el coronel sería capaz de una ironía.

—Amigo de Carmen —te aclaró—. Se preocupa mucho por ella.

—Fue muy generosa conmigo. Me acogió al llegar cuando no conocía a nadie —te encontraste respondiendo. Tu cinismo casi te repugnaba.

—¿De verdad cree que hace falta...?

El coronel retomaba su hábito de dejar a medias las frases. Quizás quería dejar a medias, también, esta cacería de su mujer. Pero eso no lo ibas a permitir.

—Gutiérrez, usted temía que ella pudiera hacerse daño...

—Sí, a veces lo temo. Quizás, porque la quiero demasiado.

—¿Pero cómo sabrá que está bien si no la buscamos?

—Es que... ¿Y si ella no quiere que la encontremos?

El coronel lo dejó hasta ahí. Y tú no quisiste completar la pregunta. Te habrías visto obligado a herirlo aún más. Le habrías dicho que si Carmen huía así de él, sin dejarle ni siquiera una nota, era porque así se huye de un marido que ya lo ignora todo sobre su mujer. Pero no de un amante. Esa fuga era su mensaje cifrado para ti, su desafío y su amenaza. Carmen te conocía bien: sabía que, al enterarte, harías espontáneamente lo que el coronel titubeó en hacer: ir tras ella.

Se durmieron junto a la fogata. En medio de la noche algo te despertó. La luna se había desembozado del velo de nubes y daba de lleno sobre tu cara y la del coronel. Éste dormía con la cabeza apoyada sobre un brazo doblado; en la otra mano aferraba un paño blanco con encajes. Estiraste el brazo y lo examinaste: era un corpiño de mujer. No dudaste de a quién le pertenecía.

Antes de que despuntara el sol reemprendieron la cabalgata. Cambiaron caballos en Rancagua y al mediodía dejaron atrás Rengo. A media tarde cruzaron, con rienda corta, un ancho y largo puente colgante sobre un torrente profundo. Gutiérrez te indicó, sin orgullo ni alegría, que ya pisaban las tierras de la hacienda de Carmen.

Te asombró ver, desde una altura, la enorme extensión del feudo que tu quisquillosa amante había heredado de su antepasada española y alemana, criolla y mapuche, la cacica de Talagante, esa Quintrala cuya sombra oscurecía aún las murmuraciones de los chilenos. Bajaba el sol sobre las sierras de la costa cuando avistaron, por fin, las casas de la Hacienda Cachapoal.

El casco se componía de unos vastos caserones de adobe blanqueado a la cal, techados de tejas, que encerraban cuatro o más patios en cuadrícula. Con sus ventanas enrejadas y sus portones tachonados, el complejo ofrecía el torvo aspecto de una fortaleza, en lugar de parecer una residencia agrícola. Entendiste por qué a Carmen le disgustaba pasar los inviernos en ese caserón aislado del mundo. Durante las demás estaciones su marido estaría ocupado en supervisar siembras y cosechas; engordes, rodeos y matanzas. Pero en el invierno ella y él quedarían prácticamente solos, cara a cara, sentados a la enorme mesa frailera del comedor, donde podría haber cenado holgadamente la numerosa familia que no tenían. Y ellos comiendo solos, sin nada que decirse por temor a decirlo todo.

Gutiérrez y tú entraron a caballo hasta el primer patio, empedrado de huevillo, rodeado de galerías abiertas, protegidas

178

por amplios aleros sostenidos mediante pilares octogonales de roble con bases de piedra rosa. Desmontaron mientras unos mozos de cuadra sostenían las riendas. De los patios traseros llegaban corriendo las criadas y algunos peones sorprendidos por el intempestivo regreso del amo. El capataz de la hacienda, un mestizo alto, de ojos biliosos y piel tan olivácea que mudaba al gris, apareció poniéndose una chaquetilla con botones de nácar y ordenándose el largo pelo oscuro.

—Don Eduardo —le dijo a Gutiérrez, con expresión compungida—. Qué bueno que volvió, patrón.

Bastaba mirarlo para saber que el hombre cargaba con alguna pesada responsabilidad de la que estaría feliz de librarse.

—Doña Carmen no está... —empezó a decir.

Al oír el nombre de su mujer, el coronel interrumpió a su capataz. Era la primera confirmación de tu conjetura. Y viste en el rostro del héroe apenado que más le habría gustado que te equivocaras.

—Hablemos adentro, Colleras —le ordenó.

No hacía falta escrutar los semblantes sombríos del resto de los empleados, alineados en las galerías, para presumir que ya no había mucho que ocultar. Un silencio de muerte reinaba en el patio, sólo quebrado por el resoplar de los caballos agotados y el ronquido de un puma joven, de ojos dorados, que se paseaba trazando ochos dentro de una enorme jaula de fierro.

El coronel ingresó a la casa con su taconeo irregular, acentuado por las horas de cabalgata. El Colleras y tú lo siguieron a través de numerosas estancias.

Percibiste las corrientes de aire, el olor a humo de leña húmeda pegado en las cortinas. Advertiste en las paredes encaladas varios retratos oscuros. Los antepasados de Carmen, sin duda, los señores de horca y cuchillo que habían conquistado estas tierras, gobernándolas con rigor feudal hasta ayer mismo. Tal vez una de ellas fuese la célebre Quintrala, de cuyo linaje Carmen parecía tan orgullosa. Al fondo de un corredor, el coronel sacó una llave de su faltriquera de cuero y abrió la puerta de un amplio despacho.

El recinto tenía el aire de un salón de oficiales en un regimiento: en las paredes colgaban recuerdos de las guerras europeas y sudamericanas en las que combatiera el coronel. Había panoplias de sables herrumbrados y lanzas cruzadas, un estandarte de los Húsares de Junín —agujereado por las balas— colgando de su mástil, un mapa ilustrativo de la batalla de Ayacucho, con las posiciones y evoluciones de ambos ejércitos. En un arrimo, expuesta sobre una peana y bajo un fanal, una esquirla de metralla parecía retorcerse como una oruga viva. Miraste a Gutiérrez:

—En los momentos malos esa esquirla me recuerda que siempre hay cosas peores —te explicó, con una media sonrisa.

Pudiste imaginar al coronel, durante sus largos ocios de hacendado sin vocación, acariciando ese fragmento de metralla que le destrozó la cadera y, acaso, algo más. Pensaría: ¿valió la pena?

Una corriente de simpatía, Moro, se agregó a los celos que te habían llevado a cabalgar hasta esa hacienda remota.

Gutiérrez se sentó tras un ancho escritorio, puesto en diagonal al fondo del despacho. Todo el cansancio del viaje parecía haber caído sobre él, venciéndole los hombros como un poncho empapado.

—Y bien, Colleras —pronunció, con forzada indiferencia—. Pensé que doña Carmen iba a estar esperándome.

Ser un marido también significaba eso: fingir un control del que se carece, mantener la apariencia de un orden. Acaso por eso nunca, hasta entonces, quisiste llegar a serlo.

—Es que no sabíamos que su merced iba a regresar tan pronto. Tampoco imaginé yo que antes venía la patrona... Disculpe el desorden, entonces.

Se disculpaba, sí, pero había una queja en el taimado acento del mestizo. El desorden no era suyo.

—A ver, sin más rodeos: ¿dónde está la señora?

El Colleras echó para atrás sus largos pelos tiesos, dejando a la vista unos gemelos de plata imponentes en las bocamangas. Después sabrías que por eso lo llamaban «el Colleras». Tragó saliva notoriamente y soltó:

—La patrona salió anoche. En su caballo iba. Y hasta ahora que no vuelve.

—¿Y usted no la hizo acompañar? —preguntó el coronel, reteniendo mal su enojo.

—Se empeñó la patrona en irse sola. Yo quería que la siguiera un peón, pero ella me lo ahuyentó a guascazos, pues. Usted sabe cómo es la patroncita.

—Sí, lo sé... —admitió Gutiérrez, mordiendo las palabras—. Pero hoy sí que la habrá hecho buscar...

—Iba a mandar una partida, esta mañana —reconoció el capataz—. Pero antes...

El mestizo se interrumpió, observándote.

—Puede hablar, Colleras. El señor Rugendas es de toda confianza.

—No sé... —balbuceó cohibido, pero al fin se decidió—. Esta mañana llegó un mocoso inglés, el ayudante del señor Darwin, usted ya sabe de quién le hablo. Venía medio llorando, con un cuento raro.

—¡Entonces no la mandó a buscar!

—Es que me dio susto encontrarla —admitió el Colleras, bajando la cabeza, empequeñeciéndose.

Daba vergüenza, pensaste, ver a un hombre tan corpulento achicarse de esa forma ante su patrón. El antiguo militar se puso de pie como si fuera a golpearlo.

—Cálmese, coronel —interviniste tú; y agregaste, dirigiéndote al Colleras—: ¿Dónde está ese muchacho?

—Lo tengo encerrado, pues. Para que no vaya por ahí con el cuento ese.

—Tráigalo de inmediato —le ordenaste. Ahora fingías tú ese control que Gutiérrez acababa de perder.

Al Colleras no le gustó recibir de ti una orden, pero partió sin chistar.

La noche primaveral caía un poco antes que en la costa sobre este valle encerrado. Una criada entró con una palmatoria y encendió los candelabros en dos mesas de arrimo. Gutiérrez se encargó del candil de aceite sobre su escritorio. Los sables y las lanzas con sus melenas de crin parecían moverse con el oscilar de las llamas, como si un ejército de fantasmas los blandiera.

Te acercaste al gran mapa de la batalla de Ayacucho, que colgaba sobre el fanal donde Gutiérrez había puesto la esquirla de metralla que lo había baldado. Él te descubrió examinándolo.

—Qué gran batalla —le comentaste, por decir algo—. Entiendo que se ganó, en parte, gracias a usted, ¿no?

Gutiérrez apartó la mirada del mapa y se quedó pensando. El ceño sableado y furibundo volvía a su pena. Quizás era de esas personas demasiado tímidas para recibir elogios.

—Es extraño, ¿sabe? Yo siempre luché en el bando vencedor: con España contra los moros y contra Napoleón; con el libertador Bolívar y con Sucre contra España. Sin embargo, a mí me parece que siempre fueron otros los que ganaron esas batallas.

En eso volvió el Colleras, empujando a un muchacho esmirriado. Traía los brazos atados con una tira de cuero trenzado. Reconociste al grumete que servía a Darwin en el *Beagle,* ese que dormía enrollado en el suelo de su cabina cuando la visitaron. Covington, se llamaba. El miedo afeaba sus rasgos, casi tanto como su cutis moteado de un acné purulento. Bastaba verlo para saber que el Colleras no se había limitado a encerrarlo. Tenía los dedos de una enorme mano marcados en la mejilla izquierda y temblaba visiblemente. Cuando los vio a ustedes empezó a lloriquear:

—*I'm not a pirate, sir* —farfulló.

Gutiérrez te explicó:

—Alguna gente todavía llama piratas a los ingleses. Durante siglos vivieron aterrados por sus incursiones.

—Yo a éste no le tengo miedo —protestó el Colleras—. Pero no le aguanto a un mocoso que ande diciendo cosas de la patrona.

Al oír la voz del capataz, Covington se encogió. Estaba claro que no iba a contarles nada delante de él. Sólo cuando Gutiérrez le ordenó salir al Colleras, y desató las manos del prisionero, el muchacho se largó a hablar.

Les costó desentrañar su relato. Al pesado acento galés del adolescente se añadía una florida imaginación, alimentada seguramente por innumerables leyendas marineras. Lo anterior, mezclado a sus hipos de llanto y a sus modismos de español argentino, que había aprendido cabalgando por las pampas con Darwin, hacían que su relato sonara, más que improbable, fantástico.

Era imposible deducir lo que el Colleras había creído entenderle a Covington en ese medio español. Pero tú jamás olvidarías la escena que el joven describió.

Darwin y Covington llevaban diez días coleccionando ejemplares de la flora y la fauna en la zona. Una semana antes, el señor Gutiérrez tuvo la amabilidad de autorizarlos a explorar sus campos. La noche anterior habían acampado en el claro de un bosque de coihues. De inmediato encendieron el fuego, por temor a los pumas que, les habían dicho, abundaban en las laderas. Como todas las noches, se dedicaron a prensar entre hojas de papel las muestras de flores y poner en frascos con espíritu de vino los animalitos atrapados. El señor Darwin estaba feliz, ya que con la primavera adelantada encontraba muchas plantas desconocidas. La fauna, en cambio, aparte de ciertos coleópteros y algunos pajaritos... —Gutiérrez y tú, impacientes, estuvieron a punto de golpear también a Covington para que fuera al grano—. El caso era —continuó el ayudante del naturalista— que él y su amo se durmieron bastante tarde y agotados por la jornada. Quizás por eso no oyeron el galope hasta que tuvieron los cascos prácticamente encima. De pronto despertaron con el pataleo de un caballo que saltaba sobre la fogata. Malamente pudieron rodar sobre sus propios cuerpos, apartándose. Y entonces vieron a la bruja. Un remolino de chispas y humo envolvía a aquella arpía que montaba a pelo sobre un potro negro. Vestida sólo con una camisa enrollada en los muslos y desgarrada en el escote por donde le asomaba un pecho, la bruja les gritaba algo. Que venía para llevárselos al infierno, seguramente. Helado de terror, Covington huyó y el resto de la escena la atisbó escondido tras un árbol. La bruja había desmontado de un salto y se arrojó sobre Darwin. Tenía el pelo negro enmarañado y sus ojos relucían como ascuas. Covington, desde su escondite, tardó en reconocer a la señora que había visitado a su jefe en el *Beagle*. Aun así, el muchacho sólo se atrevió a acercarse poco a poco. Aunque no se tratara de una bruja propiamente tal, Darwin lo había prevenido varias veces, en esos días, contra «las mujeres chilenas, unas atrevidas que lo besan a uno sin permiso». Por fin, empujado por el frío hasta la proximidad de la fogata, Covington pudo oír a la señora que sollozaba en brazos del naturalista. Carmen le contaba que su hacienda acababa de ser asaltada por una montonera de los famosos hermanos Pincheira. Los últimos guerrilleros realistas que, convertidos ahora en simples ladrones, reinaban en las pampas argentinas y, de vez en cuando, caían sobre Chile desde la otra banda de los Andes capitaneando malones de indios pehuenches, para saquear pueblos, robar haciendas y secuestrar mujeres. Ella misma, para evitar ser violada por toda la partida de salvajes, se había entregado al Pincheira caudillo del malón... Con el plan, claro estaba, de huir apenas pudiera...

Alarmado, Moro, empezaste a reconocer, en el desmadejado cuento del muchacho —que a su vez era la transcripción inexacta y acaso exagerada del relato original de Carmen—, los ecos de una fantasía que ya habías oído una vez. Una ansiedad en la que se turnaban la indignación y la vergüenza empezó a ganarte. Carmen le había dicho a Darwin —según Covington— que en la confusión de la retirada de los bandidos, ella había logrado saltar del anca del mismísimo José Antonio Pincheira, y que luego, montando a pelo uno de los caballos robados, había conseguido huir al galope. Vagó durante horas por el campo, desorientada, hasta dar con este pequeño vivac: ¡los había encontrado por azar! Pero si ella había podido, Pincheira y sus indios también podrían. Es decir, no estaban a salvo. Sin duda, ahora mismo la buscaban. Un par de veces, durante su relato, Carmen se había vuelto hacia la oscuridad del campo como si viera venir a los indios. Enseguida volvió a gritar que su hacienda estaba en llamas, que sus criadas habían sido violentadas y secuestradas, y que sus peones estaqueados sobre el suelo habían sido perforados por esas lanzas de diez pies de los pehuenches. Darwin insistía en que se calmara y se cubriera ese pecho que le asomaba por el desgarrón de la camisa de dormir. Ellos la escoltarían hasta San Fernando para dar la alarma. Cuando lo propuso, Carmen gritó que así caerían en poder de los indios. No, no: si querían de veras protegerla, Darwin debía permanecer ahí mismo con ella. Carmen exigió que se quedara a cuidarla. Y que mientras tanto Covington fuera a buscar ayuda. ¡Pero solo! El naturalista accedió y le ordenó al muchacho que así lo hiciera. Éste partió a regañadientes. Vagó toda la noche buscando el camino de la ciudad, sin hallarlo, aterrado ante la perspectiva de encontrarse con esos indios furiosos. Finalmente, hacia el amanecer, llegó a las casas de la hacienda. Y las había encontrado así como estaban: intactas.

Gutiérrez se hundió en su sillón tras el escritorio. Su rostro quedó casi en sombras. Desde allí murmuró, para sí mismo: «Carmen enloqueció».

—¿No se dan cuenta ustedes? —preguntó Covington, estremeciéndose.

—¿De qué? —preguntaste tú, malhumorado.

—Ese mujer sí era un bruja. Casa es de pie. La gente viviendo. No era asaltamiento. No es la señora Carmen que nos apareció a Mister Darwin y mí mismo. ¡Fue un bruja!

Te habrías largado a reír, si no fuera por esa rabia sorda, mechada de angustia, que se apoderaba de ti al comprobar hasta qué punto tu sospecha se iba cumpliendo. Darwin, el muy papanatas, pensaba que Carmen era una «atrevida». Pero su criado, con su ingenuidad de imberbe, la había intuido mucho mejor: ¡Carmen era una bruja!

XXII. Escopetas atrompetadas

«Carmen enloqueció.» Al comienzo, Gutiérrez se aferró a esta idea en el fondo consoladora. Pero luego hasta para él debió hacerse evidente que la cordura —aunque fuese más dolorosa— explicaba mejor esa increíble aventura nocturna.

Tras unos minutos de abrumada reflexión, el antiguo húsar recobró parte del aplomo que alguna vez debió ser suyo. Enderezándose en el sillón tras su escritorio, desplegó sobre la carpeta un viejo mapa amarillento de la inmensa hacienda y se puso a organizar una batida para buscar a su mujer. Planificó el rastreo como si fuera una batalla. Ordenó que una partida de huasos buscara el campamento de Darwin hacia el sur, por el rumbo de Chimbarongo. Más o menos en la dirección que el confuso relato de Covington hacía probable.

Mientras tanto, una segunda partida de jinetes —el propio coronel, el nervioso Covington y tú mismo, más otro puñado de huasos— partiría hacia el noreste, en dirección a Peumo y la laguna de Tagua Tagua. Llevarían con ustedes, además, una jauría de perros zorreros. Le buscaste alguna lógica a ese plan sin verle ninguna.

—Si Covington dice que acamparon hacia el sureste, coronel, ¿por qué vamos a ir nosotros en la dirección contraria? —protestaste.

Gutiérrez alzó la mirada del escritorio. Te examinó con el mismo desprecio que habría empleado ante un ordenanza que lo interrumpiera en una sesión de Estado Mayor. Por primera vez te intimidaba su presencia.

—También dijo Covington que ya no les quedaba agua —respondió con voz áspera—. Déjeme a mí la estrategia.

Te sorprendiste acatando su autoridad. El coronel se veía imponente, como crecido con este retorno a la guerra (aunque ésta fuese la del amor y pareciera igualmente perdida).

Gutiérrez fue hasta un alto y delgado armario, al fondo de su despacho, y abrió sus puertas con una llave que sacó de su faltriquera. Aparecieron, alineadas, diez o doce carabinas disímiles: escopetas atrompetadas y fusiles tan grandes y anticuados que parecían arcabuces.

—Vaya sacándolos afuera, Colleras. Hágalos limpiar y cargar, y repártalos.

A Covington le pasó una carabina, tan alta como él, que el muchacho recibió fascinado, rojo de placer. A ti no te ofreció ninguna. Por lo visto, te consideraba suficientemente armado con tu cachorrillo. Y él se conformó con un pesado sable de caballería descolgado de la pared. Era un arma larga y apenas curva, de modo que también podía pasar por espada. Mientras lo suspendía de su cintura, le preguntó a Covington:

—¿Tu amo va armado?

—Lleva un pistola que no funcciona, sólo de mostrar.

—Gutiérrez —objetaste tú, en voz baja—, ¿para qué tanto armamento?

El coronel en retiro no se dignó a mirarte. Desenvainó su sable y examinó la hoja labrada:

—Los Pincheira y sus indios fueron derrotados hace dos años, en Neuquén —afirmó, y agregó con sorna—: Pero si Carmen contó que los vio de vuelta, yo tengo que demostrar que le creo a mi mujer. ¿No le parece?

*

Pasada la medianoche, las dos partidas salieron de la casona alumbrándose con antorchas. La más numerosa se dirigiría al sur, al mando del Colleras. Gutiérrez comandaría el grupito de ustedes, que incluía a tres huasos con las escopetas atrompetadas en bandolera, terciadas sobre los ponchos listados. Éstos montaron con lentitud, con evidente mala gana. Como si desconfiaran, tanto como tú, del curioso plan del coronel. Más entusiastas que ellos, la media docena de perros zorreros, excitados por la aventura, se pusieron a la cabeza apenas Gutiérrez ordenó la salida. Había cambiado su uniforme de parada por pantalones de montar y una guerrera corta y negra, de húsar, forrada en piel de guanaco, la que desbordaba por el cuello tapándole los hombros.

Todos seguían el trote ligero que Gutiérrez le impuso a su caballo, un nervioso palomino de color miel con las crines blancas, un poco rizadas. Los alumbraba la oblicua luna menguante de la noche anterior, sólo que liberada de todos sus velos de nubes. Una perfecta sonrisa ladeada, irónica, en el duro rostro de ese cielo chileno.

Sacaste la cuenta: habían transcurrido más de veinticuatro horas desde que Carmen desapareciera de la hacienda. Una noche con su día. Muchas cosas podían ocurrir en veinticuatro horas. Entre ellas, que ya hubiera cumplido con la venganza que suponías. Te sentiste tentado de echarte atrás, como había sugerido Gutiérrez cuando venían hacia la hacienda. Sí, quizás era mejor no saber. Ignorar y partir. Siempre habías huido del amor. Y ahora, Moro, ibas detrás de una amante que ni siquiera te pertenecía, que te dejaba sin aviso y que, posiblemente, ya te había traicionado. Cabalgando entre esos huasos emponchados y los perros amenazantes, sin raza discernible, ibas preguntándote qué acertijo escondería ese laberinto de montañas, esa enrevesada orografía que desnortaba a un viajero tan experto como tú, enredándolo. Dudabas. Habrías querido retirarte. Pero seguías en la batida, espoleando tu cabalgadura, bajando casi a ciegas las barrancas fragantes de quillayes, recorriendo un estero que ondulaba, brillante como una cinta de mercurio. Habías quedado atrapado en tu propia búsqueda.

Pasada una angostura entre dos cerros, desembocaron en un amplísimo valle moteado de espinos oscuros. Al fondo, como si el otro pedazo de la luna menguante hubiera caído allí, relumbró a lo lejos la laguna de Tagua Tagua. Gutiérrez ordenó a sus huasos que se desplegaran en abanico. Manteniendo cincuenta metros de un jinete a otro, debían peinar ese valle en dirección al lago. Los hombres titubeaban, desconfiados. Tiraban de la rienda de sus caballos, que giraban y reculaban. Bajo los sombreros de felpa sus ojos negros brillaban sólo un poco menos que las anchas rodajas de sus espuelas. Finalmente obedecieron y se dispersaron conforme a las órdenes.

Sólo cuando Gutiérrez vio perderse a la distancia la melena de sus antorchas, les ordenó a ti y a Covington que lo siguieran.

—Vamos a cubrir el flanco oriente —dijo el coronel. Y espoleó a su caballo, lanzándolo al galope.

Viéndolo, alguien que no supiera de la angustia que lo corroía habría dicho que estaba feliz: jugaba a la guerra, de nuevo.

Galoparon zigzagueando entre espinos, litres y grandes matas de cola de zorro ante las cuales los caballos hacían quiebres repentinos, temerosos de cortarse con sus hojas serradas. Covington, que no tenía dotes de jinete, casi había caído sobre una de esas matas y desde ese momento, acobardado, se rezagaba. Los perros corrían sin ladrar. Buenos perros de cacería, pensaste, entrenados para no alertar a la presa antes de tiempo.

Serían, tal vez, las tres de la mañana cuando alcanzaron la margen oriente de esa vasta laguna que más parecía un pantano, orillada de juncos frondosos y bambúes que superaban los tres metros.

—Tagua Tagua —dijo Gutiérrez cuando se detuvieron.

De los huasos formados en abanico, que debían converger también sobre el lago, no había rastro.

—Parece que le desertaron los soldados, coronel —comentaste, irritado por tanto misterio.

—Ni se van a acercar por acá —te respondió, seco pero sin animadversión—. Estos huasos le tienen miedo a la arpía, el monstruo del lago.

Entendiste los titubeos de esos hombres bien curtidos cuando desembocaron en este valle. La lentitud remolona con que iniciaron la búsqueda. El coronel era menos ingenuo o mejor estratega de lo que suponías. Por supuesto, era preferible encontrar a Carmen sin testigos.

—¿Existe una monstro? —preguntó Covington desde atrás, con voz insegura.

—Así dicen, muchacho. Con dos colas y escamas de lagarto, melena de mujer y garras de león. Hasta lo han dibujado. Sale de noche y atrapa animales que arrastra al lago.

—*My Lord!* —exclamó el adolescente, temblando.

—Tú te quedas acá. Lejos de la orilla y con tu carabina, no tienes nada que temer.

Estuviste a punto de sacarte el sombrero en un involuntario homenaje a Gutiérrez.

El coronel se apeó trabajosamente, por el lado de su cadera buena. El sable repicaba en su costado. Del interior de su guerrera sacó una tela blanca. Volteándose, silbó varias veces, hasta que los perros se acercaron y lo rodearon en semicírculo. Traían los hocicos abiertos y las orejas alzadas, expectantes. Gutiérrez les dio a olfatear la tela. Bajo la fría claridad de esa luna irónica reconociste el corpiño que el coronel aferraba mientras dormía, la noche anterior.

—¿Es de Carmen? —preguntaste, como si hiciera falta.

El coronel te miró de costado, sin responder. Un silencio que podía significar: «Parece que usted lo conoce mejor que yo». Y tenía razón, por supuesto: jurarías que la suave brisa del sur te acarició con el característico perfume de Carmen. Un aroma de jazmín que te dilató las narices, obligándote a ventear como los perros.

El macho dominante de la jauría, negro y moteado —una cruza de perdiguero y quién sabe qué—, husmeó el suelo antes que los otros y salió disparado por la orilla, chapoteando entre las matas de totora. Los demás lo siguieron ladrando, pero suavemente, sólo para orientarse unos a otros. Los penachos de los coligües ribereños se mecían a su paso, cada vez más lejos, indicando un rastro en dirección al oeste.

El viejo coronel montó sin apuro. Y se quedó quieto, con las manos entrelazadas sobre el cacho de la silla. Covington rompió el ominoso silencio, quizás para darse ánimos:

—Señor, acá no ser. No haber lago cerca de nuestro campamento.

—No estamos buscando ese campamento, hijo.

—¿Y entonces qué diablos estamos buscando? —preguntaste, irritado.

—Una isla viajera —contestó Gutiérrez.

Ibas a protestar. No estabas para bromas. Pero recordaste a tiempo que, según Carmen, su marido carecía completamente de humor.

El ladrido de los perros subió de volumen, a lo lejos. Ahora parecían rabiosos, impacientes. Gutiérrez soltó la rienda y su palomino partió hacia allá, sin necesidad de guasquearlo. Lo seguiste imaginando a Carmen y a Darwin acosados por la jauría, acorralados en ese pantano. No sabrías decir si lo que sentías era espanto o placer.

Un par de kilómetros más allá, girando en círculos, los perros husmeaban un punto en la ribera de la laguna. Tenían el pelaje lustroso por el agua y las patas y las colas embarradas. Saltaban al fango, chapoteaban entre los totorales y volvían a la orilla, exasperados. Al acercarte notaste la presencia de dos caballos, atados a las ramas bajas de un arrayán para que pudieran mordisquear la hierba.

—¡Lo engañaron, Gutiérrez! —exclamaste al emparejarlo, con innegable satisfacción—. Habrán cambiado de caballos para que perdiéramos el rastro.

—Al contrario, pintor —repuso él—. Acá es.

Y espoleando a su potro se echó al agua entre las altas varas de los coligües. Un temor inesperado te refrenó de seguirlo. ¿Y si Gutiérrez te hubiera traído hasta acá, hasta el lugar más recóndito de sus tierras —las de Carmen—, para asesinarte en descampado? Para atravesarte con su sable y dejarte abandonado en ese pantano donde nadie te encontraría. ¿Se había vuelto loco? ¿Eran tal para cual la mujer y su marido: un par de enajenados? ¿Serías tú, acaso, otra víctima de un juego perverso que ellos ya habían practicado muchas veces?

Palpaste la pistola en tu cinturón y fustigaste a tu caballo, lanzándolo también al agua cenagosa, siguiendo la cola blanquecina del palomino que aparecía y desaparecía entre las cañas. Tu potro bufaba, esforzándose, apartando con el ancho pecho los coligües que se devolvían asestándote latigazos.

A unos diez metros de la orilla, ya con el agua a media barriga del caballo, el bosquecillo de bambúes terminó bruscamente. Frente a ti el lago espejeaba bajo el fulgor de esa media luna sonriente. A tu lado, con el agua por encima de los estribos —igual que tú—, Gutiérrez escrutaba el horizonte con unos binoculares de campaña.

—Ahí la tiene —te dijo, pasándotelos—. La isla viajera de Carmen.

Observaste a través de los anteojos en la dirección indicada. Al principio no distinguiste forma alguna. Luego, enfocando mejor hacia el centro del lago, a unos trescientos metros, viste una masa oscura que se deslizaba suave pero notoriamente, contrastando con la otra orilla de la laguna. Bajo el resplandor lunar parecía el lomo de una ballena, aunque erizado de pelos. En uno de sus extremos parpadeaba una brasa rojiza, como un ojo.

XXIII. La isla viajera

—¿Qué mierda es eso? —murmuraste, sacudido por un escalofrío que preferiste atribuir a tus botas llenas de agua.

—Una isla de totoras entrelazadas y apelmazadas. Se forman solas. Llegan a tener seis pies de grosor y pueden aguantar una vaca arriba. Los huasos las llaman chivines.

—Y usted piensa que Carmen y Darwin están en esa isla.

—¿No ve ese punto rojo? Es el rescoldo de una fogata.

—Podrían ser campesinos —objetaste, con tu manía de llevarle la contra.

—No se atreven de noche, ya se lo dije. Además, los perros perdieron por acá el rastro de Carmen. O sea, fue aquí donde abordaron el islote.

—¿Cómo lo supo? —preguntaste, a tu pesar. Hablabas entre dientes, porque empezabas a tiritar.

—Así como usted supo que Carmen se había venido a la hacienda. Deduciendo, pues —te contestó el coronel, tocándose la sien, y te pareció que también su voz temblaba, pero se repuso—: Mi mujer adora este lago y las islas flotantes. Dice que son sus «islas viajeras». No sería la primera vez que se sube a una.

—Para viajar sin irse —murmuraste, recordando algo que Carmen dijo una vez sobre la cama que compartían: en ella ustedes viajaban sin partir.

Pero Gutiérrez no te escuchó.

—Supuse que le gustaría mostrárselas a un naturalista —continuó—. Es el lugar con más vida silvestre en toda la zona.

La imagen de Carmen arrastrando a Darwin para mostrarle ese extraño islote flotante —del que a ti nunca te había hablado— te irritó aún más.

—¿Y ahora qué hacemos? ¿Nadar? —preguntaste con tono burlón.

—Durante el día el viento sur empuja los chivines hacia el centro de la laguna. Al anochecer el viento para y se quedan allá, derivando. Pero más tarde el viento sopla de nuevo, esta vez desde el norte, y los arrastra de vuelta a esta orilla. Sólo tenemos que esperarlos por acá.

(Una isla flotando a la deriva, y en ella dos personas y un fuego. Moro: con tantos y tantos romances como tuviste, ¿oíste, alguna vez, una mejor definición del amor?)

Tu potro y el de Gutiérrez chapoteaban en el agua cenagosa de la orilla. Sentías duplicado el peso de tu capote de paño gris, empapado de rocío. Cruzaste las piernas sobre el cuello de tu animal, para sacarlas del agua. Cada tanto, para hacer algo, le pedías al coronel los binoculares y volvías a observar la isla cuyo regreso esperaban. Nada se movía en ella, y al mismo tiempo toda ella se movía, derivando.

En algún momento de la noche creíste sufrir una alucinación. Al examinar el islote una vez más, distinguiste la silueta de un árbol. Plantado en un extremo, cerca de la fogata. Te asombraste de no haberlo visto antes. Sobre todo porque el árbol parecía moverse. Sus ramas blancuzcas se cimbraban y retorcían. El tronco fluctuaba y se doblaba, como agitado por el viento. Aunque no soplaba ni una brisa... Aquello semejaba un árbol vivo.

Debilísimo, como desde el fondo del lago, te llegó un susurro: Moooorooooooo... Sentiste que el pelo de tu nuca se erizaba. No era posible. Miraste a Gutiérrez, intentando saber si él también había oído ese grito fantasmal. El coronel permanecía inmóvil, cabizbajo, acaso dormido. ¿Había sido Carmen, llamándote? Era imposible que te divisara en esta oscuridad. ¿O más bien sería «la otra» jugando contigo, persiguiéndote incluso en estos confines, caballero errante?

Te restregaste los ojos y volviste a mirar por los binoculares, temeroso. El árbol vivo había desaparecido. Sólo quedaba el destello colorado que parpadeaba en una punta del islote. Y pronto éste también se apagó. Empujada por ese efecto óptico, la isla pareció alejarse más. Te pareció que nunca volvería, que iba a perderse en el mar abierto de la noche. Sólo la luna seguía con seguridad en lo alto. Esa luna menguante que parecía sonreírles, burlona: la vieja y sabia Lilith, la «otra» mujer de Adán, riéndose de los desvaríos de los hombres.

Luego de unas horas, según lo predicho por el coronel, el viento volvió y empezó a soplar hacia ustedes. Te chupaste un índice y lo elevaste sintiendo el suave retornar de la brisa que pronto se transformó en un vendaval helado, cordillerano, que te caló hasta los huesos. Era como si el ancho pecho de la noche hubiera inspirado a fondo, reteniendo el aliento, y ahora soltara el aire. Tu caballo giró las orejas defendiéndolas del viento. Temblabas al levantar otra vez los anteojos...

La isla regresaba. Alcanzada su máxima autonomía, probados los límites de su libertad, ese «chivín» retornaba hacia ustedes. Los amantes crean una isla flotante en torno a sí, a bordo de la cual creen escapar del mundo y de sus vidas pasadas. Pero el viento siempre gira sobre sí mismo y los devuelve a ser otra vez quienes fueron.

Experimentabas, de nuevo, la tentación de dejar hasta ahí esa cacería. Partir antes de que esa isla viajera y sus habitantes volvieran a tierra firme. Haberte ido, haber huido del amor antes de perderlo, como hicieras mil veces antes... Y acaso tu vida entera habría cambiado, Moro. Pero te quedabas, preguntándote: ¿y si ella está en esa isla? ¿Qué haré? ¿Tengo algo que ofrecerle para hacerme perdonar? ¿Podré perdonarla yo, si fuera cierta mi corazonada amarga? ¿Es verdad que estoy dispuesto a matarlos a ambos si es eso lo que compruebo? ¿O sólo quiero mirar? La maldición del pintor: mirar. Mirar, aunque duela. Mirar, más que amar.

Poco antes del amanecer una niebla densa cayó sobre la laguna. Nuevamente perdieron de vista la isla. Durante una hora, más o menos, el ropón de niebla los envolvió. Aunque ya aclaraba, apenas podías ver a Gutiérrez, montado a unos pasos de distancia. Luego, con la brusquedad de un lanzazo, un rayo de sol casi rasante atravesó esos algodones, tiñendo de verde los penachos de los coligües. Y la niebla comenzó a deshacerse. Los cisnes de cuello negro saludaron al nuevo día asomando entre los totorales. Detrás de ti un pájaro rosáceo, que dormía sobre una pata, se desperezaba bajando la otra. Más cerca de la orilla despertaban los colores de lirios, calas, jacintos, achiras y nenúfares. Y Carmen había guiado a ese ridículo niño prodigio hasta este paraíso...

Cuando volviste a mirar al frente, el chato morro de la isla viajera se te venía encima. Rompía la neblina, acercándose a menos de unos diez metros. Se deslizaba con fuerza, directamente hacia ustedes, impulsada por el mismo viento que levantaba la niebla. Los caballos recularon, asustados por esa masa hirsuta que parecía decidida a arrollarlos. Miríadas de raíces y lianas colgaban como barbas de sus bordes.

Ahora entendiste mejor a los campesinos: parecía realmente un monstruo, un leviatán en busca de víctimas.

Minutos después la isla viajera encallaba, aplastando los juncos, casi bajo las patas de los caballos. Gutiérrez, despertando de su inmovilidad, azuzó a su palomino y lo aproximó más al «monstruo». Luego, con un crujido audible de sus huesos helados, se descolgó de la montura y cayó sobre la isla. Tú hiciste lo mismo.

El islote, en forma de riñón, tendría unos doscientos metros de área. Parecía verdaderamente sólido, a no ser por la blandura acojinada del suelo, sin piedra alguna. Y por el suave estremecimiento que lo recorría cuando ustedes pisaban. Más que una isla viajera semejaba una enorme cama flotante. Imaginaste, con rabia, que ése era el motivo de Carmen para traer acá a su nuevo amante. ¡Qué naturalismo ni qué ocho cuartos! Lo trajo para acostarse con él en una cama flotante.

No habían avanzado diez pasos cuando los encontraron. En un claro entre los yuyos, acojinados por las monturas de sus caballos puestas sobre una frazada y junto al redondel de una fogata apagada, dormían abrazados Carmen y Darwin. Un poncho y un capote marinero, encerado, los cubrían hasta el cuello.

Toda tu vida la habías dedicado a mirar, Moro. Y aun así no estabas preparado para esa visión. Durante esa larga noche prefiguraste infinidad de veces tus reacciones: lo que dirías, lo que harías, lo que sentirías. Pero ahora, al mirarlos dormir abrazados, una repentina lasitud te sorprendió. Te recorrió un frío interior tan intenso que te quemaba. Un fuego helado, contradictorio como la voz interior que te decía: allí está tu amor y también tu odio.

Gutiérrez desenvainó su sable. La hoja salió suavemente, rechinando apenas. Para eso lo había traído, pensaste. Para matarlos con un arma honorable, o sea de cerca. Iba a atravesarlos, a descuartizarlos con esa pesada arma propia de la caballería. Cortaría la cabeza de Carmen. Y se la llevaría para ponerla entre sus trofeos de guerra, bajo un fanal, junto a la esquirla que destruyó su potencia viril.

No. No ibas a permitir esa carnicería. Matarías a tu rival y defenderías a Carmen de la ira de su marido, aunque en ese instante también quisieras asesinarla. Llevaste la mano al cinturón y sacaste tu pequeña pistola.

Pero no alcanzaste a apuntar. Antes de que pudieras hacerlo el coronel giró y te golpeó con la empuñadura dorada de su sable en el centro del pecho, sobre el corazón. El pomo de la espada tenía un remate en forma de caracol, seguramente pensado para eso. Fue un martillazo certero, profesional. Un golpe con el cual el soldado le ordenaba a tu corazón desbocado que se detuviera.

Caíste de espaldas, sintiendo que el aire abandonaba por completo tus pulmones colapsados. Temiste no ser capaz de expandirlos de nuevo. Debes haber gritado, pero no te oíste. En cambio, desde el suelo, boqueando con los ojos llorosos, pudiste ver a Darwin que se ponía en pie de un salto. Sólo una camisa cubría, y mal, su desnudez. Tenía revueltos los pelos rubios y escasos. Su mirada celeste, despavorida, destellaba en el rostro encendido por la vergüenza. O por el miedo. Tartamudeaba sin lograr expresarse. Recordando su semidesnudez, se tapó el sexo con un faldón de la camisa. Mientras, extendía la otra mano negando algo enfáticamente. Algo que, por obvio, era imposible negar. Si no te lo hubiera impedido el dolor en el pecho, tal vez te habrías reído. Y acaso hasta le hubieras aconsejado: negar la evidencia era la peor estrategia ante un marido furioso. Lo mejor habría sido apelar a su honor, ofrecerle una reparación formal, un duelo, quizás; ganar tiempo, en suma.

Esas ideas extrañas zumbaban en tus oídos, mientras aún te asfixiabas a resultas de aquel golpe feroz. Pero no tendrías oportunidad de expresarlas. Gutiérrez no levantó su espada. No troceó con su pesado sable a ese remedo de rival. Dejó que el arma colgara de su largo brazo mientras le decía a Darwin (y esto sí lo escuchaste):

—Váyase, muchacho —y agregó, indicándote a ti con la espada—: Váyase antes de que este artista lo mate.

Darwin no se hizo repetir la orden. Ni siquiera miró a Carmen. Recogió sus pantalones, corrió hasta el borde de la isla y se lanzó al agua. Lo vieron chapotear entre los juncos hasta alcanzar la orilla donde Covington lo esperaba, sujetando su caballo por la brida.

La dignidad de Carmen no fue inferior a la de su marido. Desde tu sitio en el suelo la viste ponerse de pie. Durante unos momentos los observó a ustedes dos, a Gutiérrez y a ti. Después le dedicó una mirada a Darwin que, ya montado, le hacía una seña absurda, como de despedida, y luego se arrepentía y partía al galope, seguido por su ayudante. Finalmente ella se observó a sí misma, cubierta con el largo capote encerado de Darwin. Estremecida por algo que tal vez —quisiste creer— era asco, se lo quitó de encima, arrojándolo al suelo.

Quedó de pie, completamente desnuda, frente a ambos. El frío le daba a su piel un relumbre nacarado. En el centro del óvalo de las caderas, el mechón negro del pubis reproducía, pequeña e invertida, la oscura melena ondulada por la humedad que resbalaba sobre sus hombros y le cubría los pechos. En el pelo había ramitas, hojas y florecillas enredadas.

Venus, pensaste. Irremediablemente artista, incluso en esa ocasión inoportuna te las arreglaste para evocar una pintura. Pero ahora no fue la *Venus del espejo* que mostraste en el debate de Valparaíso, sino el nacimiento de la diosa pintado por Botticelli. Aquella Circe de tus primeros miedos, la demoníaca Lilith que te persiguió durante las noches anteriores, había vuelto a ser, con el alba, la diosa del amor.

Gutiérrez se sacó la guerrera negra, forrada en piel de guanaco, y acercándose a Carmen la envolvió con ella. Luego caminó hasta la orilla por donde habían llegado, recogió la rienda de su caballo y se lo ofreció a su mujer con un gesto, sin decir palabra, para que lo montara.

Carmen caminó descalza, lentamente, hacia el caballo. Al pasar cerca de ti se detuvo. Se agachó a tu lado. Sus largas piernas desnudas quedaron ocultas bajo la guerrera. Los ojos verdes, grisáceos bajo esa luz, te observaron. Cuando por fin habló, lo hizo como en un trance:

—No eres capaz de librarme de esta vida, ni tampoco eres capaz de matarme.

Abriste la boca para negar, disculparte, acaso acusarla. O tal vez para decirle: te amo. Sigo amándote aunque ahora te odie. Pero ella no te dejó hablar. Puso su largo dedo medio sobre tus labios y, sonriendo de lado, igual que la luna, murmuró con gozosa deliberación, paladeando su venganza:

—Darwin lo tiene tan largo como su picoroco. Proporcionalmente.

Tercera parte

Puesta en abismo

Within a dilemma, choose the most unheard-of,
the most dangerous, solution. Be brave, be brave!

ISAK DINESEN,
Seven Gothic Tales

XXIV. Voy a matarlo

—Voy a matarlo, Darwin.

—Un cefalópodo, Rugendas —insistió él, con su mejor sonrisa de niño prodigio, desoyendo tu amenaza.

Te indicaba con su martillo de geólogo la roca donde parecía girar, en espiral, el fósil de un remoto animal marino. Y continuó:

—Pienso que es un *Nautilus pompilius*. ¿Cómo cree que llegó aquí?

Y tú, ¿cómo diablos llegaste a eso, Moro? Estabas ahí, de pie en la falda del Aconcagua, la montaña más alta de América (y quizás del mundo), a cinco mil metros de altitud, y le apuntabas con tu pistola a ese joven naturalista armado apenas con un martillito. Le apuntabas, aunque a cada segundo que dejabas pasar sin tirar del gatillo, más obvio era que él no quería ni podía reconocer tu amenaza. Eso le habría significado poner en cuestión su propia inocencia, admitir que venía huyendo de Carmen y de la pasión que había conocido en esa isla flotante; el melodrama que había resquebrajado la exactitud de sus ideas científicas sobre el amor. Admitir tu amenaza le habría significado reconocer que se fugaba de todo aquello que no cabía en su ciencia.

—Este cefalópodo ya no existe en el mar de Chile. ¡Y no subió nadando! —prosiguió Darwin—. Las montañas son las que subieron, hace millones de años.

Desde que Gutiérrez y tú sorprendieran a Carmen y al naturalista en la isla flotante de la laguna de Tagua Tagua, te habías jurado matarlo. Te habías convencido de que tan sólo el alevoso golpe que el coronel te propinara en el pecho —con la dorada empuñadura de su sable— te había impedido hacerlo en esa ocasión.

No podías sacarte de la cabeza sus cuerpos desnudos. Tenías pesadillas imaginando sus cópulas. Veías a Carmen cabalgando, en éxtasis, sobre el largo cuerpo rosado de Darwin. Desvirgándolo. «Ya no es virgen —te gritaba ella, en un horrendo sueño—, ya le enseñé todo lo que sabías tú».

Juraste que en la próxima oportunidad no ibas a fallar. Lo matarías y te largarías sin más tardanza de Chile.

Pero necesitaste paciencia, mientras te recuperabas de esa herida indigna y esperabas el paso de un coche de posta por San Fernando. Tres días penaste en una posada verdaderamente infecta, cuyo techo era roído sin pausa por las ratas. Cuando abordaste el birlocho hacia Santiago, cada hoyo del camino rebotaba en el hematoma de tu pecho recordándote que habías hecho muy mal en subestimar al húsar. Aunque había dejado escapar al hombre a quien sorprendiera acostado con su mujer, ese agudo dolor te probaba que el coronel no había perdido su lucidez. Con ese golpe terrible, que pudo aprender en los feroces enfrentamientos de la caballería española contra los moros, Gutiérrez te había impedido matar a tu rival. Además, había dejado claro que sabía o sospechaba quién era su verdadero contrincante. A la postre, fuiste el único que salió herido de allí. Y el coronel cornúpeto, con su pierna inútil y su bicornio emplumado, había conservado a su mujer.

En Santiago tuviste que reposar por fuerza antes de tomar pasaje en el postillón Alegría, hacia el puerto. Cuando al fin llegaste a Valparaíso, había pasado casi una semana. Y Darwin, por su parte, había desaparecido.

Dos veces te hiciste transportar en bote hasta el *Beagle,* que seguía anclado en la rada. Pero no te permitieron abordarlo. Mister Wickham, aquel teniente altanero y segundo de a bordo que habías visto en tu anterior visita al *Beagle,* te contestó muy seco que el naturalista no se encontraba en el barco; que continuaba de expedición y aún no había regresado. Y no, tampoco podías entrevistarte con el capitán FitzRoy. Éste seguía «indispuesto». Un eufemismo muy británico, pues ya todo el mundo sabía en el puerto que el capitán había enloquecido y llevaba tres semanas encerrado en su camarote, luchando a gritos y manotazos con sus peores fantasmas. Verdaderos aullidos que se oían, en las noches más calmas, hasta en la punta distante del muelle de palos. El bergantín del loco: así llamaban al *Beagle* en Valparaíso.

Preguntaste por Darwin en las tres fondas de la ciudad. Sondeaste cautelosamente a los ingleses más prominentes, e incluso visitaste —con un pretexto cualquiera— al cónsul británico. Sin resultados. La febril agitación del puerto, donde los comerciantes extranjeros, entubados en sus levitas negras, taconeaban por las calles entabladas mezclándose con los marineros de veinte nacionalidades que llegaban o partían, parecía concebida a propósito para esconder a un prófugo. Nadie sabía nada. ¿O mentían? ¿Era posible que Darwin estuviera a bordo, oculto en su camarote? ¿Se lo habría tragado el mar, como si el monstruo de la laguna de Tagua Tagua lo hubiera seguido hasta acá para devorarlo?

Furioso, empecinado, dos días más tarde volviste a tomar un bote y te acercaste subrepticiamente a la silueta del *Beagle,* con su cabeza de perro en la proa. Sentiste —como en tu primera visita— que había algo ominoso en ese pequeño navío negro, con las velas siempre recogidas, aislado y hermético, semejante a un ataúd. Era como si llevara la peste, te dijiste. La peste de la ciencia, que al resolver los misterios de la naturaleza la dejaba en los huesos. Ya ibas trepando por la red, bajo el bauprés, cuando el mismo Wickham asomó su cabeza encima de ti. Esta vez no dijo nada; sólo te apuntó con un trabuco.

Tuviste que volver a tu bote con las manos vacías. En el muelle se te ocurrió interrogar al capitán de puerto. El viejo marino, con su gorra sucia y su enorme bocina de latón en la mano, te aseguró que nadie con esa descripción había transbordado al *Beagle* en los últimos días. Entonces, ¿dónde diablos se había escondido Darwin?

Desalentado, saliste del muelle. Allí habías visto a Carmen por primera vez. Te parecía que habían transcurrido tres años y no tres meses. Cruzaste la plataforma de la Aduana, llena de cajas y sacos. Olía a sogas mojadas, a algas podridas. Luego fuiste por la orilla de la playa donde los pescadores remendaban sus redes negras sobre la arena dorada, arrancando con paciencia las estrellas de mar y los moluscos adheridos al cordaje. Al internarte en dirección al centro por esas calles chuecas, donde el polvo caía visiblemente del adobe de los muros, te parecía que tras cada balcón velado por sus celosías se ocultaba tu enemigo. El sol de primavera parecía burlarse de tu ceño fruncido cuando mirabas a lo alto. Tal como hicieron, sin recato, dos mujeres que pasaron a tu lado tapándose la cara con sus mantones, camino de la iglesia de la Matriz. Se dieron vuelta a observarte con sus ojos únicos y negros y lanzaron una carcajada al unísono. Entonces reparaste en que ibas hablando y gesticulando solo. A ti también se te había pegado la locura del *Beagle,* con sólo acercarte.

¡Estas chilenas! Aparentemente pudorosas y, en el fondo, desvergonzadas como nadie. Peor que eso: ¡cuanto más tapadas, más putas! Continuaste tu camino rumiando tus celos, tu frustración, al tiempo que te sobabas el gran hematoma que llevabas en el centro del pecho y que aún te dolía. Tenía un color violáceo y su forma recordaba la de un corazón. Como si el golpe de Gutiérrez hubiera dejado en carne viva ese órgano que habías arriesgado tantas veces en tus aventuras americanas, sin rendirlo ni cederlo jamás (hasta ahora).

Sin duda, Darwin se escondía en la casa de algún comerciante británico, acaso en alguna quinta de las afueras. Eso te decías, mascullando. Era innoble de su parte ocultarse así, escabullirse como un ratero. Pero qué otra cosa podía esperarse de un inglés timorato, un mocoso que se dejó arrastrar hasta aquella cama flotante por una mujer que sólo lo usaba para vengarse.

¡Y sí que lo había conseguido! Carmen se había vengado de tu intento de convertirla en otra de tus mujeres típicas. Ella te había transformado a ti en un macho típico: celoso, posesivo, obsesionado.

¡Ay! El pecho te dolía de nuevo. Cálmate, cálmate, Rugendas, tenías que decirte en voz alta. Cuando te dominaba la rabia y tu corazón se agitaba, el pecho te dolía mucho más. Y parecía que la venganza de Carmen se perfeccionaba.

Embebido en estos pensamientos oscuros, te detuviste en el cruce con la calle del Cabo. Un jinete jovencito, emperifollado con un sombrero de copa muy alta y chaleco de seda bordada color granate, hacía caracolear a su caballo para impresionar a unas mujeres. Los cascos del animal resonaban sobre el entablado de la calzada como grandes castañuelas. Evidentemente era el «lacho» de una de esas muchachas, haciendo el ridículo para llamar su atención. Distraído por ese espectáculo —que te llenaba de íntima vergüenza— tardaste en reconocer entre la multitud al marinerito que de pie en la vereda del frente, junto al burro cargado de barricas de un lechero, contemplaba como tú aquellos caracoleos.

El jovenzuelo con la cara moteada de acné purulento, pantalones azules campanudos y gorrita redonda se empinaba una calabaza llena de leche. Al divisarte, dejó caer el cuenco y emprendió la carrera. Con tan mala suerte que se internó en el callejón ciego detrás de la Fonda Inglesa. Te bastó apretar el paso para bloquearle la escapatoria. Luego fuiste hacia él lentamente, dándole tiempo para sufrir, y lo atrincaste contra la pared meada y maloliente del fondo.

—Covington, pequeño marica: ¿dónde está tu amo?

Lo tomaste por el lazo frontal de su capita blanca y lo estrangulaste sólo un poco. Pero con eso bastaba y sobraba para asustar al cobarde marinerito.

—De..., de..., de... —empezó a tartamudear.

Tuviste que zarandearlo otro poco. Hasta que, como una bolsa que al fin suelta su contenido, las palabras salieron de su boca asediada por el acné:

—*Deserted* —afirmó, con lágrimas en los ojos.

Lo soltaste. Le estiraste la capita y prometiste no hacerle daño —ni decírselo a nadie— si te contaba cómo, cuándo y hacia dónde había desertado Darwin. Covington no se hizo de rogar.

Su amo y él habían llegado a Valparaíso cuatro días atrás. Entraron a la ciudad de noche, para que nadie los viera, y eludiendo a los serenos fueron hasta la playa. Desde allí nadaron trabajosamente hasta el *Beagle,* evitando tomar un bote que los hubiera delatado. Una vez en el barco, Darwin apenas se demoró en explicarse con Mister Wickham. El naturalista le informó que presentaba su renuncia y abandonaba la misión. Sólo venía a buscar sus cosas, pues partiría de inmediato. Mister Wickham casi no se sorprendió. La moral a bordo del *Beagle* estaba por los suelos. El anterior capitán de la nave,

Pringle Stokes, se había suicidado en el estrecho de Magallanes. Ocho años después, este nuevo capitán, FitzRoy, sufría una crisis nerviosa después de que el Almirantazgo lo regañara por sus gastos. Los marineros afirmaban que el barco estaba embrujado. Mister Wickham no podía culpar al naturalista por querer marcharse. Bien mirado, ni siquiera se trataba de una deserción, ya que Darwin era un civil, contratado por el propio FitzRoy. A pesar de eso, acordaron mantener su renuncia en secreto. No hacía falta desmoralizar aún más a los hombres. ¿Y adónde iría? Darwin explicó que pensaba cruzar la cordillera de los Andes en dirección a Buenos Aires. Desde allí tomaría el primer barco disponible para volver a Inglaterra. Quería abandonar cuanto antes ese país de hombres salvajes y mujeres... ¡mujeres peores que eso! El naturalista calló y Mister Wickham no quiso averiguar más.

Antes del amanecer, Darwin desembarcaba del *Beagle* llevando consigo su equipaje, instrumentos y parte de sus colecciones (en total, un par de baúles). De eso hacía tres días. Covington terminó su relato confesando que no habían vuelto a saber nada de su jefe. El muchacho casi soltó un lagrimón.

Tardaste un día más en organizar su persecución. Vendiste tu caballo, medio derrengado, y compraste otro más fuerte. Embalaste los útiles de pintura, pues de ellos jamás te separabas. (¡Ni cuando te proponías matar a un hombre dejabas de ser pintor, Moro!)

Le escribiste a Carmen una patética carta final. Le declarabas tu amor, de nuevo. Le abrías tu corazón para mostrarle «la horrible herida incurable» que te había infligido. Ya que así no podías seguir viviendo, habías decidido morir. Pero no sin antes lavar la ofensa que su propio marido no había sabido limpiar. Perseguirías y matarías a Darwin, le juraste. Y te pegarías un tiro a continuación. Lloraste sobre esas palabras, Moro. De verdad, sinceramente conmovido por la tragedia de tu destino. La arenilla que esparciste sobre el papel no secó sólo la tinta. El lacre ardiente, con el cual sellaste tu carta plegada, te pareció que goteaba como sangre espesa. Al despacharla y partir, sentiste que ya habías muerto un poco.

(¡Y no eran exageraciones! Sé que sentiste todo eso de verdad, tal como me contaste después. Lo sentías, aunque otra parte de ti te contemplara sintiéndolo. Y hasta se riera de tus efusiones románticas. Claro que percibías tu posible ridiculez, como advertías la de aquel lacho con sus caracoleos. Sin embargo, no ibas a permitir que ese pudor te distanciara de tus sentimientos. Preferías ser ridículo a ser frío. Ambos sabíamos que las personas que viven a distancia de su corazón, por miedo u orgullo, son peores que cobardes. Ya han empezado a morirse sin saberlo, aunque llamen a esa agonía «sensatez».)

Apostaste a que Darwin seguiría la ruta del valle del río Aconcagua. Y te dijiste que, si algo sabías de estos naturalistas, ni siquiera huyendo podría resistir el niño prodigio la tentación de herborizar, de cortar flores y medir ramas. Y de examinar piedras extrañas. Para eso se había llevado todo ese instrumental que te describiera Covington. Su ciencia lo demoraría sin remedio y lo pondría a tu alcance.

No te equivocaste. En el postillón de Quillota te dijeron que te llevaba, todavía, tres días de delantera. Pero que iba lento, con una impedimenta de dos mulas cargadas que retrasaban su huida. Un par de jornadas más arriba, en San Felipe, ya habías estrechado su ventaja a sólo un día. Darwin se había detenido allí a contratar arrieros que lo guiaran en el cruce por la cordillera hasta Mendoza. Los hermanos Águila, baqueanos conocidos, lo orientaban ahora. Decidiste que tú cruzarías solo, sin guías ni testigos incómodos. En todo caso, cinco leguas más adelante el camino se encajonaba de tal manera entre las montañas que sería difícil perderse. Saliste tras él casi sin descansar. En cada pequeño rancho preguntabas por el gringo joven que medía piedras y recogía hierbas, y una campesina desdentada o un niño moquillento, bajo el parroncito ralo, te respondían que había pasado por allí apenas la tarde anterior, o esa misma mañana.

Sin embargo, tú también te detenías. No podías evitarlo. La belleza sobrecogedora de esas alturas pujaba con tu obsesión. Bosquejabas en tu álbum las cumbres nevadas que cambiaban de color con las horas: del rosado claro en la mañana al blanco

211

refulgente del mediodía, y luego al morado oscuro del anochecer. Anotabas las tonalidades de las piedras: lila, rojo y púrpura en los peñascos de pórfido que se elevaban perpendicularmente; vetas de minerales verdosos; lavas negras. Trazabas la cascada de un deshielo precipitándose al abismo. Incluso de noche, alumbrado por las estrellas cada vez más cercanas, dibujabas el perfil de las montañas como una multitud enterrada hasta las cinturas, rodeándote. Al moverte, tu capote de paño gris cargado de estática despedía chispas en la oscuridad.

Con el alba continuabas la persecución. Y dibujabas más. En las primeras estribaciones trazaste árboles y cactáceas; más arriba encontraste vegetación de estepa. Hermosas flores de primavera, llaretas acojinadas, calandrinias amarillas, tropeoleos azules: alfombraban las laderas en bandas, cada una hasta cierta altura perfectamente delimitada. Las isotermas del Barón se cumplían también en estas regiones australes con precisión científica. ¡Científica!, exclamabas, recordando a tu rival, y volvías a azotar con rabia a tu caballo. Reemprendías el ascenso. Habías vuelto a darle ventaja.

En la mañana del cuarto día dejaste atrás la laguna del Inca y trepaste hacia el paso de Portillo. Sentiste por primera vez el mareo de las alturas; tu caballo resoplaba tanto que preferiste desmontar y seguir a pie, llevándolo de las riendas. Al mediodía advertiste el cambio de declive. Habías cruzado a la Argentina sin notarlo. Las estúpidas fronteras de los hombres sólo eran marcas en un papel. Un nuevo valle se abría a tus pies, ensanchándose hacia el este. Y allá al fondo, diminuta, divisaste una tropilla de mulas. Si apretabas el paso podrías alcanzarlos esa misma tarde, quizás.

Volviste a montar y ya ibas a cabalgar hacia ellos cuando algo te distrajo. Te obligó a sofrenar el caballo. A tu izquierda, al fondo de un valle perpendicular, una muralla de rocas de una magnitud que jamás habías visto, mucho más alta que las formidables montañas que acababas de cruzar, se cernía como una ola de piedra coronada por la espuma de sus glaciares. Reconociste el Aconcagua, esa monstruosa cumbre que habías divisado desde el mar el mismo día de tu llegada, y que entonces te pareció un mal presagio. La cima más alta de los Andes y del mundo conocido, según las triangulaciones que había realizado Darwin a bordo del *Beagle*. Y ahora lo tenías allí encima: «el centinela de piedra», significaba su nombre en quechua, con las jorobas de sus catorce cumbres eternamente congeladas.

Volviste a otear la tropilla de mulas que te antecedía. Probablemente era la de Darwin. Pero qué diablos. Ya lo alcanzarías. Qué tipo de artista eras si no aprovechabas esa oportunidad, si no pintabas el espectáculo más sublime que tus ojos habían contemplado. Aunque lo sublime te hubiera derrotado tantas veces. La cima resplandecía. Quizás cuándo volvería a despejarse. Tenías que pintarla ahora. ¡Ya lo matarías mañana!

Torciendo riendas hacia el norte te internaste por el valle del río Horcones, en dirección al pie del Aconcagua.

XXV. Un orgasmo sublime

«Tic, tic, toc.» Un golpeteo intermitente se colaba en la periferia de tu conciencia. Estabas tan absorto en tu pintura de la montaña que tardaste en prestarle atención.

Habías instalado el trípode de tu caballete en lo hondo de un valle en forma de U, a los pies mismos del Aconcagua. Aseguraste sus patas con piedras. Fijaste la tela a los travesaños. Desplegaste tu silla de trípode y te sentaste sobre ella. Deslizaste el pulgar izquierdo por el agujero de la paleta, tan encostrada de pintura que casi no se veía el palo de rosa del que estaba hecha. Enarbolaste el pincel...

Y eso fue lo último que hiciste conscientemente. Siempre te pasaba igual. Al disponerte a pintar perdías la noción de ti mismo. Especialmente cuando lo hacías al aire libre y, conforme a tu método, decidías plasmar muy rápido lo que veías, sin detenerte a dibujar primero. Sin darle tiempo al tiempo para cambiar, para hurtarte lo que deseabas robarle.

Te olvidabas de ti mismo, Moro. Te volvías pura visión, volcándote en lo que mirabas, trocándote en el propio paisaje —o en la mujer— que pintabas. Y qué alivio inmenso era dejar de ser tú: único, contradictorio, fugitivo. Qué bálsamo disolverte en la naturaleza o en otra persona. Qué consuelo anular el paso del tiempo, detenerlo en la tela, fijar la fugacidad del ser.

Tenías delante, en primer plano, una laguna helada de un color verde lechoso, rodeada de bofedales amarillentos. Más allá una loma de cascajos ocres, moteada de nieve, servía de trampolín a tu vista, que desde ahí saltaba ascendiendo a alturas vertiginosas. Para mirar esas cimas tenías que levantar tanto la cabeza que te dolía la nuca. La pared sur del Aconcagua se elevaba verticalmente encima de ti, hasta esos veintitrés mil pies que le había calculado Darwin. Esa medida abstracta, inconcebible, se volvía concreta en tu esbozo, llenando los cuatro quintos superiores de tu lienzo. Un monstruo de anchísimas espaldas abriendo los brazos cubiertos por una capa de piedras negras y nieves refulgentes, pronto a abrazar o triturar lo que se interpusiera en su camino. Largas vetas de metales ferruginosos cruzaban su pecho en diagonal. De sus hombros jorobados pendían enormes glaciares azulados, de cientos de pies de espesor. Y, reinando sobre todo ese poderío, desde la cabeza piramidal del coloso se desprendía una melena blanca de niebla turbulenta, flameando hacia el este, como la humareda de un volcán.

Sin embargo, no podías mirarlo demasiado. El cuello te dolía de tanto alzar la cabeza. Además, sentías un vértigo invertido, un vahído, un mareo. Por momentos temías desmayarte como Stendhal, quien adoraba tanto el arte que afirmaba casi haberse desvanecido tras contemplar mucho rato unos frescos de Giotto. Pero a ti no te desvanecía el arte. Te abrumaba la terrible hermosura de la naturaleza que ahora contemplabas.

Para volver en ti te concentrabas en tu tela. Pintabas con pincel grueso, de crin, empastando, formando masas de color que temblaban al superponerse unas a otras. Así lograbas que la textura del lienzo también representara las rugosidades de la piedra. Aunque no buscabas un parecido exacto. El que quisiera podría reconocer la montaña. Lo que te interesaba más a ti, Moro, era la luz y el aire que tamizaban los colores, como hacía tu admirado Turner, cuyas obras habías contemplado en la Academia de Londres. ¡Qué lejos estabas de esa pintura naturalista en la que había querido encerrarte el Barón!

«Tic, tic, toc.» Ese golpeteo otra vez, distrayéndote, separándote de la visión sublime que plasmabas a toda velocidad. Recordaste al coronel Gutiérrez trepando hasta tu cabaña para contarte que Carmen se había fugado, y produciendo un ruido similar con sus condecoraciones inútiles. Había sido el augurio de numerosas desgracias. Pero ahora no podía ser él.

Bajaste la vista de la cumbre, miraste alrededor, te asomaste por un costado del lienzo para ver lo que éste ocultaba. Nada. Quizás las rachas heladas del viento soplando en tus orejas te confundían. Sin embargo, ahí estaba otra vez: «Tic, tic, toc».

No podías pintar con esa distracción. Colgaste la paleta en el caballete. Hundiste los pinceles en el tarrito. Te levantaste y avanzaste hacia el origen de ese sonido, bordeando la lagunilla. Trepaste la loma de cascajos y quedaste sobrecogido. Como casi siempre ocurre en las montañas, una visión aún más espléndida se escondía detrás de ese obstáculo. Por tu derecha corría un profundo abismo al fondo del cual serpenteaba el río Horcones. El tajo era tan abrupto que no se veía desde la posición en la que habías montado tu caballete. Más lejos, sobre la larga cornisa de pórfido de un color lila claro que bordeaba el precipicio y junto a una laguna más pequeña que la tuya, un par de arrieros con sus caballos y mulas preparaban un campamento. Hombres y animales se veían diminutos, al pie de la gigantesca montaña. Esa vista era superior a la que habías escogido, te lamentaste. «Tic, tic, toc.»

Bajaste la mirada. Casi a tus pies, encuclillado sobre una pronunciada saliente de la cornisa, peligrosamente próximo al abismo, Darwin golpeaba una roca sedimentaria con su martillito de geólogo. Absorto, el naturalista le arrancaba lajas a la piedra; primero las examinaba con cuidado y luego las desechaba o depositaba en un morral de lona. No advirtió tu presencia. Quizás él también perdía la noción de sí mismo cuando trabajaba de ese modo, fundiéndose con la piedra, o la planta o el molusco al que intentaba arrancarle sus secretos. Lo recordaste en su cabina del *Beagle* y en la prisión de Valparaíso, exhibiendo el pene del *Austromegabalanus psittacus*. Y recordaste a Carmen, desnuda en la isla flotante del lago de Tagua Tagua, diciéndote al pasar que... No, no querías recordarlo.

Aunque, a decir verdad, ahora no sabías qué te daba más rabia, si esas imágenes o esta nueva intromisión del científico que, con sus martilleos, había arruinado tu concentración creativa.

Bajaste por la resbalosa colina de cascajo hacia el borde del precipicio, intentando moverte con suavidad para no llamar su atención. El viento que te había traído ese desagradable repiqueteo ahora amparaba tu avance. No te oyó, ni advirtió nada, hasta que estuviste a su lado.

—Darwin... ¡Darwin! —tuviste que repetir, para que saliera de su abstracción.

El naturalista volteó la cabeza y te quedó mirando desde abajo, encuclillado junto a la roca sedimentaria que estaba picando. Pestañeó varias veces intentando comprender qué hacías ahí, o —acaso— quién eras. Y luego se puso de pie, sonriendo, con ese insoportable candor de niño prodigio que un bigote incipiente y las mejillas sin afeitar no conseguían esconder.

—¡Rugendas! ¿Qué hace acá?

—Pintaba —le respondiste con ironía, mascando tu rabia, indicando tu atril que ahora, al ponerse de pie, el otro alcanzaba a ver—. ¡Hasta que usted me distrajo!

—La naturaleza nos pertenece a todos —te respondió él, serio, sin perder su sonrisa.

—No para demolerla.

—Yo trato de comprenderla.

—Usted con su martillito sólo hace ruido. Y erosiona. Hasta en estas alturas su ciencia viene a destruir la belleza.

De alguna forma te arrastraba a discutir con él. En lugar de exterminarlo, te veías incitado a convencerlo. Una vez más entendías que, si argumentabas con Darwin en lugar de sacar la pistola que llevabas al cinto, era porque otra cosa, además de los celos, te había lanzado en su persecución. Lo odiabas porque representaba esa ciencia que quería explicar los paisajes y el amor convirtiéndolos en definiciones. Esta larva de sabio representaba para ti al Barón, tan frío como la corriente que lleva su nombre, al rígido genio prusiano que casi logró esterilizar tu sensibilidad. Quizás Darwin fuese incluso peor que el Barón.

—La ciencia descubre bellezas —retrucó él, orgulloso, indicándote la silueta del gran fósil que intentaba arrancar de la roca—. Es un *Nautilus pompilius,* creo. También lo llaman «emperador». Mire su espiral logarítmica. Es perfecta.

—¡Si es perfecta, déjela ahí y no la destruya arrancándola! —le gritaste.

Pero tu grito casi no se oyó. Una ráfaga más fuerte que las otras te arrancó las palabras de la boca. La misma racha que allá atrás volcaba tu caballete y tu silla de trípode. El lienzo, con tu pintura del Aconcagua apenas empezada, voló dando tumbos entre las piedras. Impotente, lo viste caer en la laguna sobre cuya superficie helada y verdosa patinó, antes de hundirse en un agujero. Nuevamente fracasabas al medirte con lo sublime.

Tu ira se encendió y flameó, como el viento que aumentaba con el atardecer. Te decidiste. Abriéndote el capote, echaste mano de tu cachorrillo y encañonaste al naturalista.

—Voy a matarlo, Darwin. Y usted sabe por qué.

Pero él no te miraba. Observaba otra vez su fósil mientras le daba golpecitos con el martillo.

—¿Cómo cree que llegó acá este cefalópodo?

El científico, que quería comprenderlo todo acerca de la naturaleza, se negaba a aceptar la realidad de tu amenaza. Su razón no podía admitir la realidad de tu pasión.

—Este cefalópodo ya no existe en el mar de Chile. ¡Y no subió nadando! —prosiguió Darwin—. Las montañas son las que subieron, hace millones de años.

Sólo entonces te miró. Reparó en tu brazo extendido, en la pistolita de doble cañón que lo amenazaba. Su inocente sonrisa se desplomó. Abrió los brazos pidiéndote una explicación.

Y cayó de rodillas.

Ahora se va a arrastrar como un gusano, rogándome que le perdone la vida, pensaste, deseando que lo hiciera para despreciarlo aún más. Le dispararías y arrojarías su cadáver al abismo que los acechaba a un metro escaso. Y verías cómo lo devoraban los cóndores. Todo eso alcanzaste a imaginar en una fracción de segundo, envalentonándote, animándote a dispararle.

No llegaste a hacerlo. Antes, sentiste una fuerza extraña que subiendo por tus piernas las doblaba, intentando hacerte caer de rodillas también. Y no sólo a ti. Asimismo, las montañas que los cercaban parecían inclinarse. El Aconcagua se doblaba. Todo se venía de bruces. Un terremoto salvaba a Darwin...

(Lo siento, pero no te creo, Moro querido. Sigo sin creerte, tal como cuando me lo contaste hace tantos años. Quizás llegaste a apuntarle, sí. Pero no fue la tierra corcoveando la que te impi-

dió tirar del gatillo. Esta oportuna intervención del destino debe haber sido otra de tus veladuras. Lo pienso así porque variaste tus versiones de ese episodio, como siempre. Al principio, me sugeriste que pasaron unas horas y hasta un día completo entre tu encuentro con Darwin y el sismo. Luego, a medida que te entusiasmabas, tu imaginación de artista fue sintetizando esa coincidencia. Urdiste una trama más dramática, más acorde a tu gusto por los paisajes tormentosos y los efectos operáticos, y la superpusiste sobre el acontecimiento real. No te lo reprocho. ¿Cómo no iba a ser más hermoso e irónico atribuirle a un terremoto, es decir, a la naturaleza o a su mismísimo creador, la salvación del naturalista empeñado en descifrarla? Tus versiones de la realidad no serían exactas pero eran más bellas, lo admito. Y tú no eras capaz de resistirte a la belleza, ¿verdad que no, Moro mío? Ese terremoto vino después, pero dejémoslo que ocurra aquí, como tú lo preferías...)

Un magnífico terremoto chileno, de los que tanto habías oído hablar pero que hasta entonces no habías experimentado, sacudía esas alturas. Desde tu llegada a Chile habías sentido, casi a diario, pequeños temblores de tierra que te aterraban. Pero que los lugareños despreciaban, riéndose de tu miedo y advirtiéndote que te prepararas para cuando viniera uno de verdad. Aquí lo tenías. Grandes rocas rodaban por las laderas arrasando los conos de cascajo con sus capuchas de nieve. El desfiladero de un kilómetro de profundidad que tenías al lado culebreaba y se retorcía, mostrando lo que realmente era: una herida pulsante, una cosa viva. La pronunciada ceja de pórfido lila donde ambos estaban corcoveaba sobre el abismo, buscando precipitarlos al tajo. Del fondo del barranco emergía una densa nube de polvo, como el lomo de una bestia que se despertara con un rugido ensordecedor.

Darwin intentó afirmarse en la roca que antes picaba, pero ésta se agrietó bajo su mano. El fósil que había tratado de arrancarle se partió en dos. Tú luchabas por mantenerte de pie mientras observabas la ladera donde, justo por encima de ambos, una gran laja de basalto negra empezaba a deslizarse. El naturalista también vio la piedra que bajaba hacia ustedes y luego te miró con desesperación. Titubeaste un par de segundos... Enseguida te abalanzaste sobre él, lo ayudaste a ponerse de pie y, apoyándose mutuamente, abrazados, se hicieron a un lado.

Justo a tiempo. La losa de basalto, resbalando sobre las piedras sueltas, pasó a pocos centímetros de ustedes, demoliendo el trozo de cornisa que antes ocupaban, y fue a hundirse en el precipicio.

Más allá, los arrieros de Darwin no tenían tanta suerte. Un imponente peñasco casi esférico desbarataba a las mulas, amarradas unas a otras junto a la laguna, como en un juego de palitroques. Los arrieros se refugiaban debajo de sus caballos para escapar de la lluvia de piedras. Pero los animales, encabritados, cortaron sus riendas y salieron en estampida. Uno intentó galopar sobre el abismo, engañosamente rellenado de polvo espeso. Lo último visible fueron sus cuartos traseros hundiéndose plácidamente en ese espejismo de tierra. Al baqueano que intentaba perseguirlo una laja de pizarra lo cortó en dos, limpiamente. Darwin gritó: *«My God!»*. Pero en esas alturas su Dios de Cambridge parecía menos poderoso que el Aconcagua. Y él no supo cómo continuar su oración. Ahora la laguna, en cuyo borde había acampado, desaparecía frente a sus ojos. El laguito andino borboteaba, parecía hervir, arrojando espuma mientras bajaba al subsuelo tragado por la rotación de su propio remolino.

Fueron los tres minutos más largos de tu vida, Moro. Años después, relatando ese sismo, volvías a sentir que el mundo temblaba bajo tus pies. Cuando paró el movimiento, Darwin y tú se separaron lentamente. Descubriste que habías apretado su brazo como si fuera el de tu mejor amigo. Y a ti también te dolía ahí donde su mano te había aferrado. Se miraron resoplando, sonriendo con esa alegría reprochable pero ineludible que da el mero hecho de sobrevivir. Habían visto morir a un hombre, habían perdido sus caballos y equipajes, estaban atrapados en una saliente semiderruida, pero estaban vivos. Aún temblaba suavemente, pero lo más aterrador, el rugido subterráneo, se había silenciado. Y ahora la densa polvareda se disipaba rápidamente, arrastrada por el viento del atardecer.

—Fueron dos minutos y trece segundos, desde que empecé a contar. Unos tres minutos, en total —dijo Darwin, y te mostró un cronómetro abierto sobre su palma.

—Bien hecho —le contestaste, con sincera admiración.

Tres minutos antes querías asesinarlo, Moro. Un minuto después le salvabas la vida y ahora estabas felicitándolo. No hay nada que nos reconcilie tanto con el género humano como una catástrofe natural. De pronto recordamos que todos estamos solos junto a un abismo.

Todavía una roca, del tamaño de un armadillo enrollado sobre sí mismo, pasó a centímetros de ti, pero rodando pacíficamente; capaz de partirle el cráneo a una mula, pero no de partirla en dos.

—Salvó mi vida —te dijo Darwin, extendiéndote la mano—. Gracias.

—Todavía no me agradezca.

—¿Por qué?

—Podría ser prematuro. Mire el Aconcagua.

Darwin volteó la cabeza, siguiendo tu mirada.

Unos dos mil metros más arriba, entre las fumarolas de niebla y polvo que cubrían el ceño del gigante, algo se asomaba. Algo se movía entre las nubes teñidas por el sol poniente. Algo apartaba esas cortinas de terciopelo escarlata, atisbando desde allá tus paces prematuras con el inglés.

Darwin pensaba en voz alta, quizás para darse valor:

—Si es una erupción, esto probaría que el Aconcagua es un volcán dormido que ahora despierta. Sería un gran descubrimiento...

Un chirrido ensordecedor, profundo y estridente a la vez, el sonido de una gigantesca puerta cerrada por millones de años y que ahora giraba sobre sus goznes, les atravesó los oídos.

Cuando cesó, palmeaste en el hombro al científico, sacándolo de sus cavilaciones. Tú ya habías visto algo similar en los Alpes, aunque su magnitud no fuera ni la mitad de esto.

—Es una avalancha, Darwin. Y estamos justo en su camino.

Una enorme tajada del glaciar que cubría el hombro izquierdo del Aconcagua empezaba a deslizarse por la pared sur de la montaña, emergiendo bajo la cota de las nieblas. Un prodigioso barco de hielo macizo, azul acero, lento, solemne, irresistible. Su proa, comprimida por cientos de glaciaciones, le abría paso a una quilla ciclópea que sajaba esa falda. Lo miraste, Moro, atónito, sintiendo que lo sublime —eso que tanto habías buscado— ahora venía a buscarte a ti.

El ventisquero desprendido, de al menos medio kilómetro de largo, tajaba con su espolón las venas de metal que cruzaban la pendiente, seccionaba los tendones de roca que la ligaban. El Aconcagua bramaba y chillaba de dolor, mientras el hielo iba cortando su costado. En la cornisa donde habían quedado encerrados, Darwin y tú tuvieron que taparse los oídos.

Ahora él intentó trepar la ladera, haciendo gestos para que lo siguieras. Pero el nerviosismo y las piedras sueltas, removidas aún más por el terremoto, lo hicieron resbalar de vuelta hacia la pequeña ceja sobre el abismo.

Por tu parte, comprendías que ganar unos metros de altura no haría mucha diferencia. Y, sobre todo, una espantada admiración te clavaba en ese sitio. No querías perderte el espectáculo, aunque fuera lo último que vieses. Mil imágenes pasaban por tu mente. Recordaste tus expediciones por Suiza; los ejercicios sobre mitología grecolatina que hiciste en el taller de tu padre y luego en la Academia de Bellas Artes de Múnich, con Adam y Quaglio; los cuadros de Claude Lorrain que habías copiado en el Louvre. Ni la pirámide del Matterhorn, ni Zeus en su Olimpo, ni los cielos ominosos de Lorrain podían compararse con esta abrumadora magnificencia, con el terror delicioso que te embargaba.

Entretanto, la avalancha seguía avanzando, encajonada en el profundo desfiladero desde cuyo borde la observaban. Su espolón levantaba a ambos costados olas de barro gris: nieve licuada mezclada con polvo de piedras pulverizadas por la fricción.

La masa de hielo pasaba ahora casi bajo tus pies, semejante a la cubierta de un barco fantasma, agrietada y erizada de estalactitas con forma de guadañas, hachas, lanzas...

El cambio de temperatura en la vecindad con el hielo fue brutal. El barro calentado por la fricción, que saltaba desde lo hondo del desfiladero, te bañó y se congeló casi instantáneamente, mientras la ventisca del témpano te espolvoreaba de blanco. Nunca olvidarías aquel baldazo espeso y tibio, seguido por un ventarrón de frío antiguo, el frío de un millón de años, la bocanada gélida del tiempo, que te susurró: no eres nada.

Cuando por fin el glaciar se detuvo, miraste a Darwin y él a ti. Dos máscaras. Una escarcha blancuzca —que se endurecía tan rápido como el yeso— los cubría a ambos, de la cabeza a los pies.

Gritaste como un enajenado, sin poder contenerte, ganado por la pura felicidad de la supervivencia:

—¡Fue como un orgasmo!

Y, aunque no lo habías pensado antes de gritarlo, la comparación te pareció perfecta. Aquella lluvia de lodo tibio que los bañó había sido una eyaculación. Las réplicas del sismo, que se sucedían a intervalos variables, se sentían como esos espasmos que recorren el cuerpo amado después del amor. Y tu gozosa sensación de haber sobrevivido a la muerte no era, tampoco, muy distinta.

XXVI. La tumba

Pasado tu primer entusiasmo por aquel «orgasmo», el humor se te nubló. Como el clima. Masas de nubes negras aparecieron desde el oeste, llenando poco a poco el estrecho cielo sobre el valle irreconocible del río Horcones. La geografía, en esas estribaciones del Aconcagua, había cambiado con la inquietante facilidad de los escenarios en un teatro. Y ni siquiera el firmamento era el mismo: confuso, arremolinado, inquieto. La tormenta se abalanzaba con un redoble de truenos multiplicados por el eco. Tenías la ropa húmeda, pesada, el capote cubierto de lodo y escarcha. Si ahora se ponía a nevar de nada te serviría haber sobrevivido a un terremoto y a una avalancha, Moro. Sucumbirías congelado apenas cayera la noche.

Darwin escrutaba las montañas que los rodeaban, provisto de un pequeño catalejo dorado que contrastaba con su rostro encostrado de barro.

—Parece una cueva —dijo por fin—. Mire.

Enfocaste el aparato en la dirección que te indicaba. Unos cincuenta metros más atrás y hacia arriba por la pendiente, divisaste un hueco oscuro en una pared de piedras de evidente factura humana. Quedaba más o menos encima de donde habías amarrado tu caballo. Pero no había rastro del animal. Como tampoco quedaba mucho de la vista más próxima que habías estado pintando. Hasta la laguna verdosa y congelada había desaparecido, rellenada ahora por un aluvión de detritos. El valle completo parecía haberse estrechado. Aquel hueco era el único refugio posible.

Trepando y resbalando, a punto de rodar al abismo varias veces, lograron acercarse al boquete en el murallón de piedras. Era una pared de lajas apiladas en seco, una pirca, construida para tapar un socavón en una gran roca calcárea. Cuando asomaron la cabeza por el hueco vieron que el alerón y la saliente inferior formaban una perfecta boca abierta. Una boca que alguien había amordazado con ese muro de lajas de pizarra. A todas luces, la pared era antiquísima. El desprendimiento del glaciar, desgarrando la base de la ladera, había desmoronado la ruma de detritos que, derramada poco a poco, siglo a siglo, llegó a cubrir la pendiente y con ella esta muralla. La laja de piedra más grande, que debió tapar el boquete de la entrada, yacía ahora mucho más abajo, sobre la cornisa de pórfido lila que los había sostenido antes, en precario equilibrio.

—Un tambo. Refugio en el Camino del Inca —declaró Darwin, inspeccionando someramente la pirca.

Hablaba con dificultad, acezando. En los últimos tramos de la difícil ascensión por esa pendiente lo habías oído boquear, emitiendo unos estertores agudos, su garganta convertida en un silbato.

Ahora se llevó la mano al interior del chaquetón y extrajo un altímetro y barómetro. Entendiste por qué Darwin, al moverse, sonaba como un hojalatero ambulante cargado de cacerolas. Parecía acarrear una reserva inagotable de instrumentos. Era un momento más bien extraño para hacer ciencia. Pero ya ibas comprendiendo que para el niño prodigio usar sus herramientas, medirlo todo, cronometrar la duración del terremoto y determinar la altura que lo asfixiaba, eran una forma de combatir el miedo. Quizás la ciencia entera, pensaste, fuese sólo un modo de luchar contra el terror a lo desconocido. El sueño de imponer orden al caos. Tal como algunas personas cuentan en voz alta mientras cruzan un bosque sombrío para darse valor. Experimentaste cierta simpatía por esa forma de escape. Al fin y al cabo, en eso tu arte no era muy diferente. Acaso Darwin y tú eran más parecidos de lo que te gustaba admitir. Uno pintando la naturaleza, el otro descifrándola. Ninguno capaz de contemplarla o vivirla, simplemente.

Tras ajustar y consultar su altímetro, Darwin dictaminó:

—Quince mil quinientos cincuenta pies. Poco oxígeno.

Y se indicó con angustia el pecho que subía y bajaba, esforzándose por absorber más de ese oxígeno que parecía escaso.

—Lo que está sintiendo se llama *apunarse,* en este país. Mal de altura —le dijiste.

—La presión cae, rápido —agregó él, revisando ahora su instrumento por el lado del barómetro.

Pero eso sólo corroboraba la densidad de la tormenta que ya tenían encima. Blandos copos de nieve empezaban a resbalar por la esclavina de tu capote escarchado. Algunos de esos copos cayeron sobre la esfera del barómetro que el naturalista sostenía en su mano. Y con ellos una, dos, tres... gotas de sangre.

Darwin las observó sin entender y luego te miró, francamente espantado. De sus orificios nasales brotaban dos hilillos sanguinolentos. Se limpió con una manga y la examinó. Luego acezó más fuerte y se tambaleó. Por un momento creíste que caería otra vez de rodillas. Lo viste entornar los ojos. Y tuviste el tiempo justo para abrazarlo antes de que se desplomara y rodara por la pendiente.

Tomándolo de las axilas lo ayudaste a entrar en la cueva y sentarse contra el muro de piedras. El naturalista jadeaba y temblaba, sus ojos desorbitados brillaban en la penumbra, los dientes le castañeteaban y él, para evitarlo, se mordía por momentos los labios. Luego estertoraba con más fuerza y se agarraba el pecho, angustiado como si experimentara un síncope cardíaco. Habías visto gente con mal de altura. Cuando subiste con Courcy al Popocatépetl, en México, el francés tuvo que rendirse al superar los quince mil pies, vomitando y con una jaqueca intolerable. Pero no fue nada como esto. El cuerpo del filósofo natural se estremecía de pies a cabeza, recorrido por violentos temblores.

Una imprevista ansiedad, casi una desesperación, te capturó. Ahora no querías que muriera. No querías quedarte solo en esa cueva. Solo y a los pies de ese iracundo «centinela de piedra».

—Frío, mucho frío —susurró Darwin, casi inaudible.

—Voy a conseguir leña para hacer un fuego —le ofreciste.

—No hay árboles en esta altura —balbuceó.

Te desprendiste de su mano, intensamente pálida, y saliste al exterior. La nevada aumentaba. Bajaste, sentado sobre el culo, hasta el punto donde creías haber divisado antes una pata de tu caballete. Lo desenterraste junto a tu sillita de trípode y tu caja de óleos y volviste a subir con todo a cuestas, penosamente, intentando orientarte en la luz desfalleciente.

Pero ahora no encontrabas la boca del refugio. Trepaste en una y otra dirección, sin hallarla. La nevazón arreciaba. La silueta del Aconcagua había desaparecido y a la vez su sombra parecía haberse acercado más, cubriendo el valle. Empezabas a darte por perdido cuando un debilísimo resplandor, una mancha ambarina, se insinuó en la oscuridad nivosa, a unos veinte pasos por encima de ti. Habías oído hablar de las alucinaciones que asedian a los alpinistas perdidos en una ventisca. No sabías si emplear o no tus escasas fuerzas persiguiendo lo que debía ser un espejismo, cuando un alarido indudablemente real te galvanizó, orientándote hasta la pirca.

Al ingresar, arrastrándote, resoplando de frío, encontraste a Darwin, alumbrado por una pequeña linterna de aceite, de rodillas al fondo de la cueva. Estaba tan absorto examinando algo, que sólo reparó en tu regreso cuando dejaste caer el atril al suelo. No supiste si alegrarte o enfurecerte. Por lo visto, el niño prodigio se había recuperado mientras tú casi te congelabas afuera, buscando leña.

—Rugendas —te llamó con voz trémula.

Avanzaste hacia el fondo del refugio. La linterna de Darwin mostraba que era más profundo de lo que ustedes habían creído. Agachándote, fuiste hasta el fondo. Sentado en el vértice que formaban el alerón superior y la cornisa donde pisaban, en la glotis de esa boca de piedra, alguien dormía.

Era una niña de entre seis y diez años, con el cuerpo rojizo, seco y enjuto, pero perfectamente conservado. Los bracitos delgados, adornados con pulseras de oro, abrazaban sus piernas. Tenía la cabeza reclinada de costado, apoyada sobre las rodillas. Su pelo largo, trenzado y polvoriento, lo sujetaba un gran tocado multicolor de plumas de guacamayo en forma de abanico. A sus pies, una variedad de ofrendas la rodeaba: cuencos de arcilla llenos de maíz, quinua y ajíes secos, una cesta destripada pero aún colorida repleta de papas chuño, un gran huaco en forma de mono negro y panzón, una hermosa chuspa de lana y hasta una muñeca de trapo que probablemente cayó de su mano en el último minuto. La expresión del rostro infantil era tan plácida que parecía respirar.

—¿Qué diablos...?

—No es tambo esto. Es tumba —te respondió Darwin—. Un sacrificio humano, para aplacar al dios del Aconcagua. Aún jadeaba. Pero ahora parecía deberse a la excitación del descubrimiento, antes que a la altura. La sangre seca que había corrido de sus narices se pegoteaba en sus incipientes bigotes rubios y sucios: tenía el aspecto de un vikingo caníbal.

—Era bonita —comentaste, absurdamente.

—Salvajes —murmuró Darwin.

—Pero no sufrió.

—¿Cómo saberlo, pintor?

—Fácil. Fíjese, murió sonriendo. Le dieron chicha o droga. Y esperaron a que se durmiera. El frío hizo el resto. Una muerte dulce.

Afuera, como confirmándolo, el temporal aulló. Adentro, congregados en torno a la momia sonriente, Darwin y tú se miraron, acaso pensando lo mismo: ¿los encontraría a ustedes algún explorador extraviado, un par de siglos más tarde, también secos y sonrientes, y entonces diría que tuvieron una muerte dulce?

El frío te sacó de una ensoñación que —en esas circunstancias— casi te parecía atractiva. Tenías las manos violáceas, no sentías los pies dentro de las botas mojadas. La pequeña lámpara de aceite de Darwin no daba calor y tampoco duraría mucho. Te alarmaba la perspectiva de quedarte a oscuras con el frágil naturalista y aquella momia que parecía viva en este refugio que ahora resultaba ser una tumba. Volviste a gatas hasta la entrada. Temblando de frío cogiste tu atril y, presionando por la mitad una de sus patas sobre tu rodilla derecha, la quebraste. Jamás olvidarías ese ruido. Sentiste como si le estuvieras partiendo el espinazo a tu arte, Moro.

En pocos minutos, ayudándote con el martillito del naturalista, habías reducido también a astillas tu sillita de trípode, tu caja de óleos y hasta tu gran paleta. Sólo respetaste tus pinceles de marta siberiana, regalo de tu padre cuando saliste a pintar el mundo. El Aconcagua podía exigirte sacrificarlo todo, menos eso.

—Vamos a usar los óleos como activadores, Darwin. El arte sirve hasta para calentarse. Más útil que su ciencia.

Por toda respuesta, el naturalista sacó y te pasó una cajita metálica conteniendo unos modernos fósforos de fricción, marca Congreves. Mientras él reapilaba algunas lajas de piedra en la entrada, intentando bloquear el chiflón de viento y los copos de nieve, tú encendiste con facilidad un fuego pequeño pero bastante pasable.

—¿Siempre lleva una lámpara? —le preguntaste, acercando algunas astillas.

—Es una linterna de espeleólogo. Por si encuentro una caverna.

—Bueno, la encontró, y con tesoro incluido. Lástima que no podremos disfrutarlo mucho.

El bonito fuego, que iba devolviendo la sensibilidad a los dedos de tus pies ahora descalzos, no alcanzaba para entibiar tu gélida amargura. La leña de tus útiles duraría, como mucho, algunas horas. Y luego...

—Sólo hemos aplazado la muerte dulce.

—No la mencione —te pidió Darwin, agitando una mano; el mentón le temblaba como a punto de hacer un puchero.

—Es simple realismo, de ese que a usted tanto le gusta. Cuando se apague este fuego vamos a morir congelados, tal como ella.

Te agradaba mortificar al niño prodigio. Ya que no habías sido capaz de asesinarlo, podías permitirte esta pequeña venganza. Recordaste tu pistola. Trajinaste tus ropas buscándola. Otra posibilidad era suicidarse, en lugar de morir lentamente de frío y hambre. Al fin y al cabo, era lo que habías planeado originalmente: matar a tu rival y pegarte un tiro después... El naturalista te miraba hacer, alarmado.

—No tiemble, Darwin, creo que perdí el cachorrillo. Además, ya no necesito matarlo. El Aconcagua lo hará por mí.

—Basta. Odio las escenas melodramáticas —alegó por fin.

—Pues ha protagonizado varias desde que llegó a este país.

—¡Y pensar que ya podría estar lejos, llegando a Mendoza! —exclamó él, tomándose la cabeza.

—Hablando de eso, ¿por qué demonios se desvió hasta acá?

—Por el Aconcagua, igual que usted.

—¿Se desvió para robarle unas piedras? Quizás por eso se vengó la montaña.

—No, vine para subirla. Como hizo su patrón, Humboldt, en el Chimborazo.

—¡No es mi patrón!

Te enojabas, pero ahora lo escuchabas, fascinado a tu pesar. Darwin hablaba como el condenado al que van a ejecutar, ya sin nada que perder. Entre balbuceos y suspiros te confesó que había venido hasta las faldas del Aconcagua pensando en superar la marca de Humboldt, que en 1803 casi había alcanzado la cumbre de aquel volcán ecuatoriano, llegando a los veinte mil pies. Y que por eso era considerado «el hombre que ha subido más alto en el planeta», como lo había llamado el *Times* de Londres. La expedición del *Beagle* alrededor del mundo había fracasado. FitzRoy había enloquecido...

—Y yo me enredé con... —masculló Darwin, bajando la mirada, avergonzado, sin mencionar a Carmen.

Para redimir todos esos fracasos el naturalista había decidido que, en su ruta de escape, subiría hasta la cima del Aconcagua, coronaría sus veintitrés mil pies y se convertiría en el nuevo «hombre que ha subido más alto». Sin embargo, ya lo veías tú, nada le salía bien. En vez de conquistar la montaña, ésta se los había tragado a ambos. Y te indicó el paladar de esa boca de piedra donde estaban atrapados.

Mientras hablaba, Darwin se había desabotonado el amplio chaquetón de paño. Fue sacando de los numerosos bolsillos interiores una panoplia de instrumentos. Cronómetro, barómetro y altímetro, anemómetro, espectrógrafo, sextante, brújula prismática, todos de bronce o latón brillante. Los dispuso en semicírculo sobre el suelo a su lado. Como si esperara que lo protegieran. Ahora se parecía a la momia de la niña, rodeada por las ofrendas que debían servirle en su viaje por el más allá.

Por tu parte, trajinabas ese tesoro de la princesa sacrificada. Su ajuar sugería que era de procedencia incaica. Reconociste varios objetos similares a algunos que te habían ofrecido en el Perú, provenientes de tumbas profanadas, muy antiguas. Retiraste el gran penacho de plumas de papagayo y tucán que cubría la cabeza un tanto alargada de la niña. Le quitaste el alfiler de metal, un gran *topu* con forma de cuchara, y te lo prendiste en el pecho. Sopesaste las joyas, el pectoral de plata, un collar de malaquita, seis estatuillas de oro. Examinaste un mate pirograbado con escenas lascivas (te hicieron sonreír, recordando a Carmen, y por eso mismo lo arrojaste al fuego, furioso con tu propia memoria). Soplaste en los instrumentos musicales: un silbato de piedra, una flauta de caña, una ocarina de cerámica en forma de pichón que emitió un silbido similar al de la tormenta, pero en miniatura. Te peinaste con un frágil peine de palo. Luego te pusiste el tocado de plumas, te colgaste del cuello la chuspa de lana y, blandiendo un bastón de madera recubierto de plata, volviste a sentarte frente al fuego.

—Devuelva esas cosas —te pidió Darwin.

—¿Teme la venganza de la momia? ¿Usted, un naturalista?

—¡Tiene razón! —gritó Darwin, barriendo con una pierna sus instrumentos—. Moriremos aquí de hambre o de frío. Y toda esta ciencia no me sirve para aceptarlo.

La princesa inca, hierática y sonriente, arbitraba ese duelo constante entre ustedes. Te pareció notar cierta ironía en su altivez muda, como si advirtiera la ridiculez: dos intelectuales empecinados, debatiendo incluso cuando estaban a pocas horas de morir.

Mientras el naturalista se lamentaba, desocupaste el contenido de la chuspa y lo esparciste frente a ti. Tal como habías supuesto, contenía un equipamiento tan esencial como los alimentos ofrendados para la larga travesía de la princesa por el reino de los sueños eternos. Apareció una tableta para efectuar inhalaciones, de madera labrada. En el extremo superior la talla representaba a un sacerdote con ojos de obsidiana verde oscuro y una cabeza cortada en la mano. En el Perú habías visto una estatuilla semejante: era el chamán Sacrificador. También había un tubo con una serpiente igualmente labrada, un vaso de caña tapado, un morterito con su mano de piedra, varias conchas de caracol terrestre, y una bolsa de cuero que contenía un montón de vainas negruzcas. Se las lanzaste a Darwin.

—Deje de quejarse y examine esto.

El filósofo natural se reanimó un poco. Inspeccionó las vainas, partió una y auscultó sus semillas con la lupa.

—Creo que son vainas de *Acacia niopo,* muy común en Sudamérica. Humboldt describe cómo los indios muelen estas semillas y...

—En el Perú y en Bolivia a ese árbol lo llaman cebil —lo interrumpiste, muy excitado—. Allá mezclan el polvo con los caracoles molidos y preparan esto: se llama vilca... Le aseguro que Humboldt no se atrevió a probarlo.

Derramaste sobre la tableta un poco del polvillo blancuzco que venía en el interior del vaso de caña. En Ayacucho habías observado los efectos de la vilca en algunos indios. También te habían hablado de lo que veían, de cómo el Sacrificador cobraba vida y les cortaba la cabeza en sueños. Les cortaba los pensamientos, habías entendido tú, permitiendo que la sangre fluyera libre de ataduras, con todo su caudal de deseos. Habías insistido en probar ese polvo, aquella vez. Pero no te lo permitieron. Sólo te habían dejado mascar hojas de coca con ceniza, un pobrísimo sucedáneo... Y ahora, en esta cripta de las alturas, tenías la oportunidad.

Encajaste el tubito labrado en tu fosa nasal izquierda. Posaste su otro extremo sobre la pala de la tableta. El chamán Sacrificador te observaba desde la punta tallada, con sus ojos de piedra verde muy abiertos. Inhalaste con cuidado. Un picor amargo te dilató los bronquios, enderezándote la columna. Los ojos se te llenaron de lágrimas, el tocado de plumas se cimbró en tu cabeza y sentiste como si de ella te brotaran rayos. Luego, sin poder evitarlo, te torciste y estornudaste el polvo con tanta fuerza que la pequeña fogata flameó y una nubecilla de cenizas llenó la cueva.

—¿Qué pretende, Rugendas?

—Es fuerte esta cosa. Y está activa —dijiste, cuando pudiste articular—. Con esto usted podría subir más alto que el Aconcagua. Pruebe...

Le ofreciste la tableta por sobre el fuego. Pero él la rechazó, escandalizado. Un suave remolino giraba en tu cabeza, sin marearte. Era como si planearas en una de esas espirales de viento cálido que elevaban a los cóndores por encima de los precipicios. ¡Y no habías inhalado casi nada!

Cuidando de no aplastar tu penacho de plumas te recostaste de lado, muy a gusto. La fogata te calentaba el estómago. Sus brasas brillaban como ojos colorados en el bosquecillo de llamas doradas. Te sentías elegante con tu tocado multicolor y el bastón recubierto de plata. Y hasta la nieve que se colaba por la parte no defendida de la entrada te parecía más refrescante que amenazante.

—Ya que dentro de unas horas vamos a morir, Darwin, confiéseme algo: ese ataque que sufrió hace un rato no fue sólo mal de altura, ¿verdad?

XXVII. La muerte dulce

No, no habían sido solamente los efectos de la altura, la puna, lo que desmoronó a Darwin en la entrada de esa cripta. Durante los largos días que permanecieron atrapados por la tormenta en esa falda del Aconcagua, Moro, jornadas que te parecieron años, cuando más de una vez ambos creyeron que iban a morir allí, él te confesó que ya había sufrido antes esos ataques. Y reconoció que su origen era el miedo.

Si no pudo ser médico, como su padre y su formidable abuelo, fue porque en la Universidad de Edimburgo había sido incapaz de presenciar una amputación practicada a un niño. Sencillamente, había escapado de la sala antes de desmayarse.

Y aún peor: dos años y medio atrás, en vísperas de iniciar ese viaje alrededor del mundo, en el puerto de Plymouth, un marinero cayó al mar y se ahogó en la bahía. Al enterarse, Darwin experimentó una brusca taquicardia. Y enseguida había sido víctima de un síncope tan violento que pensó en renunciar al viaje. Había vomitado, sudado y temblado, sin la menor fiebre ni otra causa aparente. Sin causa, excepto, claro, la amenaza de la travesía que se iniciaba con aquel mal augurio. De pronto el *Beagle,* ese pequeño bergantín negro y oblongo, se le antojó una especie de ataúd flotante. Un féretro adornado con la cabeza de un perro sabueso en la proa, listo para hundirse con toda su tripulación en las profundidades de lo desconocido.

Quedaste atónito: era la misma imagen que aquel barco te había sugerido a ti, la primera vez que lo viste en la rada de Valparaíso. Pero no pudiste mencionarlo, porque Darwin iba lanzado en su confesión:

—Sufro ataques de terror, ésa es la verdad.

Ahora, con la muerte blanca aullando fuera de la cueva, ya no le importaba confidenciarte lo que antes no se habría permitido admitir ni ante sí mismo. Y además, al fin y al cabo, a ustedes dos los vinculaba «una peculiar intimidad» (fue el eufemismo, muy británico, que usó para indicar, por primera vez, que sabía de tu relación con Carmen). En estas circunstancias podía confesarte que esos colapsos ante los grandes cambios en su vida, como el que había padecido apenas unas horas atrás, luego del terremoto, eran ataques de terror. No simple ansiedad o angustia: terror puro.

Para probarse a sí mismo que no era un cobarde, Darwin había buscado un sitio en la expedición del *Beagle*. Había pagado por ser incluido. A pesar de que detestaba los viajes, sufría mareos al navegar y odiaba alejarse de su familia, sobre todo de sus tres hermanas que lo cuidaban como otras tantas madres... Sí, no obstante esa angustia, se había lanzado a esta travesía que posiblemente iba a durar años en latitudes inhóspitas, explorando «tierras viles».

Él, que odiaba las aventuras y amaba las rutinas, la vida previsible, sin sorpresas ni misterios... Una vida exacta, tal era su ambición. Una existencia plácida, que ojalá pudiera medirse y preverse con la ayuda de esos instrumentos que cargaba a todos los sitios. ¡Cuánto añoraba volver a Inglaterra! Allá construiría una rutina inflexible, dentro de la cual pudiera sentirse seguro. Instalado en la fortaleza de esos hábitos rigurosos podría dedicarse a sus entusiasmos mayores: clasificar piedras, atrapar escarabajos, disecar pájaros. Llenaría su casa de insectos muertos y animales embalsamados, incapaces ya de dar sorpresas desagradables.

—¿Quiere saber cuál era mi sueño más acariciado antes de embarcarme? —te preguntó Darwin.

Tú no estabas seguro de querer saberlo. Pero él no esperó tu respuesta. La muerte, en cuyas faldas se alojaban, lo empujaba a romper un silencio de años, quizás de toda su vida. Aunque te hubieras negado a oírlo, ese cachorro de sabio habría continuado con su monólogo.

Ser un clérigo rural. Ése era su sueño más acariciado. Tomar las órdenes. Conseguir que le asignaran una pequeña vicaría, con pocas obligaciones aparte del sermón de los domingos, a fin de tener mucho tiempo para trabajar en sus colecciones. Y desposar a una pequeña mujer tranquila, a la cual llenar de hijos para mantenerla ocupada y, también, para poder oír que la llamaban —y llamarla él mismo—: «Mammy»... ¡Qué maravilla!

—¡Qué espanto! —objetaste, sinceramente escandalizado, agitando el bastón recubierto de plata—. Ahora entiendo mejor sus ataques de terror, Darwin. Su cuerpo tiene miedo de usted. Y por eso se defiende atacándolo. Su cuerpo teme que usted lo mate en vida.

El naturalista te observó a través de las llamas de la pequeña fogata. Normalmente evitaba mirar con insistencia, pues le parecía poco cortés. Pero ahora lo hacía; a pesar de que tu aspecto debía ser espantoso, embarrado y tocado con ese penacho de plumas de la princesa muerta. Quizás los remezones anímicos y telúricos empezaban a resquebrajar la celda donde Darwin se había encerrado. El fuego parecía licuar sus pupilas celestes como si fueran dos trocitos de hielo. Desde el rabillo de sus ojos descendían dos gruesas y brillantes lágrimas.

—Puede ser —concedió por fin.

Podía ser, porque ya no estaba seguro de querer ese sueño. O de que pudiera ser enteramente feliz de ese modo. Esta circunnavegación, en la que había esperado encontrar tantas respuestas, lo había llenado de más y más preguntas. Si supieras tú cómo hervía su cerebro en las largas noches a bordo, frente a la Patagonia o en los fiordos de Tierra del Fuego. Los cimientos de sus convicciones se iban fracturando. Su mente y su cuerpo se habían expuesto a terremotos y avalanchas, a hombres viviendo en la edad de piedra y a fósiles de animales gigantescos. Y él...

—... Y yo me expuse a una mujer.

Se había «expuesto». El inglés timorato empleó, suspirando, ese verbo pudibundo para referirse a lo que había ocurrido entre él y la mujer que lo había desvirgado. Sospechaste que, para el joven Darwin, esa hembra había sido más peligrosa que todas las demás catástrofes juntas. Al quitarle su virginidad, ella había franqueado, del modo más radical posible, esa distancia aséptica con la cual pretendía conocer el mundo sin jamás penetrarlo. El naturalista, escabulléndote la mirada otra vez, dejó caer la cabeza entre los hombros para balbucear:

—¿Puedo mencionarla, Rugendas?

Te sorprendió menos su delicadeza que tu angustia. Ibas a prohibírselo pero él no esperó tu permiso.

—Después de Carmen ya no sé si alguna vez podré conformarme con mi soñada «Mammy» —declaró, abrumado.

Una parte de ti, la que aún disfrutaba los resabios de la vilca inhalada una hora antes, estuvo a punto de soltar una carcajada. Pero tu otro lado, Moro, tu costado oscuro y violento, experimentó un dolor rabioso que trepaba por dentro de tu tórax como un cangrejo. Sin embargo, un momento: ¿contra quién bullía esa rabia? Escuchabas al filósofo natural divagando en el interior de la cueva y no podías culparlo, ni negar que tú también temías algo parecido. ¿Podrías volver a sentir, después de haber vivido esta pasión con ella?

Darwin aprovechó tu turbación para reponerse un poco.

—Ya descubrí por qué sus amigas llaman a Carmen «la Vinchuca» —te anunció, cambiando de tema y de tono, sonriendo forzadamente mientras se secaba las lágrimas con la manga del chaquetón.

El joven científico te contó cómo, durante su fuga, se había alojado en un rancho en las afueras de Santa Rosa de los Andes. Del techo de paja caían por docenas esas «chinches besuconas»: así las denominaban los arrieros. Un bicho pardo y plano, de media pulgada de largo. Darwin se había dejado picar deliberadamente —tal como su admirado Humboldt se había aplicado descargas de una anguila eléctrica—, para experimentar. No dolía, no se sentía la picada del insecto. Y, sin embargo, era profunda. Él había observado cómo la alimaña, primero delgadita, al succionar su sangre se iba inflando como una bola hasta alcanzar el grosor de uno de sus dedos...

—Así me sentí después de esas dos noches con Carmen —declaró, ofreciéndote una precaria sonrisa.

Se había sentido como si ella le hubiera sacado toda la sangre. Carmen venía pálida como un muerto aquella noche en que llegó galopando hasta su campamento para —supuestamente— pedirle protección. Al amanecer del día subsiguiente, cuando Gutiérrez y tú los sorprendieron en la isla flotante, la piel de ella se veía rosada, radiante. ¡Tú fuiste testigo! Carmen estaba llena de energía. En cambio él...

—Yo me sentí como...

—¡Se sintió como el espárrago humano que es! ¡Un espárrago chupado! —clamaste, enderezándote, sabiendo que esa imagen absurda te la dictaba la vilca, antes de abandonarte del todo.

Al adelantarte sobre el fuego las plumas del penacho que lucías proyectaron en el paladar de la cripta un abanico de lanzas amenazadoras. Volviste a pensar en matarlo. Pero recordaste que habías perdido tu cachorrillo durante el terremoto. Y además para qué, si ya terminaría con ustedes el Aconcagua. Sólo había que darle tiempo.

—Cuando me lancé a esa laguna no huía de Gutiérrez ni de usted —continuó Darwin—. Escapaba de Carmen.

O al menos eso creía al principio, te dijo. Pero durante sus largas cabalgatas de San Fernando a Valparaíso, y luego huyendo hacia la cordillera, Darwin había comenzado a sospechar, oscuramente, que tal vez tampoco se estaba fugando de Carmen, exactamente. Ahora creía que, más bien, huía del sentimiento que ella despertaba en él. ¿Lo entendías tú? Dentro de ese miedo, que lo empujaba a fugarse, había hallado otra emoción embriagadora, tierna y feroz, acurrucada. Y era de ella que huía.

Sí, el naturalista, acostumbrado a examinarlo todo tan metódicamente, había diseccionado el bicho de este nuevo terror suyo para descubrir en su interior el germen terrible y despiadado de una pasión.

—¿Será esto lo que llaman amor? —te preguntó.

Darwin te consultaba como a un médico con experiencia, ansiando y a la vez temiendo tu diagnóstico.

Pero no te era necesario auscultarlo. Bastaba mirarlo para advertir que tenía todos los síntomas. Esos lagrimones fluyendo solos de sus ojos de niño prodigio, esos suspiros, esas cavilaciones. Sin duda, el naturalista incauto, al acostarse con la Vinchuca, había contraído la enfermedad que tanto temía. Y que a todas luces, contra su propia lógica e ideas, también anhelaba.

—Usted está enamorado, Darwin.

El naturalista echó la cabeza hacia atrás. Resopló con fuerza. Las llamas de la pequeña fogata se agitaron. La princesa incaica sacrificada pareció moverse en el fondo de su tumba, como si ella también suspirara.

—Pero le ha puesto remedio a tiempo —agregaste, con deliberada frialdad—. Ha huido de esa pasión. Ahora debe cuidarse y no volver a enamorarse. Pórtese bien y jamás volverá a sentir algo parecido. Si sobrevive a esto, claro.

Habías hablado con un rencor nuevo, que desconocías hasta ese minuto. ¿Qué te ocurría, Moro? De improviso admitiste que lo envidiabas. El desprecio que sentías hacia su británica formalidad y pudibundez no te impedía envidiar su control emocional, su horror a las escenas melodramáticas, su cautela ante las pasiones. El naturalista había tenido la fuerza de carácter necesaria para amputarse el amor que experimentaba. Y seguir el camino de su ciencia apartándose de la pasión. Él no cejaría en ello. Entonces aún no lo sabías, pero ibas a comprobarlo muchos años después.

En cambio tú... Tú no podrías apartarla de tu mente ni de tu corazón. El naturalista huía del amor. Tú lo perseguías. Y, a través de él, ibas en pos de Carmen.

Callaron durante largo rato. El niño prodigio evitaba mirarte. Ese filo de resentimiento que había en tus palabras anteriores había cercenado aquella «peculiar intimidad» que, según él, los unía. Afuera, el temporal bramaba.

XXVIII. Aullidos

Un montón de nieve se había derramado dentro de la cueva por el boquete en la pirca. Cada tanto, la débil luminosidad de las brasas —que alimentabas con palitos— delataba al horrendo fantasma de la ventisca que se revolvía en la entrada, intentando colarse. Luego el monstruo se alejaba ululando, arrastrando sus mantos blancos. Sólo para atacar de nuevo con la próxima embestida del viento.

Darwin mascullaba algo inaudible y gesticulaba, aunque abortando sus gestos, sujetándose las manos. Hasta en la indignación era un *gentleman*, te dijiste, burlón. Al fin, reunió rabia suficiente y venció su timidez:

—Usted... Usted no pensaba matarme.

—Lo salvó el terremoto, niño prodigio.

—Podría haberme disparado en cuanto me vio. O haber dejado que esa roca me aplastara.

—Calculé que lo iba a necesitar para salvarme yo.

—¡Mentiras!

Darwin saltó hacia delante, casi pateando la hoguerita que los defendía del congelamiento. Te apuntó con un índice tembloroso. La fina máscara de barro ceniciento del glaciar se desprendía de su rostro, resquebrajada por la excitación. La rabia de los pusilánimes, pensaste, parece más violenta por contraste con su cortedad. Éste te escupía las palabras a la cara:

—¡Usted sólo quería hacer el teatro romántico de perseguirme! Sí, quería actuar esa grotesca escena de celos. ¡Nada más!

—¿Y por qué iba a querer actuar una escena, Mister Darwin? —le preguntaste con perfecta tranquilidad.

Te encantaba mantener la calma frente al caballero inglés que la había perdido.

Darwin se mordió los labios. Bajó su índice acusador. Vacilaba, ignorando la respuesta o tal vez apenado por tener que dártela. De pronto temiste, oscuramente, lo que pudiera decir. Y estuviste a punto de hacerlo callar. Pero se te adelantó:

—Usted hizo ese teatro para probarse a sí mismo que ama a Carmen.

—No necesito probarlo. ¡Yo la amo!

Darwin sonrió, no supiste si con incredulidad o con lástima.

—¿La ama tanto como a esas «mujeres típicas», a las que también pintó y después abandonó?

Había sido un buen golpe bajo. Te quedaste boquiabierto y mudo de pura impresión. O más bien de pura admiración. No contenta con seducir y desvirgar al niño prodigio, Carmen le había revelado el secreto de tu colección de mujeres desnudas. Sin duda, debía haberle contado que también a ella la habías retratado de ese modo.

Qué gran contrincante en las guerras floridas del amor te habías buscado, Moro. Si conquistarla fue un trofeo precioso, caer derrotado por ella no lo era menos.

—Reconózcalo —exigió Darwin, pero ahora sin encono, más bien como si te pidiera admitir una verdad científica—. Pintó a Carmen desnuda porque también a ella iba a dejarla y quería llevarse ese recuerdo indecente.

—Quería vivir con ella —objetaste, pero sin convicción—. La habría raptado, si ella hubiera querido.

—No —afirmó Darwin—. Usted colecciona mujeres como yo colecciono rocas e insectos: fríamente.

Ahora eras tú quien sentía, por primera vez, un cierto mareo. Quizás también habías subido demasiado alto. Subido y apostado de más. Todavía intentaste aparentar desprecio:

—Usted será el frío, porque es un racionalista. Yo...

«Yo soy un artista», estabas a punto de agregar. Pero ya ni eso te parecía la garantía de una vida apasionada, apostada a la creación y al amor. Desde aquella revelación que sufriste, empapado de meados y de lluvia en Valparaíso, ya no culpabas solamente a «la otra» por el desengaño y la muerte inexorable de tus amores. Eras tú también, con tu implacable ojo de retratista, quien los mataba.

Darwin interrumpió tus reflexiones:

—A usted el amor le alcanza apenas para conquistar, Rugendas. Antes de desilusionarse, siempre se va. Porque tiene miedo.

De modo que Carmen lo sabía. El joven recién desvirgado no era más que un mensajero: repetía lo que había oído. Era ella quien te hablaba a través de sus labios. Ella quien, en alguna pausa de esas dos únicas noches que había pasado con el naturalista, durmiendo y copulando a la intemperie, navegando en la isla flotante, viviendo la fantasía de ese rapto con el que soñaba, le había dicho a su amante ocasional que tú, su amor verdadero, no sabías amar.

También veías claro, de golpe, por qué la habías retratado desnuda. A Carmen y a todas las otras. No para inmortalizar su belleza, sino porque esas imágenes eran, en verdad, las únicas mujeres con las cuales te sentías seguro. Ellas no podrían mirarte un día y descubrir tu desamor.

¿De dónde había sacado Carmen esa capacidad para sondear los abismos de tu soledad? ¿Cómo había logrado asomarse a esa cripta gélida en tu pecho, si ni siquiera tú querías verla? Esa tumba cerrada por trescientos años donde un niño sacrificado aguardaba, sin esperanza, que lo despertaran.

Y aun así te había amado.

Las brasas de la hoguerita, cubiertas de ceniza, apenas alumbraban. Casi no veías el rostro de tu contrincante. Agradeciste la oscuridad que disimulaba tu confusión, tu dolor.

Te estremeciste de frío. Tu carne te recordó que no sólo tu espíritu se congelaba. ¡También tu cuerpo se estaba escarchando! Buscaste más trozos de madera en la penumbra. Registrabas afanosamente, pero tus manos sólo palparon la arenisca gruesa del suelo y las ofrendas de la momia. Durante la discusión con Darwin, sin notar lo que hacías, habías alimentado el fuego furiosamente, con los trozos de tu caballete, el sillín de trípode y las astillas de tu caja de óleos. Y tu paleta, incluso. Luego de quemar todos los útiles de tu arte, habías quebrado en dos el bastón incaico recamado de plata, que ya se había consumido. Ahora vertiste el resto de aceite de la linterna de Darwin sobre la fogata. Ésta flameó alegremente un instante, antes de extinguirse casi del todo, con un siseo burlón.

No quedaba nada combustible. Y te bastaba el castañeteo de tus dientes para saber que lo peor de la noche estaba aproximándose. Cuando este último rescoldo se apagara... Amanecerían congelados en esta cueva sobre las faldas del Aconcagua, que así recibiría dos sacrificios más.

Aproximando su termómetro a las brasas, para iluminarlo, Darwin leyó la temperatura:

—Menos quince.

—Y eso cerca del fuego. En mi espalda serán menos veinticinco.

—Queme esos pinceles. Es la única leña que nos queda.

—Jamás. Me los regaló mi padre. Él quería que yo fuese el mejor pintor del mundo. Además, no durarían nada. Prefiero morir ya mismo.

—Cuando esto se apague quedaremos a oscuras.

—No me diga que también le teme a la oscuridad.

—Mi madre murió cuando yo tenía tres años —te contestó Darwin.

Era una respuesta incoherente y, sin embargo, te pareció lógica. El Aconcagua te familiarizaba con lo incomprensible: esa temprana muerte de la madre era una causa más que suficiente para temerle a la oscuridad de ahora.

Soplaste sobre las brasas y un leve resplandor iluminó los claros ojos despavoridos de Darwin. Parecía, en efecto, un huérfano desamparado. Si ahora sufría otro de sus ataques de terror, ni tú podrías resistirlo.

—Siéntese a mi lado —le ofreciste—. Nos daremos calor.

No hubo respuesta. Pero ya lo conocías: el niño prodigio estaba luchando contra su timidez. Por fin lo entreviste arrastrándose hasta quedar sentado junto a ti. Aunque guardó una discreta distancia de centímetros. Posiblemente, el contacto físico lo espantaba más que la oscuridad.

Mientras tanto, aprovechando los últimos destellos del fuego, tú preparabas la tableta. Habías observado bien a los indios en Ayacucho y ahora los imitabas. Limpiaste el tubito inhalador con una de las espinas de cactus que venían en la chuspa y luego echaste la púa a las brasas. Abriste el vasito de caña y rociaste sobre la tableta una generosa ración de vilca que tal vez contenía algo más. A juzgar por tu experiencia de un par de horas antes, sería más que suficiente para los dos. Codeaste a Darwin:

—Ahora usted primero.

—¿Para qué? —objetó su voz trémula.

—Para que tengamos una muerte dulce.

—¡No la mencione!

—Está bien. Entonces, para combatir el frío y la altura.

—¿Está seguro?

—Los alpinistas beben licores fuertes. La vilca es algo parecido. En las punas del Perú la usan para eso, justamente. Quizás nos permita aguantar hasta la mañana.

Era una grotesca mentira. Pero venial. Nada te costaba darle esa esperanza al naturalista.

Tras unos segundos de vacilación, sentiste su hombro inclinarse y apoyarse en el tuyo. Explorando casi a ciegas su cara encostrada de lodo, ubicaste su nariz y en una de sus ventanillas encajaste, con cuidado, el tubo inhalador que sostenías sobre la tableta. La alzaste. Los ojos de obsidiana del chamán Sacrificador brillaron un poco, mirándolos a ambos.

—Inspire a fondo —ordenaste.

Pese a sus desórdenes nerviosos, Darwin tenía una constitución robusta y un tórax amplio. Inhaló con tanta fuerza que, para tu asombro y espanto, cuando revisaste la tableta la encontraste totalmente limpia.

Afortunadamente, el vasito de caña aún contenía bastante. Mientras preparabas otra tableta, el naturalista novicio se revolcaba, pataleaba y gemía.

—¡No estornude por ningún motivo! Tápese la nariz —lo instruiste con severidad.

Aunque, juzgando por los ronquidos agónicos que el otro profería, cualquiera habría dicho que ya no le quedaba nariz alguna que taparse.

El Sacrificador, con la cabeza cortada en una mano, volvió a alzarse. Esta vez sobre ti. Inhalaste con cuidado, sin exagerar, prevenido por tu experiencia anterior y por la visible agonía del filósofo natural.

Una lava ardiente bajó por tu laringe. Los ojos de piedra se dilataron. Sentiste que te ahogabas en ellos, como si te sumergieras en las lagunillas verdosas que el terremoto había tapado. Las plumas del tocado te picaban sobre la coronilla, parecían brotar y crecer directamente de tu cuero cabelludo. Sentías que te fundías, que se reventaban tus pulmones, que se te endurecían las tetillas. Un bendito calor te rescataba del congelamiento y se concentraba en la erección palpitante que te abrió las piernas.

Es posible que hayas perdido la conciencia durante algunos minutos, desvanecido por esa sobreabundancia de vida que te inflamaba. Lo siguiente que recuerdas es que alguien te remecía y enderezaba.

—*This is great!* —exclamaba una voz enronquecida.

Abriste los ojos pero no veías nada. La oscuridad absoluta correspondía, ahora, a la de una tumba. Sin embargo, si estabas muerto no estabas solo. Alguien sentado junto a ti te abrazaba. Tardaste en recordar al naturalista. Era él quien pasaba su largo brazo izquierdo sobre tus hombros. Lo oías jadear y murmurar. No parecía estar sufriendo uno de sus ataques de angustia. Más bien lo dominaba un incontrolable entusiasmo. Tú tampoco sentías el menor miedo o aprensión. Un recuerdo que no parecía pertenecerte del todo atravesó tu conciencia. ¿Alguien te había dicho en esa selva peruana que la vilca se aspiraba en las ceremonias de paz entre las tribus? Pues ahora ya sabías por qué.

Darwin se reía, palmeándote la espalda:

—Al menos no moriré virgen —afirmó.

Se oía como si no cupiera en sí de felicidad. Tú también te reíste, sin asomo de rencor:

—Sí, agradézcaselo a la Vinchuca.

Al oír ese apodo el naturalista lanzó una carcajada estentórea, virulenta, que te contagió de inmediato.

—¡Por supuesto, la Vinchuca! —exclamó él—. Me chupeteó, me dejó lleno de moretones el cuerpo.

—A mí también —repusiste, empezando a llorar de la risa.

—¡Nos chupeteó a los dos! —gritó Darwin, arrebatado.

Y enseguida aulló.

Aulló como un lobo de la estepa ladrándole a la luna, como un gorila palmeándose el pecho en lo hondo de una selva lluviosa, como un hombre joven al borde de la muerte pero dichoso de seguir vivo.

Instintivamente, gozosamente, te uniste a sus aullidos. Hombro con hombro, entonaron un melodioso coro de ladridos felices. Hasta que, poco a poco, la vilca los fue llevando hacia otra región de ese viaje.

XXIX. Un árbol vivo

Un chorro de luz deslumbradora ingresaba por la entrada de la cueva. La nieve había redondeado el boquete informe en la pirca. De él colgaban colmillos de hielo que proyectaban diminutos arcoíris. Parecía, más que nunca, una boca dentada del Aconcagua que los hubiera devorado. Y, sin embargo, mirar esa abertura luminosa desde el tibio interior de la pequeña caverna producía una sensación hogareña, casi feliz. Por si fuera poco, tú cocinabas revolviendo una sopa sobre el fogón. Sólo te faltaba canturrear. O quizás lo hiciste, pues Darwin al fin se movió. Su nariz recta se arrugó olfateando el aroma de tu sopa. Su estómago gruñó. El hambre revivía antes que el hombre. Lo viste entreabrir los ojos y volver a cerrarlos enseguida, encandilado. Luego se incorporó a medias.

—Ya era tiempo, durmió usted más de veinticuatro horas —le dijiste.

El naturalista te miró sin entender. Luego se frotó los ojos legañosos, dudando de lo que veía: quién eras tú, qué diablos hacía él en una cueva, cómo había llegado ahí. Había dormido un día completo, desde que cayera derrotado por la vilca. Roncó como un oso hibernando. Soñó, gruñendo y debatiéndose, luchando y luego ronroneando. A veces se tocaba en forma indecente. En un par de ocasiones, durante el día anterior, intentaste despertarlo remeciéndolo. Pero su resistencia fue tan furiosa como la de un animal al que quisieran separar de su pareja mientras copulaba. Optaste por dejarlo dormir.

Desperezándose, Darwin fue a gatas hasta la entrada y asomó la cabeza. La hundió en la nieve. Hurgó en ella como un perro en su plato, comiéndola, tragándola, tal como habías hecho tú la mañana anterior, poseído por una sed abrasadora que ese método no logró saciar. Luego levantó la cabeza y lo escuchaste inspirar y exhalar profundamente, extasiado al contemplar el paisaje completamente nevado, blanco, refulgente, que había dejado la tormenta. Se volvió a mirarte, sonriendo:

—Ahora podemos salir. Estamos salvados —te dijo.

—Ya lo intenté. No pude avanzar. Hay metros de nieve. Estamos más aislados que anteayer.

—¿Anteayer?

Darwin sacudió la cabeza, buscando en algún rincón de su cráneo ese día perdido. Luego te miró mejor y abrió la boca, perplejo. Indicó con el dedo el gran huaco negro en forma de mono panzón, donde revolvías un caldo con el mango metálico de su martillo de geólogo. Debías ofrecer un espectáculo singular, sentado con las piernas cruzadas, tocado con el penacho de plumas de la princesa sacrificada que insistías en usar, cocinando tranquilamente, un poco acalorado por las nubecillas de vapor que emergían de tu sopa:

—¿De dónde sacó esta comida?

Te demoraste en responderle. Probaste el caldo con la cucharita de hueso que venía con la vilca. Luego pellizcaste un poco del ají que habías molido en el morterito de piedra y lo espolvoreaste en la sopa. A falta de sal era un buen condimento. Le daba un color rojizo y apetitoso a tu guiso.

—Encontré un pedazo de caballo destrozado por el derrumbe —declaraste por fin, sin mirarlo—. Y le agregué el maíz, la quinua, algunas papas chuño y las otras ofrendas de la princesa.

—Huele bien. Tengo un hambre feroz. ¿Puedo?

—No. Le falta cocción —dictaminaste, con el aplomo de una buena ama de casa—. Los ingredientes están muy secos. Ayer tardé tres horas en prepararme un simple consomé.

—Claro... Pero, ¿y este fuego?

—Ya veo que no recuerda nada. Antenoche, en uno de sus delirios, usted se puso a picar piedras y las encendió con sus fósforos y lo que quedaba de mis óleos. Dijo que arderían. Y lo hicieron.

Le mostraste la caja metálica con los fósforos Congreves. Y las hojitas de papel con las que habías prolongado su ignición. Al ver estas últimas el naturalista abrió mucho los ojos. Enseguida se registró sus innumerables bolsillos, frenética e inútilmente.

—Son hojas de mi diario —dijo—. ¿Qué hizo con él?

—Me sirvió para reanimar el fogón.

—¿Mi diario de campo? ¡Mis notas de estas últimas semanas!

—Las quemé. Tal como hizo usted con los pinceles que me regaló mi padre —señalaste tranquilamente, con placer vengativo.

—¿Lo leyó? —preguntó tímidamente Darwin.

—¿Esas repugnantes descripciones fisiológicas de lo que hizo con Carmen? ¿Esos «intercambios de secreciones», «esas funciones reproductivas»? Sí, claro que las leí.

—Eran notas científicas... —se excusó el niño prodigio, enrojeciendo hasta la raíz de sus escasos pelos rubios.

—Agradézcame que lo haya quemado. Su fría descripción del coito era mucho peor que la más descarada pornografía.

«Peor que mis pinturas de las mujeres típicas», estuviste a punto de agregar, Moro. Pero te contuviste.

Darwin, resignado, examinaba ahora las brasas del fogón. Esas lajas negras de la pirca que, según tu relato, él mismo había logrado encender dos noches antes. Y que luego tú habías seguido picando para alimentar el fuego. Recogió una astilla de esas piedras y se abstrajo examinándola con su lupa. Viste su enorme ojo celeste, cándido, parpadeando en el lente.

—Es pizarra bituminosa. Carbón de esquisto, de bajo poder —dictaminó por fin.

—Eso mismo dijo antenoche, pero de forma más poética. Piedras del infierno, las llamó.

—No sé cómo lo descubrí... Nos quedamos a oscuras, creo.

La memoria le volvía a ráfagas y se iba. Ya conocías el proceso. Lo habías vivido el día anterior, mientras él dormía.

—Tal vez lo descubrió en cuanto subimos a la cueva. Pero no me lo dijo para que antes yo quemara todos mis útiles de pintura. O quizás después la vilca le agudizó el sentido del tacto. Qué sé yo.

Al escuchar la palabra vilca el naturalista se dio una palmada en la frente. Demasiado fuerte. Refrenando o castigando las imágenes que asomaban en su mente.

—La vilca, claro. Íbamos a congelarnos. A morir. La inhalé... Después sólo veo un fogonazo. Tengo una quemadura en la memoria.

—Quizás sea mejor así. Porque hizo y dijo unas cosas...

Darwin enrojeció. Te examinó con desconfianza. ¿Te burlabas de él, de nuevo?

—Jamás me había pasado algo así.

—Y yo espero que nunca le vuelva a ocurrir.

—¡Por Dios, Rugendas, cuénteme de una vez!

*

Habían quedado completamente a oscuras en la cueva, en esa boca del Aconcagua que cada tanto temblaba con las réplicas del terremoto. Iban a morir de frío esa noche, estaban seguros. Y el único testigo sería la princesita sacrificada que se les había adelantado unos trescientos años, quizás, en ocupar esa tumba.

Durante tus delirios, a veces te pareció que en el paladar blancuzco de la pequeña caverna se proyectaban unas presencias, figuras fosforescentes y multicolores que acaso inventaban tus retinas. O quizás no... Veías algo que sólo atinabas a llamar «el Gran Ser». Veías los espíritus de los árboles, veías serpientes. Veías el destino convertido en algo tangible que iba a acabar contigo. Pero era una sensación tan familiar que no querías que terminara. En algunos tramos de la alucinación te disgregabas, te repartías, compartías tus visiones con una tribu innumerable de hombres y mujeres con los cuerpos pintados o tatuados. Y luego te quedabas horriblemente solo.

En esa soledad brilló una vez, nítidamente, la piel alba de una joven desnuda. Aunque llevaba el rostro medio cubierto por su melena roja, cobriza como el pubis, podías ver que era bellísima. Ella alargó el brazo ofreciéndote su mano. Ibas a tomarla, pero entonces un escalofrío recorrió tu espalda. Supiste quién era. Cerraste los ojos gritándole que no era tiempo, todavía.

Tampoco podrás estar seguro, jamás, de qué cosas alucinaste tú, Moro, y qué alucinó el naturalista. A ratos te parecía que tus visiones se entrelazaban con las que Darwin balbuceaba, formando una hélice doble, enroscada como una larga escalera, de peldaños muy espaciados, que descendía hacia un arcano insondable en el interior de la montaña. En otros momentos te pareció estar perfectamente lúcido, mientras el naturalista deliraba, aullaba como un animal y luego disertaba como un maestro. Y también hubo esos otros instantes, los más perturbadores, cuando creíste que los dos veían lo mismo. Aunque sabías que eso no era posible...

Aguarda un instante, Moro. Vas muy rápido. No renuncies a pintar lo que viste. Es posible que toda tu vida te hayas preparado para esto, sin saberlo. Para pintar en la oscuridad, con el pincel de tus visiones, aquel trayecto hasta el fondo de la montaña. Intenta que brille esta pintura imposible, Moro. Como lo hiciste para Darwin cuando te pidió que le relataras lo que él no podía recordar. Hazlo ahora, aunque al pintarlo y recordarlo reordenes esa confusión original. Y quizás así se pierda su esencia. Haber estado por una vez totalmente «confundido» fue también estar «fundido con» la alucinación. Por una vez estuviste dentro del cuadro que pintabas.

Con el primer efecto de la vilca, de eso estás seguro, ambos sintieron un calor ardiente que, junto con quemarlos por dentro, los rescataba del congelamiento. Y aullaron juntos, abrazados. Rugieron por el puro goce de estar vivos. Y esos aullidos eran tan potentes que acallaban los bufidos de la tormenta que los sitiaba.

En la siguiente escena ya puedes ver en la oscuridad. Tus ojos horadan el corazón de las sombras, que es de un color violeta. Quizás (pero esto lo has pensado después) el naturalista logró encender aquellas piedras de pizarra, y tú no lo advertiste o lo olvidaste. Como sea, ves la silueta radiante de tu compañero que hace algo insólito: toma la momia de la princesa sacrificada y la sienta sobre sus piernas. La acuna como si intentara hacerla dormir, ya que la muerte no es (esto sí lo sabes con una certeza atroz) sino una eterna vigilia. Y él, además de acunarla, ¡también le canta! Le canturrea una nana, le dice palabras mimosas. Le cuenta un cuento. Empleando esa fingida voz infantil que las madres usan para hacer dormir a sus pequeños, el naturalista le cuenta a la niña muerta una historia romántica: Éranse una vez un hombre y una mujer que hicieron el amor sobre una isla flotante...

¡No!, quisieras gritar tú. Ésa no es una historia apropiada. La niña no se va a dormir si le cuentan una historia semejante. No podrá dormir nunca más. Pero el naturalista te hace callar: chitón, te dice. Y continúa su relato, con esa voz maternal. Éranse un hombre y una mujer que hicieron el amor de pie, desnudos, sobre una isla que navegaba. Aquellos dos estuvieron tan apretados, tan entrelazados, que fueron como un árbol, plantado en esa isla.

Entonces sientes que tus ojos se desorbitan, transformándose en binoculares. Con esos lentes no sólo acercas distancias, sino que penetras en tiempos insólitos. A través de ellos vuelves a ver ese «árbol vivo» que oteaste desde la orilla de una laguna remota (¿una semana antes?, ¿cientos de años atrás?). Un árbol que se mecía y ondeaba como si lo agitara un viento que no soplaba.

El naturalista te dice que sí, que eso mismo fueron: un árbol vivo. Y tú aceptas, con toda naturalidad, que el otro vea lo que estás pensando. Lo ve porque tú pintas en el aire esas visiones que él te relata. Las palabras las pone él y tú agregas las imágenes. Comprendes que actuando así son uno solo, tan unidos como si hubieran copulado ustedes, tal como hiciera aquella pareja que formó el árbol vivo.

Tus ojos-binoculares te muestran algo que entonces, desde la orilla de la laguna, no supiste que veías. Todo refulge con colores irisados, radiantes. El hombre desnudo, de piel rosada, alto, hunde sus pies en la blanda tierra vegetal de la isla viajera, como si buscara enraizarse en ella. La mujer, trepada sobre sus potentes muslos, enlaza con las piernas la cintura del hombre, rodea con los brazos su cuello, mientras echa hacia atrás la cabeza, dejando caer su cabellera negra que flota en un viento que no sopla. Las cinturas se mueven al compás de sus deseos. Él intentando penetrarla todavía más adentro; ella buscando ser empotrada más a fondo. Así encajados, el uno en la otra, ambos se mecen, se columpian. Vistos desde lejos, nadie podría discernir si se aman o si luchan. Lo cierto es que se cimbran, así como la pesada copa de un árbol colmado de frutos se balancea cuando lo mueve el viento tibio del verano (aunque allí no haya viento).

Junto a ellos arde una hoguera que proyecta sus sombras gozosas. Cuando sus cuerpos unidos se arquean, o se abren los brazos de alguno, o la melena de ella flota, la sombra de los amantes ondula, crece, se une a la sombra mayor de la noche. La sombra de los amantes cubre el mundo.

Así, el hombre y la mujer fueron un árbol, oyes que dice el naturalista dirigiéndose a la princesita sacrificada, a quien acuna en la oscuridad, siempre con esa fingida voz maternal, para que ella se duerma de una vez y pueda soñar que no está muerta.

Tú te enojas, quieres protestar. No te gusta lo que has visto. Lo que el naturalista te ha inducido a pintar en tu imaginación. Sientes deseos de discutir con él una vez más. Piensas que incluso alucinando podrían discutir. Pero no alcanzas a decir nada. Un tremendo relámpago entra en la cueva (¿entra o sale del fondo de ella?). Un fogonazo que incendia la oscuridad, quemando todo lo que has visto.

Cuando al fin tus ojos dejan de pulsar, de arder como brasas ciegas, ves que en la gruta, con ustedes, hay alguien más. No sólo lo ves, dirías que sientes el hielo de su presencia, un frío más amargo que el de esas alturas. El corazón se te encoge. La quijada del naturalista, frente a ti, ha caído en una mueca de espanto. Él también ve lo que tú. Ya no estás imaginando lo que él deliraba. Aunque sea imposible (todavía sabes aquello que es imposible), esta vez él y tú comparten la misma alucinación...

XXX. El árbol de la vida

Mefistófeles:
Gris, querido amigo, es toda teoría,
y verde y dorado el árbol de la vida.
J. W. GOETHE, *Fausto*

Es un viejo, enfundado en un pesado abrigo negro, con un sombrero hongo embutido hasta las cejas albas e hirsutas. Tiene la piel amarillenta y arrugada, largas barbas blancas de ermitaño y una mirada verde, traviesa, juguetona, contrastante con ese rostro labrado por un cansancio antiguo. Su extenuación sólo puede provenir —lo intuyes, Moro— de un conocimiento total y doloroso, de un saber donde la verdad mata la esperanza.

Este ermitaño sostiene en su mano izquierda, temblorosa, uno de los fósforos que traía Darwin. Pero éste arde sin extinguirse. (Sin extinguirse, como si el tiempo se hubiera detenido.) De la cabeza negra del palito, si bien carbonizada, crece una melena de llamas.

Aunque venga vestido de otra forma, tú lo reconoces: este ermitaño es el chamán, te dices, el Sacrificador. El otro se ríe con una risita sarcástica, chirriante, que suena como una campanilla, o como el roer de una rata sobre un hueso muy duro. Luego su voz cascada, entorpecida de flemas, irónica, les llega desde lejos. Apostaría a que se preguntan cuál de los dos me está soñando, ha dicho, sin mover los labios. Su voz proviene de un pasado perfecto; un pasado que se abalanza para devorar el presente.

Tú observas al naturalista. Está muy pálido, respira con fuerza, transpira un sudor brillante. Abraza a la momia de la princesa para protegerla, o tan sólo para abrazar a alguien. El ermitaño lo nota, sus ojos verdes destellan y se fijan en la niña muerta. ¿O somos todos un sueño tuyo, pequeña?, pregunta.

Enseguida su brazo se estira y retuerce (por dentro de su manga se mueve una serpiente), el fósforo ilumina ahora el fondo de la cripta, ahí donde estuvo la momia. El paladar calcáreo destella como si esa miserable llamita fuera una linterna o un faro o un relámpago inextinguible. El muro trasero tiembla, el terremoto se repite, la garganta de la cueva vibra, se derrite y se abre, girando en espiral; ves un remolino de lava ígnea, crepitante.

El ermitaño, enfundado en su largo abrigo negro raído, se voltea hacia ustedes y, con la mano derecha, la que no sostiene el fósforo, los llama. Sus largos dedos torcidos se pliegan sobre la palma, convocándolos.

El naturalista te observa, desesperado. Una lagartija asoma por el puño de su chaquetón y camina por su mano. Él la mira sin asombro y la empuja suavemente de vuelta dentro de la manga. Comprendes que has visto su miedo. Pero también su fascinación, su hechizo. No será capaz de decir que no. Tú tampoco. Sientes tu cuerpo como ajeno. Habitas un cuerpo hecho de capas gruesas de algodón.

Ambos se levantan y se acercan al hueco derretido en la pared. Al asomarse les parece ver el interior de una vasta copa, tallada en el interior de la montaña. Una larguísima escalera en espiral, con peldaños muy espaciados, desciende hacia el fondo invisible de esa copa. La escalera tiembla, se contrae, recorrida por espasmos de luces moradas, celestes y amarillas. El Sacrificador ya va muy abajo, pero su mano se distingue claramente sobre su hombro, llamándolos.

El naturalista pasa antes que tú. Aún lleva a la momia en brazos, incapaz de abandonarla, como una verdadera madre. Tú aguardas un instante y después lo sigues. Bajar por la escalera hacia el fondo de la montaña no exige ningún esfuerzo: a veces saltas de peldaño en peldaño, a veces sientes que la escalera te transporta hacia un pasado insondable. Sombras azuladas te lamen de vez en cuando, como lenguas. Ya no tienes miedo. Sabes que vuelves a un lugar conocido, aunque jamás has estado allí. Fluyes hacia lo hondo de la montaña como un líquido.

Sin darte cuenta has llegado al fondo de la caverna. El naturalista, con su momia en brazos, ya está ahí. El Sacrificador se lleva dos dedos al ala de su sombrero hongo y sonríe, feliz, mostrando sus dientes amarillos. Es su bienvenida para ustedes. Enseguida extiende el brazo con el fósforo encendido para que ambos vean lo que deben ver. Aquí la tienen, les dice, han hallado esa copa tan buscada. Y su contenido.

Desde el fondo del vasto e informe cáliz, llenándolo completamente, crece... ¿Qué es? Es un árbol. O son unas raíces gigantescas e invertidas, hundiéndose hacia arriba. O tal vez es el delta de un río que empieza a ser mar. O es impacto, explosión detenida en un millón de astillas congeladas. O es una red. O es tela de araña donde algo, todo, se debate, atrapado (esperando a que venga la araña). Tela y red, explosión y delta. Incendio, precipitación de la energía, ha dicho el ermitaño, que para simplificar llamaremos árbol de la vida, *mi capisci?* Si así les resulta más fácil verlo —¿tolerarlo, dijo?— observen, pues, lo que contiene la copa: su querido árbol de la vida.

Y tú no necesitas oír más para, con deleitada familiaridad, reconocerlo: es el viejo Yggdrasill, el árbol de las leyendas que escuchabas en tu infancia, en Baviera. Mutado, trastocado, tembloroso, precipitándose a una velocidad imposible. Y, al mismo tiempo, eternamente quieto.

Ves el eje del mundo. Hunde sus raíces hasta los avernos interiores, su tronco dorado alberga a la humanidad, sus ramas verdes son peldaños hacia el cielo. De una de esas ramas cuelga el Fruto, suspendido entre el firmamento y la tierra. Entre esas raíces vive enredada una serpiente. En lo alto anida un pájaro. Contra su tronco se recuesta un hombre sabio (ese que intenta aprender de la quietud del árbol).

Borroso y diáfano, así ves tú este árbol de la vida. Un infinito derrame que, brotando de una única semilla, crece elevándose hacia el cielo rojizo, siempre ramificándose, bifurcándose, derivando sobre el océano del tiempo, llenando las grietas de la nada. Entrelazando el universo. Creciendo dentro de tu cabeza. Impreso en la masa de tu cerebro. Innumerable y único como un bosque.

Cuando el viento sopla y las ramas y las hojas se mueven, el árbol quiere volar. Pero la tierra lo retiene, lo apresa. Entonces el pájaro abandona su nido y vuela por él. El pájaro revolotea y viene a picotear el pedúnculo de donde cuelga el Fruto. Éste cae de su rama. Golpea el suelo —el fondo de la copa, a tus pies— con un sonoro campanazo cuyo eco dobla a través de los siglos. El tiempo se pone en marcha, cada vez que suena ese campanazo del Fruto caído sobre la tierra.

Contemplas extasiado, durante horas o siglos, ese árbol de la vida que centellea en la oscuridad de la caverna (o copa o cáliz). Su belleza sublime (y que por eso duele). Su insoluble misterio. Su benigna indiferencia. Mirarlo te comunica una paz sedante, un bienestar que fluye por tus venas. Sientes que tú mismo eres el árbol, desde tus pies enraizados en la tierra nutricia, pasando por tus brazos abiertos, hasta tu cabellera alborotada que llega al cielo.

¿Les parece hermoso su árbol?, les ha preguntado el Sacrificador. Y lo ha llamado «su árbol», con malicia, como si los incitara a apoderarse de algo prohibido.

A pesar de todo vas a responderle que sí, que es maravilloso verlo, que rebosas felicidad. Pero antes de que alcances a hablar el viejo ermitaño cambia de mano su fósforo (la cabecita negra, carbonizada, continúa ardiendo dentro de esa melena de fuego). Al cambiar la orientación de la llama, todo el árbol cambia.

Red tramposa, tela (esperando a la araña), delta desbordándose, incendio devorando el cielo. Un árbol calcinado, quemado y ahuecado por mil rayos. Un árbol negro, palpitante, formado por una multitud de perros furiosos que se destrozan entre sí. Ves sus pelajes erizados, sus ojos enrojecidos, sus fauces babeantes de sangre, sus colmillos tajeando y arrancando la piel del enemigo. Un perro destrozado cae sobre una rama y toda la jauría se precipita sobre él para devorarlo. Mientras, en las otras ramas también combaten millones de animales. Hormigas arrastrando un ojo, hienas mordiendo los testículos de una jirafa, una gaviota deglutiendo entera a una rata que se debate en su buche, sólo la cola asoma todavía por su boca. Hueles la intolerable pestilencia que emana de los troncos pelados: playas infinitas donde se pudren cardúmenes de peces varados. Oyes bandadas de pájaros graznando, peleándose para picotearlos. Las ramas más altas son acantilados desde los cuales se precipitan al abismo oleadas de seres recién nacidos y ya muertos. Las raíces son un amasijo de cadáveres gelatinosos. Enjambres de moscas brotan de esos cadáveres. Las moscas luchan entre sí formando una bola maciza que de pronto se inflama y va a caer sobre el mar de pus que desborda de la copa. De allí se levanta una ola purulenta coronada de espuma, alta como una cordillera. La ola tiembla y se prepara. Mientras, en el árbol todos los seres vivos se matan sin cesar.

No puedes seguir mirando. Deseas vomitar. También el naturalista ha apartado la vista, abrumado. El Sacrificador no se inmuta, se acaricia las barbas blancas y escupe una flema. Una culebra fosforescente, amarilla, aterriza sobre una alfombra roja, muy elegante.

Entonces compruebas, sin asombro, que los tres (o los cuatro, incluyendo a la princesita) están sentados a la sombra del árbol, en sillones de estilo rococó, tapizados con sedas gruesas, sus patas y sus brazos cubiertos de yesos dorados. El ermitaño ha cruzado las piernas y ves que bajo el largo y raído abrigo negro asoman sus pantorrillas desnudas, blancuzcas, costrosas; los pies calzados con zapatos de charol. Parece sentirse muy a gusto, como un dueño de casa recibiendo a sus visitas. Escupe otra vez sobre la alfombra una flema amarilla, que ya no es una culebra sino una hoja del árbol, seca.

Aclarada su garganta, la voz burlona rechina. Ahora hablemos del amor, ha dicho con máxima urbanidad, como quien propone hablar del clima. Y enseguida te ha preguntado: dígame, ¿cómo fue? Ya sabe, esa vez en París, cuando el gran científico lo recibió en su piso del Quai Malaquais. Cuando usted se jugó su futuro de artista convirtiéndose a la pintura científica. ¿Cómo fue sentir que un sabio universal le tocaba el culo? ¿O acaso no es verdad que su patrón le toqueteó su culito abotonado de jovenzuelo bávaro?

El Sacrificador no sólo ve lo que piensas. También entra en los más escondidos recovecos de tu memoria. Ingresa allí donde guardas las pequeñas y podridas raíces de tu rabia. Ese cuarto piso en el número 3 del Quai Malaquais, desde donde se veía el Sena, allí donde dejaste que dominaran tu destino. El Barón y tú inclinados sobre su mesa de trabajo, examinando el gran mapa de América que él iba recorriendo con un índice algo torcido, artrítico, mostrándote los lugares adonde deberías ir, instruyéndote sobre lo que tendrías que ver y pintar, y hasta vivir. Mientras con la otra mano el Barón te acariciaba la espalda y luego las nalgas y te apretaba una. Tú, el joven pintor desconocido, abrumado por la proximidad del gran sabio y por los planes que tenía para ti, lo dejabas hacer sin darte cuenta o sin querer darte cuenta... Hasta que sentiste cómo su mano bajaba un poco más, intentando introducirse entre tus piernas. Sólo entonces te apartaste con brusquedad. Pero no lo abofeteaste, ni saliste indignado: te ubicaste al otro lado de la mesa, fingiendo examinar mejor una parte del mapa, quizás Chile. El Barón reaccionó exigiéndote, con indudable despecho, responderle de una vez, no disponía de más tiempo: ¿aceptabas o no sus encargos? ¿Estabas dispuesto a convertirte a su causa? Y tú, sintiéndote inexplicablemente culpable, como si le debieras al menos eso —por no haber querido concederle lo demás—, contestaste a su ultimátum con un trémulo: «Sí».

Esa memoria convocada por el ermitaño te deja desnudo, pillado, avergonzado. Y a él le basta con esto. Ahora ha dejado su sillón para ir a sentarse junto al naturalista. Se aprieta contra él con obscena intimidad. Le ha dicho al oído, aunque bastante alto para asegurarse de que no pierdas detalle: y usted, joven, cuéntenos de su amiga Fanny Owen. Cuando galopaban por los bosques de Woodhouse a solas, cuando se arrastraron por el barro para recoger frutillas y ella le ofreció la frutillita escondida entre sus piernas...

El naturalista se debate, intenta desasirse o negarlo. Pero el Sacrificador es implacable: a usted se le inflamaron los labios durante un mes. Y huyó. Se fugó de esos besos inflamables. Se embarcó hacia el fin del mundo, donde recibió carta de Fanny contándole que se casaba con otro. Usted lloró amargamente. ¿Por qué? ¿Por qué huyó, en lugar de comerse esas frutillas tan sabrosas...?

El viejo ermitaño se ríe, celebrando su broma. El amor, ha reiterado, el amor. ¡Ese interesado toqueteo en el culo! ¡Ese reptar en el barro para recoger frutillas!

Y lo más asombroso es que te contagia su risa. Te ves a ti mismo doblado en dos, sujetándote el estómago de tanta risa. Hasta que el Sacrificador te reconviene. Te ha advertido, con fingida severidad, pomposo, inobjetable: también el arte es una broma, amigo pintor. Un penacho de plumas. El arte es una ampliación de los rituales de cortejo. Ya sabe a qué me refiero, artista, ¿verdad que sí? Este amigo suyo se lo dijo ya antes. Y usted, que retrata a tantas señoritas en cueros, no me va a negar a mí (y ese «mí» suena como un latigazo), no me va a negar que pinta para for-ni-car, ha silabeado, paladeando la palabra. Tal como ellas se pintan y adornan sólo para ser for-ni-ca-das. Usted pinta y este otro amigo científico estudia, para entretenerse cuando no están fornicando o pensando en fornicar. Confiesen la verdad, ¡reconozcan que sólo piensan en fornicarse a esa hembra chilena adúltera! Ahí está, mírenla.

El naturalista y tú caen en la trampa. Miran en la dirección que indica con su larga uña amarillenta el ermitaño. Y ven a Carmen bailando desnuda para ustedes, contoneándose, exhibiendo su sexo, ofreciéndolo. Carmen, sus senos altos, sus ojos verdes, sus largos muslos, las caderas cimbreantes. No puedes evitar una excitación anhelante, dura.

Tratas de que el viejo no lo note. Pero es inútil: el Sacrificador indica tu entrepierna abultada con su dedo chueco y te susurra: ahí tiene a su amor, artista. Recuerde que nunca le ha durado más que su deseo. Así es que ¡poséala ya mismo! Túmbela aquí bajo el árbol. Antes de que el otro se la quite.

Y usted, señor naturalista, novicio sin virginidad, ¿qué espera? La boca se le ha hecho agua, los labios ya se le han hinchado... Vamos, tómela. Y si este otro se opone, luche por ella. El más fuerte podrá quedarse con la hembra chilena adúltera y preñarla. El débil se quedará sin fornicar y sin descendencia. Su estirpe se extinguirá.

¡Así es que a pelear, machos! Golpéense, sáquense los ojos, arránquense los huevos a mordiscos...

Por unos instantes te ves batallando con el naturalista. Combaten como peleaban los perros en el árbol: se buscan las yugulares, se muerden las orejas, se desgarran la piel...

Mientras, el ermitaño Sacrificador, en pie, sigue el compás de la lucha, entrando y sacando las caderas, remedando los movimientos y gemidos de un coito, aspirando y exhalando palabras con un ritmo acezante. Deseo, deseo. Mételo, sácalo. Penetración, eyaculación, procreación, gestación. Deseo, deseo. Mételo, sácalo. Proliferación, explosión, extinción. ¡Pudricióóón!

No puedes mirar más. Cierras los ojos. Pero todavía escuchas cómo alguien, o más bien «algo» que ya ni siquiera aciertas a identificar con el ermitaño, se relame el hocico con una larga lengua babosa, que salpica tu cara mientras dice: y a eso lo llaman amor.

Te apartas, asqueado.

Cuando abres los ojos, Carmen ha desaparecido y ustedes ya no luchan. Están de nuevo sentados en el saloncito rococó, bajo el gran árbol. El Sacrificador se ha reído, ha jadeado, muerto de cansancio. Ha dicho: la belleza de la naturaleza, de la ciencia, del arte, del amor... Qué pamplinas. Cada paisaje es la ruina de un cataclismo. Todo cuerpo es la anticipación de un cadáver...

Menea la cabeza bajo el sombrero hongo. Frunce los ojillos verdes, casi invisibles entre las arrugas apergaminadas. Parece triste cuando los mira de nuevo. Ustedes son, apenas, los portadores de una enfermedad llamada vida humana, ha dicho. Ustedes sólo sirven para trasmitírsela al futuro. Sí, ustedes, señor artista romántico, señor naturalista científico. Ambos enamorados de la madre naturaleza. ¿Les parece bella esa madre? ¿Por qué no le preguntan su opinión a esta niñita sacrificada? Y acaricia las trenzas negras de la momia que el naturalista lleva en brazos. ¿Verdad que te criaron, te cuidaron, te embellecieron, te adornaron para la muerte, pequeña?

Cada día, cada hora, cada minuto, mientras ustedes enloquecen y se destrozan por fornicar, y desde la noche de los tiempos, la madre naturaleza ahorca a una niña inocente, colgándola desde la rama más alta del árbol de la vida.

El Sacrificador eleva su mano izquierda, con la que sostiene su fósforo inextinguible. Ahora la mísera luz de su sabiduría ilumina las ramas doradas y quemadas por encima de ustedes. Allí está, en lo alto del árbol que crece desde el fondo de esa monstruosa copa de piedra: la niña ahorcada, balanceándose suavemente sobre el mundo.

¡Ahí tienen el fruto! Esas palabras caen sobre ustedes como el desprendimiento de un glaciar, espadas o hachas de hielo cercenando.

Y cuando ambos bajan la cabeza, avergonzados, oyen al ermitaño que canturrea, burlándose: *Es el fruto del amor...* Y se atraganta. Tose convulsivamente. Lo atoran su risa o sus flemas o el nudo con el que ahorcan a esa niña, cada día. Quizás lloriquea.

Sí, también eso es posible. Que el viejo ermitaño esté llorando, de verdad. No sabrías decirlo porque se ha tapado la cara con su larga y torcida mano derecha. Los dedos abiertos en abanico, enrejando la mirada que destella todavía bailando tras esos barrotes, atisbándote a ti y al naturalista. Éste observa sus brazos: donde acunaba a la niña hay ahora un hueco, una inmensa ausencia.

Después el Sacrificador sacude su mano izquierda. Con un brusco y hábil movimiento, lleno de desdén, apaga el fósforo. Y así los devuelve a la oscuridad.

XXXI. La primera sopa

Mientras le relatabas al joven Darwin la noche de alucinaciones que ambos habían vivido —y que él había olvidado—, en ningún momento dejaste de atender a la sopa. Revolvías el caldo rojizo en el gran huaco negro con forma de mono panzón, ayudándote con el mango metálico de su martillo de geólogo. Te concentrabas en la espiral líquida donde flotaban las legumbres secas y las papas chuño, preservadas por acaso trescientos años, y que ahora se iban ablandando y deshaciendo. Te perdías en la nubecilla de vapor que emergía del agua como un alma separándose del cuerpo. Te sentías como un ancestro remoto de la especie cocinando la primera sopa del mundo.

El naturalista, sentado frente al fogón, abrazándose las rodillas, apenas si interrumpía tu relato. Sólo al comienzo pidió alguna explicación, esbozó una protesta, intentó acallarte con un débil gesto. Pero no le hiciste caso. Ya era tarde. Te habías lanzado, siguiendo el hilo de Ariadna que te guiaba por aquel laberinto de visiones que se desenrollaba al ritmo de tu historia. Apenas empezar, descubriste que necesitabas urgentemente sacártela de adentro, borrar de tus retinas esas imágenes que te asediaban cada vez que bajabas los párpados. Habías esperado veinticuatro horas, anhelando que Darwin despertara para contárselo todo. Sólo él podría corroborar, o no, lo que habías visto y oído. Y ayudarte a separar lo que habías fantaseado tú de aquello que él te había dicho que alucinaba. Si es que te lo había dicho él, y no alguien más que les hubiese hablado a los dos. Pero esta última posibilidad no estabas seguro de querer corroborarla.

Al terminar de escuchar tu relato el naturalista permaneció en silencio, pensativo, con la cabeza gacha sobre sus piernas abrazadas. Al fin suspiró y te preguntó, sin atreverse a mirarte:

—¿Y usted dice que yo también vi todas esas cosas?

—Las vimos juntos, estoy seguro. Y también vimos a ese otro que nos guiaba...

—Está tratando de asustarme, Rugendas. Y ya sabe lo que me pasa cuando me asusto.

Sonaba como lo que era: un niño grande que nunca superó la muerte de su madre, cuando tenía tres años.

—¿No recuerda nada? —preguntaste, impaciente.

Darwin levantó la cabeza, te observó con profunda seriedad. Serían los vaporcillos de la sopa que te engañaban, pero te pareció que le temblaba el mentón. Temiste que se pusiera a llorar y que, efectivamente, lo sacudiera uno de sus ataques de pavor. Pero su voz sonó más resignada que temerosa:

—Parece que esa droga me hizo hablar de más sobre mis intimidades con Carmen. Me avergüenza y me disculpo, pintor.

—¡Déjese de estupideces! —estallaste tú—. Ahora su perdida virginidad me importa un comino. Acá vimos, o quizás vivimos, algo más... ¡Mucho más, Darwin! ¡Vea!

Tomándolo por la solapa de su chaquetón lo obligaste a girar la cabeza y mirar la pared inclinada de la cueva que hasta entonces había quedado a su espalda. Un pequeño y rudimentario fresco, un árbol de colores elementales aún húmedos, llenaba un segmento de ese paladar rocoso. Era una pintura tosca, pero vívida. Tu pintura.

La habías realizado el día anterior. Después de despertar a media mañana. Sorprendido de continuar vivo, sediento, mareado, aterrado o feliz, no sabías decirlo. Apenas pudiste tenerte en pie saliste de la cueva, rompiendo los colmillos de hielo que enrejaban su entrada. Chupando uno de ellos para calmar tu sed, caminaste unos pasos, intentando vencer el mareo. No fuiste muy lejos. Pronto te encontraste hundido hasta la cintura en la nevada. Y cuando levantaste la vista hacia el Aconcagua un poderoso vértigo te embriagó. La montaña latía, respiraba, vivía. Te miraba. Volviste a la cueva y te desplomaste asediado por la resaca de la vilca, cuyos efectos volvían en oleadas cada vez más espaciadas, pero aún efectivas.

Te atenazó, acuciante, el deseo de conservar esas visiones, de retenerlas y no olvidarlas. Rememorar incluso las imágenes horrendas, si ellas eran el precio para volver a ver las otras. Sentías una aguda necesidad de dibujar. Pero al mirar la pequeña fogata cubierta de cenizas, de donde emanaba un calor casi imperceptible, recordaste que todos tus útiles se habían hecho humo. Entonces palpaste los inagotables bolsillos de Darwin, mientras éste roncaba. Tal como habías sospechado, encontraste una libreta que el naturalista había escatimado de la hoguera mientras ambos lo quemaban todo para darse algo de calor. Incluso en pleno delirio había preferido romper tus pinceles de marta siberiana para encender ese fogón de pizarras, antes que quemar su diario de campo. ¡Qué prueba más evidente de su vanidad científica y su menosprecio por tu arte!

Con hojas de esa libreta y astillas de esas piedras reanimaste el fogón. Pusiste el huaco simiesco sobre el fuego para derretir nieve. Luego empezaste a dibujar sobre la pared. Lo hiciste con el lapicillo de plata que venía insertado en una oreja del cuaderno; dejaba un trazo tenue pero seguro. Fascinado, intentabas capturar la multitud de visiones que los asaltaron en ese descenso al interior de la montaña guiados por el Sacrificador. Delineabas rápida, febrilmente. Corrías contra el olvido, Moro. Pero aun así descubrías que las imágenes se degradaban por sí mismas apenas eran plasmadas, como esas piedras recogidas en la orilla del mar que, mojadas, brillan como gemas, y que al secarse vuelven a ser guijarros vulgares.

Finalmente, te resignaste a intentar capturar sólo la visión central, la más profunda, ese árbol. Antes de que también él desapareciera. Pero necesitabas colores. Entonces improvisaste pigmentos. Sombreaste la imagen empleando tizones del fogón. Escupiendo en el carboncillo conseguiste una pasta gris que esparciste con el meñique. Pinchándote la muñeca con una de las plumas del tocado te extrajiste sangre y, mezclándola con cenizas blancas, conseguiste un ocre pasable. Raspaste otro segmento de la pared, obteniendo un polvillo de cal sobre el cual orinaste para crear un amarillo desvaído. Moliste en el morterito de piedra, trabajosamente, unas cuentas de lapislázuli que arrancaste del collar de la princesa. Ligaste ese azul de ultramar con tu sangre, obteniendo un violeta intenso. Mientras lo hacías, especulabas que así pudo empezar tu arte. Quizás, en alguna caverna remota, un hombre primitivo, azuzado por la necesidad de conservar visiones preciosas, descubrió de ese modo la magia de los colores.

El negro y sus grises, el rojo, el violeta y el amarillo, el blanco, se fundieron por fin sobre el muro, modelados por tus dedos, en una masa preñada de sentidos contradictorios. Era una imagen fluctuante, temblorosa, mudable, que se insinuaba sin aclararse. Pero si hubiese sido más clara no habría sido fiel a la visión que el naturalista y tú habían compartido. Desde ciertos ángulos creías ver la forma de una pareja de pie, copulando. Cópula que tomaba la forma de una copa y al mismo tiempo era una lucha, tan apretada que en ella la pareja se iba transformando en árbol. Sus miembros se ramificaban y transformaban en aquel árbol de la vida (o de la muerte) cuyas ramas evocaban formas animales que iban desgajándose y bifurcándose. Un colosal descuartizamiento que, sin embargo, también evocaba linajes floreciendo... ¿O truncándose?

Desde otros ángulos, en cambio, tu pintura parecía un nudo de trapos en cuyo interior se debatiera furiosamente un animal, atrapado pero peligroso.

¿Cómo estar seguro de lo que era? Cuanto más te esforzabas, más dudabas de tu capacidad de comunicar lo que habías visto. No lograbas saber si sólo tú reconocías en ese pequeño y primitivo fresco lo que habías intentado representar. O si acaso alguien más podría verlo.

Ahora aguardabas con ansias el veredicto de Darwin, que contemplaba boquiabierto tu pintura. Sólo el naturalista, tu compañero en aquel viaje nocturno por los entresijos de la montaña, podría cotejar la certeza de tu inspiración. Tu mirada de retratista, habituada a interpretar las menores expresiones faciales, intentaba leer en su rostro lo que él veía. Te pareció que por fin empezaba a comprender el sentido de esa imagen cuando sus ojos celestes se agrandaron y encendieron, brillaron de entusiasmo y una sonrisa levantó las comisuras de su boca. Luego, su expresión cambió. El ceño se frunció, los ojos dejaron de ser cándidos para volverse escépticos, su frente se cargó de arrugas, el arco de la sonrisa se invirtió bajo el peso de las mejillas barbudas y sucias. En pocos segundos, mientras él se esforzaba por desentrañar los sentidos del pequeño fresco, viste pasar por su rostro varias edades.

—Es sólo un bosquejo rudimentario —te excusaste, animándolo a hablar—. Un pálido reflejo de lo que presenciamos. Pero usted lo ve, ¿verdad?

Darwin meneó la cabeza:

—No lo entiendo —afirmó.

—¿No reconoce nada?

El naturalista no respondió. En cambio, te observó por lo bajo, atribulado, como pidiéndote comprensión. La dignidad transformada en otra cosa. ¿En amistad, quizás? Que no lo obligaras a mirar lo que no estaba preparado para ver, decía su expresión.

No insististe, para qué. Ya era suficiente. Le habías relatado lo que recordabas que vieron juntos. Y le habías mostrado una pintura de la principal visión que compartieron. No podías refregarle las narices en ella y obligarlo a admitir la verdad del sueño que ahora su vigilia lúcida —y ciega— prefería negar. A pesar de todas las conmociones que había sufrido últimamente, o justamente por eso, la razón del naturalista se defendía de su imaginación. La diáfana luz diurna cegaba a Darwin, impidiéndole ver lo que aquella oscuridad le había revelado.

Por lo demás, algo te decía que él no iba a olvidarlo. Lo recordaría de otra forma, poco a poco. A su manera: científico, experimental, lento, laborioso, verificando pruebas y corrigiendo errores, el naturalista terminaría por reencontrar en sí mismo aquello que había visto. Lo recuperaría traducido en conceptos y nociones. En lugar de visiones, encontraría explicaciones. Así vería menos que tú, quizás, pero comprendería más. Del mismo modo que viviría menos pero sobreviviría más que tú.

Ni siquiera años después, Moro, cuando comprobaste lo acertado de esa premonición, podrías explicarte cómo habías llegado a anticiparlo. Pero de algo estabas seguro: eso también lo habías aprendido, junto a muchas otras cosas, dos noches antes, en el profundo interior de la montaña.

—Está bien, dejémoslo —dijiste, resignado—. Ahora será mejor que comamos. La sopa está lista.

XXXII. Guten Appetit!

Apenas te oyó anunciar que la sopa estaba lista, el naturalista se abalanzó sobre el huaco donde hervía tu caldo. Abría la boca y salivaba, como un perro, desesperado al no encontrar cómo ingerir el líquido hirviente. Temiste que fuera a hundir la mano en él. Y recordaste que no había comido en las últimas cuarenta y ocho horas, más o menos. Otra cosa que su dignidad británica le había impedido mostrar con más franqueza.

—¡Darwin, más modales! —le espetaste, con cierto maligno despecho.

Luego, obrando con la ceremonia de un gran chef, llenaste dos pocillos de cerámica, sumergiéndolos para recoger bien todos los ingredientes de tu cocción. Una vez llenos, los espolvoreaste con las cáscaras machacadas en el mortero de piedra. Y finalmente pusiste en manos de Darwin su pocillo humeante con la cucharilla de hueso hundida en él.

—*Guten Appetit!* —exclamaste.

El joven naturalista no se contuvo más. Despreciando la cuchara, bebió el caldo directamente del pocillo, a riesgo de escaldarse la lengua. Viste bajar su nuez peluda en el largo cuello enrojecido. Tragó varias veces, antes de respirar de nuevo y exhalar un profundo «ahhhh» de placer. El líquido colorado le chorreaba por los pelos rubios y apelmazados de la barba. Una profunda satisfacción emanaba de su cara sucia y sonriente. Parecía un auténtico salvaje de la edad de piedra. Pero se dio tiempo para elogiarte:

—Cocina usted bien —dijo con la boca medio llena, masticando.

Debes reconocer, Moro, que te sentiste orgulloso como una madre. Te envanecía ver al niño prodigio satisfacer su hambre con tu sopa. Lo mirabas meter la mano hasta el fondo de su cuenco para rescatar los granos y huesos que encontraba allí. Chupeteó estos últimos, despojándolos de piel y ligamentos, hasta mondarlos.

Entonces, como si junto con saciarse volviera al moderno siglo XIX y recuperara su educación de naturalista, se quedó observando dos de esos huesitos entre sus dedos. Se sacó otro de la boca y lo unió a los anteriores. Ladeó la cabeza para apreciarlos a la luz. Y enseguida te miró, consternado:

—Esta carne no es de caballo. Los caballos no tienen falanges.

Le respondiste con un gesto vago, sin dejar de comer, fingiendo que tenías demasiada hambre y la boca muy llena para contestarle. Pero lo observabas de medio lado. Y fuiste viendo, en su cara, cómo la inteligencia práctica del naturalista iba razonando, atando cabos. O, más bien, huesos.

Por fin se puso en cuatro patas y fue hasta el fondo de la cueva. Observó a la momia de la princesa sacrificada. Todavía tardó unos segundos en notar que le faltaba un brazo. Y enseguida hizo una arcada. Se llevó una mano a la boca y otra al estómago. Salió como un celaje de la cueva.

Ni siquiera mientras lo escuchabas vomitar sobre la nieve dejaste de comer, Moro. De comer y de encontrar muy sabrosa tu sopa.

Minutos después el naturalista regresó, empujado por el viento gélido y cortante que se levantaba con el temprano atardecer. Venía más pálido que antes, despeinado, con los ojos incrédulos muy abiertos.

—Esto es canibalismo —te dijo con un hilo de voz.

—No sea idiota. Está muerta desde hace trescientos años, al menos.

—Canibalismo funerario. ¡Ni los fueguinos caen tan bajo!

—Termínese la sopa o usted caerá bastante más abajo: si no comemos algo, vamos a morir.

—¡Prefiero morir antes que ser antropófago! —declaró, soberbio, mirándote a ti y enseguida a la sopa que tragabas, como si no supiera cuál lo asqueaba más.

—¡¿Y en qué quedó eso de la supervivencia de los más fuertes?! —le gritaste, perdiendo la paciencia.

—¿Quién dijo eso?

—Usted. Antenoche.

Acababas de recordarlo. En la oscuridad que siguió a las visiones, la voz extraviada de Darwin había pronunciado durante largo rato, horas quizás, palabras y frases inconexas como ésa.

—Yo no puedo haber dicho eso. ¡Nunca! —exclamó ahora.

Sin embargo, a pesar de su rotunda negativa, el naturalista ya no parecía tan seguro. Se revolvía. Buscaba palabras de protesta, aunque sólo balbuceaba sílabas que enseguida reprimía. Como si esa frase hubiera despertado en él, al fin, una memoria que se negaba a tener. O que lo enfurecía recobrar.

Sin habla, Darwin encontró otra forma de expresar toda su indignación. Cogiendo su cuenco, arrojó los restos de sopa sobre el fogón. Las brasas que tanto te había costado mantener encendidas sisearon y humearon.

Eso fue demasiado. Te abalanzaste sobre él sin pensar. No sabrías decir si te agraviaba más su negativa a recordar o esa afrenta a la comida que habías cocinado durante horas. En el forcejeo rodaron por el suelo, te quemaste con las brasas y el gran huaco zoomorfo saltó y rodó incontrolable, como el mono panzón que era, derramando todo su contenido, el codo y el húmero de la momia incluidos.

—¡Por todos los demonios, Darwin! —exclamaste jadeando, cuando al fin se desasieron—. Por su culpa ahora tendré que cortarle el otro brazo.

*

Una mañana, varios días después, estaban ambos sentados en torno al fogón, comiendo en silencio. Habías perdido la noción del tiempo. No estabas de ánimo para estadísticas. También Darwin había dejado de controlar las fechas cuando asumió que esto aumentaba sus ataques de ansiedad. Y ese amanecer ni siquiera había efectuado sus acostumbradas e inútiles mediciones barométricas. Ya tenían bastante con las dos nuevas tormentas que les habían bloqueado toda escapatoria. Cada vez que se prepararon para huir, a la desesperada, el clima cambió de inmediato —como burlándose— y una ventisca les cerró el paso. Esa mañana brillaba un sol esplendoroso que la nieve reflejaba, iluminando el paladar calcáreo de la cueva hasta el fondo. Pero ustedes ya conocían estos crueles optimismos que el Aconcagua les regalaba al amanecer, sólo para quitárselos por la tarde. Y, para colmo, en una de esas salidas a la nieve, te habías quemado un poco los ojos. Ahora veías todo como a través de un velo.

Durante esos días habían discutido casi sin cesar: sobre la ciencia y el arte, sobre la naturaleza y el hombre. Y sobre la naturaleza del amor, por supuesto. No estaban de acuerdo en nada. Salvo en la discusión misma. El desacuerdo los calentaba y los distraía. Sus discusiones silenciaban el ulular de las tormentas y el gruñir de sus tripas.

Comprendiste que esa discrepancia radical entre ustedes se había transformado en una forma de amistad cuando el naturalista se calló. Desde ayer había caído en un mutismo profundo. Varias veces intentaste provocarlo a pelear, ridiculizando sus ideas, pero él sólo respondía con monosílabos distraídos. Temiste que el hambre y la desesperación estuvieran derrotándolo por fin, y preparaste un almuerzo especialmente sólido —un muslo de la princesa— para ese mediodía. Pero ni siquiera eso animó al científico.

—Hábleme, amigo —le rogaste al fin, abandonando el orgullo—. Para qué morir antes de tiempo.

Darwin levantó la cabeza. A través del velo de tus ojos distinguiste dos profundas ojeras violáceas, de náufrago, que envejecían su expresión. Toda su candidez de niño prodigio parecía extinguida. Cuando habló, lo hizo dirigiéndose a tu sombra y la suya. Las siluetas del artista y el naturalista, proyectadas por la intensa radiación del sol sobre la nieve exterior, se reflejaban en el fondo de la cueva, allí donde había estado la princesita sacrificada.

—Tengo miedo de ser como mi abuelo Erasmus —te dijo, abochornado por la confesión—. Mi abuelo no creía en Dios, ni en la Creación, y pensaba que los hombres hemos evolucionado desde formas inferiores de vida animal. Y además escribía versos libertinos —murmuró finalmente.

—¡Qué horror! —exclamaste con ironía, intentando volver al tono de tus discusiones con él.

—No recuerdo lo que vimos esa noche, pintor. Pero creo que sentí arder en mí el espíritu de mi abuelo.

—Un espíritu impropio para un futuro clérigo.

—No sólo impropio. Algo peor... —murmuró, y se calló buscando las palabras.

—¿Un espíritu melancólico? —adivinaste tú.

—Sí, eso. Y cruel, también. He vuelto a mirar su pintura en la pared, Rugendas. He pensado mucho en lo que me sugiere y en eso que usted dice que yo dije..., o que alguien nos dijo, en esas alucinaciones.

Tanto había pensado en esas visiones, te contó, que ya era como si las recordara realmente. Como si pertenecieran irremediablemente a su memoria. Había pensado en ellas, también, al discutir contigo en esas encendidas disputas de los días anteriores. Entre los argumentos habían aflorado varios de esos espíritus impropios y melancólicos. ¿Supervivencia de los más fuertes, selección sexual de los más aptos, lucha por la vida...?, enumeraba ahora Darwin, pensando en voz alta. Todas las especies tienden a crecer sin frenos. Pero entonces no habría espacio en el mundo para todos, ¿te dabas cuenta? La lucha a muerte las controla y sólo los más aptos sobreviven... El instinto sexual —eso que llamamos amor— nos incita a reproducirnos por millares, sólo para que la muerte pueda arrasar más fácilmente a la masa desdichada de los frágiles y, al eliminarlos, favorecer a los pocos que son fuertes.

—No sé bien cómo es que ocurre. Pero algo bulle en mi cabeza. Algo horrible.

—O algo hermoso —dijiste tú, llevado por la costumbre de contradecirlo.

—¡Espantoso! Si fuera cierto, la naturaleza sería una asesina deliberada, que fomenta la procreación sólo para seleccionar mejor a quiénes salvar y a quiénes eliminar. Entonces, el equilibrio de la vida se basaría en un crimen. Pero tiene sentido...

Sentiste piedad por tu amigo. En algún momento de esos días el naturalista había dejado de ser un niño, aunque continuara siendo un prodigio. Conforme lo intuiste cuando despertó amnésico, el recuerdo de lo que alucinaron juntos volvía a él por otros caminos. Una nueva ciencia empezaba a alumbrarlo. Una ciencia que no alcanzaba a entender todavía (y mucho menos tú). Pero que ya estaba en él, inoculada. Una ciencia cuyo despiadado pero fidedigno reflejo —incluso mejor que tu fresco— eran su sombra y la tuya proyectadas en el fondo de la cueva, devorando los últimos restos de una niña muerta tres siglos antes.

—Está demasiado sombrío hoy, Darwin. Preferiría una buena discusión —replicaste al fin.

—No sé qué va a ser de mí —suspiró él.

—Será un cadáver. Ya casi no nos queda sopa.

—Ahora sí que vamos a morir.

—A menos que luchemos. Y el más fuerte mate y se coma al otro...

Eso sí dio en el blanco. Por fin, el naturalista apartó la vista del fondo de la cueva. Notaste que se enderezaba y te miraba. Ahora te acusaría de ridiculizar sus ideas nuevamente y se enfrascarían en una estimulante pelea. Preferías mil veces su soberbia racional. La melancolía pertenecía más a tu reino, Moro, que al de ese inglés pragmático al que habías llegado a estimar.

Pero no alcanzaron a iniciar esa última discusión. Darwin empezaba a acercar hacia ti su largo índice izquierdo cuando una campanilla resonó en la cueva.

Mentirías si negaras que se te erizó hasta la trenza de tu coleta. Dudaste de tus sentidos, pero el sobresalto de Darwin te confirmó que él también lo había oído. Y ahí estaba de nuevo: un imposible pero nítido campanilleo emergiendo de la glotis de esa boca de piedra. Ambos miraron hacia el pequeño altar donde había reposado la momia de la princesa. ¿Se abriría de nuevo la garganta de la cueva, girando en espiral como un remolino, y retornaría por allí el Sacrificador? ¿Vendría a reclamar sus vidas a cuenta del sacrilegio cometido? ¿Se repetiría la alucinación, pero en pleno día y sin vilca, para que ya no pudieran negar lo que vieron en el fondo de la copa de la montaña?

No se quedaron allí para averiguarlo. Estorbándose el uno al otro, Darwin y tú se arrastraron a través del boquete de la entrada hacia el exterior. Y se habrían dejado caer, deslizándose por la pendiente nevada, si en ese momento el eco de un tercer campanilleo, rebotando de ladera en ladera, transportado desde quién sabe dónde por el aire cristalino, no los hubiera detenido.

Tras unos instantes de consternación, el naturalista registró su chaquetón y desenfundó su catalejo. Barrió los valles y gargantas que rodeaban ese contrafuerte del Aconcagua. Tú lo animabas indicándole —de oído— distintas orientaciones. El sonido de la insólita campanilla, cuyos ecos habían entrado hasta la cueva, parecía provenir de mil direcciones. Tuvieron que pasar todavía varios minutos antes de que el naturalista detuviera los barridos de su catalejo, enfocando la lejana confluencia de dos sierras.

—¿Qué ve? ¿Qué ve, Darwin? —le preguntaste, ansioso.

—Mulas..., perros..., jinetes... —enumeró.

—La campana es el cencerro de una mula madrina —concluiste tú—. Deben ser arrieros.

—No. Los manda un militar —te respondió el naturalista, sin soltar su telescopio.

Una sospecha llegó a ti, de carambola, como el eco de ese cencerro.

—¿Cómo es ese militar? Descríbamelo.

Darwin se demoró contando unos huasos emponchados, describiendo una hilera de mulas cargadas que abría penosamente un sendero en la nieve, y a la cabeza de todos ellos algo así como un general, con guerrera negra y un ridículo bicornio emplumado.

—¡Gutiérreeeez! —gritaste, llamándolo.

Jamás habrías creído que una aparición del coronel cornúpeto pudiera provocarte tanto júbilo.

Darwin te abrazó. Pensaste que celebraba contigo, hasta que sentiste su mano amordazándote. Habías olvidado el riesgo de la avalancha que podía provocar tu alarido.

Asegurado de tu silencio, el naturalista sacó su brújula y, empleando la base de latón como espejo para reflejar el sol, hizo señas de luces a la caravana. Tras unos momentos eternos te aseguró que se detenían, que gesticulaban hacia ustedes con los brazos en alto, llamándolos, pero sin gritar.

En lugar de precipitarse por la pendiente hacia ellos, el naturalista y tú se sentaron en la boca de la cueva, apoyados el uno en el otro, hombro con hombro. No lo hablaron, pero jurarías que sintieron lo mismo. Increíblemente, se les hacía duro partir. Después de todo, la pequeña cueva de la princesa sacrificada había sido para ustedes mucho más que un refugio.

—No sé si son mis ojos, pero me parece que la nieve está roja —dijiste, para disimular tu emoción.

Efectivamente, cuando aún faltaba mucho para el atardecer, toda la falda de la montaña bajo ustedes parecía brillar con un definido color púrpura.

—Yo también lo veo. Deben ser algas microscópicas. Ocurre también en los Alpes —te explicó Darwin.

—Usted siempre aguando la fiesta. ¡Es sangre!

El naturalista meditó unos segundos. Luego sonrió y te codeó, entrando en el juego:

—Sí, es sangre del Aconcagua.

—Claro. La montaña acaba de parirnos.

—Por supuesto —confirmó él, estrechando tu mano con auténtico cariño—. Acabamos de nacer de nuevo, Rugendas.

Cuarta parte

Punto de fuga

La beauté n'est que la promesse du bonheur.

STENDHAL,
De l'amour

XXXIII. 1854

—¿Y bien, Rugendas? ¿Me acompañará en este último viaje?

Darwin insistía, sosteniendo la probeta con la vilca frente a tus ojos. Su mano arrugada y descamada por el eczema temblaba un poco. Pero su voz era enérgica y apremiante. Ésta, y los alegres gritos de su numerosa familia jugando afuera, en ese doméstico jardín inglés, te sacaron de tus cavilaciones. ¿Cuánto tiempo habías divagado? ¿Unos segundos? ¿Veinte años? Sacudiste la cabeza y te encontraste sentado en el sillón del naturalista, con el desagradable olor de los percebes que se pudrían bajo el microscopio, y el espejo en la ventana, torcido, que mostraba el fin del recreo de los niños. El preceptor los arreaba como a ovejitas hacia la sala de clases y la madre, esa «Mammy» agobiada pero feliz, se despedía de ellos.

La invitación de Darwin a emprender juntos ese último «viaje» había traído a tu memoria mil expediciones anteriores. Tu remota vida de pintor y amante viajero había desfilado entera frente a ti. Los volcanes de México, las selvas del Brasil, los altiplanos del Perú, los largos balcones cordilleranos de Chile precipitándose al Pacífico. Y en cada paisaje una mujer, o varias, tus «mujeres típicas». Sonriéndote con dulzura o malicia, agitando sus manos o contoneando sus caderas, provocándote de nuevo. Pero tú no te volvías a mirarlas. Porque al final de esos viajes siempre estaba Carmen. Allá se había detenido tu corazón. Y allá continuaba, parado. Cabeceando sobre la proa de una lancha, en la desembocadura de un río, ante una feroz rompiente, frente al océano encrespado...

—No puedo tomar esa droga con usted —le contestaste, al fin.

—¿No se atreve? ¿Y qué fue del aventurero que conocí? —te provocó el naturalista.

—He tenido ya dos infartos. Estuve muerto unos minutos. Estoy desahuciado...

Darwin quedó boquiabierto, moviendo la mandíbula sin pronunciar palabra. La piel comida por el eczema se le puso granate. Acezaba un poco. Por fin te dijo:

—Lo siento.

Y tú entendiste que lo sentía de verdad. Más que el fracaso de sus planes para que lo acompañaras a visitar otra vez esa copa escondida al fondo de la montaña, lo angustiaba un auténtico dolor por ti.

—Hay unas aguas... La hidropatía es estupenda —agregó, buscándote remedios—. Yo me baño todos los días: agua helada y caliente. Y friegas. Es lo único que me calma la ansiedad. Debería probarlo.

—Un cambio de temperatura como ése y me quedo tieso —bromeaste.

Darwin se puso de pie diciendo que el aire en su estudio estaba viciado. Que debían salir a caminar. Te explicó que había hecho trazar un hermoso sendero de arena en torno a su propiedad, y que por él caminaba a diario.

—Es muy sano. Vamos, le hará bien.

Enseguida se puso un largo abrigo negro, un sombrero hongo, una bufanda (con el clima inglés no se juega, te explicó) y te arrastró hacia afuera. El naturalista parecía haber recuperado parte de su energía juvenil, como si el deseo de cuidarte lo hubiera revitalizado.

El jardín trasero era, más bien, un huerto botánico. Entendiste por qué los niños no tenían permitido jugar allí: había largos canteros con hortalizas cuidadosamente etiquetadas; un gran palomar donde se arrullaban torcazas, zuritas, mensajeras, a las cuales Darwin hibridaba hasta crear monstruos o aves casi nuevas; un invernadero con plantas exóticas, sin que faltaran orquídeas insectívoras y hasta una *Nepenthes sanguinea,* de Java, a la que alimentó con una mosca para mostrarte cómo se cerraba la tapa de su bolsa.

Hablaba mucho, intentando distraerte. O distraer a la muerte, que había sido inopinadamente convocada en su estudio.

Su locuacidad sólo se calmó, un poco, cuando se internaron por el sendero circular de arenas amarillas flanqueado de hayas, olmos y castaños de Indias. Entonces formuló, torpemente, las preguntas usuales de un reencuentro, esas que no había hecho al recibirte. ¿Cómo te iba? ¿Cuándo aparecerían los libros con esos miles de óleos y dibujos americanos que acumulaste? Estaba seguro de que serían tan importantes como tu volumen sobre el Brasil, cuyas láminas (reproducidas en el libro de Humboldt) lo habían hecho a él soñar con América por primera vez. ¿Ibas a relatarle al mundo, por fin, tus dos décadas de viajes y aventuras? ¿Habías expuesto tus obras?

—Sus preguntas ya implican que no ha ocurrido nada de eso —le comentaste.

Y aunque tu respuesta traslucía una amargura que no te gustaba mostrar, pensaste que era bastante exacta. Si te hubieras hecho famoso —como él— ya se sabría. Pero no habías sido reconocido. No habías publicado esos libros por los cuales Darwin te preguntaba. Aun así, por cortesía, intentaste un resumen, tan apretado que no alentara más preguntas.

Luego de deambular doce años más sin rumbo por Sudamérica, habías vuelto a Alemania. De esto hacía ya ocho años. Regresaste sólo para descubrir que te habían olvidado. En Múnich, como asimismo en tu propia ciudad natal de Augsburgo, sufriste la suerte de Ulises: volver como un desconocido a un hogar que otros han ocupado. Tu nuevo arte, tu pintura de la sensibilidad (en lugar de la realidad), tu estilo original de trazos sueltos y rápidos que velaban a la vez que atrapaban la luz y el aire, no había sido comprendido. Y tus obras tampoco servían como material científico a los naturalistas, a los etnógrafos, a los geólogos, puesto que habías desdeñado la exactitud en aras de atrapar impresiones, cosas fugaces. Te perdiste cuando fuiste más abajo del trópico de Capricornio, como te lo había advertido el Barón.

—Ya lo ve. Yo también descubrí una «teoría» en Chile —declaraste, medio en broma—. Sólo que la mía ya la probé. Y a nadie le interesa...

Ahora, tanto en la corte de Maximiliano II como entre los ricos burgueses bávaros, sólo interesaban unas horrendas pinturas históricas. Enormes cuadros concebidos para ilustrar la historia, en lugar de que la historia fuese la tela donde el arte libre pinta a su antojo.

Quizás fue premonitorio. Tuviste el primer infarto en la cubierta del paquebote *Express,* el barco que te devolvía desde Río de Janeiro a Europa. Ése era, también, el primer puerto americano que habías tocado muchos años antes, en tu primer viaje. Un círculo se cerraba. Lo sentiste como un grillete apretándote el cuello, ahogándote. Apenas dejaron de verse los morros de la bahía de Guanabara caíste desplomado. Como si tu alma hubiese quedado tan unida a esas tierras por el hilo de tu mirada, que cuando éste se cortó —y dejaste de verlas— tu vida quiso cortarse también. Sobreviviste de milagro.

—El segundo infarto me dio hace un año. Estuve varios minutos muerto. Uno de los mejores médicos de Alemania me dijo, después, que en toda su carrera sólo había auscultado otro corazón tan hinchado e irregular como el mío. Fue una vez que puso la oreja sobre el costado de un potro agonizante: lo habían galopado hasta reventarlo.

Cuando le hablabas a alguien de tu dolencia, no dejabas de mencionar ese extraordinario diagnóstico. No niegues, Moro, el morboso orgullo que sentías por tu enfermedad. Te gustaba pensar que tu corazón había sido un potro indómito al que habías corrido demasiado.

—Y, aun así, usted vino... —reflexionó Darwin, tocando tímidamente tu codo mientras te llevaba por el crujiente sendero de arena, a paso muy lento, como si temiera que el infarto definitivo te sorprendiese allí—. Sólo pensé en mis propias necesidades, en mi angustia. Perdóneme.

—Tenía que venir de todas formas. Parece que usted ya no lo recuerda.

—¿Recordar qué?

—La apuesta que hicimos en esa cárcel de Valparaíso. Se cumplen los veinte años que nos dimos...

Darwin se detuvo para mirarte, confuso. Cabeceaba, admitiendo poco a poco esa memoria. Y por fin dijo:

—Sí, lo había olvidado completamente. Apostamos a quién iba a ser más feliz.

—Usted ganó, niño prodigio. Vine a reconocerlo. Hasta pensé que me citaba para eso. Usted ha sido más feliz.

Darwin hizo un gesto negativo, cruzando ambas manos en el aire con vehemencia. Rechazando oírte. No te quedaba claro qué cosa lo turbaba más, si su exagerado pudor sentimental o la propia palabra felicidad.

Pero no aceptaste que te hiciera callar. Habías venido, sobre todo, para esto. Era más que una deuda de honor lo que pagabas. Nunca te había faltado coraje para mirarle el rostro a tu destino y pronunciar su nombre. No iba a ser ésta la primera vez.

Obligaste al naturalista a escucharte. Lo reconocías: él había ganado esa apuesta. Su forma de concebir el amor había prevalecido. Era evidente. Aunque no hubieras visto y oído a la familia dichosa que un rato atrás jugaba en su jardín, aunque no hubieras sabido de esa armonía familiar por las esporádicas cartas de tu amigo... Aun así, te bastaría constatar tu propia derrota para deducir el triunfo de tu adversario. El naturalista había tenido la razón en Valparaíso y también durante el resto de su vida. El amor era sólo una máscara del instinto de la especie que nos induce a reproducirnos. El sexo procreador era la verdad, y el amor romántico una ornamentada mentira. Y, puesto que era así, resultaba preferible elegir una pareja guiados por la razón antes que por la pasión.

A tus cincuenta y dos años, tú mismo eras la demostración viviente del fracaso de todo lo que en aquella época habías defendido. Habías vivido mil amoríos y una gran pasión (sobraba decir por quién, Moro). Pero aquí estabas, reconociendo ante el naturalista tu derrota. Y ofreciendo como prueba tu soledad: no tenías esposa, ni hijos, ni amor.

—Tan convencido estoy de su victoria, Darwin, que hasta he pensado en casarme por primera vez. Pero lo haré siguiendo su ejemplo: sin estar enamorado.

Darwin sonrió. Parecía auténticamente feliz, como si por fin viera sentar cabeza a un hermano descarriado:

—¡Lo felicito! No es bueno envejecer solo. Se sentirá acompañado; mejor que por un perro en todo caso. ¿Y quién es ella?

—Le doy clases de pintura. Es joven y bonita. Es ella quien me lo ha propuesto.

—A buey viejo pasto tierno. Me alegro mucho, empezará una nueva vida.

—Más bien quiero terminar con esta vida. Pero hacerlo tal como viví. Recuerde que estoy desahuciado.

Darwin ladeó la cabeza y su sonrisa menguó:

—¿De qué me habla?

—Quiero morirme durante un acto sexual. En mi noche de bodas, de ser posible.

El naturalista te escrutó perplejo, indeciso entre espantarse o tomarlo a broma. Al final, y aunque no le diste ninguna señal en este sentido, se decidió por soltar una carcajada. Te palmeó en la espalda, riéndose y repitiendo:

—Usted y su humor negro, Rugendas. Y yo siempre creyéndome sus tomadas de pelo. No hemos cambiado nada.

(Pero tal vez sí habían cambiado, Moro. Y quizás ahora hablabas en serio. Ésta es la parte de esa última y larga carta tuya que menos me gusta recordar. Me contaste de la broma que le habías gastado al naturalista. En un margen del papel hasta dibujaste su cara de espanto. Pero si no me relataste todo acerca de aquel reencuentro, ¿por qué escogiste contarme ese chiste tonto? ¿Fue porque hablabas en serio, Moro? Dime que no; dime que bromeabas. Dime que era otra de esas veladuras con las que te gustaba enriquecer tu vida.)

El viejo naturalista te empujó por el codo y retomaron el paseo por la arena amarilla del sendero circular. Te insistió, con malicia:

—Y ahora cuénteme la verdad. Sin duda, usted debe estar enamorado de esa jovencita.

—Ya no soy capaz de amar, Darwin.

—¿Usted, el amante eterno? No me decepcione.

—Nunca me enamoré, después de...

—¿No puede ni mencionarla? ¿Me va a contar lo que pasó con Carmen? —musitó él, turbado.

—Tengo prohibidas las emociones fuertes —le respondiste, indicándote el corazón.

El naturalista te observó decepcionado, lamentando tu cinismo. Su lástima despertó en ti una rabia dormida:

—¿No le basta con verme solo? —le preguntaste, capciosamente—. Yo tendría que haber vivido como usted. Debí ser monógamo, tener una familia, una «Mammy» como la suya y muchos hijos. En cambio, amé con pasión y fracasé.

Darwin no se aguantó más. Subió la voz, poseído por una energía que su demacrado aspecto no presagiaba:

—Estamos lucidos. Usted quisiera haber vivido como yo. ¡Y a mí me habría gustado vivir como usted!

XXXIV. Mooorooo

Iban en fila india, bajando un empinado sendero hacia Chile. Por delante corrían los perros. Luego venía Gutiérrez, con el cuello de piel de guanaco de su casaca negra vuelto hacia arriba y calado el bicornio hasta las orejas, montado en su palomino. Lo seguían Darwin y tú, en mulas baqueanas, habituadas a esos desfiladeros —incluso cuando estaban nevados—, pero que ahora se paraban de repente al borde de los abismos, desconcertadas por los rodados y las nuevas gargantas que había abierto el terremoto. Un par de mulos bien cargados los seguían, y tras ellos cabalgaban cuatro huasos, mudos y torvos bajo sus ponchos y sombreros deformados. Cerraba la fila el cetrino capataz de la hacienda de Carmen, el Colleras, con su escopeta atrompetada en bandolera.

La primera vez que te diste vuelta a mirar, la descomunal pirámide del Aconcagua, con sus catorce jorobas, ya había desaparecido a espaldas de las montañas más bajas. El centinela de piedra los dejaba ir. Se los había tragado y luego los había escupido. O parido. Como fuera, se habían salvado. Y ahora todo el agotamiento de esos largos días, cuando se vieron a punto de morir, caía sobre ustedes.

Mal montado en esa mula de carga, con cuerdas por estribos y resbalándote sobre el áspero saco que cubría su arnés de madera, sentías que la piel de tus nalgas se abrasaba. Y apenas habían comenzado el descenso. Tenías los labios despellejados en jirones. Las quemaduras de frío te escocían en manos y mejillas. Las córneas te ardían. Todo lo percibías rodeado por un halo azulino. ¿Veías menos que antes, o tu visión se había afilado y enfocado? No acertabas a decirlo, pero la vista te alcanzaba, eso sí, para saber que Darwin iba peor que tú. Temblaba, bamboleándose, agachado sobre el lomo de su mula, tanto que por momentos temías que fuera a caerse y rodar por el precipicio que bordeaban.

Parecían dos prisioneros de un ejército derrotado. Y así era como te sentías: vencido. No habías estado a la altura de tus amenazas. No habías matado a Darwin ni te habías suicidado. Hasta te habías hecho su amigo, cocinando para él y cooperando para sobrevivir. Sí, habías sobrevivido, en lugar de vivir. Y ni siquiera habías logrado pintar la montaña más alta del mundo conocido, cuando la tuviste a la mano.

Al cruzar un pequeño valle el sendero se amplió. Ya no tuvieron que ir en fila india. Azuzaste a tu mula hasta ponerte a la par de Gutiérrez, que encabezaba la marcha. El héroe apenado mantuvo la vista al frente, sin mirarte. Le dijiste:

—Gracias por salvarnos, coronel.

—De nada —respondió secamente.

Parecía querer olvidar toda traza de familiaridad entre ustedes. Y, encima, la menor alzada de tu mula te obligaba a mirarlo hacia arriba, como un escudero.

Deseabas preguntarle por Carmen, pero su fría acogida te advirtió que era mejor no mencionarla. En cambio, trataste de averiguar cómo los había hallado y por qué había venido a buscarlos. Fingió no oírte. Tuviste que insistir más de una vez para arrancarle un relato, deshilachado por la ventolera que los rodeaba.

Se había enterado de tu viaje, y del de Darwin, al día siguiente del terremoto en la alta cordillera. Ese mismo día el coronel envió rastreadores desde su hacienda por la ruta de los principales pasos trasandinos. Dos días después volvió uno, a matacaballo: en Santa Rosa de Los Andes había encontrado al único sobreviviente de los arrieros del naturalista, que se había salvado de la avalancha. Éste contó dónde los pilló el sismo.

—Lo último que vio, antes del temblor, fue a un hombre alto y melenudo conversando o peleando con el naturalista Darwin.

El coronel, que rara vez alzaba la voz, ahora te gritaba, imponiéndose al ventarrón con una suerte de entusiasmo malsano. Abriste la boca para aclarar algo, pero el húsar levantó su fusta y se tocó los labios con ella, requiriéndote silencio. Ya que lo habías obligado a hablar, ahora debías oírlo todo, hasta el final.

En cuestión de horas Gutiérrez organizó una expedición de rescate. Seleccionó a sus mejores baqueanos de montaña y escogió buenos perros rastreadores. Cargaron mulas con pertrechos de boca y abrigo para un cruce trasandino (una parte acababan de abandonarla al pie del Aconcagua, para cederles a ustedes esas monturas). Se había puesto en marcha diez días atrás. Tardaron casi una semana, luchando contra la nieve y los rodados para llegar hasta donde los había encontrado.

—Pero sé moverme en las montañas. Y vi más nieve cuando hice guerrillas contra los franceses en los Pirineos —te comentó, con una punta de vanidad.

—Gracias —repetiste, turbado—. ¿Pero cómo supo que íbamos a cruzar los Andes?

—¿No se lo imagina? —te preguntó él, sofrenando un poco su caballo.

Te miraba por primera vez en esa conversación, levantando con sorna una ceja blanca. Esa mirada te empequeñecía aún más sobre tu mula, que además te balanceaba, siguiendo mal el paso del palomino. Agradeciste la racha gélida que te obligó a encogerte y hundir la cabeza entre los hombros.

—Carmen se lo dijo... —admitiste por fin: era la única conclusión posible.

—No sólo me lo dijo. Me dejó leer su carta.

Para tu infinita vergüenza, Gutiérrez te repitió a gritos, superando el silbido de las ráfagas cordilleranas, frases completas de la carta que le habías dirigido a Carmen antes de partir en persecución de Darwin. Como si el héroe las hubiera rumiado todo el camino, hasta aprendérselas de memoria, mientras batallaba contra las nieves para subir a rescatarlos. Te repitió las declaraciones melodramáticas que habías escrito. Y que sonaban aún más ridículas en los labios ofendidos del húsar: cómo Carmen había «destrozado» tu corazón; cómo, desde que la viste «en brazos de otro», no encontrabas ya motivos para seguir viviendo. Ninguno, excepto el odio y el «honor mancillado». En nombre de los cuales habías decidido perseguir a Darwin, «esa larva de naturalista, cobarde y desertor», alcanzarlo en su huida y meterle un tiro. Lo matarías y después te suicidarías, lo jurabas. ¿Recordabas lo que habías escrito?

Tu carta había llegado a la hacienda un día después del terremoto, que en esa zona se sintió como un temblor fuerte. Carmen no pudo disimular. Estalló en llanto y le mostró la misiva a su marido. Le confesó lo que él ya medio sabía. Le rogó que fuera a interponerse entre Darwin y tú, que impidiera ese crimen pasional —ese doble crimen pasional— que iba a cometerse por ella. Le dijo que no podría vivir con el peso de esas muertes. Y él, que se había distinguido en la batalla de Bailén, que fue un héroe en la batalla de Ayacucho, ¿qué le había respondido a Carmen?

Ni siquiera intentaste imaginar la respuesta.

Pero el coronel no iba a librarte de oírla:

—Le respondí que sí.

A pesar de su cadera y su orgullo heridos, a pesar del reciente terremoto, a pesar de los pesares, el coronel dijo que sí. Pero, ¿sabías tú, acaso, o lograbas siquiera barruntarlo, por qué había accedido?

—No —reconociste, Moro, desde la chatura de tu mula que, además, se retacaba y defendía del viento volteando las orejas, tanto como tú le hurtabas el rostro al coronel—. No lo sé.

—No, claro que usted no lo entiende —prosiguió Gutiérrez.

Él había accedido por un motivo que tú jamás comprenderías. Pues, si lo entendieras de verdad, habrías cumplido tus amenazas, habrías asesinado a ese desertor y te habrías suicidado a continuación, tal como le prometías a Carmen en aquella carta. Pero no hiciste ni lo uno ni lo otro. En cambio, él... Él había subido a las alturas de los Andes y había venido a interponerse entre ustedes. Vino con la esperanza de encontrarlos muertos, eso sí te lo confesaba. Pero, ya que los encontró vivos, los había rescatado. Así, más que cumplía con su promesa a Carmen. Y todo eso lo hizo...

Aquí hizo una pausa, deteniendo a su cabalgadura.

—Porque yo sí la amo —remachó el coronel.

Sólo le faltó agregar: «No como usted».

Luego Gutiérrez espoleó y fustigó a su caballo, que emprendió el trote dejándote atrás, sobre tu mula parada, que para avergonzarte más ahora cagaba tranquilamente, bloqueando el paso a las demás.

*

Más adelante, el llano pedregoso y cubierto de nieve que cruzaban se estrechó de nuevo. Ahora iban bajando por el lecho de un riachuelo congelado, en el fondo de una empinada garganta de aristas verdosas, donde colgaban estalactitas arracimadas como lámparas votivas. El coronel descendía por la quebrada más rápido que las mulas. Pronto se perdió de vista tras un recodo. El Colleras azuzó a su caballo y se puso en cabeza. La columna siguió a tranco lento, durante varios kilómetros. La sensación era opresiva. Parecía que en cualquier momento los labios de esa herida geológica fueran a cicatrizar sobre ustedes. La cañada zigzagueaba entre rocas resbaladizas, obligando a los huasos a tironear de las mulas de carga.

De pronto, igual que la boca de un túnel, el desfiladero se llenó de luz y terminó. Emergieron como de un tubo, a través del boquete abierto por un antiguo glaciar en mitad de la muralla de los Andes, para encontrarse sobre una terraza natural que miraba hacia el inmenso valle de Chile.

Por ambos lados los respaldaba la larguísima pared longitudinal de la cordillera. Su manto de nieve, como trazado a cordel, terminaba en la cota de los mil metros, casi donde ustedes se encontraban apostados. Hasta allí llegaba el invierno tardío. Más abajo, verde y dorada, resplandecía la primavera. El sol se ponía al frente, sobre la cordillera de la Costa, obligándote a entrecerrar los ojos. El ardor que sentías en ellos acentuaba o inventaba los colores. Qué importa si era lo uno o lo otro. No te impresionaba lo que mirabas sino cómo lo veías.

Una luz color ocre de Siena, tostada, inundaba la vasta oquedad del valle. El río Aconcagua serpenteaba hacia el Pacífico, sólido y rojizo como un derrame de lava. Mientras el cielo

292

viraba a un añil oscuro, veteado de cobre, agujereado por las primeras estrellas. Daban ganas de caer de rodillas, Moro, y agradecer por estar vivo.

El coronel se había apostado más lejos, sobre el extremo de esa prominencia que se proyectaba como un balcón hacia el abismo, las dos manos en el cacho de su montura. Las largas crines blancas y rizadas del palomino se agitaban con la brisa que subía del valle. El húsar, enrojecido por la luz poniente, miraba hacia Chile y parecía vacilar. ¿Meditaba en la posibilidad de saltar al vacío? ¿Contemplaba la alternativa de volverse por donde había venido? Pero atrás le cerraba el paso el invierno tardío. Y adelante...

Por primera vez lo viste como él estaría viéndose a sí mismo: un soldado viejo, veterano de mil batallas, impotente en la paz, perdido en un país que lo había olvidado y al cual sólo una mujer, infiel, lo seguía uniendo.

*

No se detuvieron a acampar. Continuaron descendiendo hasta que los pilló la noche. Y mucho más tarde aún proseguían el viaje. Cabalgaban por fin en tierra llana, pero en plena oscuridad, alumbrados por las estrellas y guiados por el instinto de los baqueanos que seguían sin equivocarse —sólo escuchándolo— el curso del río Aconcagua. Gutiérrez fue implacable. Apenas hizo un alto, sin desmontar, para abrevar a los animales. Malamente conseguías mantenerte derecho en la incómoda silla de madera que basculaba con el trote de tu mula. De tu cuerpo ya sólo sentías los glúteos, desollados. Y a tu lado el naturalista continuaba bastante mal: resoplaba y se cimbraba también, amenazando con desplomarse de un momento a otro. Intentaste darle ánimos provocando una pelea:

—Me muero de hambre. Ojalá nos quedara un hueso de la princesa.

Y surtió efecto. Darwin se enderezó como si le hubieras asestado un varillazo. Apegó su mula a la tuya y te asió del brazo para hablarte en voz baja:

—Por Dios, hombre. No mencione eso.

—¿Qué? ¿Nuestro «canibalismo funerario»? —le respondiste en voz alta.

—¡Shhht! —te hizo callar el naturalista, aferrándote con más fuerza—. ¿Pretende arruinar mi carrera?

—No se arruinará por haber comido unos pedazos de momia.

—Cállese. Usted puede comer cualquier cosa, porque es un artista; pero yo...

—Por supuesto: un científico, un filósofo natural, es un pilar de la sociedad, una autoridad... —comentaste irónicamente.

—Sí. ¿Quién aceptaría las teorías de un caníbal y drogadicto? Deme su palabra de que nunca le contará a nadie cómo sobrevivimos. Ni menos que tomamos esa droga.

—Muy científico de su parte, Darwin. Negar la evidencia.

Pero el naturalista no te hizo caso. Ahora iba más apoyado en ti que aferrado a tu brazo, acezando sin oírte. Te parecía sentir en el aire frío de la noche su aliento dulzón, afiebrado.

—Mejor aún: vamos a olvidar toda esta aventura. Y especialmente todo lo que usted dice que vimos esa noche.

—Soy pintor, Darwin, difícilmente olvido algo que he visto.

Cruzaban una ancha llanura entre arbustos de espino, florecidos y blancos. Parecían estrellas caídas, de hielo. Sin embargo, no tenías frío. Después del que habías pasado en las alturas, te pareció que nunca volverías a sentirlo. Podías percibir, en cambio, los temblores del naturalista a través de su mano aferrada a tu brazo.

—Tendrá que volver al *Beagle,* Darwin. Está enfermo.

—Eso me temo.

—¿Teme que lo cuelguen de un mástil por desertor?

—Desertor y cobarde, según usted. Escuché lo que le escribió a Carmen. Tenía el viento a mi favor.

—Lo siento. Ya no creo en eso que escribí.

Y te excusabas de verdad. Ahora, eso parecía haberlo escrito otro hombre, no tú. Un antepasado tuyo, muerto en el Aconcagua.

—No se excuse. Yo también me considero un cobarde. Tengo miedo hasta del futuro...

Intuías que Darwin hablaba sólo para que no lo dejaras atrás, tal como se agarraba a la esclavina de tu capote para no distanciarse en la oscuridad y caerse de su mula. Temía al futuro que se le venía encima, te confesó. Durante sus días de mudez en la alta cordillera lo había imaginado todo. Le temía a esa «Mammy» que pensaba desposar, a la docena de hijos que iban a procrear, a los trabajos científicos que agotarían sus fuerzas. Pero, más que nada, le temía a una idea. Una idea cuyas puertas le había entreabierto la vilca, y que ahora bullía en su cabeza.

—Sin forma todavía, pero bulle... Una visión grandiosa y atroz.

Darwin susurraba, más que hablaba, como si alucinara de nuevo. Temiste que fuera a sufrir otro de sus ataques de terror. Pero él se apretó todavía más contra ti. Con su cabeza rebotando sobre tu hombro al compás de la mula, te dijo al oído:

—Vaya por Carmen, Rugendas. Ráptela, si es necesario.

—Y me lo dice con el marido presente —bromeaste, nervioso—. ¿Qué clase de párroco piensa ser usted?

—Ya no puedo ser clérigo, después de todo esto. Pero usted vaya, porque ella lo ama.

—No lo creo. Y ahora sería más difícil todavía. ¿No entiende que por eso nos salvó Gutiérrez? Ahora le debo la vida a él. Nunca podré volver a acercarme a su mujer. Es un buen estratega el coronel.

—Olvide las estrategias. Ella lo ama.

—¿Y por eso se acostó con usted?

—Sí. Y tengo una prueba. Mientras hacíamos el amor pronunció un nombre, que no era el mío. Me lo gritó en el oído. Varias veces.

Había tardado en recordarlo y más en entenderlo. Sólo mientras aguardaban la muerte dulce, atrapados en esa boca del Aconcagua, había sospechado el naturalista a quién podía pertenecer ese nombre ajeno que la Vinchuca gritara en su oreja mientras copulaban de pie, para evitar la humedad de la isla flotante. «Moro», había exclamado, varias veces, «Moro mío».

—Es el apodo que le da ella, ¿verdad, Moritz?

De modo que no lo había inventado tu deseo. Aquel fantasmal llamado que creíste oír esa noche, velando junto a la laguna de Tagua Tagua. El eco de tu nombre en boca de un viento que no soplaba. Esa dulce y terrible llamada: Mooorooo...

XXXV. El viajero sobre el mar de nubes

Ibas aturdido cuando al fin avistaron, junto con el amanecer, los campanarios de la villa de Santa Rosa de los Andes. Aunque el «avistamiento» lo hicieron otros. Ese amanecer fue para ti una tela cruda, manchada a brochazos de carmín y amarillo de cromo. Después del halo que la quemadura había dejado en tu visión, ahora sentías que estabas cambiando la piel de tus ojos. Como si se estuvieran despellejando, estos nuevos ojos tuyos apenas podían soportar la belleza del mundo. Agudizaban la visión de algunos colores, ocultando otros. La periferia de tu mirada, escamosa, te daba la impresión de atisbar constantemente por un caleidoscopio. Llevabas los párpados entrecerrados y lloriqueabas. Igual que si estuvieras aprendiendo a mirar de nuevo y todo te emocionara por primera vez.

Amarraron las cabalgaduras a la tranquera de un rancho descalabrado, arrimado a una gran encina. Salió a recibirlos un campesino de gorro frigio y ojotas de cuero que parecía emerger directamente del Medioevo. Gutiérrez, siempre previsor con la logística, había dejado allí caballos de refresco y pertrechos. La campana de un monasterio daba el último toque del alba y los gallos alharaqueaban cuando los hombres del coronel los ayudaron, al naturalista y a ti, a desmontar de sus mulas. Ahora parecías ser tú quien tuviese una cadera rota en vez del húsar. Cojeabas. No sentías las piernas y el culo te escocía como si te hubieran azotado. A Darwin tuvieron que entrarlo al rancho casi en vilo. Apenas lo soltaron se desplomó sobre un jergón de paja, tiritando.

La mujer del campesino, una india de trenza, mucho más vieja que él, les ofreció un pan caliente, recién horneado, un queso de cabra duro que roíste con los incisivos, como un ratón, aceitunas y tomates. Y un vino fresco, oloroso a la gran bota de becerro de donde lo exprimía. Nunca una comida sencilla te pareció más deliciosa. El jugo del tomate te resbalaba hasta el cuello y cuando la sal te hirió los labios desollados, los refrescaste directamente en el cántaro del mosto, como un animal trompudo abrevando. No recuerdas más, excepto la pura felicidad con que te derrumbaste sobre el mismo jergón donde Darwin, incapaz de comer, ya roncaba.

A pesar del estado lamentable en que se hallaban y que condolía incluso al curtido campesino anfitrión, Gutiérrez tuvo poca piedad. Pasado el mediodía un dolor agudo en las costillas te sacó del quinto sueño. El Colleras te había pateado para despertarte. Entreviste a dos huasos que ayudaban a ponerse en pie a Darwin. Mientras la india te ofrecía una palangana con agua para lavarte, el coronel abrió la única puerta del rancho, un bastidor amarrado con cueros tiesos, y se quedó mirándolos, brazos en jarra. Sus botas, el sable y sus arreos brillaban en el vano de la puerta. Como si esa luz resplandeciente emanara de él mismo, parecía más alto y hasta más joven. Estar en campaña era su única y verdadera fuente de vida. Y su voz era de mando cuando se dirigió a Darwin:

—Usted, inglés, parte a Valparaíso ahora mismo.

—Está demasiado enfermo para viajar —protestaste tú, desde el otro extremo de la habitación, donde te lavabas la cara.

—Tiene que volver ahora mismo a su buque —te cortó el coronel, y agregó, indicando a un huaso joven que no había participado en la expedición—: Este mozo lo cuidará en el camino.

—Al *Beagle*... —musitó el naturalista.

Y lo repitió varias veces, confundido, como si recién cayera en cuenta de que debía volver, realmente, a su barco, al interrumpido propósito de su viaje, a la vida inflexible que lo esperaba. Mientras lo pensaba se ponía, trabajosamente, su chaquetón cargado con sus innumerables instrumentos que repicaban como cacerolas. Su armadura de científico, la que lo protegía del contacto directo con el mundo.

—No hace falta el mozo —interviniste tú—. Yo puedo acompañar a Darwin.

Gutiérrez se te acercó, sorteando la mesa basta en el centro del rancho:

—Usted se viene conmigo —te ordenó en voz baja.

Y para que no se te ocurriese siquiera la idea de apelar, se llevó la mano a la espada y la sacó ligeramente de su vaina, mostrándote el macizo caracol dorado en el rabo de la empuñadura.

Sólo mirar ese espolón —que veías difuminado, como una pepa de oro— te provocó un dolor reflejo en el centro del pecho, donde aún conservabas el manchón del hematoma que antes te había causado.

—¿Soy su prisionero?

—Digamos que usted tiene cuentas pendientes conmigo.

Por unos instantes, a pesar de tu debilidad y de estar desarmado, consideraste la idea de luchar. O de intentar escapar, al menos. Eras más joven que el coronel. Si lo empujabas antes de que sacase la espada y te aprovechabas de su cojera para ganar antes que él la puerta y lograbas saltar a un caballo...

Como leyéndote el pensamiento una sombra se desplazó hasta el umbral, bloqueándote el paso. Una vez allí, el capataz se terció el poncho sobre su hombro derecho, con deliberada lentitud, hasta mostrar sus colleras de plata y la maciza escopeta que colgaba de su brazo.

El agua con que te habías lavado y mojado la cabeza te chorreaba sobre la camisa. Tus greñas húmedas, escapadas de la coleta que te habías deshecho por primera vez en más de diez días, te nublaban aún más la vista. Pero veías lo suficiente como para darte por perdido.

—¿Podría, al menos, despedirme de mi amigo?

El coronel se hizo a un lado, girando sobre sí mismo con esos movimientos de marioneta que le imponía su cadera rígida.

Te acercaste a Darwin, que observaba la escena perplejo.

—Aquí nos separamos —dijiste, tendiéndole la mano.

—Me quedo —te susurró él—. Conmigo presente no se atreverán a hacerle daño.

—Ni hablar. Nos matarían a los dos. Además, ésta es mi «lucha por la sobrevivencia» —le dijiste, irónicamente.

Y volviste a tenderle la mano.

En lugar de tomártela, Darwin olvidó por un momento sus distantes modales ingleses y se abalanzó sobre ti para estrecharte en un largo abrazo, lleno de protuberancias metálicas. Nunca sabrás si los temblores que lo recorrían los originaba la fiebre o la emoción.

—Adiós, pintor —te dijo.

*

Cabalgaron hacia el sur, siguiendo el valle central, remontando los cordones transversales. Pasaron por Las Chilcas y por Tiltil, eludieron Santiago atravesando el llano pantanoso de Pudahuel, se deslizaron por Angostura y vadearon el Maipo que bajaba sin fuerza, los deshielos retenidos por el invierno que, en plena primavera, había reaparecido en las montañas.

Otra vez hacían marchas forzadas. Por lo visto, el coronel se complacía en probarse a sí mismo que aún era capaz de practicar sus duros entrenamientos de húsar. Cabalgaban hasta la última luz. Acampaban sin desensillar los caballos. Y reemprendían la marcha con el primer filo del alba.

Igual iban lento, porque tú no podías galopar. Hinchadas como el culo de un mandril, tus nalgas sangraban; sentías que te sentabas sobre brasas. Pero Gutiérrez no habría consentido en demorarse por eso. Tardaban porque viajabas con las manos atadas a la espalda. Te las había amarrado el Colleras con una banda de cuero húmedo que al secarse te apretaba las muñecas mejor que un par de grilletes. El capataz tironeaba las riendas de tu caballo, aunque no demasiado porque ya te habías caído dos veces. Con lo cual se demoraban más y se prolongaba tu suplicio. El Colleras acentuaba este tormento, cada tanto, poniendo tu cabalgadura al trote cuando el coronel se distanciaba. Entonces los ojos del mestizo, amarillentos, biliosos, se deleitaban observando cómo tú, para evitar el dolor atroz, intentabas sostenerte sobre los estribos, con muslos y pantorrillas, hasta que no podías más y caías sentado, contorsionándote en cómicas posturas de agonía, o sencillamente te arrojabas del caballo al suelo. Momentos que el mestizo celebraba con una carcajada hueca como sus colmillos faltantes.

Pensaste en quejarte al coronel. Pero te bastó recordar la mueca de muerte que le deformaba la cara, cada vez que montaba o desmontaba, para anticipar la inutilidad de tu protesta. Qué era tu culo escocido comparado con esa cadera destrozada y mal soldada. Además, las veces que intentaste dirigirte a él para preguntarle adónde te llevaba, qué pensaba hacer contigo, sólo te respondió con un ominoso silencio.

Por lo menos, mientras siguieran hacia el sur, podías guardar la esperanza de que se dirigieran a la hacienda de Carmen. Y ahora todo en ti, de nuevo, tendía hacia ella, como el caballo que se anima cuando vuelve hacia su querencia. Jugabas con la ilusión de que, quizás, el coronel te permitiría verla, antes de matarte o imponerte el castigo que tuviera pensado.

Ver a Carmen por última vez... ¡Pero si la veías todo el tiempo! Cada vez que cerrabas los ojos e intentabas pensar en otra cosa para evadir el dolor, aparecía ante ti, desnuda como en tu cuadro secreto, resplandeciente esa zona de su pecho donde refulgía el alma, llamándote: «Deja de pintarme, Moro, y ven a amarme, mejor».

Desde que sobrevivieras al terremoto, a la avalancha, a la tormenta y al hambre (e incluso al conocimiento revelado por el Sacrificador, fuera el que fuera), un redoblado amor por Carmen te colmaba. Aun en los momentos de peor sufrimiento físico, o sobre todo en ellos, sentías que la amabas con una pasión mayor que antes. Una pasión que igualaba el renacido cariño por la vida que te inundaba. Hasta te parecía entender, oscuramente, que sólo junto a Carmen, con ella, en ella, cobraría sentido tu supervivencia.

Ibas perdido en esas cavilaciones inefables y placenteras, pensando en ella para no pensar en el dolor y la muerte, cuando el retumbar hueco de los cascos de tu caballo sobre un suelo de madera te distrajo. Era la mañana del tercer día y acababan de cruzar un paso entre montañas sumidas en una niebla esponjosa que apenas te dejaba ver —con tus ojos maltrechos— la grupa del caballo del Colleras, adelante. De pronto la columna se detuvo. El capataz desmontó y vino hacia ti, sus grandes espuelas con rodaja de pinchos tintineando. Aferrándote del brazo te obligó a desmontar, con tan mala intención que caíste de rodillas. Al tocar el piso de madera sentiste el bamboleo y comprendiste que estaban sobre un puente colgante. Abajo rugía el torrente.

A pesar de la niebla y de la neblina de tus ojos, reconociste el sitio. Lo habían cruzado con el coronel cuando vinieron desde Valparaíso buscando a la fugitiva Carmen. Allí mismo comenzaban sus tierras, la enorme extensión de la Hacienda Cachapoal. El capataz te puso de pie a tirones y te llevó hasta el borde del puente, que era ancho como para que lo pasaran grandes carretas. Estaban en la mitad de él y la gruesa soga que lo atirantaba por ese costado corría tan baja que apenas te llegaba a las rodillas.

—No te movái de aquí, pintorcito —te dijo el Colleras.

Y se apartó, dejándote al filo del puente que se cimbraba sobre el barranco anegado por la niebla. Oculto por ella se oía fluir un río. El tablaje, amarrado con tiras de cuero de buey, parecía bailar como animándote a saltar sobre ese colchón nuboso. Pero bajo él, quizás cincuenta metros más al fondo, el río saltaba encajonado entre piedras que destrozarían lo que cayera sobre ellas. Te viste de espaldas, como en ese cuadro de Caspar David Friedrich que admirabas tanto: *El viajero sobre el mar de nubes*. Experimentaste un vahído de vértigo. Pero alcanzaste a voltearte lentamente, abriendo bien tus piernas temblorosas para no perder el equilibrio.

Formados en diagonal a ti y a unos seis metros de distancia, ligeramente más altos en la comba del puente, cinco huasos te apuntaban con sus escopetas.

XXXVI. El mejor amante del mundo

«Esperaba a entrar en sus tierras para fusilarme.» Ahora creías comprender la lógica arcaica que presidiría tu muerte. El coronel te había traído tan lejos para matarte apenas pusieran un pie en las posesiones ancestrales de su mujer. A sus derechos de marido ofendido unía el poder medieval del señor de horca y cuchillo, dueño de la vida y la muerte dentro de sus tierras.

De cualquier modo, era improbable que alguien le pidiera explicaciones, reflexionaste con amargo realismo. Desaparecerías, simplemente. ¿Y quién iba a reclamarte en esta parte del mundo? ¿Aquí, donde casi no existías? Además, las perdigonadas de esas cinco escopetas te destrozarían de tal modo que nadie te reconocería, aunque el río te devolviera a la orilla antes de desembocar en el mar. Y a Carmen su marido le diría que te habías marchado de Chile para continuar con tu periplo americano y con tu obra de pintorcillo.

Una extraña calma te embargó. Una claridad súbita que parecía prometer un más allá donde todo se entendería mejor. Entenderías por qué habías deseado tanto el amor y por qué tu ojo de retratista implacable te había desilusionado de cada mujer. Sabrías por qué habías permitido que «la otra» te matara los amores lanzándote a esa búsqueda incesante (búsqueda de la que tal vez estabas más enamorado que de ninguna mujer precisa). Comprenderías, por fin, de qué modo la belleza y el horror se hermanaban en los paisajes más sublimes.

Era hora de volver a la hermosa paz de las cosas inanimadas.

No podías verlos, pero supiste que los caballos desmontados habían alcanzado la orilla opuesta porque el puente se cimbraba menos bajo tus pies. Quizás eso esperaban los huasos, para afinar la puntería. Eso, y a que su patrón les diera la orden.

Viniendo desde ese lado, desembarazándose de la niebla, cojeando y con el bicornio emplumado en una mano, apareció Gutiérrez. Miró a sus hombres formados en diagonal, luego a ti, y desenvainó la espada.

Decidiste que no ibas a pedir clemencia. No rogarías, no te arrodillarías, no intentarías correr para que jugaran contigo al tiro al blanco. Cerraste los ojos y evocaste a Carmen. Que fuese ella lo último que contemplaras, Moro.

Pero el coronel no gritó «fuego», todavía. Percibiste que se movía y abriste los ojos. Venía hacia ti, arrastrando la pierna derecha con pasos exactos, como si midiera la distancia para una ejecución reglamentaria. Llegado a tu lado te miró de reojo, pestañeando mucho y pasándose la lengua por los labios. La cicatriz del sablazo sobre el ceño le daba una apariencia más feroz y apenada que nunca. Te ojeaba con esa rara timidez suya, como si le pareciera indecoroso mirar a un hombre condenado. No va a preguntarme si tengo un último deseo, pensaste. Porque sabe demasiado bien cuál es.

Por último, el húsar se inclinó y te habló al oído:

—Carmen está embarazada —dijo con voz trémula.

Luego se apartó un poco, tragando saliva visiblemente. Esas palabras parecían haberle exigido más coraje que cualquiera de sus hazañas de guerra. Aliviado de lo peor, el coronel continuó:

—O asume usted esa responsabilidad, como un hombre, o lo fusilo ahora mismo, como a un cobarde.

Dicen que el hombre que va a morir ve desfilar toda su vida pasada en unos segundos. Tú viste toda una posible vida futura transcurrir frente a tus ojos, Moro. «Un hijo... mío», te dijiste, catando las palabras. Y te diste cuenta de que nunca habías admitido siquiera tal posibilidad. Que habías huido de ella tanto como huías del amor. Pensaste, grotescamente, en esos condones de tripa de cordero que llevabas siempre contigo. Te habían bastado con todas tus mujeres típicas de América. Con Carmen no habían sido eficaces; o fue que en el arrebato de la pasión los olvidaste. Tal como por ella te olvidaste de ti mismo, de tu pintura, de seguir tu camino, de tu destino de viajero.

Y ahora, en ese puente colgante que se combaba sobre un barranco, en una tierra salvaje y remota, te daban a elegir entre la muerte y la vida. No sólo la tuya: una vida después de tu vida. Un hijo. Sentiste un vértigo aún mayor que cuando mirabas hacia el abismo lleno de niebla. Pero, al mismo tiempo, experimentaste como nunca antes la gravedad, la atracción de la tierra que te sujetaba. Semejante a un resabio de tu alucinación en las entrañas del Aconcagua, volviste a sentirte árbol, a echar raíces bajo tus pies. Ahora te detendrías no porque te suicidaras —como juraste hacer antes de subir a la montaña—, sino porque te habías enraizado en Carmen.

Gutiérrez esperaba tu respuesta con su bicornio en la mano izquierda, y la espada con que daría su orden de fuego en la derecha. Un instinto de escapatoria, una rebeldía de jovencito que ha embarazado a su novia y a quien el padre de ella le dice «o te casas o te mato», te hizo objetar:

—Pero ¿cómo voy a asumir esa paternidad si ella está casada con usted?

—No hablé de paternidad. Le ordeno que asuma su responsabilidad. El niño llevará mi apellido. Siempre quise tener un hijo con Carmen.

Por un instante pensaste que el coronel había perdido la razón. Pero enseguida, escuchándolo detallar sus planes, intuiste que quizás lo había perdido todo menos la razón. En sus largas soledades de héroe en retiro, desde que sospechó de tus amores con su mujer, había planificado bien esta última campaña de su vida.

—Escúcheme con cuidado —te dijo, acercándose otra vez y hablando en voz baja para que los huasos no lo oyeran—, porque de esto depende que viva.

Que lo escucharas con cuidado. Podías escoger entre ser fusilado o aceptar tu responsabilidad mediante un «trato de caballeros», que Gutiérrez pasó a ofrecerte. Él amaba a Carmen. Mucho más que tú, aunque ni tú ni ella lo supieran o admitieran. Él había luchado durante muchos años, incluso físicamente —dijo, y al decirlo se golpeó con el pomo de la espada en el muslo de la pierna mala, con rabia—, incluso físicamente había luchado por hacerla feliz. Pero no podía; no lo había logrado.

—Ahora es su turno, pintor.

Allí donde el soldado fracasaba, tendría que triunfar el artista. Gutiérrez lo tenía meticulosamente planificado. En apariencia todo se mantendría igual en su familia. Excepto por un detalle: tú ibas a incorporarte a ella.

Ingresarías a la familia en calidad de amigo, por supuesto. Un amigo íntimo del marido y de la mujer. Él y tú aparentarían ser buenos camaradas, para cubrir las apariencias. Y quizás, no podía descartarlo —dijo con una sonrisa amarga—, hasta lograrían serlo de verdad. Pero en todo caso, por mucha que llegase a ser esa confianza mutua, nunca alcanzaría para quebrar las reglas elementales de la discreción y el decoro. Tú sólo convivirías con ellos cuando él estuviese presente. Para no dar lugar a habladurías y corregir aquellas que Carmen y tú habían suscitado con su conducta imprudente. En adelante, cuando él viajase para supervisar siembras o cosechas en campos lejanos, y ella quedase sola, tú deberías ausentarte también. Y por ningún motivo podrías visitarla o acercártele. El viejo húsar estaba seguro de que eso le convendría a tu vocación de pintor viajero. Y obviamente a él mismo, pues bajo ningún concepto estaba dispuesto a ser humillado con un adulterio público, o un amancebamiento al estilo del que mantenía el exministro Portales (y menos aún consentiría en intentar divorciarse).

Gutiérrez esperaba, sin embargo, que las separaciones fuesen breves. Por lo general, los tres vivirían en la hacienda, en patios distintos pero cercanos. Cuando fueran a Valparaíso o a Santiago, lo harían como una familia tradicional y bien avenida que se desplaza con un cortejo de sirvientes, perros y gatos, y hasta con un amigo íntimo, que es casi un pariente. En esos lugares urbanos, naturalmente, tú alojarías en otra casa.

—¿Y qué gana usted con este trato? —quisiste averiguar.

—¿Le parece poco la felicidad de mi mujer? —te respondió el coronel; pero agregó, traicionado por su verdadera amargura—: Para infelicidades ya me basta con la mía.

En cuanto a los hijos, Gutiérrez esperaba que esa familia singular —que formarían ustedes tres— fuese fecunda. Tú ya habías demostrado tu capacidad reproductiva (entre paréntesis, había olvidado felicitarte, agregó). Por su lado, Carmen se mostraba sana y fuerte en este primer embarazo, hasta ahora. Ciertamente, este hijo y todos los que pudieran venir llevarían su apellido y lo llamarían padre sólo a él.

Así los tres estarían contentos, suponía Gutiérrez. El coronel desmentiría los rumores sobre su falta de potencia, tú tendrías a la mujer que deseabas, y Carmen viviría la pasión que había soñado. Conforme a las ideas atrevidas que Darwin y tú lanzaron en el debate de Valparaíso, él se reservaba la institución y les dejaba a ustedes la pasión.

—¿No le parece un trato perfecto? —te preguntó, con un cinismo fingido que cuadraba mal con su cara de héroe apenado.

Y se quedó meditándolo, acaso esperando convencerse a sí mismo de esa perfección. Pero pronto se rehízo. Volvió al puente colgante, a la niebla, a la ejecución aplazada, a su trato de caballeros: de modo, reiteró, que la mayor parte del tiempo tú vivirías junto a ellos, como invitado en la hacienda. Largas temporadas, prolongados inviernos tormentosos y aislados, lentos veranos calientes y secos. En esos dilatados períodos tus deberes hacia Carmen serían materiales y muy precisos.

El coronel quería ser claro, aunque resultase un poco crudo: siempre que vivieran juntos, tú podrías —pero en ese punto se rectificó—: no, tú no «podrías», tú «deberías» dormir con ella. Ésta sería una obligación tuya, médula y carne de este acuerdo: tú siempre deberías dormir con ella cuando estuvieras en su casa. ¡Pero nada de sólo dormir! Deberías cumplir sin fallar, y cada noche, con tus deberes de «amante romántico» (ésa fue la expresión extraordinaria que usó).

—¡Entiéndame bien, artista! No hablo de deberes conyugales. Los suyos serán deberes «pasionales». O sea, deberá cumplirlos siempre con entusiasmo y ardor. ¡Jamás con desgana!

El coronel subrayó sus palabras, levantando y bajando su espada con ademán marcial. Lo hizo tan bruscamente que temiste, por un segundo, que el escuadrón de huasos abriera fuego, por lo que te agachaste, instintivamente. Al notarlo, el húsar pareció calmarse.

Gutiérrez estaría atento a que cumplieras con esos deberes. Lo había pensado todo: bajo las casas de la hacienda existía un túnel secreto, cavado durante la guerra de independencia como refugio y escape ante el enemigo. Haría comunicar el dormitorio de Carmen con el tuyo a través de ese túnel mediante sendos accesos disimulados. Por su parte, él alojaría donde siempre: en el dormitorio contiguo al de su mujer. La puerta entre ambos permanecería cerrada, si bien él conservaría la llave. El acceso oculto al dormitorio de ella estaría siempre abierto para ti, pero nadie lo vería. Excepto él, que al entrar por su lado mediante aquella llave podría cerciorarse de vez en cuando, con visitas sorpresivas («revistas» sorpresivas, dijo en realidad, empleando esa insólita voz militar), de que tú utilizabas el ingreso secreto y cumplías con tus deberes.

—Entonces, mi deber sería... —balbuceaste, atónito.

Entendías, claro que sí —y a la vez te negabas a aceptar que entendías—, la médula de ese «trato de caballeros».

—Nada de palabras gruesas, artista —te interrumpió el húsar, levantando otra vez su espada y agitándola—. Su deber será hacerla feliz.

Tu deber sería hacerla feliz. Amarla de verdad, con pasión y entrega completas, cada día y cada noche, al levantarte y al acostarte. Escucharla, consentirla, acariciarla, adorarla. Tendrías que ser el amante más ardiente y el más romántico: el mejor...

—Usted deberá ser el mejor amante del mundo. Lo voy a vigilar de cerca. Y si sospecho que no la ama como ella necesita, si me doy cuenta de que no la hace feliz..., ¡lo fusilaré!

*

Tres horas más tarde y cinco leguas más adelante, cuando ya se acercaban al casco de la hacienda, la niebla se disipó bruscamente. El día primaveral se abrió, sonriente. Heridos por tanta luz, tus ojos quemados en las alturas volvieron a lagrimear, aunque ahora ya no podías asegurar que fuera ésa la única causa.

Al fondo de la gran alameda verdecida, que parecía una doble fila de pilares blancos moteados de verde plateado, recordaste —más que viste— las grandes casas patronales. Las tejas de arcilla, húmedas y relucientes, el campanario sobre la capilla, el penacho amarillo de un aromo asomando desde el patio de la herrería, la nube de niños patipelados y de perros sin raza que salieron a recibirlos cuando los portones se abrieron... Sentiste una palpitación inesperada, como si volvieras a tu hogar.

Entraron cabalgando hasta el patio principal, como la primera vez. Pero el puma que trazaba ochos dentro de su jaula ya no estaba. Sin duda, Carmen lo había liberado, tal como hizo consigo misma. En cambio, en una gran pajarera aleteaban y piaban catas verdes y loicas de pecho colorado.

El coronel desmontó. Por única vez, en ese largo viaje, lo oíste quejarse al posar su pierna muerta en el suelo empedrado de huevillo. Había llegado al límite de su resistencia, por fin.

No sólo era un límite para él. Tú te dejaste resbalar de la montura, incrédulo de que acabase ese tormento. Te enjugaste el rabillo de los ojos con la manga.

Y en ese momento apareció, corriendo, Carmen.

Carmen, vestida de celeste (o era el reflejo del cielo), y que al verte se detuvo, llevándose una mano al pecho. Dondequiera que estés la sigues contemplando como en ese día, indudable y borrosa, tendiendo hacia ti una mano y refrenándose, en el primer peldaño de piedra que bajaba desde la galería. Ves el destello blanco de sus dientes, el resplandor esmeralda de sus ojos que no alcanzabas a distinguir, pero que te sabías de memoria a fuerza de soñarlos.

El coronel fue hacia ella. Se adelantó unos pasos, ansiosamente, como queriendo abrazarla. Pero se arrepintió, o te recordó a ti, o lo recordó todo. Se paró y giró el tronco y después las piernas, con sus raros balanceos de autómata. Lentamente estiró el brazo izquierdo, alargado por el bicornio que sostenía, y te indicó. Su promesa estaba cumplida.

Carmen vaciló sólo un instante más. Enseguida terminó de bajar las escalinatas, corriendo. Pero en lugar de venir a tus brazos fue a colgarse del cuello de su marido:

—¡Lo trajiste! —exclamó.

Y lo besaba en las mejillas patilludas, dando saltitos para alcanzarlas, el vestido celeste revoloteando, como una niña a la que por fin le entregan el regalo que tanto pedía.

Gutiérrez se dejó besar. Hasta se permitió sonreír un poco, con esa media sonrisa suya, antes de tomarla por los hombros, besarla él mismo en la frente, separarse de ella y decirle, con cansada autoridad:

—Ya está bien. Ahora anda y cuida bien a nuestro invitado. Tiene el culo escocido, como un niño.

XXXVII. El idilio

El perfecto presente del amor realizado. El instante feliz abismado en un instante feliz.

El cuadro se llama *El idilio*. Representa a un pintor de espaldas, sentado frente a su caballete portátil, al aire libre. El artista se ha retratado a sí mismo en el acto de pintar la escena que tiene delante.

Es un mediodía luminoso de verano y el campo verdiamarillo refulge bajo un cielo diáfano. En primer plano, unos pocos metros más abajo de la prominencia donde el pintor ha puesto su caballete, se ve a una mujer. Vestida de muselina blanca y sombrero de paja, está sentada sobre un prado florido, a orillas de un pequeño lago artificial, un tranque. La sombra de un coihue le ampara medio cuerpo. Hace un momento leía, pero ahora levanta la vista de su libro para mirar al pintor que la pinta. El ala de su sombrero deja brillar uno de sus ojos verdes, cuya atenta seriedad discrepa de la sonrisa que anima su rostro. Al costado izquierdo del lago, un poco más lejos, ramonean unas cabras. Sentado sobre una roca, descalzo, un niño pastor sopla una flauta; hay un perro echado a sus pies. Detrás del lago, mucho más abajo, divisamos un valle sembrado: parronales, frutales, campos de labranza, acequias brillando como hileras de alambre. Al fondo, la cordillera azulada con su tercio superior tapado de nieve. Y, por encima de todo, el añil más tenue del cielo, donde sólo unas pocas nubes replican el color de los hielos eternos. El paisaje y sus protagonistas han sido trazados con pinceladas sueltas, fáciles y a la vez precisas, empastando el óleo y, no obstante, creando una impresión de ligereza, más de luz que de materia.

Esta pintura no muestra la realidad; lo que retrata es una sensibilidad. Su facilidad nace de su felicidad; es fruto del mismo idilio allí representado. Resulta patente que el artista que

311

se retrata a sí mismo pintando es dichoso al hacerlo. Como también es dichosa la mujer, que parece una flor más en el prado florido, y que ha levantado la vista de su libro para mirarlo trabajar.

El pintor, que alguna vez estuvo fuera del cuadro, creándolo, y la joven que posó en ese prado, ahora no están por ninguna parte. Pero el artista que dentro de la obra continúa pintando, y la mujer que no deja de mirarlo mientras él la pinta, ellos siguen ahí: duran.

Dura su felicidad en ese paisaje. Como también perdura la dicha en ese otro cuadro, más pequeño, que el pintor está pintando dentro del primero. Y que contiene la misma escena que lo contiene. Y dentro de ésa, otra más, como si miráramos por un telescopio puesto al revés y éste nos llevara cada vez más hondo, hacia el pasado.

El instante feliz, abismado en el instante feliz, abismado en el instante feliz.

(Ya no puedo ver ese cuadro, el último que conservo de ti. Estoy casi ciega. No puedo comprobar si fue así de dichoso ese idilio nuestro. O si acaso me lo inventé. Quizás lo imaginé tan bello —el cuadro y también el idilio— para vivir al menos un amor romántico en mi existencia (aunque sólo fuese en la vida de la imaginación). O tal vez todo pasó por mi mente en el minuto en que te miraba pintarme sobre ese prado. Y hoy recuerdo lo que inventé como si realmente hubiera ocurrido. Sólo tú podrías confirmarme que fue verdad nuestro amor. ¿Es para eso que te recuerdo y te revivo?)

*

Más allá de esa pintura que los hizo eternos, aquellos instantes dichosos fueron tres años con sus días y noches, poco más o menos.

Carmen cuidó tus ojos y te curó las nalgas. Después de empeorar, de infectarse y supurar, la piel comenzó a regenerarse y tus glúteos desollados mejoraron poco a poco. Asimismo, tu visión se recuperaba. Ella te trató —el coronel no se equivocaba— como a un niño, con paciencia y firmeza. Te lavó el culo con aguas de quillayes, te untó las escaras con una pomada de rosa mosqueta, cicatrizante. Te enjuagó y refrescó los ojos con un colirio de hierbas. Y supo mantenerte boca abajo y con la vista vendada cuando desesperabas por voltearte y abrazarla.

Para distraerte, Carmen leía en voz alta largos romances y alguna novela breve. Acababa de recibir de París la última de Balzac: *Le Chef-d'oeuvre inconnu*. Oír de sus labios la historia de ese cuadro en el cual su pintor, Frenhofer, ha invertido diez años intentando representar a una mujer más viva que en la vida real, te estremeció. El artista sacrificaba una década de su existencia a cambio de crear una apariencia de vida. ¿Y qué obtenía a cambio? Un amasijo de colores, en un borde del cual aparecía un pie perfecto...

Carmen leyó también *Notre-Dame de Paris,* y el *Don Juan,* de Byron, y un romance de un autor que acababa de descubrir, Stendhal, y que le fascinaba: *Le Rouge et le Noir.* Apenas podía creerte cuando le contabas que lo habías conocido —gordito y enamorado— en un salón de París. Ella insistió varias veces en releer la escena en que Mathilde de La Mole se lleva la cabeza guillotinada de Julien para enterrarla en una montaña del Jura. Y tú no podías evitar fantasear, con un escalofrío, sobre qué habría hecho tu amante con tu cadáver en caso de que el coronel te hubiese fusilado (y suponiendo que el río hubiera devuelto tu cuerpo).

Mientras estabas ciego aprendiste a reconocerla por el sonido de sus movimientos. Reconocías el rasguear de su plumín de acero sobre el papel, cuando escribía (quién sabe qué) a tu lado. Y te sabías de memoria el ruido de sus pasos. Podías distinguirlos de cualquier otro taconeo. Estabas enamorado de esa manera enérgica y a la vez grácil con que ella pasaba sobre la tierra. Y hasta el aire que desplazaban sus ademanes sabías distinguirlo de cualquier otro.

El descanso al que te obligaban tus nalgas también benefició a tus ojos. En la penumbra, las escamas que velaban, y a la vez exacerbaban, aspectos de tu visión fueron cayendo. Era como si jirones semitraslúcidos se desprendieran de tus ojos. Cuando por fin pudiste caminar de nuevo, apoyado sobre los hombros de Carmen fuiste hasta la profunda ventana de tu cuarto, que daba sobre un huerto florecido. Desde allí viste coloraciones, matices, gamas que nunca antes habías percibido.

Tu mirada antes juvenil, veloz, diestra con los colores básicos, inepta con las tonalidades, parecía haber envejecido y, a la vez, enriquecido sus texturas, adquiriendo una paleta de nuevas gradaciones bastante más indecisas, imprecisas incluso, y por eso mismo más verdaderas.

Giraste la cabeza para mirar a Carmen de cerca. A la luz de esa ventana y tras tantos días de penumbra, también descubriste en ella matices que nunca antes —ni siquiera cuando la retratabas— habías detectado. Visos y relieves que la hacían más compleja y, por eso mismo, más real. Pequeñas arrugas junto a los ojos, una mancha como de té en la mejilla, una cierta incredulidad en la sonrisa. Pero lo maravilloso era que esos pequeños defectos, que antes bastaban para matarte un amor, ahora lo acrecentaban.

Por primera vez pudiste estrecharla contra tu pecho con calma, sin ansias urgentes de futuro, sin deseos apremiantes que te robaran la experiencia del presente.

En ocasiones Carmen parecía alarmarse ante esas transformaciones tuyas. Rompía el abrazo que los unía para mirarte y decir:

—Volviste cambiado del Aconcagua, Moro.

—Claro, estuve a punto de morir allá arriba.

—Sí, eso debe ser... —concedía ella, contradiciendo sus palabras con un tono de duda.

Duda que te contagiaba al pedirte que le contaras de nuevo, por quincuagésima vez, lo ocurrido en las faldas y en el fondo de la montaña. Lo que habías visto y lo que habías creído ver. Sobre todo esto último: la aparición del ermitaño y las visiones que les mostró.

—¿Otra vez quieres oír esa historia?

—Sí. Quizás así yo también pueda ver lo que viste. Y, a lo mejor cambiar. O quizás acepte que no cambiaré. Y así sabría si esto fue lo que realmente pasó contigo.

Ésa era la enigmática respuesta de Carmen. Tú preferías no discutirle. Para no ahondar en ello, para no volver al corazón de la montaña. Aunque bien sabías que, al final, Carmen se saldría con la suya y tendrías que contarle todo otra vez.

*

Fueron tres años con sus días y noches, poco más o menos. Tres años que la dicha igualó en un largo idilio luminoso. Tanto, que ni siquiera el aborto espontáneo del niño que esperaban —a los cuatro meses de embarazo— logró oscurecer esa dicha. Carmen lloró, naturalmente. Hasta el coronel pareció furtivamente acongojado. Tú quedaste suspendido, unos días, entre la decepción y el alivio. Pero pronto la fuerza de la pasión se impuso al duelo. Esa pequeña muerte no ensombreció el sol enamorado que los alumbraba.

Hasta los neblinosos inviernos en la hacienda les parecían cálidos e íntimos. Ese trío congregado en torno al fuego del hogar conformaba una familia extraña, sin duda, pero a la vez contenta. El coronel había mandado construir esa gran chimenea de piedra, en nombre de quién sabe qué nostalgias de su juventud europea. Al reparar en ese hogar, y con lo que ya sabías de los terremotos chilenos, te preguntaste cuánto duraría esa ala de la casa cuando un sismo fuerte golpeara el cañón de piedra, como un martillo, contra los muros de adobe.

Pero esa violencia estaba en el futuro. Mientras tanto, gruesos troncos ardían y chisporroteaban alegremente en el hogar, despidiendo un aroma a resinas de cedro. Los perros favoritos soñaban cacerías junto al fuego. Carmen, recostada en grandes cojines puestos sobre una tarima entibiada por debajo con braseros, leía o escribía, en tanto su marido, sentado en un sitial de cuero, reposaba sobre un escabel su pierna mala, buscando que el calor atenuara la tortura del reumatismo en su cadera rota. De vez en cuando se llevaba a los labios una copa del vino propio de la hacienda, grueso y frutal. Y entonces un reflejo violeta teñía la cicatriz del ceño que ya no parecía triste, o feroz, sino juguetón y hasta pícaro. El héroe apenado solía beber mucho por las noches, y cuando lo hacía una alegría tosca, pero no desagradable, lo embriagaba también.

Una alegría que disipaba su evidente —aunque jamás mencionada— melancolía de soldado sin batallas. Era 1837 y se había iniciado la guerra contra la Confederación Perú-Boliviana. Pero el coronel no había sido llamado a filas. Ni siquiera aceptaron su oferta de formar su propio batallón, con peones de las haciendas, y ponerlo a disposición del almirante Blanco Encalada. ¿Tantas eran sus ganas de pelear que estuvo dispuesto a ponerse a las órdenes de un gobierno conservador? Quién sabe. Pero eso fue lo que les contó; y que su retorno al servicio activo había sido rechazado, aunque sus hombres fueron enrolados igual. Casi todos los varones en edad de pelear fueron reclutados y abandonaron la hacienda. Gutiérrez los había visto partir desde las puertas del caserón, con mal disimulada nostalgia.

Nostalgia que ahora desahogaba con ustedes, narrándoles recuerdos de su juventud guerrera. Les contaba chistes de cuartel, duelos de lanceros a caballo, evocaba la camaradería de los campamentos, el naipe en la cantina de oficiales, y exageraba sus hazañas de armas, como un padre queriendo impresionar a su hija y a su yerno. Tú y Carmen se dejaban impresionar (y a veces hasta se impresionaron de verdad). Ella inquiría detalles sobre una carga de caballería en la batalla de Bailén, sobre los uniformes que lucían los Dragones de Numancia junto a los cuales cabalgó el coronel, y preguntaba qué dijo el general Dupont al rendirse. Desde tu propia poltrona junto al fuego, te sumabas a la conversación mientras dibujabas algunas de esas crueles escenas guerreras. O esta misma escena dulce que vivían.

También Carmen aportaba, de vez en cuando, algún relato o una meditación de su autoría. Eran especulaciones más o menos filosóficas o históricas, ambiciosas y a la vez graciosas. También escribía y les leía cuentos de bandoleros y fantasmas, que conducían a moralejas irónicas e inesperadas. Tú sospechabas que les revelaba sólo sus escritos menos personales. En esos textos, ella estaba curiosamente ausente, camuflada tras un personaje o una voz ajena. Aunque en ninguno faltaba su arriesgado humor provocativo.

Una noche les leyó un breve ensayo sobre el *ménage à trois* en el que convivieron Voltaire, Madame du Châtelet y su marido, durante casi una década, refugiados en el campo...

—Tal como hacen ahora ciertas personas que yo conozco... —apuntó Carmen, con los ojos brillando de malicia.

Ese escándalo había sido el chisme favorito en la Europa ilustrada, casi un siglo antes. Pero a ella no le interesaba el chisme. En su ensayo, Carmen especulaba, juguetona, sobre la posibilidad de que Madame du Châtelet —que tradujo a Newton y fue una matemática prodigiosa— hubiera montado ese triángulo para examinar, en vivo, la demostración de algún teorema. Y se preguntaba:

—¿Un teorema sobre el amor, quizás? ¿Buscaba Madame du Châtelet inaugurar una trigonometría erótica? Imaginémosla triangulando en secreto las posiciones de su marido y su amante con respecto a ella misma, para obtener funciones: senos y cosenos que nos permitieran calcular, ¡al fin!, la geometría variable del amor.

Terminó de leer y se quedó observando el pasmo reflejado en tu rostro y el de Gutiérrez. Luego lanzó una de sus cristalinas carcajadas.

Ese breve ensayo te turbó más que los cuentos de fantasmas que Carmen les leía otras veces. La semejanza de aquel triángulo volteriano con el arreglo al que habían llegado ustedes te alarmó. Pero no por la simetría de los casos —o la supuesta trigonometría, esos «senos y cosenos»— aplicable a ellos. Te preocupó el posible mensaje que quizás Carmen te enviaba. Conocías bien su gusto por las jugarretas. ¿Te quería decir —de esa manera indirecta— que además de haber enviado al coronel a rescatarte, fue ella quien ideó aquel «trato de caballeros» que Gutiérrez te impuso en el puente, bajo amenaza de fusilarte? Era posible: el coronel no parecía tener la imaginación o la cultura necesarias para idear algo tan sofisticado. Tal vez fue realmente Carmen quien concibió esa triangulación amorosa y la insufló en la mente del héroe apenado. Aunque ella jamás te lo confesaría; excepto, quizás, mediante esa parábola geométrica.

Nunca terminabas de conocerla. ¿Qué otras posibilidades, qué otras geometrías curiosas ocultaba en su corazón? Te lo preguntabas, abismado y fascinado, como a veces te ocurría ante la profundidad de un paisaje que tus pinceles no conseguían expresar. La admirabas y la temías. Y te decías que ésas eran más razones para amarla.

*

Así, o aún más tranquilas, pasaban las noches de esos años felices. Pronto los relojes de péndulo, que el coronel mantenía escrupulosamente sincronizados, repicaban diez campanadas por toda la casa. Gutiérrez y tú se levantaban y caballerosamente tendían sus manos a Carmen para que, bajando de la tarima, se pusiera de pie. Hecho esto, ella se colgaba de los brazos de ambos. Y así, seguidos por los perros favoritos, alumbrados por la vela de una palmatoria con espejo, los tres recorrían la galería vidriada que bordeaba el costado sur del patio principal, hasta detenerse frente a la puerta del dormitorio de ella.

Ahora el coronel se inclinaba para recibir su beso de buenas noches en la mejilla y alguna reprimenda cariñosa («no sigas bebiendo, vete a dormir»). Y tú también te inclinabas para corresponder a su venia discreta.

Carmen entraba a su alcoba. Enseguida, la escuchaban cerrar ostensiblemente su puerta con tranca mientras ustedes se separaban en el corredor con un «buenas noches» bastante sincero. Gutiérrez retornaba cojeando al salón para asegurarse de que la última criada en pie amortiguara el fuego y apagara los candelabros. Después volvería, para ocupar su dormitorio, comunicado con el de su mujer mediante una puerta interna cuya gran llave el marido solía llevar al cinto, en su faltriquera.

Por tu parte, Moro, llegabas hasta el fondo del corredor y pasando un par de mamparas alcanzabas un patio paralelo, el del caqui, donde tenías tu dormitorio. Una vez dentro asegurabas tu puerta y esperabas, nervioso, desvistiéndote y desarreglando tu cama.

Escuchabas las uñas de los perros rascando la cerámica de los corredores, buscando sus dormideros de costumbre. Afuera ululaban los búhos, silbaba el viento, crujían los coihues añosos y las palmas criollas. La última criada se retiraba con su farol hasta el patio de los sirvientes, en el lado opuesto del caserón. Y el viejo nochero, en la llavería, se arrebujaba en su manta de castilla, la escopeta a un lado y los pies junto al brasero de carbón de espino.

Llegaba entonces el turno del amante. Nunca dejabas de acicatearte, llamándote de ese modo al hacer esto: el amante, apenas cubierto por un poncho, se agachaba en un rincón de su dormitorio y enrollaba la estera de cáñamo. Debajo aparecía la tapa de madera de una trampa. Tirando de la argolla, el amante la levantaba y sosteniendo un farol descendía por la escala hasta el túnel. Abajo olía a brea, a telas podridas, a maderas en lenta descomposición. Según el coronel, un ramal del túnel —ahora cegado— conducía hasta una quebrada cercana por donde sería fácil huir en caso de un asalto a la hacienda. El padre de Carmen, a su regreso del destierro en Juan Fernández —donde tuvo que vivir en cuevas como ésa—, hizo horadar este escape. Quería proteger a su familia de las montoneras realistas, de la anarquía, de una guerra que continuaba, para él, en los vericuetos de su mente. Mal podía imaginar, el anciano hacendado, que el único conflicto bélico en que su obra sería empleada iban a ser estas guerrillas amorosas.

Desandabas por el túnel el recorrido que hicieras un rato antes, en la superficie de la casa. Llegado a un socavón, que olía a tierra recientemente removida, encontrabas una escalinata y la trepabas. Arriba dabas con una puerta baja y estrecha, pero pesada. Empujándola, todo un cuerpo de anaqueles en la biblioteca que Carmen tenía en su cuarto giraba sobre goznes disimulados, dejándote pasar.

A veces la encontrabas peinándose frente a su tocador, con un largo camisón de noche abullonado; a veces en cama, haciéndose la dormida (era lo que más te gustaba); a veces venía corriendo hacia ti desnuda, saltando para abrazarse con brazos y piernas a tu cuerpo mientras te cubría de besos, llamándote «amante mío».

(Creo que nunca te llamé así, Moro. Pero lo recuerdo para ti de ese modo, ya que te gustaba tanto ser mi «amante». ¿Gozabas más que siendo mi amado? ¿Me habrías deseado igual sin el

319

secreto, sin la aventura, sin ese túnel que insistías en utilizar, aunque bien hubieras podido escurrirte hasta mi puerta por el pasillo oscuro, sin problemas?)

Después de hacer el amor se quedaban dormidos, abrazados. Ocurría ocasionalmente que te despertabas en la oscuridad, atemorizado por algún presagio funesto que no lograbas entender. Para tranquilizarte buscabas el cuello de Carmen y lo acariciabas. Posabas los dedos índice y medio sobre su yugular para sentir sus latidos. Habrías deseado conocer un código que te permitiera descifrar el ritmo de su corazón y, a través de él, enterarte quizás de lo que ella soñaba. Pero, a falta de esa clave, te bastaba con comprobar que ella vivía para calmarte y volver a ser feliz.

¡Extraña felicidad! Tan extraña como esa familia dichosa. El marido, la mujer y su amante, sostenidos en perfecto equilibrio entre la institución y la pasión. Carmen recibía el afecto de dos hombres que la amaban de maneras distintas y complementarias. El coronel conseguía mantener a su lado a la mujer que adoraba pero no podía poseer. Tú vivías una aventura que era al mismo tiempo una rutina. Pero una rutina tan peculiar que te garantizaba no aburrirte ni perder demasiado pronto el deseo. Llegaste a pensar que te habías librado, por fin, de la «desengañadora».

Luego de aquellos inicios tormentosos, zarandeados por celos y recelos, Carmen y tú conocían el verdadero idilio. Ella decía haberse convencido de tu amor al recibir esa carta en que prometías matar a Darwin y suicidarte luego. Aunque no lo cumplieras, leer esa amenaza le bastó para sentir que tu muerte sería la suya. Por tu parte, Moro, ahora también creías sin dudar en su cariño. No sólo porque, tras enfurecerse al descubrir la desnudez de tus mujeres típicas, ella te hubiese perdonado, ni tampoco porque hubiese gritado tu nombre mientras copulaba con el naturalista en aquella isla viajera («Mooorooo»). Creías en su amor porque él te había salvado, literalmente, de la muerte.

Hasta los campos aledaños, abandonados por los peones que habían sido reclutados para ir a combatir en las serranías del

320

Perú, parecían colaborar con su quietud a la paz del idilio. Carmen no se distraía de ti para interesarse en la guerra o la política. Incluso el asesinato del exministro Portales hacía seis meses, a mediados de 1837, sólo suscitó su indiferencia. «Recibió su merecido», fue lo único que te dijo mientras paseaban por la larga alameda. Y enseguida se arrepintió, imaginando la tristeza de su amiga Constanza.

Si ni siquiera aquel aborto espontáneo del hijo que esperaban logró empañar esa felicidad, menos iban a hacerlo ahora guerras o asesinatos. Fueron los años, simplemente. Los años, que lo carcomen todo.

XXXVIII. No soy un semental

—Moro.

—¿Qué?

—¿Dónde estás?

—¿Cómo que dónde estoy? Aquí, encima de ti.

—Sólo siento tu cuerpo. No a ti.

—Te estoy haciendo el amor...

—¿Estás seguro?

¡Una pregunta como ésa justo antes de que alcanzaras el orgasmo! Fue como si Carmen te hubiera empujado físicamente fuera de su cuerpo. Te retiraste, jadeando. Sólo en ese momento notaste que ella había dejado de moverse, siguiendo tu compás, desde hacía largo rato. Desconcertado, asustado, sentiste como si hubieras estado copulando con un cadáver. Pero, ¿quién se había retirado del acto antes, espiritualmente, tú o ella?

Te tumbaste de espaldas en la cama, sintiendo el deseo frustrado atorándose en tu pecho y en tu erección dura y pulsante. El gran lecho de cuatro postes, con baldaquino y cortinas, que siempre te parecía un refugio en la inmensidad de ese dormitorio, ahora te sofocaba. Tras calmarte un poco te volteaste y la escrutaste a la débil luz del quinqué del velador, que siempre dejaban encendido para mirarse mientras se amaban. Intentaste volver a la carga, echarlo a broma:

—Vamos, mi Mora. ¿Quiere que la guasquee, para que se anime?

Aludías al juego de esas palmadas en los muslos que a veces le propinabas y que verdaderamente la encendían. Levantaste la mano. Pero ella no estaba para juegos. Te empujó, esta vez sí, poniendo más cama entre tu cuerpo y el suyo.

—Lo estabas haciendo con la mente en otro lado —te acusó—. Y no es la primera vez.

Quedaste atónito. No te habías dado cuenta, pero sí: estuviste pensando en otras cosas. A la excitación de entrar en su cuerpo se habían superpuesto otras imágenes excitantes. Una de tus mujeres típicas, aquella haitiana cuarentona y perversa que sedujiste —o te sedujo— en Puerto Príncipe, había pasado por tu cabeza. Pero no te habías detenido en ella. El extraño camino de los recuerdos te había llevado otra vez al Amazonas, con la maldita expedición de Langsdorff. Te viste pintando aquella cacería de jaguares, que te quedó tan bien. Y esto te llevó a pensar en el cuadro que estabas bosquejando ahora, ese mismo día, uno de los bosques de Nahuelbuta que habías visitado poco antes, y lo audaz que sería emplear aquellos chorros de luz tropical, macizos, para iluminar esta selva fría... En suma, ¡sí, era verdad! Ella te había pillado en flagrante delito, pensando en otras cosas. Y, en efecto, no era la primera vez.

Por supuesto, lo negaste.

—Imaginaciones tuyas, Carmen.

—No me hables de mi imaginación. La tuya es el problema, en este momento.

—¿Estás celosa? —intentaste evadirte por ese lado.

—No me importa si piensas en otra mujer —te mintió Carmen, como antes habías mentido tú—. Sólo quiero saber por qué siento, últimamente, que me penetras por deber, no por amor...

—¿Deber? De qué me hablas, si te busco todas las noches...

—¡Precisamente! —exclamó Carmen—. Pareces tú el autómata.

La palabra se le había escapado de los labios. Y notaste que lo lamentaba. Nunca se habían burlado del coronel y menos por ese motivo. Pero la alusión a sus movimientos sincopados, mecánicos, resultaba evidente.

El deseo, que había quedado estrangulado en tu pecho y en tu falo desarbolado, se transformó velozmente en ira. Similar a todos tus enojos, ahora tus pensamientos se desbocaron en busca de mayores y mejores motivos para rabiar. Sospechaste que Carmen provocaba esta discusión a propósito, porque era ella quien no deseaba hacer el amor contigo.

323

—¡Estás inventando un pretexto para rechazarme! Típico de las mujeres...

Ella no te contestó. Y su silencio fue peor. El miedo al rechazo desató en tu mente otra cascada de furias cada vez más descabelladas. Sin duda, a Carmen le gustaba eso: calentar a un hombre y dejarlo ardiendo, consumiéndose en su fuego. Recordaste que lo habías sufrido en carne propia al comienzo, durante tu accidentado cortejo. Aunque no podías negar que después casi nunca había eludido el sexo. Pero eso, quizás, fue sólo una lenta y sofisticada estrategia para crear en ti una adicción a ella. Y así, una vez esclavizado tú por el hábito, quitártelo bruscamente, negándose a satisfacerte...

Circe, Circe, te dijiste. Evocabas la imagen de la hechicera, que te había rondado cuando conociste a Carmen, y que luego la fuerza de tu amor desechó. Circe, la que hechiza a los hombres para que olviden el camino de su patria. Entreviste aquel extraño árbol sobre la isla flotante, cimbrándose, aunque no hubiera viento. En el colmo de la angustia, te asaltó una fantasía aún más vil: Gutiérrez no había quedado del todo impotente por causa de su terrible herida, sino después. Carmen lo había manipulado dándole y quitándole su cuerpo, pasándolo del fuego al hielo, como en alguna tortura similar a las que practicaba su cruel antepasada, la Quintrala, con sus esclavos. Así, hasta inhibirlo totalmente. Hasta convertirlo en ese veterano idólatra que cabalgaba con el corpiño de ella metido en la bragueta, y que se dormía con él empuñado y oliéndolo.

Incorporado a medias en la cama, sostenido sobre un codo, mirándola sin verla, contemplando más bien todos esos fantasmas tremebundos, ardías de furia y a la vez temblabas de miedo.

Miedo a la «justicia divina», una de tus supersticiones, Moro. Que ella te negara su sexo era una revancha del destino. Tú habías hecho lo mismo con muchas mujeres: creer que las amabas apasionadamente (aunque nunca como a Carmen), poseerlas con ardor y luego, de pronto, perder el deseo. Abandonarlas en ese fuego sin combustible.

Carmen te hizo —lentamente— volver en ti. Estiró su mano izquierda y la posó en la boca de tu estómago. Te sobó con delicadeza el punto donde latía el vacío de tu ira y tu pavor.

Luego ordenó un poco tu melena rubia aleonada y te acarició la mejilla, aplacándote.

—Moro, ¿qué nos pasa? —te preguntó.

Un rescoldo de rabia te hizo responder:

—Quizás estás dejando de quererme.

—Cada vez viajas más a menudo y por más tiempo...

—Sabes que debo hacerlo para disimular. Fue mi acuerdo con Gutiérrez.

—Acordaron que te irías siempre que él no estuviera. Pero ya dos veces me has dejado sola con mi marido.

—¿Soy acaso un prisionero? —protestaste.

Pero era verdad. Te habías ido a pasar varias semanas con los araucanos, en Purén. Te habías hecho amigo del lonco Lorenzo Colipí (que incluso había compartido contigo a una de sus esposas, pero esto no se lo contaste). Habías traído de allí espléndidos apuntes para la serie de óleos sobre los raptos de mujeres blancas, cometidos por malones indígenas, que estabas pintando. Tus pretextos eran inmejorables. En primer lugar, eras un pintor viajero; y, en segundo, le habías prometido a Carmen ilustrar su obsesiva fantasía sexual, esa que había realizado a medias cuando llegó al campamento de Darwin cabalgando a pelo y semidesnuda.

Sin embargo, en efecto, no habías esperado que Gutiérrez se fuera para emprender esas excursiones. ¡Si hubieras esperado eso, quizás no habrías viajado más de un par de veces en esos tres años! Te excusabas así, mentalmente, porque el coronel casi no viajaba, dejando que esos otros grandes campos lejanos se administraran solos. O tal vez no quería perderse detalle de lo que ocurría en su casa. En cambio, tú hiciste expediciones cada vez más prolongadas. Unos meses antes habías cruzado a Argentina, donde un rayo en la pampa por poco te mata. Ahora tenías en la frente una cicatriz fresca, que te daba un vago parecido con el húsar. Como si esa convivencia extraña los estuviera mimetizando.

Tal vez por eso te ibas, pensaste ahora. Por temor a acabar pareciéndote a él. ¿No era ése el destino de los matrimonios viejos: la esterilidad de la mujer y la impotencia del marido? ¿Sería posible que estuvieras perdiendo el deseo por Carmen?

No querías admitirlo. Pero, si eras tan feliz con ella, si el idilio era tan perfecto, ¿por qué partías? Una oscura sensación de encierro fue la única respuesta que te diste.

Y esa «respuesta» te dejó helado. Sentirte prisionero había sido, siempre, el anuncio infalible de que «la otra» te había alcanzado. ¿Sería posible que la desengañadora —a quien creíste por fin derrotada durante estos tres años— te hubiera rastreado y ya estuviera aquí, trabajando para matarte el único amor verdadero que habías sentido?

Sentirte acorralado reanimó tu rabia.

—¡No quieres que viaje...! Ya veo... Pero eso es la muerte para un pintor viajero.

Carmen perdió la paciencia y se incorporó también, gritándote:

—¡Lo que quiero es que al volver me abraces como si me amaras, Moro! No como si tu cabeza siguiera allá afuera.

—¡Estás obsesionada con tirar y tirar y tirar! A lo mejor es por eso que viajo.

—¿Lo ves? Reconoces que ya no me deseas.

La ira te hizo responderle, fríamente, sin saber bien lo que decías:

—Reconozco que soy el amante de una mujer que sólo busca quedar embarazada otra vez.

Carmen saltó de la cama. Dio la vuelta corriendo y se plantó a tu lado, completamente desnuda. La luz del quinqué, dándole de cerca, hacía llamear sus ojos verdes. Los pezones oscuros y endurecidos te apuntaban, la piel blanca destellaba. Estaba imposiblemente bella y amenazante. Tú conocías bien ese furor, lo recordabas de aquellas primeras disputas. En las peleas de amantes hay un momento cuando el odio, que también vive dentro del amor, sale de él y nos mira cara a cara. Ese odio te miró entonces, Moro:

—Perdimos un hijo, por si lo has olvidado. Atrévete a decir que sólo yo quería tenerlo.

No, por enojado y enceguecido que estuvieras, no ibas a atreverte a decir eso. Porque tú también habías deseado tener ese niño; una parte de ti lo había deseado. Pero la parte que no te hizo responder:

—¡No soy un semental!

—¡¿Y quién te pidió que lo fueras?!

Semanas después, Moro, aún te preguntabas qué le habrías respondido a Carmen si, en ese momento, no los hubiese interrumpido una aparición.

Viniendo desde tu izquierda, emergiendo entre las sombras del inmenso dormitorio que el quinqué del velador no alcanzaba a hendir, sin ruido alguno que lo anunciara, apareció Gutiérrez. El coronel, en pantuflas, con una bata de raso negro y un gorro de dormir del mismo color, materializándose sin excusas. Sus pasos lentos, almohadillados, viniendo desde la invisible puerta que comunicaba con su dormitorio, lo habían llevado casi hasta el borde mismo del lecho, antes de que ustedes lo advirtieran. La gran cerradura, que una vez examinaste, no había rechinado. La puerta no crujió, ni chirriaron los goznes: todo engrasado a la perfección. Quizás cuánto tiempo había estado observándolos antes de intervenir.

Te sorprendiste sintiendo una confusa compasión por él. A pesar de lo acordado contigo, el héroe apenado nunca había ejercido, en esos tres años, el derecho que se reservara de venir a comprobar, en ocasiones, cómo y en qué medida cumplías tus deberes. ¿O sí lo había hecho? Tal vez esta aparición no era una sorpresa, sino una rutina secreta. Discreto, invisible e inaudible, camuflado por su bata negra y su pálida paciencia de cornudo, ¿cuántas veces habría estado allí, casi al borde de la cama, mirándolos amarse o viéndolos dormir después, agotados y desnudos, sobre el nido revuelto de las sábanas?

—Jóvenes, jóvenes, no peleen —les pidió, mirando de reojo la desnudez de Carmen, que no había atinado a cubrirse—. Se les oye hasta en el patio de la servidumbre.

Más que un marido indignado, parecía un suegro bonachón. Su voz indecisa se oía ablandada por el alcohol (sin duda, había seguido bebiendo, a pesar de las recomendaciones de su mujer).

Carmen lo miró boquiabierta. Luego te observó a ti, y enseguida de nuevo a él. Parecía abstraída, meditando aún, o de nuevo, en la pregunta que te había lanzado y que quedó pendiente: ¿quién te pidió que fueras un semental?

327

De pronto se llevó ambas manos a la boca y dio un paso hacia atrás, alejándose de ustedes, del amante en su cama y el marido junto a ella. Pero ya era tarde para alejarse de la verdad.

—Se pusieron de acuerdo, ustedes dos, para tratar de preñarme —se contestó Carmen, en voz baja.

La viste caer en la cuenta. Asumir lo que antes no había podido o querido ver. Esos sobreentendidos en el «trato de caballeros», que el coronel te había impuesto ante el pelotón de fusilamiento. Los detalles grotescos que después ni él ni tú habían juzgado necesario contarle. Que no sólo serías un amante residente, sino que deberías ser el mejor amante del mundo. Que te habías obligado no sólo a hacerla feliz todos los días, sino también a amarla físicamente, cada noche. Y que, en efecto, intentarías preñarla cuantas veces fuera posible, para que así el tercero en ese triángulo tuviese también su recompensa. Ustedes la pasión y él la institución. Ustedes el amor idílico, espoleado por esa situación exótica, y él —el héroe impotente— unos hijos a los cuales llamar suyos ante el mundo. Hijos que tú, como pintor viajero, estabas dispuesto a engendrar, pero no a reconocer o a criar, porque te habrían obligado a admitir que te arraigabas y renunciabas para siempre a ese viaje constante, esencial para tu arte.

Todo eso había estado implícito en «el idilio», por cierto. Carmen era demasiado inteligente para no saberlo. Pero saber es precisamente lo que el amor no quiere. El amor quiere creer.

Y, ahora, ella no podría creer ya que los hijos que engendraran fuesen la expresión de ese amor. Sabría que serían consecuencia de un trato, decidido por otros motivos. En adelante, la pasión no alcanzaría a esconder la crudeza de un pacto hecho tanto para salvar tu vida como por reverencia a la sociedad, y además en honor a la reproducción de la especie. El joven Darwin habría estado contento con esta confirmación de sus ideas.

Carmen se fue agachando, lentamente, hasta sentarse sobre la alfombra redonda y mullida. Todavía estaba desnuda, pero su desnudez desaparecía ovillada sobre sí misma. Se abrazó a sus propias piernas y escondió el rostro entre sus rodillas.

En el arco de su espalda, las vértebras semejaban una cordillera en miniatura donde los cuños de aquellos jeroglíficos de un idioma desconocido hacía tiempo que se habían borrado. (Esos jeroglíficos que ustedes, alguna vez, se creyeron capaces de descifrar.)

Desde allí ella les dijo, sin mirarlos:

—Por favor, salgan.

Gutiérrez y tú se miraron, vacilando. El marido y el amante conocían demasiado bien a esa mujer como para discutir ahora con ella. Mientras el coronel se retiraba por su lado, tú, envolviéndote en el poncho, saliste por la puerta falsa. Era la primera vez que abandonabas ese cuarto antes del alba.

XXXIX. ¡Por la fertilidad!

Durante dos días enteros, Carmen los evitó, al coronel y a ti. Mejor dicho, ni siquiera los veía. Cuando los divisaba al fondo de una galería o en el comedor, su mirada pasaba a través de ustedes. Por la noche, atravesaste el túnel e intentaste empujar la puerta secreta, encontrándola trancada. De día quisiste hablarle, sin resultado: ella pasaba de largo como si oyera llover. Cualquiera habría dicho que Carmen los había dado a ambos —a su marido y a su amante— por muertos.

En la mañana del tercer día, el Colleras te encontró pintando en la capilla de la hacienda, donde habías habilitado tu taller. La luz de las ventanas altas, casi cenital, le convenía a tu trabajo. Lo habías decidido: terminarías a marchas forzadas la serie de cuadros sobre el malón de indios y el rapto de las mujeres blancas que le habías prometido a Carmen, para luego entregárselos y partir.

—El patrón lo manda llamar —te gruñó el capataz, cetrino y de ojos biliosos, contumaz en su odio.

Creíste comprender, de golpe, sus razones. Había crecido junto a Carmen en esa hacienda. Seguramente, de niño se había bañado en el río con ella y los demás hijos de los inquilinos. La había visto crecer, florecer, ser infeliz junto a su marido. Y si podía aceptar que éste se la hubiera quitado, no ocurría lo mismo contigo...

—Iré más tarde.

—Oiga, don Eduardo me dijo que vaya ahora mismo —insistió el capataz, torciendo el gesto.

Y alargó el brazo, pretendiendo detener el pincel con que acentuabas la tensión en el anca del caballo de un cacique, lanzado al galope.

Titubeaste lo justo para paladear un poco este demorado placer. Luego giraste velozmente la gruesa paleta de madera de roble que tú mismo habías cortado, y le pegaste al capataz con el canto, sobre la nuez.

El Colleras se llevó ambas manos a la garganta, exhaló un suspiro silbado, agónico, y cayó de rodillas a tus pies. Todavía te diste el gusto de apartarlo de una patada, antes de retocar tranquilamente esa espumilla en la grupa del potro que reforzaba la impresión de una larga galopada. Los ojos coléricos del cacique, lanza en ristre, desafiaban al espectador.

Sacaste de la capilla al Colleras, medio inconsciente, a rastras. Cerraste con llave y fuiste a ver al coronel.

*

Desde aquella noche de hacía tres años, cuando planearon aquí la batida para buscar a Carmen, no habías vuelto a entrar en su despacho. El casco de la hacienda era lo bastante grande como para permitirle a cada uno la ilusión de una vida independiente, cuando lo deseaba. Ahora ingresaste sin golpear. Lo encontraste agachado sobre su escritorio, leyendo un librote pautado, de cuentas, con los quevedos sostenidos en la punta de la nariz ganchuda. Bastaba un golpe de vista sobre esa calva moteada de pecas y los hombros un poco vencidos, donde se echaban en falta las charreteras, para sospechar que no debían cuadrarle muy bien esas cuentas.

—¿Problemas contables, coronel?

Gutiérrez, sorprendido, dejó caer los anteojos que bailaron sobre su leve panza, suspendidos de una cinta roja. Luego cerró bruscamente el libro y balbuceó.

—Deudas. Quizás haya que vender el fundo de Chillán.

Sería la luz franca de la mañana veraniega que bañaba el escritorio, o tal vez tu memoria comparándolo con el coronel de aquella noche, hacía tres años, en este mismo despacho, lo que te hizo notar cuánto había envejecido. Las manos con las que cerró ese pesado libro temblaban y en sus pómulos las venillas reventadas se traslucían bajo la piel, maquillándolo con un rubor malsano. De golpe supusiste lo obvio: el gobierno no había rehusado enrolarlo en el ejército expedicionario contra la Confederación Perú-Boliviana. Fue él quien decidió quedarse para cumplir con su parte en el «trato de caballeros» que había hecho contigo. Aunque eso le costara perderse la última guerra de su vida. Enfrascados en vuestro idilio, ni tú ni Carmen habían reparado en esta definitiva derrota del viejo húsar.

Gutiérrez carraspeó y musitó unas palabras incomprensibles, haciendo ese visible esfuerzo por superar su timidez que siempre lamentabas presenciar, hasta que por fin añadió:

—Los negocios van mal, Rugendas. Yo sólo soy un soldado...

—No tiene que rendirme cuentas a mí, Gutiérrez. Más bien, a su mujer.

—Claro, claro —carraspeó de nuevo, volviendo a su incómodo silencio.

No te sentías en vena de ayudarlo en sus confesiones, de manera que dejaste vagar tu vista por el amplio despacho. Nada había cambiado. Comprobaste las panoplias de sables herrumbrados, las lanzas cruzadas con sus melenas de crines, la bandera de los Húsares de Junín agujereada por las balas, el gran mapa con las evoluciones de la batalla de Ayacucho y el fanal sobre la peana donde relucía aquella esquirla. (Recordaste sus palabras de tres años antes: a pesar de luchar siempre en el bando ganador, él había perdido todas sus batallas.) El cuarto estaba igual, a no ser por un único y notorio trofeo nuevo: el retrato formal de Carmen.

El coronel lo había colgado sobre la puerta del delgado armario de las escopetas. Parecía un sitio extraño para ponerlo, pero en realidad, con tantos fetiches guerreros en los muros, no había otro lugar disponible. Y allí destacaba más, adelantándose hacia el observador. Incluso desde lejos advertiste, con disgusto, la falta de vida en ese retrato que habías hecho sin ganas, por cubrir las apariencias. Carmen tenía el cuello demasiado largo y se veía hierática, más aplomada que altiva. Hasta el peinetón y el velo eran más interesantes que su rostro. Su busto blanco, enmarcado en el severo vestido negro, carecía de relieve y morbidez.

Gutiérrez te lo había pedido mientras yacías enfermo, recién llegado a la hacienda tras ser rescatado del Aconcagua. Fue él quien ordenó traer todas tus pertenencias desde Valparaíso, ya que Carmen se hallaba envuelta en una nube de felicidad, embarazada y haciendo de tu enfermera. Llegadas tus cosas, se asomó una mañana a tu cuarto y tras un par de carrasperas tímidas te ofreció una buena suma por terminar ese mal cuadro. Naturalmente, dijiste que lo terminarías pero rechazaste su dinero. Carmen ya lo había pagado.

Ahora Gutiérrez siguió tu mirada y su rostro se reanimó, aliviado de no tener que entrar en materia, cualquiera fuese ésta.

—Ah, usted no lo había visto colgado —te dijo contento, y fue hacia el armario cojeando y sobándose las manos—. Pues aquí la tengo.

Pero no alardeó del retrato que estabas viendo. En cambio, registró la faltriquera de cuero donde portaba sus llaves y escogió una. Con un movimiento que habrías llamado «teatral», si al coronel no lo intimidara tanto el público, Gutiérrez abrió el armario. En lugar de las escopetas alineadas que recordabas, apareció en el fondo el gran retrato apaisado de Carmen desnuda.

En vez de ponerle un marco al cuadro —omitido, seguramente, para que ningún enmarcador lo viera—, el coronel, minucioso e idólatra, había ideado forrar el interior del armario con una gruesa felpa morada. Y había colgado la tela dentro. Ahora ese desnudo absoluto de Carmen reposaba en un nido mullido, oscuro y secreto como un útero.

Sobre un fondo de tormenta furiosa, nubes rojas preñadas de rayos, una mujer imposiblemente bella avanzaba hacia el espectador. Volaba abriendo los brazos y las piernas como para alcanzar —o quizás atrapar— a alguien más acá de la tela, en este lado de la realidad.

Sentiste que se te cortaba la respiración, que tu corazón daba un respingo y perdía un latido. Tu método para reconocer el amor funcionaba de nuevo. Volviste a saberte enamorado de Carmen.

Pero esa emoción amorosa vino acompañada por otra, Moro, que era puro orgullo: sin duda, ésta era tu mejor obra.

Este cuadro de «doble intensidad» lo habían pintado entre ambos, tú y Carmen, cuando ella borroneó con aguarrás su primer y espléndido retrato, y luego tú repintaste encima, con furor y de memoria, aquel cuerpo que creías haber perdido para siempre. Era en efecto tu mejor obra. En ella se veía la pasión, que es amor más desesperación, te repetiste. Y esa pasión había vuelto sublime tu arte, por única vez.

Pese a todo lo anterior, no le habías reclamado este cuadro a Gutiérrez, cuando lo echaste en falta. Escogiste presumir que el coronel, al hallarlo entre tus cosas traídas desde Valparaíso, decidió destruirlo, borrar esa prueba de «la conducta imprudente» de su mujer. Y a pesar de saber a qué alturas habías llegado con esta pintura, no lamentaste del todo su desaparición. Algo en ti casi se alegró. ¿Por qué?

Ahora lo entendías. Una parte de ti también consideraba ese óleo una prueba en tu contra. Nunca habías pintado así, ni antes ni después. Pero desde el momento en que lo habías logrado, esta pintura te emplazaba a seguir haciéndolo. Te instaba a crear y a vivir con esa «doble intensidad» para la cual, quizás, no tenías el coraje requerido. Este cuadro era pasión en estado puro, era más arte que todo el resto de tu obra. Porque el arte con dolor es más arte —te repetiste—, así como el amor con pasión es más amor y la vida con la vecindad de la muerte es más vida.

Reflexionando en esas cosas, al tiempo que examinabas minuciosamente el óleo, habías inclinado tu cabeza sin advertirlo. Ahora mirabas el cuadro desde abajo y en un ángulo oblicuo. De pronto, una forma que no recordabas haber pintado te sorprendió. Entre las nubes rojizas que transportaban a la mujer, en la base de ese remolino, parecía que asomaba un rostro inesperado. Era una presencia fantasmal que no debería haber estado ahí y que sólo se percibía desde esa extraña posición de tu cabeza. Aparentemente, enajenado por la violenta energía que te embargara al pintar este segundo retrato, habías escondido en él, sin proponértelo, una anamorfosis. Una de esas perspectivas deformadas en trampantojo, como la calavera que tu admirado Holbein ocultó al pie de ese cuadro suyo, *Los embajadores*.

Te daban ganas de pedirle al coronel que se agachara y mirara desde el mismo ángulo, para comprobar si él también veía lo que tú: otro rostro de mujer, muy pálido, medio cubierto por una melena roja. Esa media faz que bien conocías pues tantas veces se te había aparecido en sueños. (Y ésta podía ser otra razón, más inquietante aún, de por qué habías renunciado a reclamar tu obra maestra.)

Preferiste no preguntarle nada al coronel. En cambio, te enderezaste bruscamente, sacudiendo la cabeza, intentando borrar de tu mente esa imagen. No podía ni debía ser. Por lo demás, poco habrías ganado con preguntarle a Gutiérrez. Te quedaba demasiado claro lo que él veía. Acezaba como un perro viejo, en rendida adoración de ese desnudo absoluto de su mujer, engastado en aquel útero de felpa morada. Nada de fantasmas o anamorfosis: él sólo veía su belleza.

De repente volvió en sí, te miró pestañeando, avergonzado, cerró el armario, giró la llave y la devolvió a su faltriquera. Al hacerlo quedó enfrentado al retrato formal de Carmen que colgaba sobre la puerta.

La miró como sorprendido de encontrársela, o quizás decepcionado. Pero enseguida suspiró, conformándose:

—Yo amo a la mujer vestida y usted a la mujer desnuda. Quizás salgo ganando, porque la desnuda parece una furia. Mientras que ésta se ve tan dulce...

Y le acarició una mejilla a la tela, con el dorso del anular donde lucía su alianza de matrimonio.

Tú no te sentías de ánimo para soportar las melancolías del coronel:

—Me mandó llamar, Gutiérrez.

—Sí, sí —dijo él, entre dientes, retornando a su escritorio, parapetándose en él y en sus frases a medias—. La otra noche... Cuando involuntariamente oí...

—Hable claro.

Tu dureza funcionó. El coronel bajó la cabeza y, como si cargara él solo contra un regimiento, dijo de un tirón:

—Hicimos un trato. Y usted no lo está cumpliendo.

—Si se refiere a que Carmen no queda embarazada...

—Me refiero a todo. Ella no es feliz.

—Usted ya oyó mi respuesta: no soy un semental. ¡Y tuvo la desvergüenza de espiarnos...!

—¡No me hable de vergüenzas a mí! ¡Pintor adúltero!
—tronó Gutiérrez, golpeando con la palma abierta el libro de
cuentas, que exhaló una nubecilla de polvo.

Ahí estaba, de regreso, el coronel de húsares que quiso
fusilarte. Se había enderezado tras el escritorio. Y te miraba
por fin a los ojos, desafiante. La cicatriz sobre su ceño ahora
no parecía nada de triste, sino decididamente feroz. Y lo agradeciste. Preferías ponerle los cuernos a un rival, antes que a un
amigo.

—Si me llamó para insultarme... —dijiste, empezando a
ponerte de pie.

Gutiérrez estiró el brazo, la mano temblorosa aplacándote,
indicando que te sentaras. Su ferocidad había durado poco, sustituida muy pronto por esa profunda desmoralización que el
«trato de caballeros», por él mismo concebido (¿o por Carmen?),
le había ocasionado.

—¿Qué podemos hacer? —te consultó.

—¿Para hacerla feliz o para embarazarla?

—Quizás, si usted se esforzara más por las noches...

—No sea ridículo.

—O si viajara menos...

—Ya está hablando como Carmen.

—Fue triste perder ese hijo... —prosiguió Gutiérrez, pensando en voz alta, sin oírte—. Habría llenado de vida esta casa.

Sabías que el coronel deseaba un embarazo de Carmen no
sólo para hacerla feliz, como te había dicho. También suponías
que lo deseaba como una reparación vicaria de su impotencia.
Como una forma de ganar, tardíamente, esa otra batalla que
había perdido en Ayacucho. Lo habías visto paseándose, furtivamente triste, por los numerosos patios de la hacienda cuando
Carmen sufrió ese aborto. Entonces sospechaste que lo amarga-
ba la decepción egoísta de no poder exhibirle al mundo un hijo
con su apellido. Pero no habías intuido, hasta ahora, que acaso
deseaba aquel niño para algo más simple y mucho más noble
que tus sospechas. Deseaba aquellos hijos, que no venían, para
amarlos.

Incómodo por ese silencio demasiado íntimo que compartían, Gutiérrez se agachó. Sacó de una gaveta de su escritorio

336

una gran botella de vino y dos copas. Con un gesto te ofreció una. Era una hora insólita para empezar a beber. Pero no lo rechazaste por eso. Lo que rechazabas era esa camaradería en la derrota que él te proponía.

Ya que no lo acompañabas, el coronel brindó solo:

—¡Por la fertilidad! —exclamó.

Y, como si esa palabra hubiese sido el conjuro necesario para entender qué iba mal al cabo de esos tres años de idilio, ahora creíste verlo con claridad. Viste al coronel en su despacho, a diario, bebiendo solo y rodeado por sus fetiches de veterano. Todos esos objetos donde estaba escrita, con distintas formas, su impotencia: las grandes equis de las lanzas cruzadas, la esquirla bajo el fanal. Su impotencia escrita hasta en el librote donde las cuentas no cuadraban, delatando la infertilidad de los campos que este soldado administraba.

Tu carácter supersticioso, Moro, te puso en guardia. ¿Y qué ocurriría si esa impotencia del héroe se hubiera vuelto contagiosa? O peor aún: ¿qué ocurriría si esa impotencia fuera apenas otro nombre, otra manifestación de aquel fantasma que acababas de descubrir en el retrato de Carmen desnuda? Imaginaste al espectro de la mujer pelirroja doblemente oculto —en el armario de las escopetas y en esa anamorfosis que pintaste sin darte cuenta— librándose de su encierro por las noches. Vagando por ese caserón con pantuflas almohadilladas y vestida de negro, entrando a la alcoba de Carmen, amparada por las sombras. Esa impotencia los poseía a ella y a ti cuando ustedes creían poseerse el uno al otro.

Saliste de ese despacho apresuradamente, casi huyendo.

XL. La polilla

No quisiste darte tiempo para pensarlo más. Corriste por las galerías hasta el cuarto de Carmen, sin hallarla. La buscaste por los patios: el principal, el del caqui, el de la herrería y talabartería, el de los sirvientes, el de los carruajes... Preguntaste por ella en las cocinas: techos ahumados, grandes peroles de fierro, una india muda en su silla de paja. Te asomaste al huerto y al parque, donde a veces ella trabajaba en los jardines. Averiguaste en las caballerizas. Nadie la había visto esa mañana. O nadie quiso decírtelo. Pero su caballo pinto, su favorito, faltaba. La hacienda era muy grande y ella podía encontrarse en cualquier sitio. Sin embargo, con ese día radiante y caluroso... Sonreíste, adivinándola. Aún podías adivinarla, Moro. Hiciste ensillar tu caballo y partiste al galope.

Un industrioso antepasado de Carmen había hecho cegar la salida de un estrecho valle frondoso, en las primeras estribaciones de las montañas, por donde fluía en primavera un afluente del Cachapoal, seco el resto del año. Las aguas acumuladas en ese tranque regaban las tierras de cultivo —que se divisaban más abajo— y el gran parque de la casona. Una pequeña pradera entre el laguito artificial y el bosque de coihues era el lugar más fresco de esos campos, en verano.

Allí encontraste a Carmen. Sentada en el prado, cerca del agua, a la sombra de un enorme roble, casi en la misma posición en que la habías retratado dos años antes, cuando pintaste *El idilio*.

Rodeaste el lago casi al galope y te bajaste sobreandando, cerca de ella. Dejaste sin atar el caballo. Ibas en camisa, llevabas zapatos en lugar de botas, no te habías puesto sombrero. Todo en ti delataba una urgencia extraordinaria. Pero ella, fiel a su consigna de no hablarte y ni siquiera verte, no se dio por enterada de tu presencia. Continuó leyendo su libro incluso cuando empezaste a sacarte la ropa, como si ya no resistieras ese calor y fueras a lanzarte al tranque para refrescarte.

Decidido a desafiarla te acercaste y te plantaste frente a ella, completamente desnudo. ¿Te ves todavía, Moro, dondequiera que estés? Las manos a los costados, empuñadas como para una pelea, el pecho agitado, las piernas un poco abiertas en cuyo vértice tu miembro enhiesto la apuntaba.

Carmen no pudo ignorarte más. Te miró hacia arriba durante un segundo, boquiabierta y pestañeando, un poco deslumbrada por el sol... o por ese fauno amenazante. Luego se fue poniendo de pie lentamente, contra el árbol, manteniendo la distancia de tu falo en ristre.

—¡Ni se te ocurra! —gritó por fin.

Y dio un salto hacia su izquierda, buscando la protección del bosquecillo que le quedaba a unos veinte metros, en lo alto de la suave ladera. Sabías que Carmen era muy ágil y fuerte. Perfectamente capaz de trepar a un árbol o de correr hasta rendirte. Pero no habías calculado que fuese capaz de dar estos brincos de cierva. Te acercabas a ella y saltaba, quebrando las caderas y dejándote con los brazos estirados, agarrando el aire en lugar de su cintura. En pocos segundos había alcanzado la linde del bosque. Si no la atrapabas ahora, quizás ya no pudieras hacerlo nunca.

Te jugaste entero y te lanzaste al suelo, con los brazos extendidos hacia ella. Conseguiste agarrar sus tobillos. Carmen cayó hacia un lado y pateó desesperadamente. La soltaste y la dejaste rodar por la pradera inclinada. Intentó ponerse en pie de nuevo, pero ya estabas avisado, no volverías a subestimarla. De un brinco estuviste encima de ella. Evitando cuidadosamente los rodillazos que intentaba propinarte en los testículos, te sentaste sobre sus muslos y sujetándole ambos brazos a los costados de la cabeza la inmovilizaste. Los dos jadeaban, se miraban retándose, el sudor te corría por la espalda.

Cuando dejó de debatirse, te quitaste con una mano la larga cinta de terciopelo negro con la que atabas tu coleta y mostrándosela le dijiste:

—Escoge: o te entregas o te amarro.

Carmen chilló de furia, volvió a debatirse, te golpeó con la mano libre en el pecho, intentó arañarte. Jamás viste, ni en las

339

cacerías de pumas con lanzas, cuando acompañabas al cacique Colipí por los bosques de Nahuelbuta, un animal acorralado más peligroso.

Juntándole ambas manos sobre la cabeza empezaste a atarla, dificultosamente. Sólo entonces se quedó quieta y te dijo con una voz helada, entre dientes:

—Tendrás que hacérselo a un cadáver. No pienso moverme.

Eso podría haberte desalentado unas noches atrás. Pero ahora, Moro, no te importaba nada. Ahora le habrías hecho el amor aunque hubiera estado realmente muerta. Carmen cerró los ojos y volteó el rostro cuando le subiste la falda y le arrancaste los calzones, tirándolos. Su cuerpo se aflojó como si de verdad la hubieras matado. No obstante, al poner tu mano en su sexo húmedo e insertar el dedo medio entre sus labios mojados, encontraste el clítoris hinchado y palpitante. No, no estaba en absoluto muerta; estaba muy viva.

Ahora eras tú quien se daba el gusto de demorar el asalto final. Posaste la punta de tu falo en la abertura de su sexo y lo restregaste suavemente allí, sin entrar. Tal como fue la primera vez que hicieron el amor.

Carmen resistió unos segundos más y después gimió, o más bien maulló como una gata en celo. Entonces, furiosa contra su propio cuerpo que la delataba, reaccionó y levantó con fuerza las caderas, obligándote a que entraras a fondo en ella. Mientras lo hacías su boca mordía tu hombro. No era uno de esos chupones de vinchuca, ahora sus agudos caninos desgarraban tu piel. Pero no sentiste ningún dolor.

—¡Mi belleza! —gritaste en el último envión.

Y, aunque entonces no podías demorarte en saberlo, tu cuerpo supo por ti a qué te referías. No sólo le hacías el amor a Carmen. A través de esa mujer amada copulabas con la belleza de la pradera florida, el pequeño lago, el bosque, los sembradíos y los parronales lejanos, copulabas hasta con la cordillera y el cielo celeste y también con ese sol de mediodía que, ardiendo en tu espalda, confluía contigo dentro de ella.

Carmen te correspondió, entregada, pero aún rabiosa:

—¡Mi animal!

Y tú le dijiste al oído, más quedo:

—Mi amor.

Y ella:

—Mi Moro.

*

—Antes, cuando nuestro amor era difícil, éramos más felices —te dijo Carmen.

—Sí, ahora tenemos que pelear para volver a sentirlo.

Estaban de espaldas sobre tu camisa y el vestido de ella, tendidos en el prado, completamente desnudos. Acababan de bañarse largamente en el tranque. Entibiada por los fuertes soles del verano —estaban a comienzos de enero— el agua los había refrescado y lavado, sin helarlos. Nadaron juntos, se abrazaron, se besaron, volvieron a hacer el amor, esta vez suavemente, en el laguito. Ella montada sobre tus caderas, tú sintiendo el lodo del fondo entre los dedos de tus pies mientras la sostenías. Estás viendo la piel de gallina en la aréola de sus pezones endurecidos, las gotitas de agua refulgiendo en sus largas pestañas. Vuelves a experimentar la contracción unísona que los llevó al orgasmo. Y ese derrumbarse de ambos, flotando sobre el agua mansa.

Después la sacaste en brazos del tranque, la posaste sobre sus ropas extendidas en el prado, te acostaste junto a ella, los dos de cara al sol, las manos entrelazadas.

—¿O sea que ahora, para volver a amarnos, tendríamos que odiarnos? —preguntó Carmen.

—No quiero eso.

—Ni yo.

—Pero podría pasarnos algo peor.

—Sí: ni odiarnos, ni amarnos.

Ambos lo sabían. Lo peor no sería este vicio de los amores cansados, que buscan pelear sólo por el placer de reconciliarse y volver a sentirse, o creerse, enamorados. Lo peor llegaría esa noche en la que ya no bastara la violencia de una disputa, o de los celos, para reavivar la pasión.

Porque, tal vez, ya no habría pasión que reavivar.

—La felicidad puede matar el amor —te dijo Carmen.

Y, aunque era un enigma, supiste que ella había logrado expresar tu miedo mejor que tú mismo. Apretaste con fuerza su mano. Ahora también ese miedo los unía. Los asustaba eso mismo que habían disfrutado durante tres años: el idilio. La dulce estabilidad del amor realizado que quiere permanecer realizándose. Esa tierna monotonía de las costumbres y los ritos emparejados, la sincronía de los deseos, la regularidad de los sueños soñados de a dos. Bajo esos delicados velos de la vida enamorada de golpe veían, tú y ella, Moro, con toda claridad, la carcoma. La polilla que roía, segundo a segundo, el revés de la bella tela donde pintaron ese idilio.

La rutina, Moro, las propias y hermosas rutinas del amor lo devorarían, lo carcomerían. Moriría la pasión. No de esa muerte violenta que siempre nos deja una herida viva por donde se asoman y respiran las ternuras pasadas. Tu romance con Carmen moriría de la peor forma posible, la más corriente. Caerían víctimas de la muerte natural del amor: el aburrimiento. Llegaría ese día en que, al mirarlo de nuevo, el hermoso cuadro se desharía, se haría polvo ante sus ojos cansados.

Y, muerta la pasión, a ustedes ni siquiera les quedaría la institución familiar para consolarse.

Allí, tendido en la pradera florida del idilio, desnudo bajo ese cielo veraniego y con ese poderoso sol chileno que desde su cénit te obligaba a apretar los párpados, te estremeciste de frío, Moro. Y no te atreviste a abrir los ojos por temor a encontrarte con aquella que te hacía sombra. «La otra», inclinada sobre ti —sobre ambos—, sonriendo, apantallándote el sol. Habías creído burlarla aceptando ese romance anómalo, exótico, ese adulterio que no lo era..., y que tampoco era matrimonio. Pero ahora debías admitir lo que debiste saber siempre: que no es posible engañar al desengaño.

Carmen también se estremeció. Quizás la misma sombra, la misma nube venida del futuro, tapaba su sol.

Se volteó hacia ti, abrazándote con todo su cuerpo:

—Salvemos nuestro amor.

—¿Cómo? —preguntaste, queriendo oírlo de sus labios.

—Tenemos que escapar, Moro.

Sí, escapar. Huir de la monotonía hacia la aventura. Vivir la auténtica dificultad. No esa dificultad fingida en la que ahora sobrevivían. Habías venido a proponerle precisamente eso. Pero, incapaz de encontrar las palabras o el valor para pronunciarlas, arriesgándote a oír una negativa, se lo habías dicho con tu cuerpo, con la violencia de tu deseo.

—Gutiérrez juró fusilarme —objetaste, todavía, para asegurarte de que ella comprendía los riesgos.

—Podemos huir a donde nadie nos conozca.

—Nos perseguiría.

—Mejor, así iremos más lejos.

—Y entonces nunca podrás volver.

—Nunca querría volver.

Ya tenías su respuesta. Estaba dispuesta a dejar marido, patria, fortuna y respeto para escapar contigo. Te volviste de costado abrazándola con todo el cuerpo, también. La pasión revivía (la sombría «otra», frustrada, se iba). El sol resplandecía de nuevo, zumbaban las abejas, una brisa tibia venida de remotos caminos los acariciaba. Desnudos, entrelazados sobre la pradera, ustedes ya se fugaban. Viajaban sin haber partido.

XLI. La fuga

El verano se hinchaba, dulzón y macizo, como los enormes racimos de uvas moradas en los parronales de la Hacienda Cachapoal. Y así también maduraron en ti, en ella, los planes para la huida.

Salían a pasear al atardecer, cuando el calor del día se atenuaba. Las sombras de las alamedas rumorosas se tumbaban, lacias, apuntando hacia los Andes. Carmen soñaba despierta y en voz alta. O, más bien, te hacía soñar a ti. Ella urdía los planes de la fuga, pero prefería oírlos de tu boca:

—Repasémoslo de nuevo: ¿cómo lo haremos? —te pedía, colgada de tu brazo.

—Ya lo hemos hablado cien veces.

—Y quiero oírlo cien más. Es casi mejor que hacerlo.

—Vamos a tomar un barco en Valparaíso...

Un barco que los llevaría hasta Europa, haciendo la ruta del cabo de Hornos. Dejarían atrás los tormentosos cuernos australes. Cambiarían de navío en Buenos Aires, irían luego a Río de Janeiro. Allí le mostrarías la primera ciudad americana donde viviste, doce años antes. La llevarías a Tijuca y a Paraty, le mostrarías los lugares que pintaste, esos cuadros vivos. Luego embarcarían de nuevo, recalando en Salvador antes de emprender la travesía del Atlántico cruzando el ecuador...

—¿Y después?

—Recalamos en Lisboa...

—Nos quedaremos allí unas semanas.

Y tú asentías, Moro. Los planes que Carmen tramaba revisando libros, girando su globo terráqueo, no eran para ser discutidos. Iban a vivir en los altos del Chiado, verían los atardeceres sobre el Tajo. Pasarían un verano entero en Sintra, en una quinta con largos estanques y cisnes que saldrían de ellos para pasearse por los jardines. Luego vivirían en Cádiz y en Barcelona y en

Marsella. En cada puerto se quedarían un tiempo. Pero si hubieran sumado todos esos «tiempos», aquel viaje soñado habría resultado más largo que la vida de ambos.

Por fin desembarcarían en Génova. Desde allí, tramontando los Apeninos, cabalgarían hacia el pie de los Alpes y los subirían hasta el vértice sur del lago de Como. Un barquito de cabotaje los llevaría a un villorrio enclavado entre el agua y las montañas: Gravedona, casi en la frontera con Suiza, casi inaccesible en esas alturas.

Irían hasta allá por ti, porque tú le habías hablado, con tanto entusiasmo, de aquel lugar.

—¿Es pequeño? —te preguntaba Carmen.

—No tanto. Hay un torrente, casas de piedra, un templo románico, un embarcadero, contrabandistas.

Habías pasado por ese pueblo una vez, muchos años antes, cuando tu padre te envió a hacer el *grand tour* a Italia, obligatorio para un artista. Eras un muchacho y te preparabas para pintar el mundo. Ese verano cruzaste caminando los Alpes, desde tu natal Augsburgo, en Baviera, hacia la Lombardía, a través del Vorarlberg y Suiza. Al pasar por Gravedona viste la plaza frente a la iglesia, los fresnos que sombreaban las mesas de una taberna donde una alegre muchedumbre celebraba a su santo patrono, y el lago calmo que centelleaba iluminando por debajo las copas frondosas de los árboles. No era el pueblo más bello de esos contornos. Pero te dijiste: «Algún día me gustaría vivir aquí».

Esa vez te habías hecho amigo de los contrabandistas que te guiaron y ayudaron a cruzar las montañas. Estabas seguro de que podrías acudir a ellos de nuevo. Ellos conseguirían, para Carmen y para ti, otros papeles falsos. Cambiarían de identidad nuevamente. Como si no hubieran sido bastantes las precauciones anteriores, todos esos puertos que habían tocado, todos esos cambios de barcos, para confundir y borrar las pistas de esa huida. Pero era necesario. Escapaban de Gutiérrez, de sus agentes y de los cazarrecompensas que irremediablemente enviaría tras ustedes. De él mismo, que los seguiría para «fusilarte» (y el coronel sí cumplía esas promesas, no como tú).

—En Gravedona nadie podrá alcanzarnos —se alegraba Carmen.

En esa aldea montañosa y lacustre, extranjera para los dos, podrían ser otros. Mostrando aquellos papeles falsos se casarían en la antiquísima iglesia románica. La fiesta se celebraría en una luminosa tarde de primavera, junto al lago. Empezarían vidas nuevas. Liberados del ayer y hasta de sus personalidades anteriores, vivirían en el continuo hoy de la pasión. Un idilio renovado, pero esta vez perpetuo, sin cansancios ni rutinas, se extendería frente a ustedes. Allí sí que podrían tener hijos. Y nacerían varios niños... Frutos de ese amor: niños altos y serios como tú, niñas espigadas y vivarachas como ella, que crecerían libres junto a sus perros pastores de los Alpes...

(Todo eso no era un plan, ¿verdad, Moro? Era una novela que escribíamos juntos, embriagados por los libros que habíamos leído, por mi deseo de huir, por tus sueños de artista. Dime: ¿creíste de verdad en nuestros planes? Cómo quisiera ahora sacarte de atrás del vidrio grueso del tiempo —o de la muerte— para que me respondieras. Para que por un momento, cuando menos, esto volviera a ser un diálogo, y no el soliloquio de una vieja, quizás enloquecida, que trata de contestar preguntas pendientes inventando la voz de un amor perdido.)

De pronto Carmen se detenía en la alameda incendiada por el sol poniente: las largas sombras de los árboles caían por el otro lado, sobre la pradera, como troncos quemados. Te abrazaba temblando, quizás sacudida por la primera racha fría del anochecer, y mirándote hacia arriba con esos ojos verdes que querían creerlo todo y dudaban, te exigía:

—Vamos a vivir juntos para siempre, Moro. Júralo.

—Basta, Carmen.

—Jura.

—¿Quieres estar segura de que no te voy a abandonar? El Aconcagua me transformó, no lo olvides.

—Sí, sí..., ese ermitaño que tú dices haber visto. Pero... ¿te cambió de verdad? ¿O te obligó a aceptar que nunca podrías cambiar?

—¡Pero si vamos a huir juntos!

—Huir es lo que hace el caballero errante.

Esa duda de Carmen, pertinaz, crecía a ratos entre ustedes más oscura que la noche incipiente. Ibas a protestar de nuevo, pero ella agitaba una mano impidiéndolo:

—Si no juras tú, lo haré yo. Estaremos siempre juntos y jamás nos vamos a arrepentir.

—Jamás —confirmabas.

—Y no vamos a pensar en nuestro pasado. Ni tú, ni yo.

—Nunca.

Entonces Carmen se asustaba una vez más:

—¿No será mucho pedir, Moro?

Y tú le sonreías:

—¿Por qué pedir menos que la felicidad?

*

Partiste a comienzos de marzo. Fue en un día abochornado que amenazaba con una de esas tormentas mediante las cuales el verano, arrojando rayos y granizos, se libera de la enorme energía que ha acumulado. La noche anterior anunciaste que viajabas a Santiago. Estaban los tres, con Gutiérrez, sentados en sillones de mimbre, puestos en el parque para buscar algo de fresco. Los murciélagos revoloteaban entre las palmas que, a veces, se alborotaban con un remolino de viento tibio. Luego, la noche volvía a empozarse. Pretextaste que necesitabas vender algunos cuadros. Argüiste que no podías vivir en esa casa como un mantenido. Carmen te apoyó con un entusiasmo mal fingido, que la oscuridad disimulaba. Gutiérrez protestó emitiendo un bufido perruno de insatisfacción, lamentándolo él en vez de ella.

Al día siguiente, mientras cruzabas el puente colgante que marcaba el límite norte de la hacienda, la tormenta se desató a tus espaldas. Aunque no tenías donde guarecerte y el viento hamacaba peligrosamente el puente, te volviste para mirar hacia atrás. Viste la tromba de agua y granizo que avanzaba por el valle, desde la costa, doblando los álamos, pisoteando los parronales, acribillando los racimos gordos. No habría vendimia este año. Te sorprendiste lamentando la pérdida. Ese valle, sus plantaciones, las casonas de la hacienda a lo lejos, te despedían como si fueran un hogar. Un hogar inaudito, pero el único que habías conocido en casi dos décadas, desde que dejaste la casa paterna. Supiste que echarías de menos incluso ese puente donde el coronel había amenazado con fusilarte, tres años antes. Extraño músculo, el corazón humano.

Después espoleaste tu caballo y tironeaste de la mula de carga que te seguía. Y aunque la tormenta se esforzó, manoteando detrás de ti, no logró alcanzarte.

Te detuviste en la capital el tiempo justo para negociar la venta de algunos de tus cuadros por lo que te dieran esos ignorantes santiaguinos, que sólo apreciaban el arte colonial. Pero la mayor parte de las telas y papeles enrollados que llevabas no fue vendida. Eran para ti, tu archivo, el testimonio de tu aventura que iba a terminarse. Se añadirían a las casi dos mil obras que ya habías enviado a Europa en los últimos años. Prácticamente, una por cada día de este segundo viaje americano. Tu obra más importante te la llevaría Carmen, después: su retrato desnuda.

Saliste de Santiago anunciando ostensiblemente que ibas en dirección a Argentina. Con la primera oscuridad volteaste grupas y te dirigiste a Valparaíso. No era probable que eso demorara mucho a los rastreadores que Gutiérrez enviaría tras ustedes. Pero iba a confundir las pistas y les daría algo más de tiempo.

Entraste en Valparaíso de noche. Ambrosio, el esclavo liberto, te recibió en la casa de Carmen. Tal como te lo había descrito ella, encontraste en su biblioteca del estudio, en el interior de un romance de Samuel Richardson, *Pamela,* un montón de libras esterlinas giradas por la Banca Rothschild. Era la reserva que Carmen había apartado alguna vez para sus propios planes de fuga. Antes de que tú llegaras y de que ella dejara —por algún tiempo— de soñar con irse lejos.

La noche siguiente, encapotado y con el chambergo echado sobre la cara, fuiste a ver a un conocido tuyo: el cónsul corrupto de la Argentina de Rosas. Lo sobornaste y le sellaste la boca. El cónsul emitió un pasaporte y salvoconducto para ambos, con nombres falsos y declarándolos casados. Para completar tu encargo, él mismo compró, a nombre de esa supuesta pareja, dos pasajes hasta Buenos Aires en un buque de bandera francesa que anunciaba zarpe para quince días más.

Encerrado en la casa-barco de Carmen, le escribiste dándole las fechas. La conminabas a que llegara por mar, para que abordara directamente el velero francés, sin tocar tierra y con su pañoleta limeña tapándole la mitad del rostro. Había que evitar que los reconocieran o los vieran juntos. Después tendrían toda la vida para reconocerse el uno al otro y mostrarse unidos. Sabiendo cuánto le gustaba a ella que le detallaras estos planes, le echaste incluso las cuentas. Con el dinero que tenían, podrían vivir quizás dos años, o poco más, en Europa. Después tu agente en París vendería más cuadros. Te ayudaría tu leyenda: la del misterioso artista alemán desaparecido en América. O volverías al odiado oficio de retratista social, ya se vería... Saldrían adelante. Nada sería obstáculo si estaban juntos.

Durante los quince días siguientes, en las horas muertas de tu espera, mirabas por el telescopio de Carmen. El puerto, el muelle de palos festoneado de algas, el bosque de mástiles en la bahía, la sutura del horizonte. Todo ese paisaje que una vez atrapaste en el interior de la cámara obscura que improvisaste allí mismo para ella. Su vida que le mostraste cabeza abajo, sus sueños que diste vuelta. Tu viejo truco de amante viajero, Moro... Qué bien te había resultado. Y quién te iba a decir entonces que sería tu vida la que ella volvería del revés.

Tres años antes habías arribado a Valparaíso. Tantas cosas habían pasado desde entonces que más bien parecían tres décadas. En tu insaciable búsqueda de amor —que era una incesante huida de tus amores muertos— habías seducido a Carmen y enseguida la habías perdido. Habías sido golpeado y amenazado por su marido y habías luchado por ella contra el joven Darwin. Dispuesto a matar al naturalista enamorado, habías subido a la montaña más alta. Y juntos se habían visto obligados a hundirse en su interior...

Ahora, mirando ese puerto donde todo había comenzado, creías percibir un diseño involuntario, una composición desconocida en el fresco que habías pintado con tus enmarañadas aventuras.

El caballero errante que solías ser había salido muy joven a pintar el mundo. Pero sólo plasmaba la superficie de la tierra y de su propia vida. Incluso cuando el caballero subió a esa montaña, lo que buscaba —al igual que su amigo y enemigo, el naturalista— era conquistar una perspectiva desde la cual se dominara mejor el planeta. El caballero errante, orgulloso de conocer lo ancho y lo alto del mundo, desconocía el camino que lleva al fondo de las cosas. Y así ignoraba que su propia vida carecía de volumen.

Ahora sabías que, antes de ese momento, la profundidad había sido apenas una ilusión óptica creada por tu arte.

Así fue, hasta que una penuria inigualable obligó al caballero a descender al fondo de la montaña, llegar al interior de la copa, tocar el pie del árbol. Allí donde el ermitaño lo esperaba para hacerle ver la dimensión de su vacío.

Sólo después de sondear esa profundidad pudiste amar verdaderamente, Moro. ¿Sería cierto que ahora por fin le hallabas un sentido a tu vida vagabunda? Suspiraste. Lágrimas de gratitud se empozaron en tus ojos, nublando ese puerto del que pronto zarparías.

Tu fuga de los amores muertos se había acabado. Muy luego dejarías de ser, para siempre, el solitario pintor viajero, el caballero errante.

XLII. 1854

The clumsy, wasteful, blundering low
and horridly cruel works of nature!
CHARLES DARWIN

... el sendero circular de arenas amarillas flanqueado de hayas, olmos y castaños de Indias. El cielo gris y movedizo sobre el condado de Kent. La voz de Darwin llegándote como de muy lejos —te habías distraído—: «Estamos lucidos. Usted quisiera haber vivido como yo. ¡Y a mí me habría gustado vivir como usted!».

Reaccionaste con tardanza. Quisiste protestar: él había ganado la apuesta, él había sido más feliz. Tú estabas desahuciado: de tu salud, de tu arte, del amor, aunque pretendieras casarte (si es que eso lo habías dicho en serio).

Pero Darwin no te dejó hablar. Ya había escuchado suficientes tonterías, demasiada autocompasión de artista sensible. Se precisaba algo de la objetividad del naturalista. Algo tan objetivo como su envidia, por ejemplo. Sí, siempre te había envidiado. Él había deseado ser un aventurero, como tú. Haber hecho muchos otros viajes y tener decenas de amores, ¡ser un polígamo! O al menos haber sentido una gran pasión. Tú amaste a Carmen y ella te amó a su vez (a él le constaba). Casi se habían matado el uno al otro, amándose...

—Usted ganó, Rugendas. Se atrevió a vivir apasionadamente. Despreció la simple supervivencia, pero ganó en la vida «vivida», que es lo importante.

En cambio, él... ¿qué había tenido? Un par de días con sus noches, de ilusión. Una sola vez en su existencia. Una muestra, una pizca, una gota de la verdadera intensidad. Algo que nunca volvería a sentir, pero que tampoco podría olvidar, jamás. A veces, en sus momentos más bajos, maldecía haberse deja-

351

do seducir por Carmen. Si no hubiera conocido el Paraíso, se decía, podría engañarse creyendo que esta vida que llevaba era la única posible. Pero ya no podía creerlo, no después de haber navegado con ella en esa isla flotante.

Ahora, en sus frecuentes y largas semanas en cama, cuando lo derrotaba esa enfermedad sin nombre y sin cura, se sorprendía fantaseando que, en lugar de huir, había peleado aquel día contra Gutiérrez y también contra ti. Que había luchado, incluso, contra la propia Carmen y su orgullo, hasta enamorarla... y raptarla:

—Imagino, Rugendas, que ella y yo, ahora, vivimos juntos en algún lugar de la India. Sueño que ya no me lo paso coleccionando bichos, ni acumulando teorías. Me veo con ella, amándonos a la sombra de un árbol dorado y verde...

Darwin hablaba en un trance, sonriendo, habitando esa otra existencia de la cual sólo había atisbado un destello. Pero pronto pestañeó, regresando a Downe, al sendero circular que no conducía a ninguna otra parte.

—¿Así es que le gustaría haber vivido como yo? —te preguntó, rehaciéndose.

Pues, entonces, que miraras su vida a través de un microscopio como hacía él cada día, al vivirla. Que observaras sus miserias secretas. No sólo la enfermedad que lo torturaba ya por décadas, esos ataques de terror de su juventud transformados en un nerviosismo constante y en aquellos vómitos cotidianos. No sólo eso. También la disciplina feroz que se imponía, los horarios implacables, el trabajo sin domingos ni feriados (excepto cuando lo postraban ataques más severos). Todo eso, no sólo para descubrir una verdad; también para tapar una angustia:

—Estudio la vida, Rugendas. Porque no soy capaz de vivirla. Me siento muerto por dentro.

Pensaste que el naturalista intentaba igualarse con tus desgracias disminuyendo sus propios éxitos, abaratándolos. Era un gesto noble de su parte; él siempre lo había sido. Pero en su emoción asomaba otra cosa, algo más que cortesía. Era urgencia y desahogo. Quizás, sin saberlo ni él mismo, también te había llamado para esto. Al fin y al cabo, no podía mostrarle a nadie ese «muerto» que llevaba dentro, excepto al amigo con quien había compartido una mujer y estado a punto de morir.

Darwin bajó la voz. Enumeró, sin alegría, las bondades de su existencia: un matrimonio eficiente (así lo llamó), el cariño de los hijos, la independencia económica, el éxito público, la orgullosa sabiduría de la ciencia. Y descartó esos logros, uno por uno. Un matrimonio que había nacido de la amistad, sin pasión, y que se sustentaba en el deber conyugal. Una comodidad basada en una herencia, y que él no había gastado ni aumentado. Un prestigio del que no sabía disfrutar porque el contacto humano le resultaba —cada día más— una tortura. Y una sabiduría que, junto con mostrarle los maravillosos mecanismos ocultos de la biología, también le escupía a la cara la brutalidad de la vida, sus torpes excesos. La cruel indiferencia de la naturaleza...

—Ella mató a Annie.

Por las mejillas pálidas del naturalista, entre las costras del eczema, corrieron dos gruesas lágrimas que escoltaron su boca y quedaron colgando del mentón tembloroso. Esas lágrimas, francas, eran lo más joven de su rostro.

Su hija mayor, su preferida, Annie, de sólo diez años, había muerto hacía poco. Una fiebre la había devorado. La niña agonizó varias semanas. Cuando murió, Darwin creyó que se volvería loco. Lloró, casi sin dormir, durante días sin fin. Estuvo lleno de odio: un odio acérrimo contra el universo. Había deseado volver a creer en Dios para tener a alguien a quien culpar y aborrecer. Pero una broma obscena de esa pérdida atroz fue que ella misma le arrancó de golpe la poca fe que le quedaba, como el último tirón saca una muela podrida. Y, ya que no podía odiar a Dios, tuvo que odiar a esa naturaleza a la que había dedicado su vida entera. Porque la naturaleza había matado a su niña, ahora él odiaba lo que amaba. ¿Lo entendías tú? ¿Entendías esa perfecta y maligna ironía que le había propinado el destino?

Quisiste decirle que sí. Que una vez habías intuido esa ironía universal. Quisiste contarle que fue en la orilla de un puerto donde soñaste abordar una nueva vida y, en cambio, viste naufragar toda ilusión. Pero estabas demasiado conmovido por su dolor como para igualarlo al tuyo.

—Ahora trabajo sin alegría —te dijo Darwin, secándose con un pañuelo las lágrimas.

Para no pensar tanto en esa pérdida, ni en el odio que sentía hacia la naturaleza que antes había amado, el naturalista se reconcentraba todavía más en el trabajo. Acababa de terminar el cuarto volumen sobre esos cirrípedos que viste en su estudio. Ellos eran su «pasión»:

—¿Sabe lo que son ocho años diseccionando percebes? Tengo el olor a mariscos podridos impregnado dentro del cráneo.

Detuvo su paseo e hizo el mismo gesto que te había alarmado un par de horas antes, en su estudio. Se encogió, alargó el cuello, estiró la boca en trompa, su nuez tironeada por bruscos espasmos. Se apartó, saliendo del sendero para esconderse tras un olmo. Escuchaste una arcada, larga como una risa maligna, y el vómito cayendo.

Un minuto después regresó, limpiándose la boca con su pañuelo.

—Excúseme. Normalmente no vomito tan seguido, pero las visitas me ponen más nervioso. A veces pienso que este horrible conocimiento, atascado en mi cerebro, es lo que le da tanto asco a mi estómago.

Caminaron unos pasos más y te invitó a sentarte en un banco emplazado en la parte más alejada del sendero, donde éste se curvaba e iniciaba el retorno hacia la casa, por el otro lado. Esto era lo más lejos que iba, cada día, en esos paseos circulares, sin salida. Y en ese punto su minucioso diseño había contemplado este banco de madera que, dando la espalda a su propiedad, miraba hacia el oeste. Hacia unos plácidos campos en barbecho, unos huertos de avellanos reglamentados por cercas de pedernal, el horizonte remoto bajo el cielo de Surrey. Cuando el viento soplaba desde el Canal, la lluvia tenía un sabor salado, a mar. Más al sur, te dijo, estaba Plymouth, el puerto donde se había embarcado hacia América, veintitrés años antes, en un barquito que parecía un ataúd.

Darwin miraba hacia ese horizonte lejano, por debajo del ala de su sombrero hongo, como si atisbara desde el interior de una celda. Se veía tan hundido y sin esperanzas que te sorprendiste sintiendo, de nuevo, aquella solidaridad experimentada en el Aconcagua. Habrías querido salvarlo otra vez, aceptarle esa droga o prepararle una buena sopa de momia, hacer algo que lo sacara de su abatimiento. Pero en su lugar sólo tenías...

—Ah, lo olvidaba. Tal vez esto lo ayude a desatascar su teoría.

De un bolsillo interior de tu levitón extrajiste un tubo de papel y se lo entregaste. Darwin desató la cinta que lo sujetaba y desplegó el rollo sobre las faldas de su abrigo. En un grueso y mullido papel de Fabriano habías reproducido, lo mejor que pudiste, aquel pequeño fresco rudimentario en el que plasmaste la visión que tuviste en el interior del Aconcagua. Rescatar de tu memoria esa pintura y regalársela a Darwin fue la mejor forma que discurriste de pagar la apuesta perdida.

No era la misma imagen, desde luego. Tu mano de hoy, cansada, y los óleos normales, no podían reproducir el entusiasmo visionario y la tosca vitalidad de aquellos improvisados pigmentos. Estos colores tradicionales brillaban más pero decían menos que el carboncillo del fogón, esparcido con saliva; el amarillo desvaído de la orina mezclada con cal; el lapislázuli molido y ligado con tu propia sangre...

Aun así esta imagen reproducida todavía fluctuaba, temblaba, insinuándose sin aclararse, tal como esa lejana visión que compartieran. El naturalista examinó la pintura, al comienzo muy serio, casi asustado; luego sonriendo, poco a poco. Hasta que se decidió a acariciar la figura, con un dedo tembloroso.

—La Vinchuca y yo. La única vez que hice el amor con pasión verdadera.

Aquella mañana, cuando por fin despertó, veinticuatro horas más tarde de la alucinación, había sido incapaz de reconocer nada en esa imagen. O incapaz de admitir lo que veía. Ahora, al menos distinguía algo. Darwin veía ese «árbol vivo» que intuiste una noche a orillas de la laguna de las islas flotantes. Ese árbol que podía ser un abrazo y que también era lucha, sin dejar de ser abrazo. El naturalista sonreía, como encandilado.

—Pero no es sólo eso. ¿Advierte algo más? —tanteaste.

—No sé. Lo que ve su arte quizás no pueda verlo mi ciencia. Y viceversa. Para saber más tendríamos que llamar al ermitaño, ése de la montaña.

355

Te echaste para atrás, desilusionado. Una pizca de despecho te hizo decir:

—No hace falta. Creo que lo estoy viendo.

—¿Dónde? —prorrumpió Darwin, sufriendo uno de sus cómicos sobresaltos y volteándose para mirar, como si el Sacrificador pudiese aparecer entre esas hayas jóvenes que él mismo había plantado.

Te reíste. Era una broma, le dijiste, otra broma tuya. Le palmeaste un hombro (ese gesto de excesiva familiaridad que lo hacía encogerse, pero que agradecía). No ibas a explicarle el reflujo de alucinación que te había embriagado, una hora antes, cuando para salir al jardín él se cubrió con su abrigo y se caló el sombrero hongo. No confesaste lo que ahora tu ojo de retratista cansado, pero aún fantasioso, dibujaba sobre su rostro. Arrugándolo otro poco, poblándole más las cejas, agregándole una larga barba blanca de ermitaño. No tenía los ojos verdes, traviesos, de aquel otro, ni la silueta fluctuante, como recorrida por serpientes. Pero eran los rasgos del Sacrificador, que la decrepitud de Darwin ya anunciaba. Quizás te equivocabas (desde tu último infarto solías dudar de tus sentidos). Pero, aunque en lo demás te traicionara la memoria —que inventa lo que desea recordar—, lo que sí pertenecía al ermitaño era esa mueca de conocimiento doloroso. Un saber donde la verdad mataba la esperanza. Eso era lo que el rostro marchito de tu amigo presagiaba. Si todavía fueras pintor lo habrías retratado. Pronto el naturalista sería uno con su sabiduría. Y todo el sufrimiento de la naturaleza terminaría de caer sobre él.

—Debo irme —dijiste, poniéndote de pie.

—No —exclamó Darwin, desesperado y terminante—. Debe quedarse. Ya le hemos preparado una habitación.

—¿Y si me muero acá? Qué escándalo sería ése: pintor romántico alemán muerto en la casa de un científico *gentleman* y racionalista.

—No diga tonterías. Mammy quiere conocerlo. Mis hijos han oído hablar de usted y han visto grabados de sus obras. Usted se queda, Rugendas. Naturalmente, sin mencionar nada comprometedor.

Habías planeado permanecer en Downe sólo unas horas, pagar tu apuesta perdida y regresar a Londres. Descansar allí unos días, visitar el British Museum y retornar a casa (a casa, como si tuvieras una de verdad). Pero ahora la perspectiva de partir te abrumó. Sospechaste que si lo intentabas sufrirías un ataque apenas montaras en el vagón del tren. ¿Tú, Moro, que siempre te habías alejado, de cada sitio, de cada abrazo, estabas hoy atemorizado por tener que irte? ¿O acaso te tentaba quedarte en esa casa donde todos —excepto su propietario— parecían ser tan felices?

—Acepto. Pero sólo un día o dos, para darle un respiro a mi corazón.

—Sí, aquí va a descansar. Lo cuidaremos bien. Nos permitirá ser su familia, por unos días...

—No muchos. No quiero acostumbrarme.

—Y me contará, al fin, qué pasó con Carmen.

—¡¿No piensa dejarme en paz con eso?!

—¿Con quién más podría hablar de la Vinchuca? —se quejó el naturalista, entrecerrando aún más los hundidos ojos celestes.

—Es un morboso.

—Sí. Y usted un miedoso.

—Cuando pienso en ella siento que el corazón me pesa el doble...

—Quizás lo tiene pesado y herido porque no habla de Carmen.

Lo miraste, sorprendido por la idea. Sí, tal vez esa herida en el interior de tu pecho, esa hinchazón, ese estertor de potro agónico que auscultaban los médicos, te dolía también por eso.

Mientras se encaminaban de vuelta hacia la casa, por el sendero de arena, unos rayos de sol, macizos como columnas, se filtraron entre las nubes grises que sobrevolaban el condado de Kent. A la distancia, sobre los lomajes verdes, aparecieron unos islotes de luz dorada, que navegaban.

Enlazaste el brazo de Darwin. Te apoyaste en él como hacía mucho que no te apoyabas en nadie. El naturalista, por esta vez, no rechazó esa familiaridad; al contrario, apretó tu brazo con el suyo. Y empezaste a contarle.

XLIII. La barra

Dondequiera que estés, Moro, nunca has dejado de verla. Tal como ella misma se describió en su larga carta de despedida. Sigues viendo a Carmen bajo la luna llena e indiferente, frente al océano jaspeado de plata que ruge, inabarcable. Está de pie sobre la aguda proa de ese lanchón en el que se fugaba, recibiendo en la cara el rocío salino que el viento del mar arroja sobre la barra del río. Enormes olas, encrestadas de espuma, rompen en el banco de arena invisible que cierra el estuario del Maule. El falucho echó el ancla, esperando la bajamar para atreverse a cruzar esa rompiente hacia el océano...

Y ella sigue detenida frente a esa barra. Nunca se ha movido de allí, Moro.

Iba a tu encuentro. Tal como habían planeado, salió de la hacienda muy de mañana: sin despedidas, para evitar sospechas. La acompañaba Rosa con unas alforjas en la grupa de su yegua, como si en ellas llevaran la merienda para pasarse el día en las caídas de agua de Las Siete Pozas, en la precordillera. Lo habían hecho otras veces. Y no debía extrañarle demasiado a nadie. Dentro de las alforjas se llevaba sus joyas, dos retratos en miniatura de sus padres, unas mudas de ropa. Y el crucifijo incrustado de gemas preciosas que fue de su tatarabuela, la cacica. Sobre la grupa de su caballo pinto, cuidadosamente enrollado dentro de una sábana, iba su retrato desnuda, tu obra maestra. Pero no se llevaba nada más. Ni el honor de Gutiérrez, ya empeñado por ella mucho antes. Te escribió, con orgullo, que dejaba su casa casi con lo puesto.

Al dejar atrás la hacienda pusieron los caballos al galope. Eran buenas jinetas las dos, habían aprendido juntas, de niñas, cabalgando por estos mismos campos. En apenas cinco horas hicieron el trayecto hasta un recodo emboscado del Maule, donde las esperaba el lanchón. Era un falucho negro de roble embreado, el mástil y la cabina pintados de rojo; medía unos veinte metros de eslora y se llamaba *El Milagros*. El patrón era un viejo alto, flaco y andrajoso, tan taciturno que parecía mudo. Carmen depositó en su palma callosa el patacón de plata que habían acordado.

Entonces evocó a Caronte, el barquero al que los muertos deben pagar para que los ayude a cruzar la Estigia. Pero eso no la asustó. Más bien, pensó que era un buen augurio: este barquero la ayudaría a matar su vida anterior, para nacer de nuevo, en otro sitio, contigo.

Carmen y Rosa soltaron los caballos y abordaron de un salto, sostenidas por el brazo nervudo del patrón. Éste apartó de la ribera el falucho, empujando contra el borde fangoso una larga pértiga. La misma con la que fue ayudándose —el timón sujeto con una soga— hasta alcanzar la corriente. Luego el viejo desplegó una pequeña vela latina, triangular, para tomar el viento de través. Con eso y con la fuerza del río bastaría para bajar hasta el mar. En el centro del cauce el lanchón avanzaba tan veloz y suave que parecía, más bien, que las riberas fueran retrocediendo. Cuando Carmen se volvió para mirar los Andes, éstos reculaban, se replegaban en filas. La perspectiva iba empequeñeciéndolos. ¿Se iba de su tierra? ¿O era su tierra la que se apartaba de ella? Rosa evitaba mirar. Gruesas lágrimas caían sobre la cinta blanca de su larga trenza, que desataba y reataba sin necesidad.

Navegaron río abajo varias horas. El cauce se hacía más ancho y poderoso al recibir a sus afluentes y acercarse al mar. Poco antes de alcanzar la desembocadura el sol se puso y fue reemplazado por una luna llena, maciza, que rielaba en el agua, abriéndole paso al lanchón.

Un bramido cada vez más audible, como el de una gran catarata, venía de la oquedad negro-azulada del cielo sobre la costa. Era la rompiente del Pacífico encontrándose de frente con el río. En el estuario del Maule se formaba una laguna represada por la barra de arena invisible que le cerraba el paso hacia el mar. Tras esta barrera corrían desbocadas melenas de espuma, que se amansaban misteriosamente al reventar contra ese obstáculo escondido.

El piloto lanzó el ancla un poco a la izquierda del canal que deberían surcar para pasar a mar abierto. Le mostró a Carmen dos dedos largos y chuecos. Tendrían que esperar un par de horas todavía, hasta la bajamar que delataría los bancos de arena traicioneros, dejando con agua tan sólo el canal.

Rosa se sentó en la popa, junto al botero. Carmen fue a pararse sobre la proa aguda del falucho, que cabeceaba suavemente como si meditara. Sólo entonces notó que aún llevaba puestas las espuelas con rodajas de plata. El viento soplaba desde el rompeolas, humedeciéndole la cara con un rocío salino. Alguna vez le habían dicho que se precisaba mucho valor para cruzar esa peligrosa barrera. Pasado el gran banco de arena había que zambullir la nave de proa contra la rompiente. Y remontarla sin vacilar. De lo contrario, las olas voltearían la embarcación, reventándola contra el banco. El violento Pacífico no tiene piedad con los espíritus indecisos.

Pero más allá de ese peligro un océano lleno de posibilidades esperaba a Carmen. A corta distancia de la orilla la corriente de Humboldt y el viento sur, tensando la vela mayor del falucho, la empujarían con facilidad hasta Valparaíso. En sólo media jornada ella estaría contigo. Y empezarían la vida nueva que habían soñado.

La ves como si hubieras estado allí, Moro. De pie en la proa bajo esa luna impávida. Con el vestido gris, de montar, que usó para ese viaje, su pañoleta de seda flameando en el viento salobre que venía de la rompiente, esperando la bajamar. La marea retrocedía rápidamente. Pronto una duna larguísima de arenas negras asomó su lomo húmedo y reluciente, como el de una gigantesca serpiente marina atravesada en la boca del estuario. Del otro lado, las olas se iban calmando, en apariencia, incitando al viajero a atreverse. Pero en primer plano, casi bajo sus pies, tanto que se habría podido saltar y caminar sobre él, estaba el lomo de la bestia. La barra que serpenteaba, ondulada por el flujo y reflujo de las olas en sus costados.

Durante esas dos horas de espera, mirando esa brillante barra negra que afloraba, Carmen sintió que otra marea descendía en su interior. Fue como si se asomara, te escribió, a ciertos bajíos de su corazón. Y en éstos lo primero que vio, claramente, fue su futuro y el tuyo, emergiendo. Vio ese futuro como si ya fuera pasado.

Empezando por el día siguiente. Te vio esperándola en Valparaíso. Casi no te despegarías del telescopio, enfocándolo hacia el puerto, controlando la entrada de los barcos, aguardando ese falucho que debía acodarse con *L'Île d'If*, el barco francés para el cual habías tomado pasajes con nombres falsos. Vigilarías el puerto hasta el atardecer, pero el falucho no aparecería en la rada. Y lo mismo ocurriría al día siguiente. Y al subsiguiente, el anterior a la fecha fijada para la fuga.

Sin embargo, no ibas a descorazonarte. Te dirías que Carmen, posiblemente, había decidido arribar la misma noche previa a la partida para no ser vista. La luna llena y el mar en calma facilitarían al lanchón maniobrar en la bahía hasta encontrar el buque francés. Te tranquilizarías con esa idea, apegándote a los planes trazados y a los sueños abrigados por ambos. Pero ni aun así podrías dormir gran cosa.

En la mañana fijada para la fuga, muy de madrugada, abordarías el barco. La buscarías por los camarotes sin hallarla. Controlando tu angustia, volverías a transbordar hasta el muelle. Preguntarías al capitán de puerto si tenía noticias de un lanchón maulino que debía llegar del sur el día anterior. Te diría que ninguna. Pero no era probable una desgracia, afirmaría, intentando calmarte. En el intenso cabotaje por esa costa las malas noticias se sabían antes que ninguna otra. En lugar de apaciguarte, regresarías a bordo casi desesperado.

¿Sería posible que la única vez en tu vida que, en lugar de huir del amor, decidías escapar con un amor, éste no se presentara a la cita?

Volverías a escrutar afanosamente el horizonte, buscándola entre el cielo y el mar, hasta que los marineros empezaran a girar las grandes ruedas para izar las anclas. Discutirías ásperamente con el capitán del velero, un marsellés inconmovible a quien tendrías que sobornar para que te diera tan sólo seis horas más de plazo, hasta la tarde.

A mediodía, Rosa vocearía tu nombre bajo la amura de estribor y renacería en ti una esperanza. Pero al asomarte verías a la criada sola a bordo del lanchón que habías esperado tanto. Rosa haría que el piloto harapiento trepase la escala para entregarte una carta. Y enseguida le ordenaría que la llevara de vuelta, que navegara otra vez al sur, sin responder a tus gritos, sin mirarte siquiera.

Entonces leerías —leíste— esto. El relato ya vertido en una carta de lo que Carmen escribió primero en su imaginación. Lo que ella pensó y descubrió, durante esas dos horas frente a la barra del Maule, mientras esperaba la bajamar. Y en ese relato descubriste tú también lo que ella vio en esa duna de arenas negras, cuyo lomo de bestia brillante bajo la luna fue emergiendo ante sus ojos. Lo que ella vio, por primera vez, con una claridad nocturna pero implacable. La barrera entre su vida y la tuya, Moro.

El límite embancado entre la corriente de sus deseos y el mar de las posibilidades que jamás les pertenecerían. Por lejos que ustedes fueran, aun si cambiaran sus nombres y papeles por otros falsos (o más verdaderos, ya que estos nuevos serían inventados en vez de heredados), no estarían a salvo. Ni siquiera en Gravedona, ese pueblito en los Alpes italianos con el que tú le habías enseñado a soñar. Ni en una ciudad populosa. Ni en un desierto remoto.

En la pequeña proa de *El Milagros,* Carmen se imaginó el resto de esa vida de casados —con papeles falsos, nada más, pero casados—. Y no la atemorizaron los agentes de Gutiérrez, los cazarrecompensas que el coronel despacharía tras ustedes. Ni siquiera temió que se apareciese él mismo a reclamar la tuición legal de los hijos que ustedes pudieran tener, y a tratar de cumplir su promesa de fusilarte. Siempre podrían huir más lejos. Emigrar a los Estados Unidos, vivir como pioneros en las fronteras de Nueva York, entre los bosques, con los indios mohicanos, como en un romance de Fenimore Cooper. Regar la tierra con sudor y sangre, parir con dolor...

Todo eso podría arrostrarlo, te escribió. Pero no aquello que tú habías llamado «la muerte natural del amor». Sondeando esos bajíos de su alma, Carmen descubrió que también ella les temía a los amores satisfechos. La aterraba esa familiaridad con la dicha a la que ninguna dicha puede sobrevivir.

Fueran a donde fueran, y por lejos que llegaran, esta gran pasión de ustedes terminaría por convertirse en una pequeña institución. Una dulce costumbre en lugar de una asombrosa felicidad. Porque ya les había ocurrido una vez, Carmen sabía que tu muerte enamorada siempre los estaría esperando. «La otra» apareciéndose en un recodo del futuro, sosteniendo su reloj de arena, los últimos minutos del idilio deslizándose por la cintura del cristal.

No debía sorprenderte, Moro —te escribía Carmen—, que ella conociera a esa enemiga jurada de tu corazón. Ya tenías que haber entendido que también lo era del suyo. Tanto te amaba que hasta a tus enemigos los hizo suyos. Aunque nunca la mencionaras, Carmen descubrió a esa rival en el espejo de tus ojos, desde la primera vez que te vio. Y por eso te amó aún más. Por el dolor que también eras capaz de ver en la belleza. En el brillo marino de tus pupilas aparecía, reflejada, una mujercita altiva e implacable. Esa que te dictaba todas tus desilusiones. Tu muerte enamorada. ¿Y sabes a quién se parecía? Carmen no tardó en reconocerla. Se parecía a ella misma.

En esa mujercita reflejada en tus pupilas se vio a sí misma: Carmen, solitaria incluso en los abrazos, viuda de sus sueños, siempre insatisfecha con la realidad. Desilusionada por ese hombrecito melancólico que también podrías haber descubierto tú en los ojos de ella, si no los hubieras contemplado con tanta adoración. Ese hombrecito eras tú, reducido a tu auténtico y mínimo tamaño por la muerte del amor.

¿Podrían evitarlo? ¿Podrían eludir a esa pareja de desilusionadores que los dos llevaban en la mirada?

El viento que soplaba desde la barra del Maule se calmó y Carmen ya no pudo culpar al rocío marino por aquella humedad salada que le escocía las mejillas. La proa del falucho cabeceaba, animándola a que lo admitiera.

Los grandes amores —como los héroes— deben morir jóvenes, Moro. De lo contrario se vuelven impotentes. El único modo de hacer eterno este romance era matarlo. O, más bien, dejarlo incompleto. Suspendido en la esperanza luminosa de todos sus sueños pendientes, antes de que éstos se convirtieran en realidades rutinarias y opacas.

Tú solías repetirle a ella que en el arte lo muy hermoso, lo de verdad bello, está en lo inacabado.

Carmen, en la proa de la barca, descubrió que eso también era verdad para el amor. Si no querían que su pasión se desgastara y apagara, debían provocarle ahora, en su plenitud, una herida tal que no pudiera cicatrizar nunca. Una herida que jamás sanaría. Y que, por eso mismo, garantizaría que este amor no muriera mientras ustedes —y el dolor— vivieran.

La bajamar había descubierto por completo la duna negra que separaba a Carmen del océano. Y también había delimitado la ruta plateada de una escapatoria. La luna rielaba sobre el canal que partía en dos el espinazo de ese banco de arena. Señalaba el camino del mar, el oleaje amansado —por el momento— que ella tendría que remontar si quería desafiar a su destino.

Pero no hay un canal para pasar la barra de la propia vida. No cuando uno mismo es esa barra, Moro.

Carmen dejó la proa, rodeó la cabina y encontró en la popa a Rosa y al viejo piloto que ya empezaba a recoger el ancla para salir al mar. Le ordenó: «Caronte, llévame de vuelta».

Y el piloto no objetó su orden. Ni ese extraño nombre que ella le daba.

XLIV. 1903

Hoy me llegó, después de casi medio siglo, una carta tuya, Moro.

¿O fue ayer?

Quizás fue hace unos cincuenta años. Tal vez tiré esta carta hace mucho, furiosa, junto a todas las tuyas. O la escondí para quitarla de mi vista, y olvidé dónde. Y ahora me confundo. En mis somnolencias de vieja enferma, postrada, tatarabuela de la joven que fui, me parece recibirla de nuevo. Como te recibo a ti cada día, Moro.

Tras tantos años sin noticias tuyas, me escribes largo contándome tu vida desde que nos separamos: tu regreso a Alemania, tu viaje a Inglaterra para reencontrarte con Darwin. Y de pronto dejas caer que te vas a casar. Con una muchacha de veinte, más de treinta años menor que tú. ¡Por favor, Moro! ¿Otra vez vas a pintar mujeres típicas? ¿Y a coleccionarlas? Pero si debes ser un anciano centenario, peor que yo...

... A menos que te hayas muerto hace medio siglo, poco después de enviarme esta última carta. Pero entonces, mi amor, ¿por qué sigues tan vivo, aquí conmigo? ¿Conmigo que estoy tan ida? Si todos se han muerto, si el mundo de ayer se ha despoblado, ¿por qué yo perduro, y por qué tú en mí?

A veces pienso que lo haces para mortificarme. Porque no llegué, porque no me presenté a nuestra cita final. Porque no me fugué contigo esa única vez que tú quisiste escaparte con alguien, en lugar de huir del amor.

¿Me perdonarás, Moro? Hazlo ya. Piensa que mientras no me perdones seguirás amándome. Y mientras tú me ames, no podrás abandonar este lado del tiempo, caballero errante.

Pero ya es hora de que me abandones. Deja de visitarme sin venir, de rondarme sin dejarte ver, de acariciarme sin tocarme. Déjame morir ya.

Libérame del sortilegio con el que yo te até al liberarte de mí.

Déjame para que pueda olvidarte, como me he olvidado hasta de mi edad. Unas voces lejanas me dicen que tengo casi cien años. Suena tan fantástico que igual podría creer que ya estoy muerta y que es mía esta eternidad en la cual floto, mirando con tus ojos. Porque los míos están ciegos. Y porque así puedo verme como me veías tú antes de convertirme yo en esta ruina.

Otras veces siento que perduro tanto sólo para que tú perdures en mí. Para que mi memoria y mis fantasías de ti te presten la existencia que perdiste hace mucho. Para que no te extingas —y para olvidarme de este interminable derrumbe que soy—, me concentro en recordarte. E imaginarte. Me imagino que soy tú, para verme adorada. Me eclipso dándote la poca energía que me queda... Entonces el hechizo se renueva: te revivo, te presentas como eras. Y como yo deseaba que fueras. Existes, y eres mejor de lo que fuiste. Mi amor te ha sacado una vez más del olvido.

Pero cuando ya no desee seguir, ¿quién te revivirá, Moro mío?

Tenlo en cuenta: odio seguir existiendo cada vez que recibo de nuevo, como hoy, esta misma carta (¿o fue ayer?, ¿o fue hace medio siglo?). Entonces vuelvo a ser tu Circe temible, tu amazona rabiosa.

Me escribes que tienes el corazón débil —¡qué novedad!—, que has sufrido dos infartos, que los médicos no te dan mucho tiempo... Y de pronto, sin aviso, repites para mí ese chiste tonto y fúnebre que le hiciste a Darwin: dices que éste sería un buen momento para casarte y luego morirte «en el acto».

Te conozco tanto, Moro, que aun así, desplomada en esta cama, soy capaz de levantar esas veladuras que necesitabas tender sobre tu vida. Y ver lo que había debajo: no bromeabas. Era verdad que querías morir tal como viviste. Matarte haciendo el amor. Y ya habías encontrado con quién... Reconócelo. ¡No le mientas a tu amante! Sabes que ibas a casarte sólo para eso. Era como si, cansado de huir, te entregaras a esa «otra» que te persiguió por medio mundo, asesinándote los amores apenas tú comenzabas a sentirlos. Menos el mío, porque a éste yo lo ahogué antes, para que viviera en nosotros, siempre.

¡Cómo pudiste ser tan ingenuo y creer que podrías irte sin mí, Moro! Mientras yo existiera, tú existirías conmigo. ¿Ya se te olvi-

dó? ¿No recuerdas que te abandoné para no perderte? Con qué derecho te me ibas a morir.

Acaso no supiste lo que me escribías entre líneas. Pero yo lo vi. Veo a la muchacha, a esa mujer típica, a tu esposa (no la llamaré «tu amor», porque ésa soy yo). La miro sentarse desnuda sobre ti...

El cuerpo blanquísimo como un espectro, el pelo rojo como un incendio, el rostro oculto tras la melena. Los senos puntiagudos, sus botones rosados asomando entre los brazos extendidos y níveos. Apoya ambas manos sobre tu pecho. Sus uñas largas te arañan cuando recoge los dedos siguiendo el compás con el cual contrae su vagina y la suelta (ay, por qué tengo que ver estas cosas, Moro; ¿para no dejarte tan solo?). Es como si ella te escarbara el pecho. Sangras.

¡Atención, pintor mío! Cuidado, porque no es el amor lo que haces. Haces la muerte. La otra ya no te sigue. Ahora la desengañadora te cabalga a ti, caballero errante. Te monta. Y tú te dejas llevar.

¿No sabes, acaso, que cuando esa jineta te lance al galope, cuando te exija al máximo, tu corazón se romperá? Lo sabes. Y por eso mismo la animas, la alientas, te desbocas. La melena colorada de esa otra se agita, sus senos duros espolonean el aire. Grita.

Tú cierras los ojos porque ya sabes quién te galopa, viajero desmontado. Tu nueva esposa, iluminada por la luna, fantasmal, brilla en la oscuridad. Con los ojos cerrados lo sabes y sientes que vas a terminar, Moro. Y sientes que vas a durar para siempre. Sientes que galopas muy lejos, muy lejos...

¿Adónde vas?

Voy.

Sí, vienes hacia acá, hacia mí, a la pradera de aquel idilio, luminosa, donde yo siempre te espero.

Alguien gime en este lado del tiempo. Alguien llora. Llora de amor y también de dolor, que tantas veces son lo mismo. Alguien.

¿Eres tú?, me preguntas.

Soy yo.

Abres los ojos, Moro. Y te encuentras enceguecido por el sol, acostado en el campo florido, junto al agua. A mi lado. Me ves y tu corazón se detiene. Pierde un latido. Ese latido saltado por el cual me reconociste la primera vez.

Has llegado, Moro mío, aquí donde la muerte enamorada ya nunca más podrá alcanzarte. Aquí donde nunca se pierde el amor.

Descansa, te ruego.

Contigo, me respondes (tienes la voz llena de sangre).

Dame la mano, te pido, para calmarte. Y, besándola, recuesto mi cabeza sobre tu pecho que retumba.

Ya está bien, te digo. Ya nos amamos hasta el fin. Ya puedes detenerte, corazón.

Entonces, cuando sólo oiga el silencio, yo me detendré contigo, también.

Hoy

Un cuadro de autor desconocido. Está en el Museo Municipal de Bellas Artes de Valparaíso, en Chile. Representa a un pintor sentado y de espaldas, trabajando al aire libre. En la tela puesta sobre su atril portátil se distingue lo que pinta. El artista se muestra a sí mismo retratando a la mujer que tiene al frente, recostada sobre un prado florido. Ella lleva un vestido veraniego de muselina blanca. Antes leía un libro, pero ahora ha levantado la vista para mirar al pintor. El ala de un sombrero de paja sombrea su rostro, sonríe.

Igual escena aparece en la tela que el artista está pintando. El cuadro y su pequeña réplica, representada dentro de él, son idénticos. El mismo hombre de espaldas, sentado frente a su atril, la misma mujer del vestido blanco y el libro. Y aún más: dentro de esa segunda tela es posible advertir, aguzando mucho la vista, que una tercera escena idéntica y ya diminuta se repite.

Esta «puesta en abismo» produce vértigo. Es como mirar por un telescopio vuelto al revés. El observador siente que podría precipitarse en ese pozo abierto en el espacio y también en el tiempo. Pero más vertiginoso resulta intuir que, si el cuadro se reproduce infinitamente hacia adelante y hacia el fondo, también podría hacerlo hacia «atrás» y hacia «afuera». El abismo podría ampliarse, salir y envolvernos, hasta convertirse en nuestra propia escena e historia.

La extraña pintura no tiene firma, ni título. Los curadores del museo no se deciden a atribuirla. Sin embargo, el catálogo nos informa que recientemente se halló una pista prometedora. Durante una limpieza de rutina fue encontrado, en el reverso del cuadro, entre la tela y el bastidor, el fragmento de una carta.

Bellagio, junio de 2012
Santiago de Chile, junio de 2015

Reconocimientos

Ésta es una obra de pura ficción. Aun así, las libertades que el autor se tomó con la vida y obra de Darwin y Rugendas lo obligaron a realizar algunas investigaciones para poder mentir con más propiedad. El autor reconoce el apoyo o las facilidades de acceso que, para esas investigaciones, le dieron, entre otros, el Museo Nacional de Bellas Artes de Chile; el Ibero-Amerikanisches Institut de Berlín; la Staatliche Graphische Sammlung de Múnich; el Centre of Latin American Studies, The Fitzwilliam Museum y la Cambridge University Library de la Universidad de Cambridge; el Museo Nacional de Historia del Castillo de Chapultepec, en México D. F.; el Instituto Cervantes de Moscú y el Archivo de la Academia de Ciencias de Rusia, en San Petersburgo.

Paz y concentración para escribir sin interrupciones durante algunas semanas fueron aportes del Bellagio Center de la Fundación Rockefeller y del Liguria Study Center for the Arts and Humanities de la Fundación Bogliasco.

Fernando Labra llevó al autor a la casa de Darwin en Downe, Kent. Marcelo Maturana y Jorge Eduardo Benavides, con sus destrezas y su amistad, lo acompañaron durante largos tramos en el viaje de este libro.

Jeanette no sólo siguió al novelista en la ruta de Rugendas, por México, sino que también lo apoyó y soportó en momentos de desaliento. Mientras que Serena —con el escepticismo de su siglo— tanto oyó a su padre hablar de esta novela que acabó por exclamar: «¡Termínala, papá!».

Índice